Rêves en noir

Du même auteur
aux Éditions J'ai lu

Au-delà du mensonge, *J'ai lu* 6614
Tapie dans l'ombre, *J'ai lu* 6756

Beverly Barton

Rêves en noir

Traduit de l'américain
par Isabelle Tolila

J'AI LU

Titre original :

THE LAST TO DIE
Zebra Books are published by
Kensington Publishing Corp., New York

En souvenir de Jan Whittle,
ma plus fidèle lectrice, et de ma chère cousine,
Louise Gibbs Thorne, écrivain.
Merci à John Scognamiglio, mon merveilleux
éditeur, à Linda, à L.J., à Wendy et à Paula,
mes amis, qui m'ont toujours soutenue
dans mon travail et dans ma vie.

Prologue

Il tambourinait à la porte en criant son nom. « Va-t'en ! avait-elle envie de hurler. Fiche-moi la paix ! » Mais elle savait qu'il ne partirait pas.

Peut-être devait-elle prévenir Jacob, le shérif du comté, et lui expliquer que Jamie la harcelait à nouveau ; ou appeler à la rescousse Caleb, le videur du *Jazzy's Joint*... Mais elle n'arrivait pas à décrocher le téléphone. Pourtant, elle n'avait aucune envie de voir Jamie, ce soir – ce soir moins que jamais. Mais elle s'était attendue à sa visite, sachant d'instinct qu'il viendrait la retrouver après la fête organisée pour ses fiançailles.

— Jazzy... Mon bébé, s'il te plaît, ouvre-moi.

Sa voix était légèrement empâtée : il avait dû avaler de nombreuses coupes de champagne pour fêter son engagement, et pas du bas de gamme. Sans doute du Dom Pérignon ou du Taittinger... Pour célébrer les noces à venir de leur unique petit-fils, Jim et Reba Upton n'avaient pas regardé à la dépense. Ils avaient loué les services d'un traiteur de Knoxville, qui ravitaillerait également les invités le mois prochain, pour le mariage.

Tandis que Jamie continuait de cogner à la porte en la suppliant de lui ouvrir, Jazzy se pelotonna dans le canapé et plaqua les mains sur ses oreilles. Jamie s'était déjà fiancé à deux reprises, avant de se rétracter et d'abandonner ses promises. Mais tout portait à penser que, cette fois, il irait jusqu'au bout. Et si ce mariage avec la richissime Laura Willis pouvait mettre un terme au harcèlement qu'il lui infligeait, elle serait la première à leur présenter ses félicitations.

Bien sûr, elle avait longtemps rêvé de devenir la femme de Jamie, mais elle était alors jeune et naïve. La maturité avait lentement et douloureusement mis fin à cet espoir stupide : les grands-parents de Jamie, riches notables de Cherokee Pointe, n'accepteraient jamais de voir leur unique rejeton épouser une traînée sous prétexte qu'il l'avait mise enceinte à seize ans.

Éprouvait-elle encore quelque chose pour lui ? Oui, d'une certaine manière. On n'efface jamais totalement de son cœur les émois du premier amour. Pendant des années, elle avait été aussi obsédée par lui qu'il l'était par elle, même s'il entrait et sortait de sa vie au gré de ses caprices. Mais, cette fois, quand il était revenu avec une nouvelle fiancée au bras, Jazzy avait refusé de le voir. Elle l'avait même menacé, une nuit, alors qu'il s'obstinait à la poursuivre de ses assiduités. Elle avait menacé sa virilité et elle avait eu peur. Peur de sa propre détermination à mettre sa menace à exécution s'il avait insisté.

— Jazzy… Ne sois pas cruelle. Allez, ouvre-moi. Juste une dernière fois. Tu ne vois pas à quel point je t'aime ?

Non ! Tu ne m'aimes pas ! Tu ne m'as jamais aimée. Tu n'aimes que toi.

Les souvenirs la submergèrent. La première fois que Jamie l'avait embrassée. Le jour où elle lui avait donné sa virginité et avait compris qu'elle l'aimerait toujours. Le soir où il avait pleuré en lui expliquant qu'il ne pourrait pas l'épouser, même si elle portait son enfant. La nuit où il était revenu à Cherokee Pointe à la fin de sa première année universitaire : ils avaient passé quarante-huit heures au lit, à faire l'amour. La première fois qu'il avait ramené une fiancée – Jazzy l'avait accueilli dans son lit sans un reproche, oubliant tout pour lui.

Combien de fois lui avait-elle pardonné ? Combien de fois lui avait-elle donné une dernière chance ? Mais c'était terminé. Elle le savait, même s'il s'entêtait à ne pas comprendre. Elle allait avoir trente ans ; elle avait assez perdu de temps à attendre en vain que Jamie Upton lui donne ce qu'elle voulait, ce qu'elle avait toujours voulu de lui : le mariage.

— Jazzy... Jazzy... Allez, bébé, parle-moi. On peut encore être ensemble, même si j'épouse Laura.

Un calme effroyable l'envahit. Elle se leva et se dirigea vers la porte. Il fallait mettre fin à cette histoire une bonne fois pour toutes. Elle seule pouvait se libérer.

Elle tourna le verrou et la poignée en même temps. Quand elle ouvrit la porte, Jamie s'engouffra aussitôt dans son appartement et, avant qu'elle ait pu dire un mot, il la prit dans ses bras et l'embrassa fougueusement. Brutalement. Elle céda un bref instant à son assaut. Puis le bon sens l'emporta. Elle se dégagea brusquement de lui.

— J'ai tellement envie de toi, Jazzy, supplia-t-il en s'efforçant de la ramener contre lui.

Elle esquiva son geste.

— C'est fini entre nous, Jamie. Depuis longtemps. Il est temps que tu l'acceptes.

— Je n'aime pas Laura, tu le sais bien. Si je l'épouse, c'est parce que grand-mère ne me laisse pas le choix.

Jazzy eut un petit rire amer.

— Et ce que grand-mère veut, Dieu le veut.

— Je suis désolé, souffla-t-il, comme un petit garçon pris en faute. Je sais que je ne suis qu'un lâche. Mais si je ne lui obéis pas, je risque de tout perdre. Grand-père m'a prévenu : si ça foire avec Laura, il me raye de son testament.

Jazzy avait presque de la peine pour lui. Presque.

— Je ne serai jamais ta maîtresse. Tu le sais. Je ne fraye pas avec les hommes mariés.

Il l'implora du regard.

— Laisse-moi rester avec toi, ce soir. Juste ce soir.

Devant la moue de la jeune femme, il leva les mains en signe de reddition.

— Laisse-moi seulement te tenir dans mes bras. Je jure de m'en tenir là. J'ai besoin de toi, Jazzy. S'il te plaît...

Tout en sachant qu'elle commettait une erreur, elle hocha la tête.

— Tu peux rester une heure. C'est tout.

Quand il lui ouvrit ses bras, elle se recula d'un pas.

— Assieds-toi, je vais faire du café. Ça t'aidera à dessoûler avant d'aller expliquer à ta fiancée où tu étais.

— Hé, pas la peine d'en profiter pour chercher ton flingue, bébé. Crois-le ou non, je veux qu'on soit amis, même si je préférerais autre chose. Je ne peux pas imaginer ma vie sans toi.

Ne pas se radoucir, s'exhorta-t-elle. Pas maintenant. Les belles paroles de Jamie, elle ne les connaissait que trop. Il était capable de tout pour atterrir dans un lit convoité – le sien ou celui de n'importe quelle autre femme, d'ailleurs.

— Épargne-moi le couplet romantique, lâcha-t-elle sèchement. Ça ne marche plus.

— Tu ne me croiras peut-être pas, Jazzy, mais...

Il vint se placer derrière elle, tout près, mais sans la toucher. Elle sentait son souffle chaud balayer sa nuque.

— À ma façon, je t'aime. Je t'ai toujours aimée. Et je t'aimerai toujours.

C'était drôle de voir à quel point elle avait envie de le croire, besoin de le croire. Quand elle se retourna vers lui, il leva la main et lui caressa la joue.

— S'il te plaît, Jazzy.

Il la regardait fixement, ses yeux noisette brûlant d'un désir intense.

— Bébé… S'il te plaît.

Elle ne protesta pas quand il l'attira contre lui. Doucement. Et l'embrassa. Tendrement. Tous les sentiments qu'elle avait autrefois éprouvés pour lui refirent surface et pendant un instant – juste un instant –, elle le désira comme jadis. Il la laissa interrompre leur baiser. Puis il resta là à la regarder, attendant son verdict.

— Je peux t'offrir du café et une heure de conversation, lui dit-elle. Pas plus. À prendre ou à laisser.

— Je prends.

Un sourire séducteur aux lèvres, il alla s'asseoir dans le canapé et croisa les jambes.

Tout en se traitant d'idiote, Jazzy fila préparer du café à la cuisine. Être gentille avec Jamie n'était pas la solution. Mais les vieilles habitudes prenaient le pas sur la raison.

Ce soir, elle dirait adieu à Jamie. Et si jamais il s'acharnait, elle savait ce qu'il lui restait à faire. Elle n'avait pas le choix, si elle voulait sauver sa peau.

Il devait mourir ! Elle n'avait pas l'intention de le tuer, mais il ne lui avait pas laissé le choix. Non seulement il devait mourir, mais d'autres y laisseraient leur vie, s'ils tentaient d'intervenir. Évidemment, il était entièrement fautif – certes, il n'était qu'un homme, avec toutes les faiblesses inhérentes à son sexe, mais il était le pire représentant du genre, lâche et faible. Il cédait à ses plus bas instincts sans se soucier du mal qu'il pouvait répandre autour de lui. Il se délectait dans la dépravation où s'avilissaient la plupart des hommes et de nombreuses femmes.

Elle posa une main sur son ventre. Pour se protéger, pour protéger son bébé, elle devait élaborer une stratégie qui mette en cause quelqu'un d'autre. Mais pas n'importe qui. Et pas n'importe comment. Cette femme devait payer de sa vie, et quoi de plus juste que la faire exécuter pour avoir tué son amant? Après tout, la ville entière savait qu'elle l'avait menacé de mort.

Elle se tenait dans l'ombre, à l'affût. Il était avec cette femme, il l'embrassait, il la caressait, il la pénétrait. Comment pouvait-il se comporter ainsi? Il avait juré que son amour était sincère. Mensonges... Mensonges que tout cela! Des fornicateurs. Des pécheurs. Foncièrement mauvais. Ils méritaient de mourir. D'être punis.

Elle ne devait pas se précipiter, il ne fallait surtout pas agir impulsivement : c'était ainsi qu'on commettait des erreurs. Elle en avait commis dans le passé, elle avait accordé sa confiance à tort, mais c'était terminé, elle ne se laisserait plus jamais avoir. Elle devait être calme et en pleine possession de ses moyens quand elle mettrait fin à la vie de ce salaud. Rien ne la forçait à le tuer dès cette nuit. L'essentiel était de l'éliminer avant le jour de son mariage.

Elle ne se contenterait pas de le tuer, d'ailleurs. Une mort rapide serait lui faire trop d'honneur. Il devait mourir lentement, agoniser dans les pires souffrances. La perspective d'entendre ses cris de douleur et ses supplications l'excitait terriblement.

Tout ce que je fais, je le fais pour toi, mon petit bébé. Je ne laisserai personne te faire du mal. Ils pensent que nous ne les valons pas, ils pensent pouvoir nous écarter, ils prétendent que nous n'existons pas. Mais je ne les laisserai pas faire. Tu n'as plus à t'inquiéter, mon amour. Plus maintenant. Plus jamais. Maman est là... Maman est là.

1

L'homme se tordait de douleur, son torse nu ligoté fermement, les jambes écartées. Des cordes menottaient ses chevilles à deux piquets plantés dans le plancher. Elle déplaça l'épaisse bande de tissu qui le bâillonnait, étouffant ses cris de souffrance. Au comble de l'excitation, elle le surplombait, tenant le couteau ensanglanté d'une main ferme. La faible lueur des bougies projetait des ombres sur son visage, masqué par des mèches de cheveux roux. Lorsqu'elle abaissa le couteau, les yeux de l'homme s'agrandirent de terreur. Il savait ce qu'elle allait faire. Il luttait vainement pour se libérer, et la sueur qui perlait à son front dégoulinait le long de ses joues. En plaquant le couteau rouge de sang entre ses cuisses, elle éclata de rire.

— Tu récolteras ce que tu as semé.

Il se mit à trembler, sa tête basculant de gauche à droite, la panique brûlant dans son regard hagard.

— Tu ne feras plus jamais de mal à personne. Je vais te punir pour tes nombreux péchés et débarrasser le monde de ton fléau.

Elle écarta le couteau, glissa la main sous les parties génitales de l'homme pour les soulever, puis, d'un seul geste sûr, castra sa victime.

— Je suis ton ange de la mort, gigolo !

Genny Madoc poussa un hurlement. Quand elle se dressa sur le lit, son fiancé, Dallas Sloan, réagit presque aussitôt. Il la prit dans ses bras et tint son corps tremblant contre lui.

— Qu'est-ce que c'était ? s'inquiéta-t-il en posant un baiser sur sa tempe. Un cauchemar ou une vision ?

Elle s'abandonna complètement au réconfort de ses bras. Ces derniers mois, elle s'était habituée à s'appuyer sur lui avec une totale confiance.

— Les deux. Une vision de cauchemar.

— Tu n'as pas eu de vision depuis...

Il laissa sa phrase en suspens. Tout comme elle, il préférait oublier les événements qui avaient bouleversé leur vie, l'hiver précédent – elle avait été très près de devenir la cinquième victime d'un tueur en série.

En ce début du mois d'avril, dans les montagnes, les températures restaient encore très basses durant la nuit. Genny frissonna. Dallas tira la couette épaisse qui leur couvrait les pieds pour l'en envelopper, avant de l'inciter à s'allonger de nouveau. Elle se blottit contre lui et poussa un lourd soupir.

— Tu veux m'en parler ?

— Je devrais plutôt oublier... mais je ne peux pas. Je crois que je viens d'avoir une vision prémonitoire : j'ai assisté au meurtre d'un homme.

— As-tu reconnu la victime ?

— La victime, oui, mais pas l'assassin. Pourtant...

Elle s'écarta de lui et sortit du lit.

Elle aimait Dallas, plus que sa propre vie, et regrettait parfois d'avoir hérité de ce don de vision : il devait s'accommoder de ses pouvoirs particuliers comme seul le compagnon d'une médium est forcé de le faire. Mais il l'aimait, lui aussi.

— Je ne pourrai pas dormir, soupira-t-elle en enfilant sa robe de chambre et ses chaussons. Je vais me faire du café et regarder le lever du soleil depuis la terrasse. Rendors-toi.

Nu comme un ver, Dallas sauta du lit pour la prendre dans ses bras.

— Tu es tellement faible que tu peux à peine marcher. Tu n'iras nulle part sans moi.

Il attrapa un jean et enfila une chemise.

— Je vais préparer le café. Et si tu veux sortir, je t'accompagnerai.

— Je suis juste un peu fatiguée. La vision était brève, je ne suis pas épuisée. Vraiment.

Il mit ses chaussures sans se soucier d'enfiler des chaussettes, passa un bras autour des épaules de la jeune femme et l'entraîna hors de la chambre.

— Tu as besoin d'en parler. Si c'était prémonitoire, nous pouvons peut-être faire quelque chose pour empêcher ce meurtre.

Genny aimait cette façon si naturelle qu'il avait de dire « nous », sans réfléchir. Dès leur première rencontre, ils n'avaient fait plus qu'un.

Un quart d'heure plus tard, leur tasse de café en main, ils admiraient le lever du soleil depuis la terrasse de leur vieille ferme du Tennessee. Les puissants bras de Dallas enveloppaient Genny et son corps, tout contre son dos, lui tenait chaud. Dans un halo rose pâle, comme l'extrémité de centaines de torches enflammant l'horizon, les premières lueurs du soleil balayèrent le ciel.

— Je ne me lasse pas de ce spectacle, chuchota-t-elle, comme effrayée à l'idée de troubler la beauté assourdissante de la nature rayonnante.

— Moi non plus, souffla-t-il.

Elle tourna la tête : c'était son visage qu'il contemplait.

Avec un petit soupir d'aise, elle se cala de nouveau contre lui et but une gorgée de café.

— C'était Jamie Upton, annonça-t-elle d'une voix rauque, après quelques minutes de silence.

— Tu as vu quelqu'un tuer Jamie Upton ?

Dallas chatouilla le cou de sa compagne du bout de son nez.

— Ça ne me surprend pas. Un jour ou l'autre, il brisera le cœur d'une femme dangereuse…

— Je t'en prie, ne dis pas ça.

Dallas avala une dernière gorgée de café avant de poser sa tasse sur le rebord de la fenêtre. Comme Genny s'était levée, il la suivit et l'enveloppa de nouveau dans ses bras.

— Dis-moi ce qui t'a effrayée à ce point. Il doit y avoir autre chose… Tu n'as pas seulement vu Jamie se faire assassiner.

— Ça n'est pas suffisant ?

— Ça dépend.

— De quoi ?

— De la façon dont il a été assassiné et par qui.

— Je ne sais pas qui elle était, mais…

— Alors j'avais raison, hein ? C'était bien une femme. Après tout, ce ne serait que justice si une femme lui coupait les couilles.

Genny en resta le souffle coupé. Dallas la prit par les épaules pour la scruter d'un regard inquiet.

— C'est ce qui s'est passé ?

Blême, Genny hocha la tête, murmurant d'une voix blanche :

— Et… la femme avait quelque chose de spécial.

— Je croyais que tu ne l'avais pas reconnue.

— Je n'ai pas vu son visage, mais j'ai aperçu quelques mèches de ses cheveux.

— Et… ?

— Et elle est rousse.

— Rousse ? Chérie, tu ne penses quand même pas que c'était Jazzy ?

Elle ne parvint pas à répondre.

— Tu crois que tu as vu Jazzy tuer Jamie, c'est ça ?

— Non, bien sûr que non. Jazzy est incapable de tuer.

— Là, je crois que tu te trompes. N'importe quel être humain est capable de tuer, si on le pousse à bout. Mais si Jazzy avait dû assassiner Jamie, elle l'aurait déjà fait. Depuis longtemps.

Genny prit une profonde inspiration, puis relâcha son souffle en acquiesçant.

— Je ne crois pas que la femme que j'ai vue soit Jazzy, mais mon instinct me dit que la mort de Jamie va lui causer de gros ennuis.

— Devons-nous prévenir Jamie ?

Genny secoua la tête.

— Non, il ne nous croira jamais. Mais je vais parler à Jazzy. Elle doit absolument l'éviter pendant quelque temps.

— Ça risque d'être problématique, vu la façon dont il la poursuit.

— Je crois qu'elle doit demander des mesures restrictives contre lui.

Elle le regarda droit dans les yeux.

— Maintenant que tu es commissaire divisionnaire, tu peux faire ça pour elle, non ?

— Oui, bien sûr, mais connaissant Jamie, je doute que cela suffise à le tenir à distance.

— Alors je devrais peut-être parler à Caleb McCord.

— McCord ? Le videur du *Jazzy's Joint* ?

— Oui.

— J'ai raté un épisode ? Pourquoi tu irais parler à...

— C'est vrai, je ne t'ai pas dit...

— Dit quoi ?

— Caleb est amoureux de Jazzy.

— Ah bon ?

— Oui, oui. Mais il ne le sait pas encore.

Laura Willis était assise à la fenêtre de la chambre qu'elle partageait avec sa sœur cadette, Sheridan, chez les Upton. Elle résidait chez eux depuis que Jamie l'avait invitée à rencontrer ses grands-parents, trois mois auparavant. Jusqu'à l'arrivée de sa sœur et de ses parents, trois jours plus tôt, elle avait couché dans le lit de Jamie de nombreuses nuits – les nuits où il restait à la maison. La grand-mère de Jamie, Reba, lui assurait qu'il ne voyait pas d'autres femmes durant ses escapades nocturnes, mais Laura n'était pas dupe : son Jamie était un homme à femmes. Et il y avait une femme – pour ne pas employer un autre terme – que Jamie trouvait particulièrement irrésistible. Jazzy Talbot.

Peut-être était-elle stupide de croire que Jamie lui serait fidèle après le mariage, mais il le lui avait solennellement promis. Et elle devait lui faire confiance. Elle l'aimait tellement.

Il l'aimait, lui aussi, elle le savait. Il pouvait se montrer aussi bien tendre, attentionné et aimant que fougueusement passionné. Elle avait de la chance qu'il l'ait choisie. Il avait déjà été fiancé deux fois, mais cette fois, avec elle, ce serait différent. Dans trois semaines, ils se diraient oui pour la vie et elle deviendrait Mme James Upton III. Et si Jazzy Talbot ne laissait pas son mari tranquille, elle… Que feraitelle ? Elle la tuerait, voilà ce qu'elle ferait. *Non, non Laura, tu ne le penses pas vraiment. Tu ne pourrais jamais tuer quelqu'un. Pas même Jazzy.*

Le soleil levant nimbait l'horizon de couleurs pastel. De sa fenêtre, Laura apercevait l'allée principale ainsi que la vaste pelouse qui encadrait la propriété. Tout était calme et désert à cette heure.

Tu es avec elle, n'est-ce pas, Jamie ? Tu as passé la nuit avec elle. Tu l'as touchée, tu l'as embrassée, tu lui as fait l'amour… Comme tu me le fais, doucement, tendrement… Non, non ! Ce n'est pas pareil. Il m'aime, moi. Elle, il ne veut que la baiser.

Ses yeux s'emplirent de larmes, qu'elle s'efforça de ravaler. Il n'était pas trop tard pour annuler le mariage. Mais à quoi bon ? Jamie lui avait déjà brisé le cœur. Et sans lui, elle mourrait : il était tout pour elle. Son univers entier. La seule façon de se libérer de lui serait de mourir. Ou mieux, de mourir avec lui.

— Où est passé ton cher fiancé, à ton avis ? susurra Sheridan en s'approchant de la fenêtre.

Laura sursauta. Elle croyait sa sœur endormie.

— Je suis désolée de t'avoir réveillée. Je n'arrivais pas à dormir.

— Je n'y arriverais pas non plus, si l'amour de ma vie m'avait lâchée en plein milieu de notre fête de fiançailles pour découcher.

Sheridan s'assit à côté de Laura et regarda par la fenêtre.

— Tu sais ce que les gens disent ?

— Je me moque des ragots !

Laura connaissait sa sœur. Elle ne la laisserait tranquille et ne serait satisfaite que lorsqu'elle l'aurait mise à bout de nerfs. Elle avait un don pour ça et prenait un plaisir pervers à l'exercer.

— Tu sais, je me demandais vraiment comment tu étais parvenue à séduire une telle perle. Quelqu'un comme Jamie. Quelqu'un de notre milieu social, très riche, très beau, et charmant. Mais je commence à comprendre. Ton fiancé a un défaut majeur, pas vrai ?

— Je ne vois pas ce que tu veux dire.

Sheridan éclata de rire, d'un rire sarcastique que Laura détestait. Lorsqu'elles étaient enfants, c'était avec ce même gloussement mauvais que sa sœur la narguait en affirmant qu'elle était la préférée de leur mère. Ce qui était sans doute vrai. Mais Laura était incontestablement la préférée de leur père, ce que Sheridan ne pouvait pas supporter, et ce pour quoi elle la punissait, même si Laura n'y pouvait rien.

— Il est normal que vous ne soyez pas tous les deux parfaits, j'imagine...

Laura se força à affronter sa sœur. Leurs regards se croisèrent – et, cette fois, Laura ne cilla pas.

— Je n'ai jamais prétendu être parfaite…

— Ce serait un comble, vu le contexte.

— Quel contexte ? Le fait que je sois folle ?

— C'est toi qui le dis, pas moi.

— Je ne suis pas folle, tu entends ? Je suis fragile. Plus sensible que la moyenne, c'est tout. Papa assure que je suis normale. Même les médecins le disent.

— Est-ce que Jamie est au courant ? Sait-il que sa petite fiancée pourrait péter les plombs à tout moment ?

— Tais-toi…

— Quelqu'un lui a peut-être tout révélé, hier soir, et il s'est enfui avant de…

— … Il est allé la voir ! rugit Laura. C'est ça que tu voulais entendre, n'est-ce pas ? Tu voulais que j'admette qu'il a quitté notre fête de fiançailles pour la rejoindre.

— Tu es donc au courant ?

— Oui, et je sais tout sur Jasmine Talbot.

Quand Sheridan se mit à ricaner, son visage de joli ange brun se durcit. Ses grands yeux noirs pétillaient de satisfaction.

— Si Jamie était mon fiancé, il n'aurait pas besoin d'aller chercher ce qu'il veut ailleurs. Je le lui donnerais. Il serait tellement rassasié qu'il ne poserait même pas son regard sur une autre femme.

Elle sourit malicieusement.

— Pourquoi t'a-t-il choisie et pas moi ? Mystère… Il croyait peut-être que tu étais vierge.

Un petit rire perla à ses lèvres.

— Évidemment, il sait bien que je ne le suis pas.

L'insinuation de sa sœur frappa Laura de plein fouet. Avant de se rendre compte de ce qu'elle faisait, elle gifla Sheridan, qui continua simplement à sourire en se frottant la joue. Laura se dressa d'un bond et courut vers la porte, aveuglée par les larmes.

— Où vas-tu ? lui lança Sheridan.

Laura s'arrêta sur le seuil de la porte.

— Là où tu n'es pas.

— Et si tu faisais un petit tour en ville ? Tu pourrais bien trouver Jamie au lit avec sa maîtresse. À moins que tu n'y sois déjà allée ? C'est là que tu as disparu, hier, après la fête ?

Laura sortit dans le couloir et se dirigea vers l'escalier. Peut-être trouverait-elle refuge dans le bureau de Jim Upton. Sa sœur l'avait suffisamment tourmentée, elle ne la suivrait sans doute pas. Tandis qu'elle descendait l'escalier en spirale, la dernière question de Sheridan tournoyait dans sa tête. *C'est là que tu as disparu, hier, après la fête ?*

De quoi parlait-elle ? Laura n'avait pas souvenir d'être allée où que ce soit après la fête. Pourquoi se serait-elle rendue seule en ville ? Elle n'aurait pas fait ça, n'est-ce pas ? *N'y pense pas. Ce n'est pas parce que tu as oublié ce qui s'est passé entre le moment où tu as souhaité bonne nuit à tes parents et celui où tu es montée dans ta chambre, deux heures plus tard, que tu es allée chercher Jamie à Cherokee Pointe...*

Mais si elle l'avait suivi jusque chez Jazzy ? Si, pendant ces deux heures dont elle avait perdu le souvenir, elle avait commis une bêtise ? Quelque chose de terrible ? Elle avait été tellement blessée, tellement furieuse, quand elle s'était rendu compte qu'il avait quitté leur fête de fiançailles...

Mais non. Ce n'était pas parce qu'il lui était déjà arrivé dans le passé d'oublier plusieurs heures de sa vie que cela devait se répéter. Ce n'était pas parce qu'elle avait déjà fait quelque chose de mal qu'elle avait forcément recommencé. Elle n'était pas folle !

« Mais si je l'étais ? » s'interrogea en elle une voix apeurée.

Jazzy n'avait pas fermé l'œil depuis que Jamie s'était enfin décidé à partir. Il était resté deux heures avec elle – une heure de plus que ce qu'elle lui avait accordé. Et il avait fait le maximum pour la convaincre de coucher une dernière fois avec lui. À dire vrai, elle avait été tentée – peut-être le serait-elle toujours ; son amour pour lui avait été si fort...

Mais la tentation pouvait se surmonter. C'était extrêmement difficile, mais diablement nécessaire. Comme un drogué doit un jour ou l'autre renoncer à la drogue s'il ne veut pas se détruire totalement, elle devait renoncer à Jamie. Plus elle le repoussait, plus le besoin qu'elle avait de lui perdait en puissance. Même si elle savait au fond que seule la mort la libérerait complètement. À ce stade de sa vie, elle haïssait Jamie bien plus qu'elle ne l'avait jamais aimé. Et elle souhaitait confusément sa mort – mais seulement dans les moments les plus sombres et les plus angoissants, seulement quand son instinct de survie prenait le pas sur sa raison.

Arpenter son salon en tous sens ne servait à rien. Cela ne changerait pas sa situation. Elle devait trouver un moyen d'éloigner Jamie pour toujours. Elle pourrait obtenir une mesure restrictive auprès de Dallas ou de Jacob, mais cela aurait probablement un effet inverse : Jamie y verrait une marque de sa faiblesse et la poursuivrait de plus belle, au risque de se faire arrêter. Avec l'argent de Jim Upton, il pouvait s'offrir les meilleurs avocats et des cautions illimitées.

Lasse de ruminer son insoluble problème, elle décida qu'elle avait besoin de sortir de chez elle, de prendre un petit déjeuner et de travailler avec acharnement pour ne plus penser. Attrapant un pull et son sac, elle gagna la porte. L'air était frais, le ciel clair et dégagé. Il était à peine 6 heures, mais la petite ville de Cherokee Pointe montrait déjà des signes d'activité. Quand elle atteignit le bas de l'escalier extérieur menant au passage longeant l'arrière du *Jazzy's Joint*, elle entendit un klaxon retentir : le Dr MacNair lui faisait signe à travers la vitre de sa voiture. Elle le salua chaleureusement alors qu'il se garait devant le *Jasmine*, le restaurant qu'elle possédait et qui jouxtait sa boîte de nuit, à l'angle de Florence Avenue et de Loden Street.

Pourquoi ne pouvait-elle pas tomber amoureuse d'un gentil garçon comme Galvin MacNair ? Elle était prête à parier qu'il avait été aussi fidèle à sa femme qu'un vieux chien avant qu'elle ne le quitte pour son ancien amour de jeunesse. Pourquoi les gentils garçons finissaient-ils toujours perdants, alors que les salauds comme Jamie n'arrêtaient pas de gagner ?

Pauvre Galvin. Tout Cherokee connaissait ses déboires sentimentaux. Il n'y avait pas une seule mère, pas une seule tante de la ville qui ne se soit fixé pour mission de le consoler en le casant avec leur fille ou leur nièce. Alors pourquoi ne cherchait-elle pas à sortir avec lui ? Un nouvel homme dans sa vie était exactement ce dont elle avait besoin. Mais pas Galvin, il n'était pas son genre. Il était bien trop doux, bien trop gentil.

— Bonjour, Jazzy ! lui lança-t-il en s'extirpant de son véhicule. Tu es bien matinale...

— Toi aussi, Galvin. Tu ne prends pas ton petit déjeuner au *Jasmine*, d'habitude. Fatigué des menus de l'hôpital ?

— Je fête un événement.

Comme elle attendait visiblement de plus amples explications, il ajouta :

— Nina est allée à Reno pour un divorce accéléré. Elle ne tient plus d'impatience.

— Je ne sais pas quoi dire, Galvin.

Il haussa les épaules.

— Je suppose qu'il n'y a rien à dire...

— Entre, dit-elle en posant une main sur son bras. Je t'offre le petit déjeuner.

— C'est très gentil de ta part, mais tu n'es pas obligée, tu sais.

Il la suivit à l'intérieur du restaurant.

— Le petit déjeuner du Dr MacNair est pour la maison, annonça-t-elle à Tiffany, l'une de ses serveuses.

Tiffany sourit chaleureusement au docteur et le conduisit à une table. Peut-être formeraient-ils un bon couple, tous les deux, songea Jazzy qui les observait, avant de se reprendre : elle n'allait pas jouer les entremetteuses alors qu'elle-même avait besoin de trouver un homme et d'oublier Jamie.

Cette pensée lui avait à peine traversé l'esprit que la porte s'ouvrit sur la silhouette imposante du shérif Butler. Jacob. Un mètre quatre-vingt-cinq tout en muscles. Ancien marine. Un homme, un vrai. Cent pour cent viril. Elle connaissait Jacob depuis toujours et l'aimait – comme un frère. Ils avaient essayé de sortir ensemble, l'année précédente, et avaient rapidement découvert pourquoi ils ne l'avaient pas fait plus tôt : pas d'étincelle. Aucune alchimie sexuelle. Ils étaient très vite convenus de rester amis plutôt que de risquer de détruire leur amitié en continuant de coucher ensemble.

— L'enfer aurait-il gelé ? lança-t-il de sa voix grave et profonde.

— Ah, c'est vrai, j'avais dit que l'enfer gèlerait le jour où je me lèverais avant 7 heures... Mais ce n'est pas une raison pour être sarcastique de si bon matin !

Jacob enleva son Stetson et désigna un box au fond de la salle.

— Tu m'accompagnes ?

— Un café, peut-être.

À peine étaient-ils assis que Tiffany leur apportait un pot de café. Après avoir rempli leurs tasses et pris la commande de Jacob, elle se dirigea vers la cuisine.

— Tu veux m'en parler ? demanda Jacob.
— De quoi ?
— J'ai vu la Mercedes de Jamie Upton garée devant le *Jazzy's Joint*, cette nuit.
— Et alors ?
— Je croyais que tu avais arrêté de le voir.
Jazzy soupira.
— Pourquoi on n'est pas tombés amoureux, toi et moi ? Ma vie serait tellement plus simple... Et tellement plus agréable.
— Je sais que ça ne me regarde pas, mais... lui as-tu permis de passer la nuit avec toi ?
— Tu as raison, ça ne te regarde pas. Mais si ça peut te rassurer, non : il est resté deux heures et il est parti. Je ne doute pas qu'il ait trouvé d'autres bras pour le consoler.
— Il a peut-être rejoint sa fiancée. Il se marie dans quelques semaines, non ?
Jacob porta sa tasse à ses lèvres.
— C'est ce qu'on dit.
Il but plusieurs gorgées avant de reposer sa tasse.
— Genny m'a appelé, tout à l'heure. Je pense qu'elle va essayer de te joindre aujourd'hui.
— Un problème ?
— Elle a eu une vision.
Un frisson parcourut Jazzy.
— Elle n'en a pas eu depuis... C'est...
— Ça concerne Jamie.
— Quoi ?
— Elle a vu quelqu'un tuer Jamie. Elle dit que c'est une prémonition.
— Qui... Qui a-t-elle vu tuer Jamie ? Moi ?
Jacob tendit le bras au-dessus de la table et lui prit la main.
— As-tu l'intention de le tuer ?
Elle retira vivement sa main.
— Non, bien sûr que non, mais tu sais aussi bien que moi que je l'ai menacé d'une arme il y a

quelques mois. Et tu sais aussi que, dans certaines circonstances, je pourrais lui tirer dessus.

— Parle avec Genny. Elle ne pense pas que tu tueras Jamie, mais elle est sûre que sa mort te causera des ennuis.

— Ça ne me surprend pas, c'est drôle... Jamie Upton ne m'a jamais apporté que des ennuis. Apparemment, il continuera, qu'il soit vivant ou mort.

— Évite-le, lui conseilla Jacob. Et je m'assurerai qu'il ne t'approche pas. Je vais demander à Caleb de garder un œil sur toi et de me prévenir si...

— Tu crois que la prémonition de Genny va se réaliser, n'est-ce pas ? Et tu as peur qu'elle se trompe et que ce soit moi qui tue Jamie ?

Quand elle scruta les yeux verts de Jacob, elle comprit ce qu'il pensait avant même qu'il ne lui réponde :

— Mieux vaut prévenir que guérir. Pas la peine de prendre des risques inutiles.

2

Erin Mercer alla ouvrir la porte de son chalet en jurant entre ses dents. Que lui voulait encore le petit-fils de Jim ? Elle croyait avoir été claire, lors de sa dernière visite : ce qu'il cherchait ne l'intéressait pas. À ses yeux, il n'était qu'un marmot casse-pieds qu'on aurait dû corriger depuis longtemps. Avant de tourner la poignée, elle prit le temps de boutonner le haut de son chemisier – pas la peine de lui donner l'occasion de l'accuser de provocation. Stupide garçon. Comme si quelqu'un d'aussi égocentrique et immature que lui pouvait l'intéresser... Certes, il était jeune et beau. Mais elle connaissait la chanson ; dans sa jeunesse, elle était tombée dans le piège d'un sale type dans son genre.

Si n'importe qui d'autre s'était présenté à sa porte, elle aurait pris le temps de vérifier son apparence dans un miroir, peut-être même aurait-elle appliqué un peu de blush sur ses joues, et du rouge sur ses lèvres. À cinquante ans passés, elle plaisait encore beaucoup.

Elle entrouvrit la porte et considéra froidement le séduisant démon qui se tenait sur son seuil.

— Qu'est-ce que tu veux ? lâcha-t-elle d'une voix froide.

Le petit-fils de Jim n'avait que trop tendance à interpréter la moindre marque de sympathie comme une franche invitation, or rien ne lui plairait tant que d'inscrire la maîtresse de son grand-père à son tableau de chasse.

— Levée du mauvais pied ? dit-il en plaçant la main sur le montant de la porte pour se pencher vers elle. Si tu t'étais réveillée à mon côté, tu serais de bien meilleure humeur !

— Il est tôt. J'en suis seulement à ma première tasse de café, alors tes petits jeux... Qu'est-ce que tu veux ?

Comme il s'avançait, elle recula instinctivement, ne voulant pas que leurs corps se touchent. Elle ne faisait pas confiance à cet homme, et ne se sentait pas entièrement en sécurité en sa présence. Elle ne le craignait pas physiquement – elle était de taille à le maîtriser –, la peur qu'elle éprouvait était plus basique, une réaction totalement émotionnelle.

Parvenu à se glisser à l'intérieur, Jamie se dirigea à grands pas vers le salon. Fulminant, Erin se résigna à endurer sa présence et ferma la porte. Quand elle le rejoignit, elle le trouva installé dans le canapé, les pieds posés sur la table basse. Il avait visiblement passé la nuit dehors : son smoking était froissé, il avait perdu son nœud papillon et sa chemise était mal boutonnée. Un soupçon de barbe sur son visage de joli garçon lui donnait un air débauché – un débauché, c'était ce qu'il était, mais le terme était un compliment, en comparaison des insultes qui venaient à l'esprit d'Erin lorsqu'elle se retrouvait face à lui.

— Je me sers un autre café, tu en veux ? proposa-t-elle en passant devant lui pour se rendre à la cuisine.

— Je préférerais du thé et de la gentillesse. Tu vois ce que je veux dire, n'est-ce pas ? La gentillesse d'une femme mûre qui accueille un homme plus jeune dans son lit pour le réconforter...

Erin s'immobilisa, mais ne prit pas la peine de tourner la tête vers lui.

— Tu sors sûrement du lit de quelqu'un qui t'a donné beaucoup de « gentillesse ». S'il t'en faut encore, je te suggère de retourner dans les bras de cette généreuse dame.

Alors qu'elle entrait dans la cuisine, elle l'entendit rire. L'exécrable morveux. Elle remplit rapidement deux tasses de café et revint au salon. Quand elle lui tendit une tasse, il tapota le canapé à côté de lui.

— Assieds-toi près de moi.

Elle lui adressa un regard désabusé et secoua la tête, tandis qu'il poursuivait :

— Je promets de ne pas mordre.

— Moi non.

— Tu penses que je suis un sale égoïste, n'est-ce pas ?

— Si tu le dis…

Erin s'assit en face de lui, de l'autre côté de la massive table basse en chêne qui trônait au milieu du salon.

— Il va falloir t'expliquer, en rentrant. Les ragots vont sûrement déjà bon train, en ville, sur ce que tu as fait la nuit de tes fiançailles…

— J'ai poireauté des heures à cette fête. J'ai parlé à tout le monde et j'ai reçu les félicitations en bon fiancé consciencieux. Je ne suis pas parti avant 23 heures.

— Tu es parti avant la plupart des invités. Tu crois que ça a fait plaisir à ta fiancée ?

— Elle sait que je suis un goujat… et elle m'aime quand même.

Il porta la tasse à ses lèvres.

— Fort et noir. Exactement comme je l'aime.

— J'ai de la peine pour Laura. Elle est si jeune et si amoureuse de toi… Elle mérite mieux. Quel est ton problème, Jamie ? Tu ne te rends pas compte de ta chance ? Tu as des grands-parents qui t'adorent, tout l'argent que tu veux, et une femme qui ne voit que toi.

— Laura n'est pas la femme que je veux.

Il la regarda droit dans les yeux, et elle crut brièvement voir une émotion sincère étinceler dans son regard. Tristesse ? Regret ?

— Alors pourquoi l'épouser ? Si elle n'est pas...

— ... C'est Jazzy. Ça a toujours été Jazzy. Ça le sera toujours.

— Alors romps tes fiançailles et épouse Jazzy.

Jamie lâcha un rire sardonique.

— Tu peux parler ! Tu es la maîtresse de mon grand-père, tu sais qu'il ne divorcera jamais, et pourtant tu t'accroches à lui. Pourquoi n'exiges-tu pas qu'il quitte sa femme et t'épouse ?

Son accusation toucha une corde sensible. Mais Erin n'en tint pas compte.

— Ça n'a rien à voir. Tu es libre, toi, et Jazzy aussi. Rien ne vous empêche de...

— ... Grand-mère me déshéritera si j'épouse Jazzy. Je ne suis pas prêt à renoncer à la fortune.

— Alors tu n'aimes pas Jazzy autant que tu le prétends.

— Qu'est-ce que tu en sais ? Je l'aime. Je l'aime depuis notre adolescence. Et je ne renoncerai pas à elle sous prétexte que grand-mère me force à épouser Laura.

— As-tu passé la nuit avec elle ?

— Je suis allé la voir.

— Et elle t'a repoussé.

— Pas du tout...

Il se pencha en avant et regarda Erin droit dans les yeux avant de reprendre :

— Simplement, elle ne m'a pas permis de rester toute la nuit, alors j'ai trouvé une dame plus conciliante, dont je tairai le nom. Je sais être discret. Tu pourrais avoir envie de t'en souvenir, un jour...

— Je ne crois pas.

Erin but son café d'un trait. Pourquoi Jamie était-il venu, au juste ? Pourquoi se servait-il d'elle comme confidente ? Ils n'étaient pas amis. Elle ne l'appréciait même pas, et ne lui aurait pas accordé une seule seconde de son temps s'il n'était pas le petit-fils de Jim. À moins d'être complètement idiot – ce qu'il n'était pas –, il devait bien savoir que jamais elle n'accepterait de coucher avec lui. Même si elle n'était pas amoureuse de Jim, elle ne commettrait pas une telle folie. Ce garçon n'était qu'un semeur de merde.

Jamie posa soudain sa tasse, se leva et se dirigea vers Erin. La prenant totalement de court, il tomba à genoux devant elle, la saisit par la nuque et l'attira à lui pour l'embrasser, s'emparant de sa bouche avec avidité. Pendant une fraction de seconde, elle se figea, médusée par cet assaut inattendu. Puis tout redevint clair. Sa tasse vide lui glissa des mains et alla exploser sur le plancher. Elle glissa une main entre leurs corps et le repoussa violemment.

Assis par terre, il leva les yeux vers elle et sourit.

— Maintenant, dis-moi que ce n'était pas meilleur qu'avec le vieux.

— Tu n'arrives pas à la cheville de ton grand-père – dans ce domaine comme dans tous les autres. Lève tes fesses de mon plancher et va-t'en, maintenant. Je ne sais pas ce que tu veux, mais ça ne m'intéresse pas. Si je pensais pouvoir t'aider, je le ferais... pour Jim. Mais je crois que tu es irrécupérable.

Jamie bondit sur ses pieds comme un diable à ressort.

— Raccompagne-moi jusqu'à la porte, chérie.

— Tu connais le chemin.

— Un dernier baiser ?

— Je te conseille de déguerpir.

— Allez, ne sois pas comme ça...

— Dehors !

Il lui adressa un clin d'œil, puis sortit nonchalamment du salon. Elle le suivit, restant à une distance respectable tandis qu'il ouvrait la porte. Avant de partir, il se retourna.

— Je vais incidemment informer mon grand-père que j'étais avec toi, ce matin, pour boire un café, t'embrasser...

— Espèce de salaud !

— J'aimerais pouvoir dire à cette vieille croûte que je t'ai sautée... De toute façon, je peux toujours l'insinuer : à mon avis, il risque bien de me croire. Après tout, s'il te demande de confirmer, tu ne lui mentiras pas, n'est-ce pas ?

Tandis qu'il rejoignait sa Mercedes en sifflotant, Jamie était l'incarnation même de l'insouciance, comme si la vie n'était pour lui qu'un perpétuel jeu de sale gosse. Une fois au volant, il baissa sa vitre et envoya un baiser à Erin. Alors qu'il faisait marche arrière, elle l'entendit rire.

Il fallait peut-être appeler Jim et lui raconter ce qui venait de se passer. Le prévenir. Elle n'y penserait pas, s'il n'y avait cette différence d'âge qui les séparait. Mais à soixante-quinze ans, Jim n'avait pas autant confiance qu'elle en leur relation. D'un autre côté, elle répugnait à lui rapporter cet incident, sachant combien cela l'affecterait. Jamie, qui aurait dû être sa fierté et sa joie, n'était que source de déception pour lui. Quel dommage qu'il n'ait pas eu d'autres petits-enfants, ou au moins un petit-fils digne d'un homme comme lui !

Pour la centième fois depuis qu'elle avait quitté Chattanooga, à l'aube, Reve Sorrell se demanda pourquoi elle agissait ainsi : quel besoin avait-elle de se rendre à Cherokee Pointe à la recherche d'une inconnue ? Elle ne manquait pas de famille, pourtant. Depuis la mort de sa mère, l'été précédent, des cousins par douzaines avaient fleuri dans son entourage, attirés par l'immense fortune dont elle avait hérité. L'un des cousins de son père, particulièrement indélicat, avait même été jusqu'à vouloir lui intenter un procès, sous prétexte qu'elle n'était que la fille adoptive de Spencer et Lesley Sorrell. L'affaire n'avait pas pris plus d'ampleur, l'avocat de Reve ayant convaincu celui de son cousin qu'ils se ridiculiseraient devant n'importe quel tribunal.

Tout en longeant lentement la rue principale de Cherokee, elle scrutait les visages des habitants de la petite ville. Elle avait grandi à Chattanooga, une agglomération de taille moyenne assez animée pour ne pas sombrer dans l'assoupissement de certaines villes du Sud, mais qui n'avait pas perdu son charme d'antan. Reve vivait encore dans la demeure de ses parents, dans un vieux et prestigieux quartier. Bien qu'elle ne fût pas l'enfant biologique des Sorrell, elle avait été élevée dans leurs croyances, dans leurs traditions et dans leur élitisme social. Excepté par le sang, elle était une authentique Sorrell. Et elle ne laissait pas passer un seul jour sans remercier Dieu pour sa bonne fortune.

À peine âgée de quelques semaines, elle avait été placée chez ce couple richissime. Lorsqu'elle avait eu six ans, ses parents adoptifs lui avaient révélé son histoire, avec beaucoup de délicatesse et d'amour. Quand, âgée de quatorze ans, elle leur avait posé des questions sur ses parents biologiques, ils lui avaient juré ne rien savoir à leur sujet. Ce ne fut qu'après son diplôme universitaire que sa mère désormais veuve lui avait expliqué qu'on l'avait trouvée dans une décharge publique de Sevierville, jetée comme la dernière des ordures alors qu'elle venait juste de naître.

Si elle s'était rendue à Cherokee Pointe, ce n'était pas sur un simple coup de tête, mais parce que quelqu'un lui avait appris qu'elle avait un sosie dans cette petite ville de montagne. Elle avait rencontré Jamie Upton à une fête l'hiver précédent, alors qu'il rendait visite à des amis de Chattanooga. Il s'était appliqué à la charmer, et il avait presque réussi. Elle le trouvait absolument irrésistible. Mais quand elle avait découvert qu'elle le fascinait par sa ressemblance avec son amour de jeunesse, son bon sens avait mis le holà et endigué ses ardeurs – or s'il y avait une chose qui faisait la réputation de Reve Sorrell, c'était son bon sens : jamais insouciante, toujours sérieuse dans ses études, fille obéissante et femme accusée par de nombreux hommes d'avoir un cœur de glace, Reve mettait un point d'honneur à ne pas laisser ses émotions diriger sa vie. Elle était la maîtrise de soi personnifiée. Bien sûr, elle avait l'intention de rendre visite à ce charmant gredin qu'était Jamie Upton. Après tout, ne l'avait-il pas invitée à séjourner dans son domaine quand elle le souhaitait ?

— Je connais une fille qui pourrait être votre jumelle, lui avait-il dit. Vous devriez vraiment venir à Cherokee Pointe pour rencontrer Jasmine, ça n'arrive pas tous les jours de rencontrer son sosie.

Reve avait chargé un détective privé d'enquêter sur Jasmine Talbot. Elle et cette femme avaient le même âge, à une semaine près ; mais la date de naissance de Reve n'était qu'une approximation. Et Jazzy, comme ses amis l'appelaient, avait été élevée par une tante, une vieille femme connue comme la dingo du coin.

Une mère aurait-elle confié l'un de ses enfants à sa sœur et jeté l'autre à la poubelle ? Cela semblait impensable. Le détective privé avait inclus une douzaine de photos de Jasmine Talbot dans le dossier, et Reve dut admettre que la ressemblance était troublante. Suffisamment pour qu'elles puissent être sœurs, peut-être même jumelles. Elle avait hésité longtemps avant de se décider à cette rencontre, se demandant comment elle réagirait quand elle verrait Jazzy. Si elles étaient sœurs, sentirait-elle tout de suite ce lien du sang qui les unissait ?

Reve se gara à quelques dizaines de mètres du restaurant de Jasmine, sortit de sa Jaguar, bloqua les serrures et s'avança sur le trottoir. L'air matinal était encore frais. Elle regarda sa montre : 8 h 50 – suffisamment tôt pour commander un petit déjeuner. Il s'agissait seulement de trouver le courage d'entrer dans l'établissement, de commander un café et d'observer la réaction des employés lorsqu'ils la verraient. S'ils ne couraient pas prévenir Jasmine de la présence d'un sosie, alors elle demanderait à lui parler.

Devant l'entrée du restaurant, elle s'arrêta, respira un bon coup, puis redressa les épaules et se décida à entrer. Soudain, elle perçut une présence derrière elle et vit une main s'avancer pour lui ouvrir la porte. Surprise, elle jeta un regard par-dessus son épaule : un homme grand et mince, aux cheveux châtains et aux yeux dorés, lui souriait. Elle sentit son cœur battre plus fort devant ce bel inconnu qui la regardait comme s'il voulait l'embrasser. Elle avait l'habitude d'être courtisée, mais tous les célibataires qui couraient après elle savaient qu'elle était multimillionnaire. Or cet homme ne la connaissait pas. Elle lui plaisait, tout simplement.

Le visage de l'homme prit brusquement un air sérieux, comme s'il se ravisait.

— On ne vous a jamais dit que vous aviez un sosie ?

— Pardon ?

— Vous n'avez pas la même coupe de cheveux, et vos yeux sont marron, pas verts – mais je suis presque sûr qu'elle porte des lentilles.

Il la considéra de la tête aux pieds avant de reprendre :

— Vous avez quelques centimètres et quelques kilos de plus. Et votre style est plus classique. Mais vous lui ressemblez assez pour être…

— … Vous êtes ? l'interrompit Reve d'un ton délibérément sévère.

— Désolé.

Il recula alors qu'elle se tournait pour lui faire face.

— Caleb McCord, annonça-t-il en lui tendant la main.

— Reve Sorrell, répondit-elle en lui abandonnant la sienne. Mon nom vous dit quelque chose ?

Il secoua la tête.

— Non. Il devrait ?

— Non, je suppose que non.

— Vous ne seriez pas une parente de Jasmine Talbot, par hasard ?

— Vous connaissez bien Mme Talbot ?

— Assez pour savoir qu'elle n'a pas de sœur, ou du moins qu'elle ignore son existence.

— Ce qui nous fait un nouveau point commun : autant que je sache, je n'ai pas de sœur non plus. Mais un habitant de Cherokee Pointe m'a appris que j'avais un sosie, et comme je passais par là... Eh bien, j'avoue avoir eu la curiosité de la rencontrer.

— Et qui était cet habitant ?

— Jamie Upton. Vous le connaissez ?

Une ombre effaça toute chaleur sur le beau visage rude de Caleb McCord.

— Vous êtes une des maîtresses de Jamie, c'est ça ? Encore un point commun avec Jazzy...

— J'ai l'impression que vous n'aimez pas particulièrement Jamie.

— Je le déteste.

— Parce que ?

— Parce que étant un homme et non une femme, j'ai la chance de voir ce salaud tel qu'il est.

— C'est-à-dire ?

— C'est un minable, dont le passe-temps est de briser les cœurs et de détruire les existences.

Apparemment, la jalousie rongeait cet homme.

— Vous êtes jaloux parce que Jasmine était son amour de jeunesse et qu'elle l'aime encore ?

Caleb éclata de rire.

— Vous aussi, hein ? C'est pour ça que vous êtes venue ici ? Jamie vous a fait son numéro de charme, il a couché avec vous, et puis il vous a laissée tomber pour revenir à Jazzy. Et vous voulez voir ce que votre rivale a de plus que vous.

— Votre imagination vous égare, monsieur McCord. Jamie n'a ni usé ni abusé de moi, parce que je ne lui en ai tout simplement pas laissé l'occasion. Je suis ici par pure curiosité. Je veux rencontrer Jasmine Talbot.

— Rien de plus facile. Je vais vous présenter.

Caleb ouvrit la porte, puis suivit Reve dans le restaurant.

Tiffany, qui s'empressait de venir les accueillir, s'arrêta net quand elle vit la jeune femme. Ses yeux s'écarquillèrent comme des soucoupes.

— Deux cafés, s'il te plaît, commanda Caleb.

— Avec du lait, précisa Reve.

— Et appelle Jazzy, dis-lui que j'ai une surprise pour elle.

— Je vois ça. Qui est-ce ?

Tiffany porta la main à sa bouche.

— Euh... pardon, madame. Mais vous ressemblez tellement à Jazzy...

Elle les conduisit à un box près d'une fenêtre. Plusieurs clients se retournèrent sur leur passage, regardant Reve d'un air ébahi. Elle se demanda soudain si elle avait eu raison de venir à l'improviste. Peut-être aurait-elle dû téléphoner à Jazzy d'abord, ou à Jamie.

Ils s'installèrent au milieu des murmures et des chuchotements. Tiffany vint les servir et leur annonça que Jazzy les rejoindrait bientôt.

— Elle est dans son bureau avec sa tante Sally et Ludie : elles terminent leur petit déjeuner.

Tiffany s'était éclipsée depuis quelques minutes à peine quand Reve vit Caleb se lever, un grand sourire aux lèvres. Elle tourna la tête. Et son cœur fit un bond. La femme qui approchait portait un jean moulant, un tee-shirt jaune vif qui accentuait les formes généreuses de sa poitrine, et arborait une coupe de cheveux courte et indisciplinée qui proclamait son style branché. Jasmine Talbot était extrêmement séduisante. Et très sexy. Deux choses que Reve n'était pas. Mais son corps était semblable à celui de la jeune femme, même si elle le camouflait sous des tailleurs de coupe classique. Et elles avaient exactement le même visage.

Une appréhension noua la gorge de Reve. On pouvait difficilement ressembler autant à quelqu'un sans être de sa famille...

Jazzy s'immobilisa quand Reve se retourna complètement et que leurs regards se croisèrent. Reve vit dans ses yeux le même choc, la même incertitude et les mêmes questions sans réponse.

Caleb alla au-devant de Jazzy et l'entraîna à leur table.

— Viens, que je te présente. C'est aussi une amie de Jamie. Vous avez beaucoup de choses en commun, on dirait.

— Qu'est-ce que ça veut dire ? demanda Jazzy en dévisageant Reve. Qui êtes-vous ?

— Reve Sorrell.

Jazzy regarda Caleb.

— Comment connais-tu cette femme ?

— Je viens juste de la rencontrer. C'est Jamie qui lui a suggéré de te rendre visite. Il semble qu'il ait trouvé ton parfait substitut à Chattanooga.

Reve perçut nettement la colère qui sous-tendait ses paroles. Dans quel bourbier s'était-elle fourrée ?

— Écoutez, je ne suis vraiment pas ici pour Jamie, mais juste pour...

— Pourquoi tu ne dis pas à la dame que Jamie n'a plus besoin d'un substitut, étant donné que la nuit dernière il avait l'original dans son lit ? siffla Caleb entre ses dents.

Jazzy lui lança un regard hargneux. Ses joues s'enflammèrent.

— Tu m'espionnes, maintenant ?

Reve regarda autour d'elle, confuse. Tous les clients les regardaient, ne perdant apparemment pas une miette de ce qui se disait. Il devenait évident qu'elle avait par inadvertance mis les pieds au beau milieu d'un triangle amoureux : Caleb McCord, Jazzy Talbot et Jamie Upton.

— J'ai juste remarqué la Mercedes de Jamie devant chez toi quand j'ai quitté le boulot. J'ai aidé Lacy à fermer. Je me fiche complètement de savoir avec qui tu baises, mais à partir d'aujourd'hui, ne viens pas me raconter que tu ne veux plus le voir. Tu m'as fait perdre mon temps et mon énergie en me chargeant de le virer, mais ce n'était qu'une manœuvre pour l'exciter encore plus et te faire désirer, non ? Tu sais comment j'appelle ça ?

Jazzy le gifla. Là, en plein milieu du restaurant. Reve sursauta, outrée par le comportement de cette femme. On ne se donnait pas ainsi en spectacle. Pas quand on était une femme de qualité. Mais, de toute évidence, Jasmine Talbot n'était pas une femme de qualité.

Une vulgaire querelle de bar n'était pas ce à quoi elle s'attendait en venant ici. Elle devait partir immédiatement, rentrer à Chattanooga et oublier cette furie. Jumelle ou pas, elle ne voulait rien avoir à faire avec ce genre de femme.

Alors que la clientèle suivait attentivement la scène qui opposait Jazzy et Caleb, Reve attrapa son sac et quitta le restaurant quasiment en courant. Avant d'atteindre la porte, elle entendit une voix masculine l'appeler, mais elle ne ralentit pas.

Dehors, elle reprenait à peine son souffle qu'une main se posa sur son épaule.

— Ne vous enfuyez pas, dit Caleb.
Reve se tourna vers lui.
— Laissez-moi tranquille, s'il vous plaît.
— Je m'excuse pour ce qui vient de se passer. Entre Jazzy et moi, c'est souvent explosif. Et je méritais cette gifle. Revenez et…
— Non merci. J'ai assez vu Jasmine Talbot.
— Ne la jugez pas si vite. C'est quelqu'un de bien, vous savez. Son seul problème est d'être accro à Jamie Upton. Et je suspecte que vous souffrez du même mal…
— Je vous assure que non, monsieur McCord.
Caleb la prit par le bras.
— Si c'est vrai, vous avez toute ma considération, Reve Sorrell.

3

Dès que Jim Upton entendit la Mercedes de son petit-fils arriver, il se hâta de sortir pour l'attendre sur le perron. Il avait deux mots à dire à Jamie et ne voulait pas que leur conversation soit entendue.

La veille au soir, Reba avait été si contrariée par le comportement de son petit-fils qu'elle était allée se coucher avec une migraine. Ce matin, elle dormait encore quand il était passé la voir. Reba et lui ne faisaient plus chambre commune depuis des années. C'était elle qui en avait décidé ainsi.

Jim n'avait pas encore croisé les membres de la famille Willis – Laura, ses parents et sa jeune sœur. Il présumait qu'ils étaient encore au lit. Pauvre Laura, si douce et si fragile… Pourquoi avait-il fallu qu'elle tombe amoureuse de Jamie ?

Les bras croisés sur sa poitrine, Jim regardait son petit-fils grimper les marches de la véranda en sifflotant. Quand Jamie l'aperçut, il lui fit un petit signe de la main et sourit de toutes ses dents. Fichu gredin. Tout ce dont ce garçon manquait, il le compensait en charme. Mais le charme en soi ne valait rien, et Jamie ne valait rien. Pourquoi le Seigneur lui avait-il enlevé son fils et sa fille pour lui laisser cet enfant, il ne le saurait jamais. Si seulement Jamie ressemblait un peu plus à Jim Jr son père… Mais on était loin du compte.

Et dire qu'il avait été un enfant doux et tranquille… Un enfant tendre et agréable, aussi attaché à ses grands-parents qu'ils l'étaient à lui. Mais à partir de l'âge de douze ans, Jamie n'avait cessé de les décevoir. Si Reba n'avait pas plaidé en sa faveur, Jim l'aurait déshérité depuis longtemps – mais son épouse ne supporterait pas de perdre Jamie, et même s'il n'aimait pas Reba d'amour – il ne l'avait jamais aimée comme un homme devrait aimer sa femme –, il avait une immense affection pour elle et estimait qu'elle méritait le peu de joie que lui apportait leur petit-fils.

Reba souhaitait de tout son cœur que Jamie épouse Laura. Et s'il fallait battre ce garçon comme plâtre pour le faire marcher droit, au moins jusqu'au mariage, Jim était prêt à le faire.

— Nous avons à parler, annonça-t-il quand Jamie parvint à sa hauteur.

— Ça servirait à quoi, grand-père ? Tu me sermonneras, je te dirai que je suis désolé, et puis…

Jim le saisit fermement par le bras.

— Tu viens avec moi, et je te prie de me croire que nous allons avoir une sérieuse discussion.

Grognant de douleur, Jamie tenta de se dégager. En vain. Malgré ses soixante-quinze ans, Jim avait non seulement l'avantage par la force, mais aussi par la taille.

— Doucement, grand-père, tu vas me casser le bras.

Sans daigner répondre, Jim le força à redescendre les marches. Jamie cessa de résister et son grand-père l'entraîna vers le kiosque richement décoré qui trônait au centre de la pelouse. Il le poussa à l'intérieur et lui fit signe de s'asseoir. Tandis que Jamie prenait place dans l'un des deux énormes fauteuils en osier, Jim commença par faire les cent pas devant son petit-fils, puis il inspira profondément et s'assit dans l'autre fauteuil.

— Écoute, ce n'est pas grave, plaida Jamie. Je présenterai mes excuses à Laura, à grand-mère et à M. et Mme Willis.

Jim serra les mâchoires.

— Il arrive un moment où les excuses ne suffisent plus. Comment comptes-tu expliquer à Laura ce que tu as fait hier soir ? Tu vas lui dire que tu devais absolument aller voir Jazzy Talbot, que ton désir pour une autre femme était si puissant que…

— … Je ne peux pas renoncer à Jazzy. Pas totalement. Tu es sûrement bien placé pour comprendre ça.

— Ne me compare pas à toi. Je n'ai jamais fait souffrir ta grand-mère. Je la respecte trop pour…

— Et Erin ? Tu ne crois pas que grand-mère souffrirait, si elle était au courant ?

— Elle n'est pas au courant, et elle ne le sera jamais.

— Et Laura non plus ne…

— Laura est au courant pour Jazzy. Tout Cherokee est au courant pour Jazzy.

Jamie détourna le regard, l'air boudeur.

— J'épouserai Laura, comme grand-mère le veut. Et nous vous donnerons des petits-enfants. Mais je ne peux pas l'aimer. Pas comme j'aime Jazzy.

Sur ce point, Jim compatissait avec son petit-fils. Jamie croyait sincèrement que ce qu'il éprouvait pour Jazzy Talbot était de l'amour. Et c'en était peut-être. Peut-être aimait-il Jazzy autant qu'il en était capable. D'un amour lâche et faible. Comme lui.

— Je croyais que Jazzy ne voulait plus te voir. C'est ça, qui te motive ? Tu ne peux pas accepter qu'elle te repousse ? Ça la rend encore plus désirable à tes yeux ?

— Elle veut encore de moi, fanfaronna Jamie en se levant pour aller s'accouder à la rambarde.

— Avez-vous passé la nuit ensemble ?

Jamie se retourna, un sourire malicieux aux lèvres.

— Je suis resté deux heures chez elle. On a parlé. On s'est fait nos adieux. Mais je sais que, tôt ou tard, elle me reviendra. Comme chaque fois.

— Pas cette fois. Elle veut le mariage, n'est-ce pas ? Or elle sait que tu ne l'épouseras jamais. Il paraît que Jacob Butler et elle ont eu une aventure. C'est un type bien qui ferait un bon mari. On m'a dit aussi que le videur du *Jazzy's Joint* était très protecteur avec elle. Il t'a fichu à la porte plus d'une fois...

— Jazzy a rompu avec Butler... Cet Indien est vraiment trop laid. Quant à Caleb McCord, elle ne l'épousera pas plus qu'elle n'épousera Butler. Aucun d'eux n'a ce que Jazzy veut.

— Et que veut-elle ?

— L'argent.

Jim ricana.

— C'est peut-être ce qu'elle voulait à seize ans, quand elle est tombée enceinte de toi. Mais Jazzy a grandi, elle est devenue une sacrée femme d'affaires. Je suis prêt à parier que ses priorités ont changé.

Jamie le regarda d'un air agacé.

— Tu as fini, maintenant ? J'ai besoin d'un petit déjeuner et de quelques heures de sommeil.

Jim se leva, saisit Jamie par le col de sa jolie chemise blanche et l'attira tout près de lui.

— Avant ça, tu vas aller trouver Laura et arranger les choses avec elle. Tu te mets à genoux et tu implores son pardon, s'il le faut. Dans trois semaines, tu épouses cette fille. Et si tu fais quoi que ce soit – je dis bien quoi que ce soit – qui brise le cœur de ta grand-mère, je te tordrai le cou. C'est bien compris ?

Jamie tremblait. Tant mieux. Il était plus que temps qu'il commence à avoir peur de lui. Il le lâcha et le poussa vers la sortie.

— Quand tu demanderas pardon à Laura, tu as intérêt à être convaincant.

Jamie s'était déjà ressaisi. Défiant son grand-père du regard, il sourit.

— Je n'ai pas passé la nuit avec Jazzy, mais je me suis consolé dans d'autres bras. Devine lesquels ?

— La stupide traînée qui t'a diverti cette nuit ne m'intéresse pas.

— Voyons, est-ce une manière de parler d'Erin Mercer ?

Jim se figea.

— Essaie un autre mensonge, parce que je ne te crois pas.

Jamie haussa les épaules. Son sourire s'élargit, dévoilant l'impeccable alignement de ses dents blanches.

— Appelle-la, si tu ne me crois pas. Demande-lui si nous n'avons pas bu un café ensemble, ce matin, et si nous ne nous sommes pas embrassés.

— Hors de ma vue ! gronda Jim, les poings serrés. Immédiatement !

Jamie s'éloigna en riant pour rejoindre la maison. Jim, qui le suivit des yeux jusqu'à ce qu'il disparaisse, se demandait ce qu'il avait bien pu faire pour mériter un pareil petit-fils.

Sally Talbot et sa meilleure amie, Ludie, sortirent du *Jasmine* et se dirigèrent vers Jones's Market. Sally avait une irrésistible envie de poisson-chat et Jones's était le meilleur endroit où en trouver. Tandis qu'elles traversaient la rue, Sally rassembla le tabac à chiquer dans sa bouche et le cracha quand elles eurent atteint le trottoir.

— J'aimerais bien que tu perdes cette sale habitude, marmonna Ludie. Tu vas finir par te faire un cancer de la bouche, un de ces jours…

— Hé, regarde…

Sally agrippa le bras de Ludie. Elle n'en croyait pas ses yeux. Mais il y avait bien, de l'autre côté de la rue, une femme qui parlait avec Caleb McCord. Une femme qui ressemblait fichtrement à Jazzy. Une bouffée de panique la prit à la gorge – une peur cachée qui la tourmentait depuis près de trente ans.

— Quoi ? demanda Ludie en inspectant la rue.

— Là-bas, près de la voiture verte. Une Jaguar, je crois. Regarde la femme qui parle à Caleb.

Les yeux de Ludie se portèrent sur l'inconnue. Elle sursauta.

— Ça alors ! On croirait sa jumelle. Mais comment… Oh, Sally, tu crois que ça pourrait être…

— Ouais, je crois bien. Et si c'est elle, tu sais ce que ça veut dire…

— Ça veut dire que notre Jazzy va poser beaucoup de questions.

— Tout juste.

Sally cracha un nouveau jet noirâtre sur le trottoir.

— Et qu'est-ce que je lui dirai ?

— Tu pourrais lui dire la vérité, maintenant, non ?

— Elle pourrait me haïr.

— Peut-être bien. Mais, connaissant notre Jazzy, je crois plutôt qu'elle te pardonnerait.

— Viens, allons voir cette femme de plus près. Peut-être qu'elle ne sait pas…

— Si elle ne sait pas qu'elle ressemble à Jazzy, elle le saura bientôt. Caleb lui dira.

Sally tira Ludie par le bras, ramenant sa petite et grassouillette amie de l'autre côté de la rue. De plus près, la ressemblance était indéniable : cette femme était sûrement la sœur de Jazzy. Le cœur de Sally se serra. *Seigneur, aidez-moi. Je ne savais pas qu'il y avait deux bébés. Si j'avais su…*

— Bonjour, Sally, la salua Caleb d'un ton aimable. Ludie… Comment allez-vous, ce matin, mesdames ?

— Très bien, répondit Ludie sans lâcher des yeux

l'inconnue qui se tenait à son côté. Qui est donc cette charmante demoiselle qui t'accompagne ?

— Je vous présente Mlle Reve Sorrell, de Chattanooga.

— Enchantée, mademoiselle, salua Ludie en souriant.

— Qu'est-ce qui vous amène à Cherokee Pointe ? demanda Sally.

— Ça n'est pas évident ? intervint Caleb. Elle est venue rencontrer son sosie.

— Ah oui, maintenant que tu le dis, elle ressemble beaucoup à notre Jazzy..., souffla Sally en tendant la main à Reve Sorrell. Enchantée, madame, je suis la tante de Jazzy.

Reve Sorrell lui serra la main tout en l'examinant soigneusement.

— J'ai rencontré votre nièce et j'admets que nous nous ressemblons, mais...

— Vous savez, il paraît qu'on a tous un double quelque part sur terre. Jazzy doit être le vôtre, non ?

— Madame Talbot, puis-je vous poser une question ? demanda Reve Sorrell en la regardant droit dans les yeux.

Sally déglutit. Ne pas ciller. Ne pas avoir l'air de craindre quoi que ce soit. Elle n'avait rien fait de mal.

— Qu'est-ce qui vous chiffonne, jeune fille ?

— Si Jazzy est votre nièce, vous devez savoir si... si elle avait une sœur, n'est-ce pas ?

Sally éclata de rire, avec un peu trop d'exubérance. Elle espéra que personne à part Ludie ne percevrait la nervosité dans sa voix.

— Bien sûr. Et si vous vous figurez que Jazzy et vous pouvez être sœurs, enlevez-vous tout de suite cette idée du crâne. Ma sœur cadette – la maman de Jazzy – n'a eu qu'un bébé.

— Je vois.

À son timide sourire, Sally comprit que Reve Sorrell était soulagée de ne pas être apparentée à

Jazzy. Si l'on en jugeait par ses vêtements et par sa voiture, Mlle Sorrell avait de l'argent, beaucoup d'argent. Et les gros comptes en banque allaient habituellement de pair avec les gros snobs. Elle était sûrement contente de découvrir qu'elle n'avait aucun lien de sang avec des personnes du genre de Jazzy Talbot.

— Qu'a dit Jazzy quand vous vous êtes vues? demanda Ludie.

Sally aurait aimé gifler cette tête de linotte. Pourquoi relançait-elle le débat?

— Nous n'avons pas vraiment eu l'occasion de parler, répondit Reve.

— Jazzy et moi avons eu un petit différend, expliqua Caleb.

— Laisse-moi deviner, glissa Sally avec un sourire entendu. C'est à propos de Jamie, hein?

Elle lui tapota le dos.

— Tu as raison de ne pas laisser passer. Quand elle m'a dit qu'elle avait ouvert sa porte à ce voyou cette nuit, je l'ai traitée d'imbécile.

— Elle vous a dit qu'elle était avec lui?

— Pas pour passer la nuit, elle n'est pas stupide à ce point. Elle m'a juré que c'était fini entre eux. Et je la crois.

Reve se racla la gorge.

— Si vous voulez bien m'excuser…

— Mlle Sorrell est aussi une amie de Jamie, précisa Caleb. C'est lui qui lui a parlé de sa ressemblance avec Jazzy.

— Méfiez-vous de lui comme de la peste, jeune fille, conseilla Sally en clouant Reve sous un regard d'avertissement. Jamie Upton n'est qu'une source d'ennuis pour une femme. On aurait dû lui faire la peau depuis longtemps…

Sur ces mots, Sally plissa les lèvres et cracha sur le trottoir. Elle sourit en voyant Reve Sorrell sursauter et reculer d'un pas.

— J'aurais dû tuer ce putois quand il était mioche. Ça aurait évité bien des soucis à Jazzy.

Elle abattit sa main sur l'épaule de Reve. Pas une mauvaise idée d'effrayer cette poulette. Pas mauvaise du tout. Même si elle était intimement persuadée d'être la sœur de Jazzy, l'idée d'avoir quelqu'un comme Sally pour tante la ferait fuir illico.

— Si vous avez fricoté avec Jamie, suivez mon conseil, changez de cap.

— Madame Talbot, je peux vous assurer que je n'ai pas...

— Appelez-moi Sally, comme tout le monde.

— Sally... Ça a été... un plaisir de vous rencontrer. Mais il faut vraiment que j'y aille... balbutia Reve. Maintenant que je sais que nous ne sommes pas parentes, malgré notre ressemblance...

— Vous êtes vraiment venue juste pour ça ? s'enquit Sally d'un air inquisiteur. Ou pour voir votre rivale ? Rassurez-vous, elle n'est plus dans la course. Elle et Jamie, c'est fini. Mais vous savez sûrement... qu'il va se marier.

— Non, je ne savais pas, mais je suis contente pour lui. Croyez-moi, Jamie Upton ne représente rien pour moi. Maintenant, si vous voulez bien m'excuser...

Sally cracha de nouveau, assez bruyamment pour avoir l'air vulgaire aux yeux de cette pimbêche qui n'avait sans doute jamais vu une vieille femme chiquer.

— Ne partez pas si vite, lança Caleb à Mlle Sorrell.

Cette dernière ne daigna même pas répondre. Elle déverrouilla sa portière, se mit au volant et effectua une marche arrière pour quitter le parking, tout cela en un temps record.

— Vous pouvez m'expliquer pourquoi vous l'avez fait fuir ? demanda Caleb à Sally. Est-elle vraiment la sœur de Jazzy ?

— Ma Jazzy n'a pas de sœur, répondit catégoriquement Sally. C'est écrit noir sur blanc sur son acte de naissance.

Caleb paraissait sceptique, mais il n'osa pas insister. Il leur souhaita une bonne journée et s'éloigna.

Dès qu'il eut disparu, Ludie attrapa Sally par le bras.

— Tu n'as peut-être pas eu de mal à faire fuir cette fille, mais Jazzy va te poser des questions sur elle. Et elle te connaît trop bien pour que tu puisses lui mentir.

— Je n'ai pas menti à cette fille et je ne mentirai pas non plus à Jazzy en lui disant que ma sœur Corrine n'a donné naissance qu'à un seul enfant. Jazzy n'a ni frère ni sœur.

— Quelque chose me dit que Jazzy et Reve n'en resteront pas là. C'est trop étrange, de se ressembler autant.

— Il peut y avoir une autre explication, persista Sally. Je te jure qu'il n'y a jamais eu d'autre enfant que ma petite Jasmine.

— Je te crois, céda Ludie en lui tapotant le dos. J'étais là pendant toutes ces années. Je sais tout ce que tu sais.

« Pas tout à fait, pensa Sally. Il y a une chose que je ne t'ai jamais dite, ma vieille. Une chose que je ne dirai jamais à personne… »

Le soleil du matin, entrant à flots par les baies vitrées, caressait doucement son corps. Elle réfléchissait à ce qu'elle devait faire pour protéger son enfant, comme n'importe quelle mère bienveillante et aimante. Jamie Upton représentait un danger qu'elle avait bien l'intention d'éliminer. Il ne méritait pas de vivre.

Mais elle devait être très prudente. Préparer méticuleusement ses plans, afin que non seulement

Jamie meure dans d'atroces souffrances, mais aussi que cette Jasmine Talbot soit accusée de l'avoir tué. C'étaient des pécheurs, des fornicateurs, et ils méritaient tous les deux la mort. Pourquoi les hommes s'imaginaient-ils pouvoir trahir impunément les femmes qu'ils prétendaient aimer ?

Elle devait agir rapidement : le mariage avait lieu dans trois semaines, mais elle se sentait incapable d'attendre aussi longtemps, l'idée de torturer Jamie l'excitait trop. Et puis il y avait le risque que quelqu'un le tue avant elle. C'était fort possible : tant de gens le haïssaient. Même sa chère Jazzy prétendait le détester. Mais elle ne l'avait pas pour autant repoussé, la nuit précédente... Et rien que pour ça, elle méritait tout le mal qu'elle lui réservait.

4

Jamie se sentait rudement bien. Il venait de marquer un point contre le vieux, en introduisant le doute dans son esprit. Et plus le grand-père se préoccuperait de sa propre vie amoureuse, moins il aurait le temps de se mêler de la sienne.

Évidemment, il serait obligé de se calmer pendant un mois ou deux – la nuit dernière avait été sa dernière escapade avant le mariage. Mais après, il reviendrait graduellement à Jazzy et à toutes les femmes qu'il lui plairait de séduire.

Jazzy se faisait des illusions, si elle croyait vraiment à cette rupture : ils étaient liés à jamais, tous les deux, et rien ni personne ne pourrait les séparer.

Moins assuré qu'il n'aurait aimé l'être – il n'était pas persuadé de pouvoir rentrer dans les bonnes grâces de M. et Mme Willis, même s'il rétablissait la situation avec Laura –, Jamie grimpa l'escalier. En montant par l'accès réservé aux domestiques, il avait peu de risques de tomber sur ses futurs beaux-parents avant d'avoir parlé à Laura. Il s'attendait aux pires foudres, mais avec quelques baisers, quelques mots bien choisis et la promesse de ne plus jamais recommencer, il en fèrait ce qu'il voudrait.

Alors qu'il approchait de la chambre de Laura – celle qu'elle partageait maintenant avec sa jeune sœur –, une porte s'ouvrit et il eut la surprise de voir Sheridan en sortir, ondulant sensuellement dans une robe d'été beaucoup trop sexy pour une fille de son âge. Or cette apparence provocante n'était pas qu'un jeu : il était bien placé pour savoir que la petite sœur de sa fiancée était une vraie bombe sexuelle.

— Tiens, tiens, regardez qui voilà, susurra la jeune fille d'un air malicieux en se plantant devant Jamie et en lui adressant un sourire aguichant.

— Bonjour, belle-sœur.

Tandis qu'il se penchait pour l'embrasser sur la joue, Sheridan posa la main sur son cou, se hissa sur la pointe des pieds et approcha ses lèvres des siennes.

— Tu peux faire mieux que ça, non ?

Il chassa sa main et lui donna une petite tape sur les fesses.

— Tiens-toi bien, bébé. J'ai déjà assez de problèmes comme ça, ce matin.

Sheridan fit la moue.

— Maman et papa sont très en colère contre toi, tu sais ? Et la pauvre Laura a pleuré toute la nuit. Je crains qu'elle n'annule le mariage.

— Aucun risque. Ta sœur sera Mme James Upton III dans trois semaines. Grand-mère en a décidé ainsi, et Reba obtient toujours ce qu'elle veut.

— Alors tu as intérêt à faire la paix avec Laura. Et ne te fatigue pas à lui mentir. Elle sait que tu étais avec Jasmine Talbot.

— Je n'ai pas l'intention de nier. Quand j'expliquerai à Laura pourquoi j'étais chez Jazzy, elle comprendra.

Les yeux de Sheridan s'écarquillèrent d'étonnement.

— Je suis curieuse d'entendre ça.

— Plus tard. Retrouve-moi aux écuries dans une heure.

Il lui fit un clin d'œil, puis frappa à la porte de Laura.

— Qui est-ce ?

Jamie lança un autre clin d'œil à Sheridan, puis lui souffla un baiser. Elle sourit d'un air triomphant avant de disparaître dans le couloir.

— C'est moi, Laura chérie, c'est Jamie.

— Va-t'en ! Je ne veux plus jamais te revoir.

— Allons, mon amour, ne le prends pas comme ça. Il faut que je te parle. Il faut que tu comprennes pourquoi j'ai agi de cette manière, hier soir.

— Je ne veux pas t'entendre, je t'ai déjà trop souvent pardonné. Si c'est Jazzy Talbot que tu veux, eh bien tu peux l'avoir. Je vais annuler le mariage et…

— Tu ne peux pas faire ça.

Jamie ouvrit la porte. Vêtue d'une simple chemise de nuit, Laura était assise au bord de son lit.

— Tu ne veux pas me briser le cœur, n'est-ce pas ?

— Tu n'as pas intérêt à entrer.

Elle se leva d'un bond et désigna la porte.

— Va-t'en immédiatement.

Jamie referma la porte avant de la verrouiller.

— Je ne partirai pas. Pas avant que tu m'aies laissé m'expliquer. Pas avant que tu m'aies pardonné ma stupidité.

Laura leva son petit visage défait et risqua un regard dans sa direction, puis le détourna rapidement. Il comprit qu'il avait prononcé les mots justes, lui donnant suffisamment d'espoir pour qu'elle consente à l'écouter. Il lui mentirait, lui dirait ce qu'elle brûlait d'entendre – c'était la meilleure tactique à employer, avec les femmes : dites-leur la vérité et vous êtes fichu ; mentez-leur, flattez-les, et elles vous mangeront dans la main.

Il fit quelques pas dans sa direction, puis s'arrêta comme s'il se demandait s'il avait le droit de l'approcher. Avoir l'air humble. Faire comme si la peur de la perdre le plongeait dans les pires tourments.

— Laura, j'ai commis une erreur en quittant notre fête de fiançailles avant la fin. Je ne me suis pas rendu compte de l'impact que ça aurait sur toi, sur tes parents, et sur nos invités.

Il avança d'un pas.

— J'étais trop impatient de faire quelque chose que j'aurais dû faire depuis longtemps.

Elle le regarda à nouveau, plus longuement cette fois, avant de baisser les yeux sur le sol.

— De quoi parles-tu ? Qu'est-ce que tu aurais dû faire depuis longtemps ?

— Rompre avec Jazzy.

Laura releva vivement la tête.

— Je ne comprends pas.

Il s'approcha encore ; elle était prête à le croire.

— Hier soir, en nous voyant tous réunis pour nos fiançailles, j'ai compris à quel point ce mariage me tient à cœur... À quel point tu comptes pour moi. Je veux vivre près de toi. Je... je t'aime, Laura.

Les yeux brillants de larmes, elle le dévisageait, l'incrédulité le disputant à l'espoir dans son regard.

— Tu es allé voir Jazzy et tu as passé la nuit avec elle.

— Oui, je suis allé voir Jazzy.

Il tendit une main vers elle, mais elle se déroba.

— Je suis allé la voir pour lui dire que tout était fini entre nous. Maintenant et pour toujours. Je lui ai expliqué que je t'aimais. Elle a compris. Nous avons parlé pendant deux heures – seulement parlé – et ensuite je suis parti.

— Si c'est vrai, alors où étais-tu, toute la nuit ?

— J'ai conduit au hasard, réfléchissant à mes nombreuses erreurs, faisant des plans pour notre avenir. Sans même m'en rendre compte, je me suis retrouvé à Knoxville. Je voulais t'appeler, mais il était trop tôt. Alors je me suis arrêté sur une aire de repos et j'ai dormi quelques heures avant de rentrer.

— Je veux te croire.

Jamie fonça, ne lui laissant aucune latitude pour s'échapper. Certain qu'elle ne lui opposerait aucune résistance, il la prit dans ses bras.

— Crois-moi, Laura, je t'aime. Toi et seulement toi.

Quand il pencha la tête pour l'embrasser, elle détourna son visage. Il la saisit par le menton et ramena ses lèvres à lui. Elle se rendit sans même un gémissement. Comme elle était facile. Pauvre petite conne.

Quand il quitta finalement ses lèvres, elle leva vers lui des yeux débordants d'amour et d'espoir.

— Oh, Jamie, je t'aime tant.

— Je le sais. Et je t'aime encore plus. Nous allons être le couple le plus heureux du Tennessee, ma chérie !

Il la souleva dans ses bras et la fit tournoyer dans la pièce.

— Mais qu'est-ce que je dis ? Nous serons le couple le plus heureux de la terre !

Reve ne pensait plus qu'à quitter Cherokee Pointe au plus vite. Quelle idiote elle avait été de venir ici en espérant y trouver sa sœur biologique ! Même si Sally Talbot lui avait menti – ce qu'elle soupçonnait fort -, elle ne pouvait pas accepter qu'une femme telle que Jazzy Talbot soit de son sang. C'était une moins que rien. Qui, semblait-il, couchait avec tout le monde. Il était hors de question qu'elle soit sa sœur. Et exclu que Sally Talbot soit sa tante !

Alors qu'elle empruntait la route principale pour sortir de la ville, elle réfléchissait aux éventuelles conséquences que pourrait avoir sa visite. Pourquoi leur avait-elle dit son nom ? S'ils voulaient la retrouver, rien ne leur serait plus facile : tout le monde à Chattanooga savait qui était Reve Sorrell. Elle était l'héritière de l'empire Sorrell ! Des individus comme

Jazzy Talbot et sa tante étaient bien du genre à exercer un sale chantage pour récolter de l'argent.

Et Caleb McCord ? Il lui avait d'emblée été sympathique, mais elle ne se leurrait pas sur son compte. C'était un diamant égaré dans la boue, un pauvre type né du mauvais côté de la barrière. Une femme comme Jazzy savait sûrement comment s'y prendre, avec ce genre d'homme, mais pas elle. Elle aimait que ses amants soient socialement, intellectuellement et financièrement ses égaux. Inutile d'être un génie pour comprendre que Caleb McCord ne correspondait pas à ses critères.

La curiosité de McCord sur l'étonnante ressemblance qui l'unissait à Jazzy entrerait-elle en action ? Devrait-elle le payer pour qu'il abandonne ? Combien cela lui coûterait-il, de faire disparaître tous ces péquenots de sa vie ?

Se maudissant pour s'être empêtrée dans une telle situation, Reve ne réalisait pas à quelle vitesse elle allait jusqu'à ce qu'une sirène retentît soudain à ses oreilles. Jetant un œil dans le rétroviseur, elle aperçut la lumière bleue d'un gyrophare sur le toit d'un pick-up noir. Super. Qui était ce type ? Un policier ? Le shérif du coin ?

Mieux valait ralentir et se garer sur le bas-côté. Puis payer gentiment son amende à ce fonctionnaire trop zélé et dire enfin adieu à cette maudite région.

Avant qu'elle ait pu montrer sa bonne volonté de citoyenne coopérante, un énorme animal traversa la route juste devant elle. C'était un cerf, un mâle aux bois impressionnants, qui aurait fait la fierté de n'importe quel chasseur. Reve se déporta pour essayer de l'éviter, et termina dans le fossé. Pas un petit fossé de bord de route, non, un ravin à flanc de montagne. Par chance, elle réussit à tourner le volant juste à temps pour ne pas percuter un gros chêne.

Elle pila, le cœur battant follement, la tête soudain prise dans un étau douloureux, et essaya de défaire sa ceinture de sécurité. Ses doigts tremblants n'arrivaient pas à s'acquitter de cette simple tâche. Qu'est-ce qui lui arrivait ? Elle n'était pas blessée. Pas une égratignure. Si la Jaguar était abîmée, elle n'aurait qu'à la faire réparer ou en acheter une neuve, et utiliser en attendant l'une des cinq autres voitures qu'elle possédait.

Alors pourquoi tremblait-elle comme une feuille ?

Le choc. Elle était sous le choc. Tout simplement.

Un coup frappé à sa vitre la fit sursauter. Quand elle regarda par la fenêtre, elle se figea d'horreur en découvrant un visage de sauvage à la peau sombre, avec des cheveux noirs tombant jusqu'aux épaules et des yeux verts bridés qui la scrutaient bizarrement. Elle avait sûrement une hallucination. Cet homme ne pouvait pas être réel.

Brusquement, la portière s'ouvrit et l'hallucination se mit à parler :

— Ça va ? Vous êtes blessée ?

De sa vie, Reve n'avait jamais vu de spécimen masculin aussi brut. Cette espèce de guerrier farouche, au regard chargé de foudre, tendait ses immenses mains vers elle pour lui palper la tête, le cou, les épaules et les bras.

— Qu'est-ce que vous faites ? s'écria-t-elle. Ne me touchez pas !

Il cessa son inspection et retira ses mains.

— Je voulais voir si vous n'étiez pas blessée, vu que vous ne répondiez pas. Si vous allez bien, je vais vous aider à remonter. J'appellerai la dépanneuse et...

— Qui êtes-vous ?

Malgré son ton autoritaire, il ne portait aucun uniforme. Jusqu'à preuve du contraire, il pouvait très bien être un violeur en série qui possédait un gyrophare de la police.

— Shérif Butler, lui annonça-t-il.

— Vous êtes le shérif ? ne put-elle s'empêcher de s'étonner.

En le regardant plus attentivement, elle conclut qu'il était amérindien – ce qui n'était pas surprenant, vu la proximité de la réserve cherokee, à la frontière de l'État.

— Votre plaque d'immatriculation provient du comté de Hamilton. Vous rendez visite à quelqu'un dans la région ou vous êtes seulement de passage ?

— Juste de passage.

Il tendit le bras et défit sa ceinture de sécurité.

— Vous arriverez à sortir ou vous voulez que…

— J'y arriverai, merci beaucoup.

Après avoir récupéré son sac sur le siège passager, elle se débrouilla pour s'extraire de la Jaguar, mais dès que ses talons eurent touché le sol mou et inégal, elle perdit l'équilibre. Il la rattrapa par la taille, la serrant involontairement contre lui dans le même mouvement. Elle se raidit, puis leva les yeux vers lui, son cœur tambourinant jusque dans ses oreilles.

— Ça alors ! s'exclama-t-il en la regardant, bouche bée.

— Vous voulez ma photo, shérif ?

— Désolé, s'excusa-t-il, mais sans cesser de la scruter. Vous me rappelez une amie. Vous pourriez être…

— … jumelles, compléta Reve.

— Tout à fait. Comment vous le savez ?

— C'est juste une supposition.

Elle s'écarta de lui et essaya de gravir le talus escarpé, mais les talons hauts n'étaient pas faits pour ce genre d'activité.

Sans rien lui demander cette fois, le shérif Butler la prit par la taille et la hissa littéralement jusqu'à la route. Elle aurait dû s'en sortir avec une simple amende et elle se retrouvait tractée hors de la scène d'un accident qu'elle avait provoqué en conduisant imprudemment. Enfin, pas imprudemment, juste trop vite.

Dès qu'ils eurent rejoint la route, il la lâcha, comme s'il n'avait pas plus envie de la toucher qu'elle ne voulait sentir ses mains sur elle. Quelque chose la déstabilisait, chez cet homme, quelque chose qui envoyait des signaux d'alarmes dans son cerveau. Pourtant – et c'était bien ce qui la dérangeait le plus –, elle n'éprouvait absolument aucune répulsion à son contact. Non, c'était autre chose. Quelque chose qu'elle n'arrivait pas à nommer.

— La dépanneuse emmènera votre voiture au garage, lui dit-il. Vous avez de la chance, ç'aurait été sacrément dommage qu'une si belle bagnole soit totalement abîmée. J'imagine qu'elle vaut au moins quatre-vingt mille dollars.

Elle détestait ce type ! Son ton, sa condescendance, son air de chef, tout lui déplaisait en lui.

— L'essentiel est que personne ne soit blessé, surtout pas le cerf, répliqua-t-elle, narquoise.

— Ouais, vous avez vraiment de la chance.

Il la détailla, l'étudiant de près comme pour mémoriser chaque aspect de son visage et de son corps.

— À la vitesse où vous alliez, les accidents sont souvent graves. Parfois mortels.

— Je n'allais pas si vite que ça…

— À mon avis, vous rouliez à plus de quatre-vingts à l'heure – dans une zone limitée à cinquante…

— Vous imaginez que ma voiture coûte quatre-vingt mille dollars. Vous imaginez que je faisais du quatre-vingts à l'heure…

Reve croisa les bras sur sa poitrine et le considéra de son regard le plus méprisant avant de poursuivre :

— Y a-t-il quelque chose dont vous soyez sûr, shérif, ou passez-vous votre vie à imaginer sans savoir ?

Ses yeux n'étaient plus que deux fentes fixées sur elle. Elle frissonna. Ce type avait le don de mettre ses nerfs à vif.

— Montez, ordonna-t-il en se dirigeant vers son véhicule. Je vous emmène dans mon bureau pour le constat. Ensuite, si je décide de ne pas vous arrêter…

— M'arrêter !

Reve fonça à sa suite et l'attrapa par le bras.

— Maintenant, écoutez-moi, espèce de grand plouc qui se prend pour Cochise, je ne suis pas habituée à ce qu'on me traite ainsi. Je peux sans problème contacter le gouverneur…

Il se retourna et la saisit fermement par les épaules avant de lâcher, imperturbable :

— Mettez vos fesses dans ce camion. Tout de suite. Et si vous voulez appeler le gouverneur quand nous serons dans mon bureau, vous l'appellerez. Vous pouvez même appeler le président, si ça vous chante. Pour moi, vous devez avoir pété un plomb pour réagir comme ça.

— Sous-entendez-vous que je suis mentalement déficiente ?

— Je ne sous-entends rien, madame. Maintenant, montez dans le camion avant que je vous y mette moi-même.

Reve s'éloigna vivement de lui et planta ses mains sur ses hanches.

— Avez-vous une idée de qui je suis ?

— Non, pas la moindre. Je sais simplement que vous ressemblez comme deux gouttes d'eau à quelqu'un de bien plus sympathique que vous, qui s'appelle Jazzy Talbot. Et j'espère pour Jazzy que vous n'êtes pas une cousine éloignée ou quelque chose de ce genre.

— Est-ce que tous les hommes du comté de Cherokee sont amis avec Jazzy Talbot ?

Elle regretta aussitôt ses paroles. Maintenant, ce furieux saurait qu'elle était au courant de l'existence de Jazzy – elle n'était pas sortie de l'auberge.

Il la regarda d'un air méfiant.

— Je croyais que vous étiez juste de passage.

— Je l'étais. Je le suis. Et dès que ce problème d'accident sera réglé, je repartirai chez moi. Plus vite je quitterai Cherokee Pointe, Jazzy Talbot et vous, mieux je me porterai.

— Alors taisez-vous, montez dans ce fichu camion, et je ferai de mon mieux pour que vous obteniez ce que vous voulez !

Elle adorait qu'il soit brutal avec elle, qu'il lui fasse juste assez mal pour que ce soit excitant. Il ne ressemblait à aucun des amants qu'elle avait connus, et malgré son âge – à peine vingt ans – elle avait déjà couché avec une vingtaine de types, parmi lesquels son prof d'histoire à la fac et un diacre de leur église.

Elle adorait son goût pour le risque, son esprit d'aventure. Ils se ressemblaient. Qu'il veuille épouser sa sœur resterait un mystère pour elle : l'univers de Laura était à mille lieues de ce qui était en train de se passer. Jamais Laura ne retrouverait le fiancé de sa propre sœur pour le baiser à mort dans un box d'écurie où n'importe qui pouvait les surprendre. Non, pas la douce Laura. Elle était bien trop timide et sensible, beaucoup trop bien sous tous rapports pour être capable de satisfaire un homme comme Jamie Upton, qui avait toutes sortes de désirs pervers.

Elle jouit dès qu'il la pénétra.

— Plus fort, exigea-t-elle. Et plus vite.

Il souleva ses hanches et s'enfonça plus profondément en elle, puis se retira. Juste avant de la pénétrer de nouveau, il lui mordit l'épaule. Suffisamment fort pour qu'elle pousse un cri de douleur. Mais elle adorait la douleur, elle la sentait vibrer dans chaque fibre de son être. Chaque muscle. Chaque nerf. Oh, comme elle aimerait qu'il soit plus gros, qu'il lui fasse mal à chacun de ses coups de boutoir… Mais il était assez puissant, assez dur et assez vigoureux pour lui donner un autre orgasme. Elle l'encouragea à ne rien retenir. Elle voulait jouir avant lui – ou mieux, en même temps que lui.

Jamie lui soufflait des mots crus à l'oreille tout en accélérant la cadence. Quand un grognement s'échappa de sa gorge, elle comprit qu'il était sur le point d'éjaculer. Elle sentit son sexe se dilater pour l'accueillir et dès qu'il explosa en elle, les spasmes de la jouissance la submergèrent. Elle cria de plaisir, s'accrochant à son dos. Pendant que les vagues de plaisir les quittaient lentement, il se laissa tomber sur elle, puis roula sur le côté. Elle poussa un petit gémissement de chatte satisfaite, puis se pencha sur lui pour faire voyager sa langue de son épaule à son nombril.

— Tu veux me nettoyer, hein, petite chatte ?

Jamie lui saisit la tête et la poussa vers son sexe.

— Vas-y, mange-moi.

Elle tenta de se dégager, mais il était plus fort qu'elle. Sheridan Willis ouvrit la bouche. Elle pouvait le mordre. Le mordre fort. Il le méritait bien. Mais ce serait tellement dommage de le mettre hors service, même temporairement. Elle s'humecta les lèvres, puis plaça sa langue sur le bout de son sexe ramolli et lécha le mélange de leurs sucs combinés.

5

— Elle est folle de vouloir encore ce mariage, soupira Andrea Willis.

Quand, au déjeuner, Laura avait annoncé que Jamie lui avait donné une explication satisfaisante pour son comportement de la veille et que le mariage aurait lieu, les Upton avaient paru aussi choqués que ses parents. Malgré sa douceur confinant souvent à la docilité, Laura avait toujours été une sorte de mystère. Andrea avait depuis toujours essayé de se rapprocher d'elle, de la comprendre, mais la tâche s'était avérée impossible. Elle aimait Laura, bien sûr. Qui ne l'aimerait pas ? Mais les problèmes que posait son instabilité émotionnelle et mentale la dépassaient.

— N'utilise jamais le mot *folle* quand tu parles de Laura ! s'emporta violemment Cecil Willis.

Andrea se sentit pâlir. Elle savait bien pourquoi il ne supportait pas qu'elle emploie ce mot. La plupart du temps, elle évitait d'y penser, préférant laisser prudemment le passé à sa place mais, apparemment, Cecil ne parvenait pas à en faire autant. En tout cas pas quand il s'agissait de Laura.

— Cecil, ce n'est pas ce que je voulais dire... Laura est seulement fragile. C'est une vraie émotive, comme son père.

Elle tapota tendrement l'épaule de son mari.

— Je n'arrive tout simplement pas à comprendre qu'elle veuille encore épouser Jamie, sachant qu'il a rejoint une autre femme le soir même de leurs fiançailles. Et que toute la ville sait où il était.

— J'ai l'intention de lui parler, mais je doute que cela serve à quelque chose. Si je lui interdis de l'épouser, ça risque d'envenimer la situation. Elle allait si bien ces dernières années… J'ai peur qu'elle fasse une autre dépression, si je la contrarie.

— La situation est sans issue, admit Andrea. Qu'elle l'épouse ou non, elle sera malheureuse.

— Si nous vivions dans un autre siècle, je pourrais provoquer ce salaud en duel et le tuer, gronda Cecil.

Des idées pareilles lui ressemblaient bien : Cecil était un vrai gentleman de la vieille école. Des générations de bonne éducation avaient abouti à ce genre d'homme, tout comme des générations de bon élevage avaient produit les pur-sang du ranch Willis.

— Si tuer Jamie pouvait résoudre le problème, je te donnerais moi-même l'arme pour le faire, souffla Andrea. Mais nous savons l'effet que sa mort aurait sur Laura…

Quelque chose alerta soudain Andrea. Ils n'étaient pas seuls. Elle ignorait si elle avait entendu la porte s'ouvrir, mais quand elle regarda dans cette direction, sa fille Sheridan se trouvait sur le seuil. Belle et vive Sheridan, avec ses grands yeux noisette et ses cheveux bruns, si semblables aux siens. Sa cadette était un électron libre au mental à toute épreuve. Pas de crises de nerfs. Pas de crises de larmes. Pas de dépressions nerveuses. Sheridan était solide. Et, tout comme sa mère, quand elle voulait quelque chose, elle tendait la main et le prenait.

— De quelle mort êtes-vous en train de parler ? demanda Sheridan.

— Tu es là depuis longtemps, jeune fille ? la gronda gentiment Cecil.

— Depuis assez longtemps pour savoir que vous parliez de tuer Jamie Upton.

— Pas sérieusement, précisa Andrea.

— C'est un salaud complet, pas vrai ? lâcha Sheridan en souriant. Et un homme bien trop viril pour notre douce Laura.

— Que nous soyons tous d'accord sur l'absence de mérite d'Upton ne change rien au fait que Laura l'aime, souligna Cecil. J'avais espéré un gentil garçon pour elle, quelqu'un qui saurait l'apprécier et...

— ... Et prendre soin d'elle, intervint Sheridan.

— Oui, confirma tristement Cecil. Quelqu'un qui prenne soin d'elle.

— Elle n'a pas besoin d'un mari pour ça, papa. Tu le fais très bien toi-même.

— Sheridan, ne recommence pas, la prévint Andrea.

Depuis toujours, Sheridan avait été jalouse de la relation de Cecil et de Laura, et rien n'avait jamais pu la convaincre que son père l'aimait tout autant que sa sœur.

Cecil implora sa fille du regard.

— Tu sais très bien que Laura a besoin...

— Oh oui, je sais. Laura a besoin de plus d'attention. Laura a besoin de plus d'amour. Laura a besoin de plus d'encouragements. Laura a besoin de tout et je n'ai besoin de rien. Alors c'est ce que tu m'as donné, papa, absolument rien.

— Ce n'est pas vrai et tu le sais.

Cecil tendit la main vers elle, mais elle se déroba.

— Chérie, je t'adore depuis le jour de ta naissance. J'ai toujours été fier de ta force et de ton énergie.

— C'est exactement moi, ça : forte et énergique. Et qu'est-ce que ça m'a rapporté ? Ni ton temps ni ton attention. Si j'avais été aussi mentalement instable que Laura, tu te serais peut-être occupé de moi.

— Ne parle pas comme ça de ta sœur ! hurla Cecil.

— Pourquoi pas ? C'est la vérité, non ? Elle a eu plus d'une dépression nerveuse. Ma grande sœur est fêlée, c'est une réalité.

Quand Cecil Willis leva la main pour gifler sa fille, Andrea s'interposa juste à temps. Réalisant ce qu'il avait été sur le point de faire, Cecil laissa retomber sa main et baissa la tête.

— Ton père est à bout, expliqua Andrea à Sheridan. Il ne t'aurait jamais frappée. Nous sommes tous les deux très inquiets que Laura épouse cet homme abominable.

— Seriez-vous aussi inquiets si c'était moi qui l'épousais ?

— Oui, bien sûr. Quelle drôle de question !

— Eh bien, ne t'en fais pas, maman. Quand Laura aura épousé Jamie, elle fera une grave dépression, alors toi et papa pourrez ramasser les morceaux pour essayer de la recoller à nouveau.

Avant qu'Andrea ait pu répondre, Sheridan fit volte-face et quitta la pièce.

— Nous avons échoué avec nos deux filles, constata Cecil, abattu. Et tout est ma faute.

Andrea passa un bras autour de la taille de son mari et le serra contre elle. Elle aimait cet homme plus que tout au monde.

— Tu n'as pas échoué. Tu es un bon père pour tes deux filles.

Non, Cecil n'était pas fautif. Tout venait d'ailleurs, d'une femme depuis longtemps morte. Une femme responsable de toute la souffrance endurée par leur famille.

— Je peux partir ? demanda Reve au shérif Butler, qui la retenait depuis près de trois heures dans les locaux de police situés au premier étage du palais de justice du comté de Cherokee.

Évidemment, en bon officier de la loi qu'il était, il l'avait d'abord emmenée aux urgences de l'hôpital local. Juste au cas où, lui avait-il dit. Pour l'humilier, selon elle. Ce grand crétin s'était donné pour mission de rabaisser d'un cran ou deux « Miss Haute Société ». Pendant qu'elle attendait qu'il se décide à la relâcher, elle l'avait entendu le dire à l'un de ses adjoints.

— Pourquoi êtes-vous si pressée de quitter notre charmante ville ? lui demanda-t-il. Ça pourrait nous laisser croire que vous ne pensez pas beaucoup de bien d'elle, ou de nous.

— Je ne pense rien de votre ville ni de votre communauté. Je veux simplement rentrer chez moi.

— Communauté ? Un des mots à cinq cents dollars qu'on vous a appris à l'université ?

Les deux adjoints de service – Bobby Joe Harte et Tim Willingham – gloussèrent, mais ils eurent la décence de paraître embarrassés quand elle les fusilla du regard.

Reve reporta son attention sur le shérif et croisa les bras sur sa poitrine.

— Si vous avez assez fait joujou pour aujourd'hui, indiquez-moi la plus proche agence de location de voitures, et je vous promets que vous n'aurez plus jamais affaire à moi.

— La plus proche se trouve à l'aéroport, déclara Bobby Joe Harte.

— Merci, dit-elle en le récompensant d'un chaleureux sourire. Si vous pouviez m'appeler un taxi…

— Nous n'avons pas de taxi à Cherokee Pointe, intervint Willingham. Pas depuis que le vieux John Berryman est mort. Il n'y avait pas assez de boulot, alors personne n'a voulu prendre la relève.

— C'est presque l'heure de déjeuner, annonça le shérif. Si vous veniez manger un morceau avec moi au *Jasmine* ? Ensuite, je vous conduirai à l'aéroport.

Elle n'avait aucune envie de déjeuner avec le shérif Butler, mais elle avait par contre besoin qu'on la conduise à l'aéroport. S'il y avait un vol pour Chattanooga dans l'après-midi, elle n'aurait même pas besoin de louer une voiture. Plus vite elle échapperait à cette mauvaise aventure, mieux elle se porterait.

— Il n'y a pas d'autre endroit où manger, en ville ? demanda-t-elle, peu désireuse de retourner chez Jazzy Talbot.

— Vous avez une raison de ne pas vouloir déjeuner au *Jasmine* ?

Bon, mieux valait abdiquer avant de se retrouver engagée dans une bataille perdue d'avance. Si son destin était de croiser de nouveau le chemin de son sosie, elle n'avait qu'à serrer les dents et suivre sagement le shérif. Plus tard, une fois de retour à Chattanooga, elle aurait sa vengeance. Un seul coup de fil au sénateur Everett ou au gouverneur Neels, et le shérif Butler maudirait le jour où il avait joué au plus malin avec Reve Sorrell.

— Mademoiselle Sorrell ?

Elle se retourna vivement et lui adressa son plus beau sourire.

— Je serais ravie de me joindre à vous pour déjeuner au *Jasmine*, shérif.

Butler la considéra d'un air soupçonneux. Il n'était pas stupide. Il savait bien qu'elle ne pouvait pas le voir en peinture.

— D'accord, « ravie » est en trop, admit-elle. Disons que j'ai besoin d'être conduite à l'aéroport, et si le prix à payer est un déjeuner avec vous…

— Je pensais juste que vous et Jazzy deviez vous revoir avant votre départ. J'imagine qu'une femme qui vous ressemble comme une jumelle doit vous rendre un peu curieuse. Et si je connais bien Jazzy…

— Et vous connaissez bien Jazzy, n'est-ce pas, shérif ? C'est étonnant, tous les hommes de cette ville connaissent bien Jazzy.

Les deux adjoints se raclèrent simultanément la gorge. Reve eut un sourire narquois.

— C'est la deuxième fois que je vous entends dire ça, remarqua Butler. Pouvez-vous m'expliquer comment vous arrivez à cette conclusion au sujet d'une femme que vous ne connaissez pas ?

Reve soupira lourdement.

— J'ai rencontré Jazzy aujourd'hui. Mais nous n'avons pas eu le temps de parler, elle était trop occupée à se disputer avec un certain Caleb McCord sur le fait qu'elle avait passé la nuit avec Jamie Upton.

Reve aurait juré que le shérif avait grogné, un peu comme un animal enragé. Incroyable ! Était-il jaloux, lui aussi ?

— Ai-je dit quelque chose qu'il ne fallait pas dire ? ironisa-t-elle. Vous ne supportez pas que Jazzy coure plus d'un homme à la fois, shérif ?

— Venez, ordonna-t-il en prenant son chapeau et en la saisissant par le bras. Je vous conduis directement à l'aéroport. J'ai décidé que je ne vous souhaiterais pas à mon pire ennemi, et encore moins à une bonne amie comme Jazzy.

Comment osait-il parler d'elle ainsi ? À croire qu'elle n'était pas digne de baiser les pieds de Jazzy, alors que c'était exactement le contraire. Mlle Talbot n'était qu'une misérable traînée, affublée d'une vieille sorcière mâcheuse de tabac.

— Cela me convient parfaitement.

Elle se dégagea, mais accorda son pas au sien alors qu'il l'escortait hors du département de police vers le hall du palais de justice.

Quand Butler ouvrit la porte de la sortie, un courant d'air frais et humide les accueillit. À peine étaient-ils dehors qu'une averse s'abattit sur eux. Un grondement de tonnerre fit vibrer les vitres du vieux bâtiment. C'était le bouquet ! Exactement ce dont Reve avait besoin : conduire jusqu'à Chattanooga sous un orage de printemps.

Ils coururent jusqu'au pick-up de Butler, et le shérif la surprit en lui ouvrant sa portière et en l'aidant à monter avant de grimper lui-même au volant. Alors il enleva son Stetson, le secoua et le remit sur sa tête avant de tourner la clé de contact. Pendant que le moteur démarrait, il se tourna vers Reve.

— Quoi ? demanda-t-elle comme il la regardait sans rien dire.

— Juste pour que les choses soient claires : Jasmine Talbot est une femme bien. Elle et moi sommes amis, rien de plus. Et Caleb McCord travaille pour elle au *Jazzy's Joint*, il est videur. Et il la protège, tout comme moi, parce que Jamie Upton s'en prend aux femmes. Il a déjà fait souffrir Jazzy par le passé, et il recommencera si elle le laisse faire.

Cette éloquente défense de Jazzy Talbot prit Reve de court. Surtout venant d'un homme qu'elle avait classé dans la catégorie des rustres malotrus. S'il disait vrai, était-il possible qu'elle ait méjugé cette femme ?

— Je connais Jamie Upton, et même s'il m'a semblé être un charmant gredin, je ne pensais pas qu'il...

— Vous connaissez Jamie ?

— Oui, nous nous sommes rencontrés dans une soirée en décembre dernier.

— Une autre victime, lâcha-t-il en secouant la tête d'un air blasé.

— Je ne suis absolument pas une victime, shérif. Jamie Upton est une connaissance. Rien de plus.

— Ne me dites pas qu'il ne vous a pas séduite. Il a bien dû essayer, au moins.

— Bien sûr qu'il a essayé. Mais je ne suis ni naïve ni en manque...

— Jazzy non plus. Seulement il lui a mis le grappin dessus quand elle n'avait que seize ans.

— Il ne m'a pas dit qu'ils s'étaient connus si jeunes.

— Il vous a parlé de Jazzy ?

— Oui, c'est même pour cela que je suis venue jusqu'ici.

— À cause de Jamie Upton. Comme je l'avais imaginé.

— Eh bien, vous avez mal imaginé : je suis venue pour voir Jazzy, pour savoir si nous étions parentes.

— À part votre ressemblance, avez-vous une raison de croire qu'elle pourrait être une cousine ou…

— Je pense qu'il est possible qu'elle soit ma sœur, admit Reve.

— Vous devriez parler à Sally, la tante de Jazzy. Elle saurait si…

— … Je lui ai parlé ce matin. Nous nous sommes rencontrées par hasard dans la rue. Elle affirme que la mère de Jazzy n'a eu qu'un bébé.

— Pourquoi n'avez-vous pas posé la question à votre propre mère ? Peut-être…

— J'ai été adoptée.

Butler écarquilla les yeux.

— On m'a abandonnée, alors que je n'avais que quelques jours.

— Où ça ?

— Pas à Cherokee Pointe, si c'est ce que vous pensez. J'ai été trouvée à Sevierville.

Inutile de lui dire où exactement. Il ne lui viendrait jamais à l'idée de confier à quiconque qu'elle avait été déposée dans une décharge publique, tel un indésirable déchet. Encore moins au shérif Jacob Butler.

— Alors pourquoi partir sans avoir parlé à Jazzy ?

— Parce que j'en ai assez vu pour savoir que je n'aurais jamais dû venir. Nous ne sommes manifestement pas sœurs. Et si nous sommes parentes à un autre degré, ça n'a aucune importance. Je veux dire, elle et moi n'avons vraiment rien en commun, alors à quoi bon chercher plus loin ?

— Vous êtes une snobinarde de première classe, souffla-t-il en la clouant sous son impitoyable regard vert. Vous vous croyez supérieure à elle, c'est ça ? Eh bien, de mon point de vue, c'est exactement l'inverse – elle vaut bien plus que vous. Il n'y a pas une once d'égoïsme, de cruauté ou de méchanceté en elle. Vous êtes aussi différentes que le jour et la nuit. Et vous avez raison, vous ne pouvez pas être sœurs. Alors c'est une bonne chose pour Jazzy que vous n'ayez pas le courage de rester pour vous en assurer.

Reve attrapa la poignée et ouvrit la portière. Butler lui saisit le bras.

— Où pensez-vous aller, comme ça ?

— J'ai changé d'avis.

La provocation de Butler avait engendré chez elle une réaction irraisonnée. Cet homme ne la connaissait pas, il ne savait pas qu'en la défiant ainsi de rester pour découvrir la vérité, il avait touché son point sensible. Du plus loin qu'elle se souvenait, elle avait toujours été réceptive aux défis. Il suffisait qu'on lui dise « impossible » pour qu'elle s'acharne.

— Je ne pars pas. Du moins pas aujourd'hui. Je vais prendre une chambre à l'hôtel et...

— Motels et chalets.

— Quoi ?

— Fermez cette fichue portière avant qu'on soit inondé. Je vais vous conduire à l'agence de location de chalets. On n'a pas d'hôtel, à Cherokee, juste des motels et des chalets.

Reve referma la portière. Ses vêtements étaient à moitié trempés.

— Oui, un chalet sera parfait, merci. Et une fois que vous m'aurez déposée, shérif, restons-en là, vous voulez bien ?

— Aucun problème. Mais on est dans une petite ville, alors on se croisera forcément, si vous restez un moment.

— Nous n'aurons qu'à faire semblant de ne pas nous voir.

— Pour une fois, mademoiselle Sorrell, nous sommes entièrement d'accord.

Sally était assise sur la terrasse de sa petite maison dans les montagnes. Peter et Paul, ses limiers, dormaient tranquillement dans la cour sous le chaud soleil qui baignait l'après-midi. Elle cracha un jet noir sur le côté. Ludie lui avait posé des tas de questions après leur discussion avec Reve Sorrell. Des questions auxquelles elle ne pouvait pas répondre, tout simplement parce qu'elle ne savait pas : elle ne savait pas qu'il y avait eu un autre bébé. Comment aurait-elle pu le deviner ?

Et puis qu'est-ce qui prouvait que cette Sorrell était la sœur de Jazzy ? La ressemblance n'était peut-être qu'une coïncidence. Ouais. Et les poules avaient peut-être des dents... Elle eut un rire nerveux. Bien sûr, au bout de tout ce temps, quelle importance ? Jazzy était une adulte, désormais. Plus personne ne pouvait l'éloigner d'elle. Elles étaient unies par l'amour, par des années parcourues ensemble. Il n'y avait rien qu'elle ne ferait pour sa Jasmine, sa fille de cœur. Elle donnerait sa vie pour la protéger, elle irait même jusqu'à tuer pour la protéger.

Mais si Jazzy apprenait la vérité, que penserait-elle ? Comment réagirait-elle ? En même temps, Sally ne connaissant pas toute la vérité, il était improbable que Jazzy ou quiconque la connaisse un jour. La vérité ne comptait pas. Quelle qu'elle soit, elle resterait enfouie dans le passé, avec tous les mensonges que Sally avait dû accumuler pour que personne n'essaie de lui enlever Jazzy.

Mais Reve Sorrell ? Elle n'était pas du genre à laisser les choses courir. Non, plutôt du genre à créer des problèmes, dans son propre style très raffiné. Et si elle se mettait en tête de découvrir pourquoi Jazzy et elle se ressemblaient autant ? Et si elle posait des questions, fouillait dans le passé ? Si elle introduisait le doute dans l'esprit de Jazzy ?

Qu'est-ce que tu vas bien pouvoir faire, ma vieille Sally ? Qu'est-ce que tu vas faire ?

6

Jazzy les vit entrer dans le restaurant : Jamie, sa fiancée et un couple plus âgé – ses beaux-parents, sans doute, M. et Mme Willis, riches éleveurs de chevaux du Kentucky. Elle se figea sur place et chercha des yeux une serveuse pour la remplacer immédiatement dans son rôle d'hôtesse, mais personne n'était assez proche pour qu'elle puisse s'éclipser avant que les nouveaux venus ne l'abordent.

— Bonsoir, lança l'homme élancé aux cheveux argentés et à la barbe nettement taillée. Nous voudrions votre meilleure table, s'il vous plaît. J'ai téléphoné et on m'a dit que les réservations n'étaient pas nécessaires.

— C'est exact, répondit Jazzy en évitant de croiser le regard de Jamie qu'elle sentait peser sur elle.

Elle se demanda si Laura remarquait quelque chose. Risquant un regard dans sa direction, elle croisa les yeux interrogateurs de la jeune femme. L'échange fut bref, mais elle comprit que cette jolie et délicate personne la suppliait silencieusement. Elle pouvait presque l'entendre lui dire : « S'il vous plaît, laissez-le-moi puisque vous n'en voulez plus. »

L'air hautain, Mme Willis inspectait les lieux.

— Quel endroit bizarre ! J'espère que nous trouverons quelque chose de comestible dans le menu.

Elle lança à Jazzy un regard méprisant.

— Tout n'est pas frit, n'est-ce pas ? Je déteste la cuisine grasse. Peut-être devrions-nous parler au propriétaire pour qu'il demande au chef une préparation spéciale.

— Je suis la propriétaire, expliqua Jazzy sans ciller. Je peux vous assurer que notre menu est extrêmement varié, aussi bien en plats qu'en modes de cuisson.

— Eh bien, tant mieux ! s'exclama M. Willis avant de toiser Jazzy de la tête aux pieds et de sourire avec condescendance. Donc vous êtes Jasmine.

Il marqua un temps de pause pour ménager son effet.

— La propriétaire.

Jazzy fit signe à Tiffany, qui venait juste de servir une table voisine. La jeune fille les rejoignit aussitôt.

— Donne une bonne table à nos hôtes, s'il te plaît.

Tiffany attrapa quatre menus avant de s'adresser au petit groupe :

— Suivez-moi, je vous prie.

— Et ils sont invités par la maison, précisa Jazzy.

Ces mots eurent pour effet de balayer aussitôt l'expression d'autosatisfaction qui rayonnait sur les visages de M. et Mme Willis.

— C'est très généreux de votre part, mademoiselle Talbot, mais… commença M. Willis.

— Votre futur beau-fils et moi sommes de vieux amis, le coupa-t-elle. Considérez cette invitation comme un cadeau de mariage.

Elle regarda Laura, qui était rouge de confusion. Indirectement, elle essayait de la convaincre qu'elle ne représentait pas une menace pour elle. Pauvre fille. Elle ne savait que trop ce que signifiait aimer Jamie Upton, ce que c'était que d'être assez folle de lui pour que rien d'autre ne compte.

— C'est gentil, glissa Jamie.

— Oui, merci, ajouta Laura d'une voix à peine audible.

— Je vous souhaite un bon appétit.

Jazzy tourna les talons et se dirigea vers son bureau.

Les clients la regardèrent traverser la salle, certains ouvertement, d'autres avec plus de discrétion. Erin Mercer, une artiste qui vivait dans un chalet aux abords de la ville et venait dîner plusieurs fois par semaine au *Jasmine*, évita soigneusement de la regarder, mais Jazzy remarqua sa présence du coin de l'œil. Elle ne connaissait pas vraiment cette femme, pourtant ce qu'elle savait d'elle lui plaisait, malgré les rumeurs qui couraient sur sa liaison avec Jim Upton. Bien sûr, ça ne la concernait pas, mais elle avait du mal à comprendre qu'une femme aussi séduisante veuille d'un homme qui pourrait être son père. Erin, de son côté, se demandait peut-être pourquoi Jazzy avait perdu autant de temps avec un homme comme Jamie...

À une table isolée, non loin des portes menant à la cuisine et au couloir conduisant au bureau de Jazzy, une autre femme seule dînait, qui l'ignorait totalement. Elle ne connaissait pas son nom, mais elle l'avait déjà aperçue plusieurs fois au restaurant, ces dernières semaines, toujours seule. Encore une touriste amoureuse de la montagne... Après tout, la saison avait commencé avec le printemps. Cette femme blonde lui faisait néanmoins une drôle d'impression, elle la sentait très triste. Sans doute était-elle veuve ou divorcée depuis peu.

Une fois dans son bureau, elle referma la porte en poussant un soupir de soulagement. Jamie avait-il perdu la tête, pour venir ici ce soir ? Ou était-ce l'idée de quelqu'un d'autre ? De ses beaux-parents, peut-être, mais sûrement pas de Laura. La fiancée de Jamie n'était pas du genre à chercher la confrontation, sinon elle lui aurait déjà rendu visite.

Jazzy se servit un Jack Daniel's dont elle avala une longue gorgée. L'alcool se fraya un chemin brûlant de sa gorge à son ventre puis la chaleur se répandit à tout son corps. Elle emporta le verre pour s'asseoir à son bureau, le posa sur un tas de factures, et tira son fauteuil pivotant. Une fois assise, elle pencha la tête en arrière et ferma les yeux.

« Ne reste pas là », se répétait-elle. Tiffany pouvait prendre les choses en main, elle n'avait qu'à sortir par-derrière et aller au *Jazzy's Joint*. Là-bas, la musique et la foule lui éviteraient de penser – à Jamie et à son prochain mariage avec Laura, et à cette mystérieuse Reve Sorrell... Mais au *Jazzy's Joint*, un autre problème l'attendrait : Caleb McCord. Il n'était arrivé à Cherokee que depuis quelques mois et fréquentait sa boîte de nuit quand, une nuit de janvier, il s'était interposé entre elle et Jamie et avait mis celui-ci dehors. Son videur habituel ne s'étant pas présenté ce soir-là, comme il commençait à en prendre l'habitude, elle avait renvoyé cet employé peu fiable pour engager Caleb à sa place. Il était parfait pour le job, possédant non seulement une force impressionnante mais aussi un regard de tueur qui pouvait arrêter net la plupart des emmerdeurs. Physiquement, il n'était pas aussi imposant que Jacob Butler, dont la carrure intimidait tous les hommes qui croisaient son chemin, mais il émanait de lui la même puissance purement virile.

Le problème ne résidait pas dans la capacité de Caleb à faire son travail. Non, le problème était l'attirance sexuelle qui avait immédiatement existé entre eux. Elle se mentirait à elle-même en prétendant ne pas être tentée. Son instinct lui disait qu'il devait être un bon amant, probablement très doué. Mais en dépit de sa réputation de femme facile, Jazzy ne couchait pas avec n'importe qui. Les gens auraient été étonnés de découvrir qu'elle avait eu bien peu d'amants.

Rien ne serait plus simple que de céder à son désir pour Caleb : il avait envie d'elle, il le lui avait parfaitement fait comprendre. Et il était manifestement jaloux de Jamie – à tort : premièrement, il n'avait aucun droit sur elle, donc aucun droit d'être jaloux ; et deuxièmement, son amour pour Jamie appartenait au passé. Elle ne l'aimait plus. Bien sûr, il ne la lâchait pas, il continuait à tout compliquer dans sa vie. Et peut-être l'aimait-elle encore... Mais plus comme avant, elle n'était plus complètement dingue de lui, même si elle lui resterait sans doute toujours attachée. Une femme ne guérissait jamais de son premier amour. De son premier amant.

Tu dois te donner une chance de trouver quelqu'un de mieux. Si tu n'avais pas peur de souffrir, tu pourrais de nouveau tomber amoureuse. Et ce serait peut-être agréable, peut-être mieux que tout ce qu'elle avait jamais vécu jusque-là... Ne méritait-elle pas d'aimer et d'être aimée avec sincérité, tendresse et fidélité ?

Un coup frappé à la porte la sortit brutalement de ses pensées.

— Oui ?

La porte s'entrouvrit et Laura Willis jeta un œil à l'intérieur du bureau.

— Excusez-moi, mademoiselle Talbot, puis-je vous parler ?

— Téléphone ! cria Lacy Fallon à Caleb en levant le combiné situé derrière le bar.

Il n'était pas habitué à recevoir des appels au travail. Les quelques personnes qu'il connaissait à Cherokee passaient directement le voir ou téléphonaient chez lui, s'il pouvait qualifier de « chez lui » le petit chalet qu'il occupait : l'endroit était loué meublé, et il n'avait rien fait pour le personnaliser. Il voyageait léger. Ses seuls bagages étaient purement émotionnels, et il faisait de son mieux pour ne jamais exposer ses vulnérabilités. Il était un homme sans attaches, libre de lever le camp et de partir quand il le décidait.

— Qui est-ce ?

— Sloan.

— Dallas Sloan ?

Que lui voulait le nouveau commissaire divisionnaire ? Il connaissait un peu Dallas parce que cet ancien agent du FBI était fiancé à la meilleure amie de Jazzy, Genny Madoc. Mais ils n'étaient pas copains, pas plus qu'il ne l'était avec Jacob Butler. Il les appréciait et les respectait, mais il les évitait. Il avait eu plus que son content de flics, à Memphis. À vrai dire, il avait eu plus que son content de tout, y compris de son boulot dans les forces de police. Mais c'était un autre temps, un autre lieu, une autre vie. Quand il était arrivé à Cherokee Pointe, en janvier dernier, il était en quête de son passé – du passé de sa mère. Il n'avait pas eu l'intention de rester plus longtemps que nécessaire, mais ses plans avaient été bousculés quand il avait rencontré Jasmine Talbot. Il l'avait tout de suite eue dans la peau.

Il avait eu envie de lui faire l'amour dès qu'il avait posé les yeux sur elle. Jazzy avait un tempérament de feu, tout en elle le disait. Et il voulait être celui à qui elle donnerait cette fougue sans contrainte – au lit et en dehors du lit. La nuit où Jamie Upton avait essayé de la malmener, Caleb avait pris un énorme plaisir à le jeter dehors. Il avait détesté voir la peur dans les yeux de Jazzy, mais il avait détesté plus encore cette histoire d'amour qui l'unissait depuis si longtemps à Jamie Upton. Cette femme réveillait en lui ses instincts les plus protecteurs.

Alors il était resté, avait accepté le boulot de videur, et décidé de laisser un peu de côté son enquête concernant le passé de sa mère – tout ça parce qu'une femme qui ne décrocherait probablement jamais de son amour de jeunesse lui avait tapé dans l'œil...

Caleb se fraya un chemin dans la foule du samedi soir et passa derrière le comptoir pour s'éloigner dans le couloir avec le téléphone.

— Caleb McCord. Je vous écoute.

— C'est Dallas Sloan.

— Oui, bonsoir, qu'est-ce que je peux faire pour vous ?

Dallas s'éclaircit la gorge.

— Genny voulait que je vous appelle.

— Pourquoi… commença Caleb, déconcerté.

— C'est au sujet de Jazzy.

— Oui ?

— Bon sang, c'est pas facile à expliquer, McCord, admit Dallas. Mais Genny a eu une vision, ce matin, et elle s'inquiète pour Jazzy.

— Pourquoi m'appeler moi ?

Comme s'ils ne s'étaient pas rendu compte qu'il en pinçait gravement pour Jazzy…

— Comme je vous le disais, c'est une idée de ma future femme, et elle peut se montrer très persuasive. Vous et Jazzy êtes amis, vous passez beaucoup de temps ensemble, au *Jazzy's Joint*, et Genny sent que vous lui êtes assez attaché pour la protéger…

— La protéger de quoi ?

— De Jamie Upton.

— Dites à votre future femme que je ne peux pas faire grand-chose. Si Jazzy choisit de fréquenter Upton, je…

— Genny croit que quelqu'un va tuer Upton et que Jazzy sera accusée du meurtre.

— C'est une blague ?

— Écoutez, McCord, je pensais à une époque que les visions de Genny étaient un tissu d'absurdités. Mais j'ai changé d'avis, depuis.

— Pourquoi ne pas appeler Upton et lui dire qu'il est un mort vivant ?

— Il ne nous croira pas. Ce n'est qu'un stupide blanc-bec arrogant, vous le savez aussi bien que moi.

— Qu'est-ce que Genny attend de moi ?

— Elle veut que vous gardiez un œil sur Jazzy. Si Upton est effectivement assassiné, on ne veut pas que Jazzy soit impliquée.

— Encore une fois, je ne peux pas grand-chose. Jazzy et moi ne vivons pas ensemble. On ne sort même pas ensemble, nom de Dieu !

— Hé, je passe juste le message, d'accord ? Jacob assurera sa part de surveillance et on a envisagé de filer Jamie. Officieusement, bien sûr. Genny semble penser que nous pouvons compter sur votre aide. Se trompe-t-elle ?

— Non.

— Bon, alors nous sommes d'accord.

— Oui, nous sommes d'accord.

Caleb raccrocha avec soulagement. Cette conversation l'avait mis aussi mal à l'aise que Sloan. Un peu plus, et ils parlaient sentiments. Qu'est-ce qu'un homme ne ferait pas pour la femme qu'il aime ! Et tout le monde à Cherokee savait que Dallas Sloan aimait passionnément sa future femme.

Ayant rejoint le bar, Caleb rendit le téléphone à Lacy, qui le regarda d'un air interrogateur. D'ordinaire il ne prenait pas la peine de s'expliquer, mais Lacy était devenue une amie, depuis qu'il travaillait au *Jazzy's Joint*. Brune, d'âge mûr, fumeuse invétérée à la voix rauque, à la peau burinée et au visage sillonné de rides, elle avait un instinct maternel surdéveloppé sous ses airs de vieux pilier de bar, avec ses cheveux crépus, ses grosses créoles en argent et ses vêtements moulants aux couleurs criardes. Elle n'avait jamais eu d'enfant.

— Trois maris et pas un seul bébé ! lui avait-elle souvent répété. Ma faute, pas la leur. J'suis aussi aride qu'un désert...

Elle riait en disant cela, mais Caleb percevait la souffrance dans sa voix.

— Sloan dit que Genny s'inquiète pour Jazzy. Ils veulent que je garde un œil sur elle, lui expliqua-t-il.

— Ils veulent que tu la protèges de Jamie Upton, hein ?

Caleb hocha la tête.

— J'ai accepté, mais si Jazzy laisse entrer ce salaud chez elle en pleine nuit, je suis censé faire quoi ?

— Tu es censé monter et le foutre dehors. Un point c'est tout. Elle ne l'aime plus, mais il n'arrête pas de lui tourner autour et... ma foi, Jamie est juste une mauvaise habitude dont elle a du mal à se débarrasser.

Caleb se pencha par-dessus le comptoir et planta un baiser sur sa joue.

— En quel honneur ? demanda-t-elle.

— Parce que tu es l'amie de Jazzy.

Jazzy se leva lentement de son fauteuil.

— Je vous en prie, entrez.

Laura pénétra dans le bureau encombré, détonnant totalement dans le décor. La fiancée de Jamie était une délicate jeune femme aux grands yeux bleus et aux cheveux dorés. Une vraie princesse de conte de fées, songea Jazzy. Mais on la sentait fragile – non seulement à sa pâleur et à sa minceur, mais à sa façon de se mouvoir et de s'exprimer.

— J'ai prétendu que j'allais aux toilettes, souffla-t-elle dans un murmure.

— De quoi vouliez-vous me parler ? demanda Jazzy, même si elle ne pouvait pas l'ignorer.

Qu'avaient-elles d'autre en commun que Jamie Upton ?

— Je... je sais que Jamie est passé vous voir, hier soir...

— Écoutez, mademoiselle Willis, je peux vous assurer que...

— Il m'a tout expliqué. Il a pensé qu'hier – le jour où nous annoncions publiquement notre prochain mariage – était le moment opportun pour rompre avec vous, définitivement.

— Oh… oui, bien sûr.

Pourquoi était-elle surprise d'apprendre que Jamie avait menti ? Et de constater que Laura Willis l'avait cru ? Jamie n'était-il pas revenu mille et une fois dans sa vie, toujours porteur de mirifiques promesses qu'il n'avait jamais tenues ?

— Je suis tout à fait consciente de ce qui vous unit à Jamie, je sais que vous étiez… amants.

Laura restait près de la porte, comme pour se réserver la possibilité de s'enfuir.

— Et je sais qu'il y a eu d'autres femmes. Mais Jamie veut que notre mariage soit heureux. Il m'aime et je l'aime.

Il ne vous aime pas, avait envie de lui révéler Jazzy. Jamie n'aime que lui-même. Et il va vous faire souffrir, que vous soyez sa femme ou non. Il ne vous sera jamais fidèle, ce n'est tout simplement pas dans sa nature.

— Je vous souhaite beaucoup de bonheur, se contenta-t-elle de lâcher.

— Je crois que nous en aurons si…

Les joues de Laura s'enflammèrent.

— Je vous en prie, mademoiselle Talbot, renoncez à lui. S'il vous reste attaché d'une quelconque manière, il ne pourra jamais se consacrer pleinement à moi, à notre mariage. Je vous en prie… rendez-lui sa liberté.

Manifestement, il lui avait raconté qu'elle le harcelait. Cela non plus n'aurait pas dû la surprendre.

— Vous l'aimez assez pour tout lui pardonner, n'est-ce pas ?

Jazzy ne comprenait que trop bien cet amour insensé.

— Je sais que vous l'aimez aussi, mais c'est moi qu'il aime, maintenant. Il veut m'épouser. Je suis désolée…

Jazzy leva une main.

— Non, ne vous excusez pas. Je vous promets que je ne poursuivrai plus Jamie. Je lui ai rendu sa liberté. La nuit dernière.

Juste un pieu mensonge.

— Il est tout à vous. Vous n'avez rien à craindre de moi, reprit-elle d'une voix douce.

Des larmes brillaient dans les yeux de Laura. La jeune femme déglutit, puis sourit timidement.

— Je serai une bonne épouse pour Jamie. Je ferai tout pour le rendre heureux.

— Oui, j'en suis sûre. Il a de la chance de vous avoir.

— Merci, mademoiselle Talbot. Merci.

Mordant sa lèvre inférieure dans un évident effort pour ne pas fondre en larmes, Laura continuait à sourire en hochant la tête. Puis elle se détourna et quitta la pièce en courant.

Jazzy s'appuya contre le bord de son bureau, inspira profondément, puis relâcha son souffle. Elle avait comme envie de pleurer, elle aussi. Étrange, mais elle avait sincèrement pensé ce qu'elle avait dit à Laura : Jamie avait de la chance d'être aimé de quelqu'un comme elle. Mais Laura, en revanche, était très mal tombée. Il faudrait un miracle pour que Jamie Utpon change, pour qu'il devienne un homme capable de fidélité. Jazzy avait eu l'impression de se voir en Laura, de regarder en face le visage de l'amour désespéré, fatal. Et elle savait qu'elle aurait très bien pu être à sa place. Combien d'années avait-elle langui après Jamie ? Elle avait accusé sa grand-mère de vouloir les séparer. Elle s'en était prise à la cruauté du destin. Elle avait indéfiniment excusé le comportement de Jamie et avait continué de l'aimer, lui pardonnant, acceptant de le reprendre.

Épouser Jamie aurait été la plus grave erreur de sa vie. Des larmes coulèrent sur ses joues alors que la dure et amère vérité s'abattait sur elle. Jamie l'aurait épousée, puis il lui aurait menti, jour après jour, et l'aurait trahie constamment. Comment avait-elle pu penser que le mariage résoudrait leurs problèmes ? Jamie était l'unique problème. Il l'avait toujours été. L'épouser n'aurait rien changé.

Elle se l'était toujours dit, pour se raisonner, mais c'était la première fois que son cœur l'acceptait.

Je vous en prie… rendez-lui sa liberté. Les mots de Laura Willis firent écho dans sa tête, encore et encore.

Mais ce n'était pas Jamie qu'elle devait libérer. C'était elle-même. Maintenant, elle le pouvait. Maintenant, elle l'avait fait.

Le visage noyé de larmes, Jazzy serra ses bras autour d'elle. Et elle rit, un rire qui résonna en elle comme la plus belle des musiques : elle était libre. Libre de Jamie Upton. Il ne pourrait plus jamais la faire souffrir.

7

Jazzy enfila sa veste en laine polaire pour se protéger de la fraîcheur de la nuit qui régnait dans le passage la séparant du *Jazzy's Joint* : c'était là-bas qu'elle avait envie d'être ce soir, dans l'ambiance surchauffée des samedis soir. Et avec Caleb McCord. Elle l'avait tenu à distance jusqu'ici pour au moins deux bonnes raisons. D'abord, et par-dessus tout, elle n'avait pas voulu l'utiliser pour essayer d'oublier Jamie. Elle avait déjà essayé cette technique par le passé et n'avait réussi qu'à briser des cœurs. Ensuite, elle avait voulu se protéger. Elle sentait confusément qu'elle pourrait s'attacher profondément à un homme comme Caleb. Et l'attachement, avec Jamie, était devenu synonyme de souffrance. Même si Genny lui avait prédit une rencontre heureuse, elle n'était pas sûre de pouvoir encore faire confiance à l'amour. Mais cela ne l'empêchait pas d'en explorer les possibilités…

Comme libérée d'un énorme poids, Jazzy quitta son bureau le sourire aux lèvres. Peut-être était-ce déjà trop tard pour tenter sa chance avec Caleb. Peut-être en avait-il assez de l'attendre. Elle ne pourrait vraiment pas lui en vouloir s'il ne voulait plus d'elle.

Dans le couloir, elle tomba sur la blonde inconnue qui fréquentait le restaurant depuis quelques semaines. Surprise, celle-ci sursauta.

— Je peux vous aider ? s'enquit Jazzy.

— Oui, je… je cherche les toilettes.

— Vous venez juste de passer devant. C'est la première porte à gauche.

— Merci.

Alors que la femme faisait demi-tour, Jazzy lui lança :

— Je suis Jazzy Talbot, la propriétaire. Je vous ai vue plusieurs fois au restaurant. J'espère que vous appréciez votre séjour parmi nous.

La femme s'arrêta, tourna la tête et sourit.

— Oui, votre ville est adorable. J'ai l'intention de rester encore un peu.

Jazzy la suivit, puis passa devant elle tandis qu'elle entrait dans les toilettes. Erin Mercer en sortit au même instant. Jazzy et elle se saluèrent chaleureusement.

— Vous sortez ? lui demanda Erin en la voyant se diriger vers la porte donnant sur le passage.

— Je vais juste au *Jazzy's Joint*.

— À plus tard, alors.

Erin considéra Jazzy rapidement, puis retourna dans le restaurant. Elle avait été sur le point de lui parler de manière plus personnelle, semblait-il, mais elle s'était ravisée. Erin Mercer était sans doute au courant de ses problèmes sentimentaux. Qui ne l'était pas, à Cherokee Pointe ? Peut-être pensait-elle que Jazzy s'en allait pour éviter Jamie, sa fiancée et les parents de cette dernière. Mme Mercer la voyait-elle comme une âme sœur ? Croyait-elle que Jazzy deviendrait finalement la maîtresse de Jamie ?

De toute façon, quelle importance ? On lui avait attribué tellement de péchés en vingt-neuf ans de vie qu'elle ne savait plus lesquels elle avait vraiment commis et où était son innocence. Quand une femme acquiert une mauvaise réputation dans une petite ville, méritée ou pas, elle ne peut plus s'en défaire.

Jazzy sortit et se hâta de gagner l'entrée de la boîte de nuit. L'air frais lui picotait les joues et la faisait frissonner. Les poubelles du restaurant, rangées dans la cour, dégageaient une odeur désagréable.

Un bruit inattendu l'alerta d'une présence. Même s'il y avait peu de vagabonds à Cherokee Pointe, un clochard venait de temps en temps fouiller les poubelles. Elle regarda à sa gauche : rien. Sur sa droite, elle aperçut une ombre qui disparut si vite qu'elle douta de l'avoir vue.

Un frisson de peur lui parcourut le dos. Elle s'engouffra dans la boîte de nuit. Si cela n'avait pas été une sortie de secours, elle aurait verrouillé la porte derrière elle. « Ne sois pas si nerveuse, se reprocha-t-elle. Même si un clochard traîne dans le coin, ça ne veut pas forcément dire que tu es en danger. »

Mais elle fut heureuse de retrouver la salle bondée, et ne prit pas la peine de s'arrêter à son bureau. Dans l'espace enfumé, la musique au rythme cadencé invitait à danser. Jazzy se sentait d'humeur festive, ce soir… Et peut-être même capable de faire quelque chose d'un peu plus dangereux : après tout, sa libération après des années d'esclavage affectif méritait d'être célébrée.

Elle chercha Caleb du regard. Ne le voyant pas, elle se dirigea vers le bar. Il était là, au bout du comptoir, dos tourné, visiblement en train de parler à quelqu'un. Quand Jazzy approcha, Lacy lui fit signe de la rejoindre. Jazzy se pencha par-dessus le comptoir pour pouvoir l'entendre.

— On a un problème avec une gamine. Quand j'ai refusé de la servir, elle est devenue agressive. Elle insiste, alors Caleb est en train de lui parler.

— On la connaît ?

— Non, je ne l'ai jamais vue. Mais d'après ses vêtements et son air hautain, je dirais qu'elle vient d'un milieu friqué. Et qu'elle est du genre allumeuse : elle n'arrête pas de tripoter Caleb. Le pauvre ne sait plus où se mettre.

— Je devrais peut-être intervenir.

— Attention. Elle griffe sûrement.

Jazzy éclata de rire.

— Raison de plus pour que j'intervienne : Caleb ne sait pas quoi faire, avec les clients qui griffent.

En approchant, elle entendit Caleb suggérer à la jeune fille de s'en aller sans faire d'histoires avant de la menacer de prévenir la police. Jazzy vint se placer à son côté, ce qui lui donna une vue dégagée sur la fille sexy qui pressait sa main contre le torse de Caleb et le regardait comme si elle voulait le dévorer. Mince, brune, et vêtue d'une jupe de cuir blanc et de bottes assorties qui devaient coûter une petite fortune, elle continuait à manger Caleb du regard, ignorant totalement Jazzy.

— Je m'en vais si tu viens avec moi, susurra-t-elle. Tu es la première chose intéressante que je vois à Cherokee, et si je ne peux pas boire un verre pour noyer mon ennui, peut-être que...

— M. McCord est responsable de la sécurité ici, intervint Jazzy. Son travail consiste à maintenir l'ordre. Il n'est disponible pour rien d'autre.

Une paire de grands yeux bruns pensifs se posa sur Jazzy.

— Et une fois qu'il a quitté son service ? Vous n'êtes pas sa mère, non ?

Jazzy enroula son bras autour de celui de Caleb.

— Non, je suis sa patronne. Et ce qu'il fait en dehors du travail le regarde, mais je doute qu'il soit assez idiot pour risquer la prison.

— J'ai dix-neuf ans.

Réalisant qu'elle venait d'admettre qu'elle n'avait pas l'âge légal pour consommer des boissons alcoolisées, la fille fronça les sourcils en haussant les épaules. Puis elle regarda Jazzy et un petit sourire malveillant incurva ses lèvres pleines.

— Alors c'est vous, Jazzy Talbot ? Je sais tout de vous, vous savez. Un seul homme ne vous suffit pas ?

Qui était cette gamine ? Ni Lacy ni Caleb ne la connaissaient – elle n'était probablement pas du coin.

— Écoutez, jeune fille, soit vous partez gentiment, soit nous appelons la police qui se chargera de vous faire sortir d'ici avant de prévenir vos parents.

Jazzy fixait la jeune femme d'un air d'avertissement, espérant l'intimider.

— Je suis Sheridan Willis. Ma sœur aînée est fiancée avec Jamie Upton. Vous le connaissez bien, n'est-ce pas ? Vous avez baisé avec lui hier soir.

La petite garce. Et elle était la sœur de Laura ? Cela paraissait incroyable.

Jazzy pressa le bras de Caleb.

— Va au *Jasmine* prévenir M. et Mme Willis que leur fille est ici...

— Non, intervint Sheridan en enlevant sa main du torse de Caleb. Inutile de déranger mes parents, je vais m'en aller bien sagement.

Elle recula de quelques pas, puis regarda Caleb droit dans les yeux.

— Dis-moi à quelle heure tu finis, je viendrai te chercher.

— Désolé, répondit Caleb. Si j'avais dix ans de moins, j'aurais accepté ton offre.

— J'aime les hommes plus âgés. J'ai beaucoup appris avec eux. Et je suis sûre que tu pourrais m'apprendre beaucoup.

— Je ne donne pas de leçons.

Sheridan haussa les épaules.

— Tant pis pour toi.

Elle repoussa ses longs cheveux par-dessus son épaule et, avec un roulement de hanche exagéré, se dirigea vers la sortie.

— Intéressant.

Caleb fit signe à Lacy, qui lui tendit une bouteille de Coca. Il la vida à moitié, puis se tourna vers Jazzy.

— Tu es venue tôt, ce soir. Parce que Jamie Upton est au *Jasmine* avec sa fiancée ?

— Seulement indirectement.

— Eh bien, ici, tu vas pouvoir oublier tes problèmes durant quelques heures.

Il s'écarta d'elle.

— Je retourne au boulot. Avec le monde qu'il y a ce soir, j'imagine que ce n'est qu'une question de temps avant que quelqu'un ne déconne.

— Tant que tu peux virer ce quelqu'un sans prendre trop de gants, dit Jazzy en désignant de la tête la porte par laquelle Sheridan Willis venait de sortir.

— Cette gamine n'a pas froid aux yeux.

— Ça, c'est sûr. Et j'ai l'impression qu'elle a beaucoup de choses en commun avec son futur beau-frère.

Caleb haussa les sourcils d'un air interrogateur.

— C'est juste une supposition, mais cette petite me semble être une manipulatrice égocentrique.

— C'est comme ça que tu juges Jamie ?

— Mmm.

Caleb hocha la tête, surpris de la voir admettre la vérité sur Jamie, surtout devant lui.

— Si tu as besoin de moi, tu sais où me trouver, lui dit-il avant de s'éloigner.

— J'ai besoin de toi, souffla Jazzy pour elle-même.

— Bonsoir, mademoiselle Jazzy. Vous voulez danser ?

C'était Tim Willingham, un des adjoints du shérif, qui venait de lui taper doucement sur l'épaule. Elle le connaissait depuis toujours : un bon gars, divorcé et père de deux enfants. Depuis son divorce, l'année précédente, il venait au *Jazzy's Joint* les vendredis et samedis soir, quand il n'était pas de service.

— Volontiers, répondit-elle.

Danser avec Tim serait agréable… et sans danger. Il était bien trop « transparent » pour elle, qui préférait les hommes donnant du fil à retordre. Mais, pour le moment, mieux valait jouer la sécurité.

Elle avait envisagé d'attendre encore un peu, mais elle se rendait compte désormais qu'il valait mieux agir au plus vite : plus elle lui permettrait de vivre, plus de mal il ferait.

Ses plans étaient faits, chaque détail réglé. Elle n'avait plus qu'à passer à l'acte. Il ne serait pas difficile d'entraîner Jamie au chalet. Et, une fois là-bas, un verre de vin mélangé à un narcotique suffirait à le neutraliser : quand il se réveillerait, il se découvrirait complètement vulnérable et à sa merci. Mais, bien sûr, elle ne lui montrerait aucune pitié.

Elle rit, ravie à l'idée de lui faire payer ses péchés. Il avait été cruel et impitoyable non seulement avec elle, mais avec beaucoup d'autres. Bien qu'elle éprouvât une certaine peine pour ces autres femmes, elles ne comptaient pas véritablement. Personne ne comptait à part son bébé. Elle devait protéger son enfant. Pauvre petite chose sans défense.

Elle serra ses bras autour d'elle et se berça dans l'obscurité. Seule. Elle était tellement seule… Personne pour l'aimer. Personne pour prendre soin d'elle. Mais elle ne serait plus seule très longtemps. Bientôt, on lui rendrait son bébé. Sa jolie petite fille qui l'aimerait. Mais d'abord elle devait tuer Jamie Upton.

Elle adorerait plus que tout détruire aussi Jazzy Talbot, cette traînée, mais ça pouvait attendre. Pour protéger son enfant, il fallait avant tout tuer Jamie. Une fois que ce salaud serait mort, elle pourrait s'occuper du reste. Tuer les gens ne lui plaisait pas particulièrement, c'était de les faire souffrir qui l'excitait. Mais certaines personnes ne méritaient pas de vivre. Si seulement elle avait pu agir plus tôt… Si seulement ils ne l'avaient pas arrêtée. Ils devraient payer, eux aussi. Tous les deux. Mais elle ne pouvait pas les punir, pas encore. Pas avant que son bébé ne soit en sécurité.

Le dîner de Reve consista en un Coca Light, du beurre de cacahuètes avec des crackers, et une barre chocolatée en dessert. Elle avait trouvé ces délicieux aliments à l'agence de location où elle avait loué pour trois nuits un chalet d'où elle pouvait rejoindre la ville à pied. Ce soir-là, elle avait décidé de ne pas retourner à Cherokee et de rester tranquille pour réfléchir à ce qu'elle comptait faire. Avait-elle commis une grave erreur en restant ici ? Le regretterait-elle dès le lendemain ?

Passant en revue les programmes proposés à la télé, elle s'arrêta sur la chaîne locale, qui présentait aux touristes les événements à venir, dans la ville et aux alentours. Son attention fut attirée par une publicité pour le restaurant *Jasmine* : la photo de Jasmine Talbot accueillant des clients apparut à l'écran. Reve scruta ce visage si semblable au sien. « Admets la vérité, se dit-elle. Il y a de fortes chances qu'elle soit ta sœur. »

Bon, Jazzy Talbot était peut-être sa sœur, voire sa jumelle, mais cela impliquait-il forcément qu'elles fassent connaissance, qu'elles explorent ensemble l'histoire de leur naissance ? Quelqu'un mentait. Probablement sur toute la ligne. Sally Talbot affirmait que sa sœur n'avait eu qu'un enfant, Jazzy. Mais pourquoi mentirait-elle ? Avait-elle honte que sa sœur ait abandonné un enfant et gardé l'autre ? Ou Sally avait-elle elle-même jeté le bébé indésirable dans la décharge de Sevierville ?

Depuis le jour où sa mère lui avait révélé la vérité sur l'endroit où on l'avait retrouvée, Reve se débattait dans une myriade d'émotions désagréables. Et maintenant, en apprenant l'existence de sa jumelle, elle devait faire face à une horrible réalité : quelqu'un avait estimé qu'elle n'était pas digne de vivre et que sa sœur l'était. Ce simple fait était une raison suffisante pour ne pas aimer Jazzy. Irrationnelle, peut-être. Uniquement fondée sur une réaction émotionnelle – ce qui, pour Reve Sorrell, était totalement inhabituel ; elle avait toujours été quelqu'un de calme, d'obéissant, de bien élevé. Aussi maussade que de l'eau de vaisselle.

Sauf quand un défi se présentait : son pire défaut était l'entêtement. Son père lui disait toujours qu'elle avait du cran. Ah ! Comme il lui manquait… Et sa mère, aussi. Les Sorrell avaient été ses vrais parents. Ils l'avaient accompagnée dans toutes les étapes importantes de sa vie.

Une idée complètement ridicule lui traversa soudain l'esprit. Paraissait-elle anormale à la naissance ? Sa mère biologique avait-elle choisi de se débarrasser d'elle à cause de son apparence physique ? Stupide hypothèse. Mais si c'était vrai, ne serait-ce qu'en partie, n'était-ce pas une excellente raison pour en vouloir à Jazzy ?

Elle devait pourtant admettre qu'elle ne connaissait pas cette femme. Jacob Butler disait peut-être vrai, elle était peut-être quelqu'un de bien. Ne méritait-elle pas le bénéfice du doute ?

Reve pressa le bouton d'arrêt de la télécommande et la jeta sur une chaise proche. Ça suffisait ! Demain, elle irait voir Jazzy Talbot et affronterait ses propres peurs. Rien de ce qu'elle pourrait découvrir sur sa naissance et sur ses parents biologiques ne pourrait être pire que ce qu'elle avait imaginé. Et même si, dans le pire des cas, Jazzy et elle étaient sœurs jumelles, rien ne les obligeait pour autant à entretenir une quelconque relation.

8

Le *Jazzy's Joint* fermait ses portes peu après 1 heure, le samedi soir, et l'alcool ne pouvant être servi au-delà de minuit, la plupart des clients s'en allaient vers minuit et demi. En revenant de son bureau, où elle avait passé un moment à préparer la commande des boissons pour la semaine à venir, Jazzy regarda l'horloge qui trônait derrière le bar : 1h15. Elle avait partagé sa soirée entre son bureau et la salle ; il y avait toujours des amis ou des connaissances avec qui bavarder, au *Jazzy's Joint*.

Quand elle avait dansé pour la deuxième fois avec Tim Willingham, qui était manifestement très attiré par elle, il avait parlé de Reve Sorrell. Elle avait appris que cette dernière avait été amenée au poste pour excès de vitesse et que Jacob, qui n'appréciait pas ses airs supérieurs, avait bien failli la boucler. Mais il avait fini par la conduire à l'agence de location de chalets, la demoiselle ayant décidé de rester à Cherokee. Il y avait donc de fortes chances que Jazzy la revoie. Et elle ne savait pas si elle devait en pleurer ou s'en réjouir.

Elle rejoignit Lacy, qui était en train de nettoyer la vaisselle, derrière le comptoir.

— Une bonne soirée : beaucoup de clients et pas une seule bagarre.

Lacy essuya un verre et le rangea sur une étagère.

— Depuis que Caleb est là, on est tranquilles. Sa réputation dissuade les emmerdeurs.

— Sauf des idiots comme Carruthers et Lindsey, rappela Jazzy en souriant à ce souvenir.

Ces deux espèces de machos décervelés s'étaient crus plus forts que Caleb, expert en arts martiaux.

— Oui, ces deux-là, il était temps que quelqu'un les remette à leur place. J'ai adoré la façon dont Caleb s'en est chargé.

Lacy considéra Jazzy.

— C'est une perle que tu as là. J'espère que tu ne vas pas le laisser filer ?

Jazzy comprenait exactement ce que Lacy essayait de lui dire.

— Je ne possède pas Caleb, en tout cas pas comme tu l'entends. On ne peut pas laisser filer ce qu'on n'a pas.

— C'est un homme, un vrai. Il ne va pas te supplier, mais il se met à découvert régulièrement, et tu n'arrêtes pas de le descendre.

Jazzy regarda Caleb faire sortir un client soûl dont la petite amie avait visiblement les idées claires. Caleb mettait un point d'honneur à ne jamais laisser quiconque conduire en état d'ivresse. Quand les clients refusaient qu'on appelle un ami ou un parent, il les reconduisait lui-même. Et les rares fois où l'on avait refusé son aide, il avait appelé la police. Bien que de nature secrète, Caleb ne pouvait cacher sa nature responsable et soucieuse des autres.

— Je devrais peut-être rectifier cette erreur dès ce soir, laissa échapper Jazzy au moment où l'idée lui traversait l'esprit. Oh. Tu m'as vraiment entendue dire ça ?

Lacy éclata de rire.

— Penser tout haut t'amènera des ennuis, ma belle…

— Tu ne crois pas que j'aurais tort d'essayer avec Caleb, n'est-ce pas ? Je me suis tellement trompée jusqu'ici que je...

— Ta seule erreur a été d'aimer Jamie Upton. Et crois-moi, Caleb n'a rien à voir avec Jamie. Il faut vraiment que tu chasses ce salopard de ta vie, une bonne fois pour toutes.

— C'est fait.

Comme Lacy la regardait d'un air dubitatif, elle insista :

— Je te jure que j'ai décroché de Jamie. Je n'ai simplement pas envie de me précipiter dans une histoire au risque de souffrir – ou de faire souffrir quelqu'un.

— La vie est un jeu de dés...

Lacy enleva son tablier et le posa sous le comptoir.

— J'y vais, annonça-t-elle en passant de l'autre côté du bar. Jamie ne donne rien, quel que soit le nombre de tours. Caleb est un double six du premier coup.

Jazzy réussit à sourire. À peine.

Quelques instants après le départ de Lacy, Caleb la rejoignit au bar. Ses cheveux bruns étaient légèrement ébouriffés par le vent.

— Il pleut ? demanda-t-elle.

— Pas encore, mais il y a des éclairs à l'ouest. On aura une saucée dans quelques heures.

— Tu peux rentrer, suggéra-t-elle. Je m'occuperai de la fermeture.

— Je ne suis pas pressé.

Il s'approcha d'elle de sa démarche souple et féline.

— Tu as soupé ?

— Soupé ?

— Tu sais, le repas qui se prend le soir.

Elle secoua la tête.

— J'ai perdu l'appétit avant d'avoir une chance de manger au *Jasmine*. Mais, maintenant qu'on en parle, je crois que j'ai faim.

— À moins que tu veuilles qu'on aille au *Jasmine* se préparer quelque chose, on pourrait aller là-haut.

Il regarda le plafond, indiquant l'appartement de Jazzy au premier étage.

— Je suis le roi des œufs au bacon.

— Je suis tentée. Surtout si tu ajoutes des toasts beurrés au menu. Il y a une éternité qu'un homme n'a pas cuisiné pour moi. Pas depuis le chef que j'avais engagé pour le *Jasmine* il y a trois ans. C'était un magicien en cuisine, mais quand je l'ai surpris en train de voler, je l'ai viré sur-le-champ.

Caleb se rapprocha encore, il se tenait désormais à quelques centimètres d'elle, à peine.

— Si je te fais la cuisine, je veux être payé pour mon travail.

Elle en resta bouche bée. Eh bien, c'était direct. Venait-il de lui annoncer qu'il attendait un paiement en nature ?

— Je croyais t'avoir dit que je ne couchais pas au premier rendez-vous.

— Ce ne sera pas un rendez-vous. Et puis je ne suis pas du genre à marchander quand il s'agit de sexe. Le paiement dont je parlais était un rendez-vous. Un vrai rendez-vous.

Elle sourit.

— Mmm. Tu es terriblement gentil avec moi, ce soir. Ça me surprend, surtout après ce qui s'est passé ce matin quand tu m'as présenté ta nouvelle amie et que tu m'as accusée d'avoir couché avec Jamie la nuit dernière.

Caleb se frotta la joue, celle que Jazzy avait allégrement giflée.

— Heureusement, tu m'as vite remis les idées en place.

— Je ne te dois aucune explication, mais…

Elle hésita, espérant que le fait de parler de Jamie ne gâcherait pas cette agréable discussion avec Caleb.

— Jamie est passé pour me proposer d'être sa maîtresse après son mariage avec Laura Willis. J'ai refusé son offre. Puis il a demandé à rester pour parler un moment, ce que j'ai accepté, comme un geste d'adieu. Il n'a pas couché chez moi, et il n'y a rien eu de plus qu'un baiser entre nous.

— Un baiser ?

Elle acquiesça d'un hochement de tête.

— Il est sorti de ma vie pour de bon. Je sais que j'ai déjà dit ça avant, et j'étais sincère. Sache que je n'ai pas cédé à Jamie depuis son retour, en janvier. Au début j'étais tentée, c'est vrai, mais plus maintenant. Je ne l'aime plus. Je ne le désire même plus.

Caleb se déplaça si rapidement qu'elle eut à peine le temps de retenir son souffle avant qu'il ne prenne son visage entre ses deux grandes mains.

— Si tu es vraiment sincère...

— Je le suis, souffla-t-elle, frémissante.

Elle avait tellement envie qu'il l'embrasse.

— Même l'idée que tu l'aies juste laissé t'embrasser ne me plaît pas, dit-il en caressant ses lèvres du pouce.

— Jaloux ?

— Absolument, admit-il.

Et il l'embrassa. Comme jamais elle n'avait été embrassée. Tenant son visage entre ses mains, il s'empara de sa bouche avec une douce autorité. Sans se précipiter. Sans brutalité. Elle se tendit vers lui de tout son corps, cherchant une plus grande proximité, déjà pantelante de désir. Et quand cela commença à être encore meilleur, il écarta ses lèvres des siennes, leva la tête et, lentement, d'un geste délicieusement sensuel, fit glisser ses mains le long de son cou, de ses épaules, de ses bras. Puis il la lâcha.

Elle resta là à le regarder, le cœur battant la chamade.

— Tu as des œufs et du bacon dans ton frigo, n'est-ce pas ? demanda-t-il.

— Quoi ?

Il fallut quelques secondes à son cerveau engourdi pour comprendre de quoi il parlait. Comment pouvait-il embrasser comme ça, puis s'arrêter brusquement et faire comme si de rien n'était ?

— Le souper, tu te souviens ? Je cuisine. Nous mangeons. Et en paiement de mes services, tu acceptes un vrai rendez-vous avec moi.

— Oui. Oui, bien sûr... J'ai des œufs et du bacon au frigo.

Il la prit par la main.

— Alors viens, fermons et sortons d'ici.

Un sentiment qu'elle n'avait pas éprouvé depuis très longtemps traversa Jazzy : la joie. Légère, insouciante, exubérante. Sans les pesantes chaînes émotionnelles qui la retenaient à Jamie, elle avait peut-être une chance de connaître enfin le bonheur. Cette nuit était le début de sa nouvelle vie.

Jamie ne refusait jamais une aventure, et il lui tardait qu'ils s'éclipsent tous les deux, dans l'obscurité de la nuit, pendant que les bons citoyens de Cherokee dormaient tranquillement, n'approchant qu'en rêve la vie qu'il se permettait de mener. Jamie ne se contentait pas de rêver : l'excitation et le danger, il les vivait. Quel homme ne fantasmait pas sur les femmes ? Quel homme n'avait pas envie de les posséder toutes ? D'en avoir une différente chaque soir dans son lit ?

Elle lui avait demandé de faire comme s'ils ne s'étaient jamais rencontrés. De jouer le rôle d'un autostoppeur qu'elle aurait pris sur la route. Ce serait drôle, non, de mettre en scène un de ses fantasmes ? Oh oui, ce serait drôle. Il ne savait pas exactement ce qu'elle avait en tête, mais il était partant.

Jamie descendit l'escalier à pas de loup. Il ne voulait surtout pas que ses beaux-parents ou son grand-père le surprennent en train de filer. Ne seraient-ils pas étonnés s'ils savaient qui il allait rejoindre ? Lui-même avait été plus que surpris quand elle lui avait fait des avances. Cela tendait à prouver qu'on ne connaissait jamais vraiment quelqu'un. Il adorait l'idée qu'il y ait une part de vice en elle. Une perversité qu'il n'aurait jamais pu imaginer.

Il tapa le code de la porte de derrière et sortit rapidement, s'assurant qu'il avait bien réactivé le système de sécurité.

La brise matinale l'accompagna alors qu'il contournait la maison et longeait l'allée.

— Je te prendrai à la grille, lui avait-elle annoncé. Souviens-toi, tu es un auto-stoppeur. Joue bien ton rôle et je te récompenserai.

L'idée de cette récompense accéléra les battements de son cœur et fit monter son excitation. Quels petits jeux cochons avait-elle en tête ? Son sexe se durcit tandis qu'une intéressante hypothèse lui traversait l'esprit : si elle n'orientait pas leur jeu dans la direction qu'il désirait, alors il prendrait les choses en main et lui montrerait ce qu'impliquait un vrai voyage sexuel – la douleur et l'extase.

En approchant de la grille, il aperçut une voiture – différente de celle qu'elle conduisait habituellement. Elle avait même loué une voiture pour leur jeu ! Et pas n'importe laquelle : une voiture de sport. De l'endroit où il était, il n'en distinguait ni la couleur ni le modèle. Il se dépêcha de la rejoindre et ouvrit la portière pour jeter un long regard appréciateur à l'intérieur.

— Pourquoi la perruque ? demanda-t-il, mais il réalisa brusquement à qui elle ressemblait, ainsi coiffée.

Elle caressa les mèches courtes de cheveux roux qui encadraient son visage.

— Tu n'aimes pas ? J'ai pensé que ce serait plus drôle pour toi si je faisais semblant d'être Jazzy Talbot.

Il rit doucement tout en refermant la portière.
— Ça peut être marrant.
— Alors tu es prêt pour notre aventure ?
— Oui, m'dame, fin prêt.
Il tapotait son sexe.
— Salut, murmura-t-elle d'une voix voluptueuse. Je peux vous déposer quelque part ? Je voyage seule et j'aimerais bien avoir de la compagnie. De la compagnie masculine... si vous voyez ce que je veux dire.
— Oui, m'dame, je vois exactement ce que vous voulez dire. Et je veux bien faire un tour avec vous. Emmenez-moi là où vous allez.
— Attachez votre ceinture et accrochez-vous, dans ce cas.
Dès qu'il eut attaché sa ceinture, elle démarra en trombe. Le pied au plancher, elle prit la direction de la montagne.
— Tu es pressée ? la taquina-t-il.
— Tu ne peux pas imaginer à quel point.
— Il te tarde de faire une autre sorte de voyage, hein ?
Il glissa sa main entre ses cuisses.
— C'est toi qui devrais être impatient. Je te promets que ce sera le voyage de ta vie.

Tiffany Reid savait qu'elle n'aurait pas dû sortir avec Dillon Carson : il avait plusieurs années de plus qu'elle et une indécrottable réputation de coureur de jupons. Mais elle le trouvait absolument irrésistible. Non qu'il fût d'une beauté renversante, mais il était intéressant, amusant et très doué au lit. Il l'avait attendue ce soir jusqu'à ce qu'elle termine son service. Puis, comme il avait légèrement trop bu, elle l'avait persuadé de la laisser conduire. Elle habitait juste à la périphérie de la ville, à environ un kilomètre de la ferme Upton. Quand sa belle-mère était morte, deux ans auparavant, elle avait hérité de sa vieille maison. Ce n'était pas un palace et ça demandait pas mal d'entretien mais, au moins, elle n'avait pas de loyer à payer.

Alors qu'elle débouchait de la rue principale pour tourner en direction de la route de montagne, une voiture arriva à toute vitesse derrière eux. Dans son rétroviseur, elle vit qu'il s'agissait d'une petite voiture de sport. Qui pouvait bien conduire aussi vite sur cette route en pleine nuit ? En l'espace de quelques secondes, le véhicule les avait doublés et disparaissait sur la petite route sinueuse.

— Tu as vu qui conduisait ? demanda Dillon.

— Non, pourquoi ? Tu le connais ?

— C'était une femme. Et j'ai cru reconnaître ta patronne, Jazzy Talbot.

— Impossible. Que ferait-elle dehors, à cette heure ? Et puis elle conduit une Jeep rouge.

— Je ne suis pas sûr à cent pour cent que c'était elle, mais la femme qui conduisait était rousse et portait des créoles, comme Jazzy.

— Tu t'intéresses à Jazzy au point de savoir quel genre de bijoux elle porte…

— Hé, il faudrait être mort pour ne pas remarquer un beau brin de fille comme elle.

Dillon défit la ceinture de sécurité qu'elle l'avait forcé à fermer et se pencha vers elle pour l'enlacer.

— Mais pas la peine d'être jalouse. C'est avec toi que je suis ce soir, ma jolie. Tu auras toute mon attention.

— C'est une promesse ?

— Emmène-moi chez toi et tu verras.

Oui, elle était vraiment idiote de sortir avec Dillon. Ce n'était sûrement pas lui qui l'épouserait et lui donnerait des enfants. Mais la plupart des hommes mariables de Cherokee étaient d'un ennui mortel. Avec Dillon, au moins, elle s'amusait.

— Où on est ? demanda Jamie alors qu'elle se garait devant ce qui ne semblait pas être plus qu'un taudis.

— C'est ma tanière. Viens. Une surprise t'attend à l'intérieur.

— Tu as fait le traitement contre la vermine ? plaisanta-t-il.

— La seule vermine ici, c'est toi, Jamie chéri.

Il la suivit sur le chemin de terre, enjambant les marches en bois branlantes et traversant la terrasse envahie par la pourriture. Devant la porte, il l'enlaça par la taille et l'embrassa dans le cou.

Elle le haïssait. D'une haine féroce. Elle devait faire appel à toute la force de sa volonté pour endurer son contact immonde. À l'idée qu'elle serait peut-être obligée de le laisser la baiser, elle avait envie de vomir. « N'y pense pas, se dit-elle. Concentre-toi sur ton plan, sur toutes les choses délectables que tu vas lui faire tout à l'heure. Quand il te touchera, quand il t'embrassera, pense à ta vengeance. »

La porte s'ouvrit en craquant sur ses gonds rouillés. Elle le conduisit à l'intérieur, que seules éclairaient des lampes à pétrole et les bûches rougeoyantes dans la cheminée. Quand elle était venue, dans l'après-midi, préparer le décor de l'ultime voyage de Jamie, elle ne savait pas si la cheminée fonctionnait convenablement – ils auraient très bien pu trouver l'endroit en cendres. Mais elle avait dû choisir un lieu isolé de toute autre habitation. Personne ne devait entendre les hurlements de douleur de Jamie.

— Joli nid douillet, siffla-t-il en regardant autour de lui.

— Douillet et intime, précisa-t-elle.

Elle avait préparé une paillasse par terre avec des couvertures achetées dans différents magasins de Pigeon Forge, du genre de celles que les touristes achetaient chaque année. Aucun risque qu'on remonte jusqu'à elle. Une bouteille de vin était posée entre deux gros coussins devant la cheminée. Elle s'écarta de Jamie et alla dans l'angle où elle avait placé une radio portable. Après l'avoir allumée, elle chercha une station de musique douce et romantique.

Sous le regard fasciné du jeune homme, elle commença à se déshabiller. Lentement. Plus tôt elle le materait, plus vite la partie agréable de la soirée commencerait. Totalement nue, sans le lâcher des yeux, elle s'assit devant la cheminée, ouvrit la bouteille de vin et remplit deux coupes de cristal. Ce que Jamie ignorait, c'était qu'au fond de l'un des verres elle avait versé un puissant sédatif, qui le neutraliserait pendant deux bonnes heures. Assez longtemps pour qu'elle prépare à ce salaud manipulateur sa récompense si méritée.

Jamie contempla son corps nu, puis enleva ses propres vêtements et vint prendre le verre de vin qu'elle lui offrait. Un sourire pervers étira ses lèvres.

— Tu es bien roulée, malgré... enfin, tu sais.

— C'est si délicat de ta part de ne pas le dire, répondit-elle avec un sourire tout aussi sincère que le sien.

Il sirotait tranquillement son verre de vin. Une bouteille de basse qualité achetée dans un magasin très fréquenté où elle était sûre que personne ne se souviendrait d'elle. Surtout vêtue comme elle l'était. Une touriste parmi tant d'autres.

Jamie reposa le verre par terre et se pencha vers elle. Intérieurement, elle avait envie de fuir ses mains répugnantes, mais elle réagit comme la plupart des femmes qu'il avait séduites avaient dû le faire.

Quand elle pressa son corps nu contre le sien, il poussa un soupir de plaisir.

— Ton cœur bat vite et tu trembles, chérie. Tu es aussi excitée que moi, hein ?

— Tu ne peux pas imaginer à quel point.

L'anticipation était délicieuse. Ce n'était qu'une question de temps, maintenant. Bien sûr qu'elle était excitée : il lui tardait de le voir perdre conscience, de l'avoir enfin à sa merci. Oh, les choses merveilleuses qu'elle avait prévues pour lui... Son petit sac à malices était soigneusement caché dans la pièce d'à côté. Lanières en cuir. Solides piquets qui s'enfonceraient facilement dans le vieux plancher. Rasoirs. Couteaux. Un tison prêt à être rougi dans les flammes de la cheminée.

Quand Jamie l'embrassa, elle lui donna sa bouche comme une femme rendue folle de désir – elle ne pensait qu'au moment où elle lui enfoncerait le tison ardent dans le corps.

9

— Ce sont les meilleurs œufs brouillés que j'aie jamais mangés ! s'exclama Jazzy en posant son assiette vide sur celle de Caleb.

Elle le regarda se servir une deuxième tasse de décaféiné.

— Dites-moi, vous avez un secret, grand chef ?

— Si je te le dis, ce ne sera plus un secret...

Assise en tailleur sur le canapé, elle se blottit contre un coussin, soupira d'aise et lui sourit.

— Merci.

— Pour quoi ? Pour t'avoir préparé ce petit déjeuner à 2 heures du matin ?

Jazzy adorait son sourire : un sourire impudent et plein d'assurance, au petit goût de mystère. Caleb n'était pas aussi beau que Jamie, mais beaucoup plus attirant. Oh non ! Pourquoi retombait-elle toujours dans le vieux piège de la comparaison ? Elle ne pouvait s'empêcher d'évaluer chaque homme qui entrait dans sa vie à l'aune de Jamie... N'avait-elle pas encore pris conscience du changement colossal qui s'était opéré en elle ? Elle venait quand même de trouver quelqu'un qui l'attirait plus que Jamie Upton...

— Tu as fait plus que ça, rétorqua-t-elle, légère comme elle ne l'avait pas été depuis très longtemps. Tu m'as chouchoutée, ce dont je n'ai pas l'habitude. Et je crois que tu m'as pardonné aussi, non ?

Tandis que Caleb tendait la main pour lui caresser doucement la joue, leurs regards se croisèrent.

— J'ai eu tort de te juger. Ce que tu as fait avec Jamie Upton la nuit dernière ne me regarde pas.

Jazzy retint sa main au moment où il la retirait.

— Je n'ai pas couché avec Jamie hier. Je n'ai pas couché avec lui depuis son retour à Cherokee, en janvier. Ni avec aucun homme depuis que je te connais.

— Ça signifie quelque chose ?

— Peut-être que les deux sont liés. Peut-être pas. Franchement, je n'en sais rien.

— Alors à quoi me fier ?

— Jamie se marie dans trois semaines. Hier, nous nous sommes fait nos adieux.

— Tu lui avais déjà dit adieu avant et…

Jazzy porta la main de Caleb à son visage et la pressa contre sa joue.

— Ce n'est pas Jamie que je veux.

Elle s'interrompit, rassemblant tout son courage avant d'ajouter :

— C'est toi.

Il retira vivement sa main.

— Ne joue pas avec moi, la prévint-il. Je ne suis pas un prix de consolation. Et je ne partage pas. Si tu es à moi, tu es à moi seul. Que ce soit pour une nuit, pour une semaine ou pour un mois. Compris ?

Jazzy poussa un soupir.

— Je te voyais exactement comme ça : vieux jeu, macho et possessif.

— Jouons cartes sur table, tu veux ? Ça nous évitera des surprises à tous les deux.

Elle hocha la tête.

— Je t'ai voulue dès que je t'ai vue, reprit-il. Je te veux maintenant plus que jamais. Mais il y a des choses que je ne t'ai pas dites. Des choses que je ne te dirai pas si…

Il fit claquer sa langue.

— Disons que je ne fais jamais de promesses en l'air. Est-ce que j'ai envie de coucher avec toi ? Oui. Est-ce que je tiens à toi ? Oui. Est-ce que je m'engagerai pour la vie si on couche ensemble ? Pas nécessairement. Mais quand je suis avec toi, je suis avec toi exclusivement. Et j'attends la même chose de toi : pas de mensonges, pas de coups tordus. Et je jure de ne jamais te faire souffrir.

Émue jusqu'aux larmes, Jazzy détourna le regard. Elle prit le temps de se ressaisir, puis tourna de nouveau la tête dans sa direction. Pourquoi n'avait-elle pas rencontré Caleb lorsqu'elle avait seize ans ? Si elle était tombée enceinte de lui, il l'aurait épousée. Et si un membre de sa famille s'y était opposé, il l'aurait envoyé au diable.

— Je te veux, moi aussi, souffla-t-elle. Depuis le premier jour. Mais je me protégeais. J'ai été si souvent blessée et déçue, à force de croire aux fausses promesses... Mais c'est fini, maintenant ! Tu me plais, Caleb McCord, tu me plais terriblement, même si je ne suis pas prête à m'engager. Ce que je veux, c'est que nous vivions au jour le jour. Que nous apprenions à nous connaître tout doucement, sans pression, simplement en laissant les choses arriver naturellement. Si ça marche, nous franchirons l'étape suivante. Sinon, nous resterons amis, sans rancune. Sans blessure.

Il la scrutait comme s'il tentait de la percer à jour.

— On dirait qu'on veut la même chose, lâcha-t-il finalement.

— Oui, on dirait.

Lorsque Caleb se rapprocha d'elle, elle retint son souffle. Elle avait tellement envie qu'il l'embrasse de nouveau... Il glissa une main sous sa nuque et l'attira à lui pour caresser ses lèvres des siennes. Jazzy voulait plus. Tellement plus.

Il joua longtemps avec ses lèvres, d'abord par petites touches légères, puis avec plus d'insistance, enfouissant en même temps ses doigts dans les cheveux courts de la jeune femme pour mieux tenir sa tête entre ses mains. Quand, de désir, elle poussa un soupir langoureux, il se décida enfin à l'embrasser – et encore une fois elle eut l'impression de ne l'avoir jamais été auparavant. Son cœur s'emballait, ses seins se durcissaient de désir… mais il mit fin à leur baiser et redressa la tête. Elle ouvrit les yeux, un peu perdue, sans comprendre pourquoi il avait interrompu cette caresse si enivrante. Il posa un doigt sur ses lèvres pour l'empêcher de parler.

— C'est notre premier rendez-vous, Jazzy. Or tu ne couches jamais dès le premier soir, tu te souviens ?

— Mmm, je me souviens…

Pourquoi lui avait-elle dit ça ? Même si d'ordinaire elle s'y pliait, cette règle ne s'appliquait pas à lui, pas à cet homme si différent de Jamie, si différent des autres hommes qu'elle avait connus.

— Je vais débarrasser, puis je m'en irai.

Il se leva, ne cherchant pas à dissimuler le signe flagrant qui trahissait son désir.

— Tu t'en vas ?

Alors qu'ils étaient tous les deux dans un tel état d'excitation ?

— Il est plus de 3 heures, Jazzy. Tu as besoin de repos, et moi aussi, souffla-t-il en prenant leurs assiettes. Si je passais te prendre tout à l'heure, en début d'après-midi ? C'est dimanche, mon seul jour de congé, et Tiffany peut très bien se débrouiller sans toi. On pourrait aller à Gatlinburg, flâner dans les ruelles du village, puis dîner au restaurant… Ça te dit ?

— Je vois que tu as déjà planifié notre deuxième rendez-vous…

Elle se leva et le suivit dans la cuisine, tandis qu'il faisait tremper la vaisselle dans l'évier plein d'eau savonneuse.

— Laisse, je m'en occuperai plus tard.

Il hocha la tête et se tourna pour partir, mais elle lui barra la route.

— Quoi ?

— Tu es un homme gentil, Caleb McCord.

— Tu crois ça, hein ? Ça prouve bien que tu ne me connais pas ! s'exclama-t-il en riant.

Elle s'écarta pour le laisser gagner la porte.

— D'accord, le terme « gentil » n'est peut-être pas le plus approprié. Tu es un homme *bon*.

Il lui lança un regard moqueur par-dessus son épaule. Alors elle fit une dernière correction.

— Tu es un homme *bien*.

Il lui fit un clin d'œil puis sortit, descendant l'escalier extérieur menant à la rue. Jazzy vint se poster sur le palier pour le regarder s'éloigner vers sa voiture. Dès qu'il eut démarré, elle ferma sa porte et la verrouilla, puis retourna dans le salon en effectuant quelques pas de danse. Les bras serrés autour d'elle, elle poussa un soupir d'aise : elle avait un deuxième rendez-vous avec Caleb McCord. Un véritable rendez-vous.

Avec un sentiment d'allégresse inhabituel, Jazzy gagna sa chambre en fredonnant. Cette nuit elle rêverait de Caleb. Et peut-être que demain – non, tout à l'heure –, ce rêve deviendrait réalité.

Andrea Willis n'arrivait pas à dormir : préoccupée comme elle l'était, elle ne pouvait se détendre. Et puis Cecil ronflait – il n'y avait qu'un homme pour être capable de dormir à poings fermés quand sa fille était sur le point de commettre la plus grave erreur de sa vie… Pourtant il aimait Laura beaucoup mieux qu'elle, et ses failles ne le déstabilisaient pas.

Quand elle avait suggéré une aide psychiatrique pour la petite Laura, alors âgée de douze ans, Cecil avait blêmi et l'avait accusée de cruauté. Or c'était justement parce qu'elle aimait Laura qu'elle avait voulu l'aider. Finalement, elle avait réussi à convaincre Cecil, mais seulement après le terrible incident avec le fils Roberts, qui prétendait que Laura avait essayé de le renverser avec sa voiture – la jeune fille avait été incapable de se rappeler ce qui s'était passé cette nuit-là.

Andrea enfila ses chaussons et sa robe de chambre en satin, puis sortit tout doucement de la chambre conjugale pour se diriger vers celle qu'occupaient ses filles. Devant leur porte close, elle se demanda un instant si elle devait les déranger à une heure pareille. Oui, il fallait qu'elle parle à Laura. Et si Sheridan se réveillait, tant pis ; peut-être l'aiderait-elle à ramener Laura à la raison.

Andrea frappa à la porte sans obtenir de réponse. Elle frappa de nouveau : toujours rien. Elle n'osait pas frapper plus fort, de peur de réveiller Cecil. Alors elle essaya la poignée. La porte n'étant pas verrouillée, elle l'ouvrit et pénétra dans la pièce obscure.

— Laura, appela-t-elle en approchant à pas de loup du lit de sa fille aînée. Laura, réveille-toi, ma chérie.

Pas de réponse.

Quand elle atteignit le lit, elle réalisa qu'il était vide. Comme celui de Sheridan. Elle alluma la lampe de chevet et inspecta la chambre et la salle de bains adjacente. Où étaient ses filles ? Pas de panique. Il y avait sûrement une explication logique à leur absence.

N'était-il pas possible, et même probable, que Laura soit dans la chambre de Jamie ? Et Sheridan ? Dieu seul savait où se trouvait cette petite sauvageonne. Probablement dans le lit d'un homme, elle aussi. Un garçon rencontré en ville, un inconnu. Andrea secoua la tête. Sheridan avait la moralité d'un chat de gouttière... Mais elle pouvait difficilement la condamner : à son âge elle en avait fait autant.

Lorsqu'elle regagna sa chambre, Cecil ronflait toujours. Elle se réfugia dans la salle de bains, fermant la porte avant d'allumer la lumière pour fouiller sa trousse de toilette à la recherche d'une boîte de somnifères. Dernièrement, sa consommation avait augmenté ; encore quelques jours à ce rythme et elle friserait la dépendance. Elle avala une pilule avec un peu d'eau, puis retourna au lit. Environ une heure plus tard, elle dormirait. Et pourrait enfin arrêter de penser à Laura.

Jim Upton descendit de sa chambre à 5 heures du matin. Il avait d'abord assez bien dormi mais, quand il s'était réveillé, vers 4 heures, il avait commencé à penser à Erin. À son amour pour elle. À son désir d'obtenir le divorce pour enfin partager ses jours et ses nuits avec celle qu'il aimait. Mais comment demander le divorce à une femme irréprochable qui avait été son épouse pendant plus de cinquante ans ? Reba avait toujours fermé les yeux sur ses escapades, et Dieu sait qu'il y en avait eu... Mais il n'avait jamais été amoureux avant Erin – pas depuis Melva Mae Nelson, son amour de jeunesse qui lui avait brisé le cœur en le quittant pour un autre. Sur le conseil de ses parents, il avait alors épousé Reba, jeune fille de bonne famille bien sous tous rapports, et même s'ils avaient partagé une vie relativement agréable, il n'avait jamais été vraiment heureux avec elle. Jusqu'à ce que, un an auparavant, une femme de vingt-cinq ans plus jeune que lui entre miraculeusement dans sa vie.

Qu'est-ce qu'une femme aussi magnifique qu'Erin Mercer pouvait lui trouver ? Dotée d'une fortune colossale, elle n'avait même pas besoin de son argent... Et pourtant elle semblait amoureuse de lui, acceptait la situation et illuminait son existence de sa présence. Il ne lui restait plus beaucoup de temps à vivre, et il voulait absolument le passer avec cette femme qu'il aimait plus que tout, cette femme qui lui avait rendu le goût de vivre. Mais, pour cela, il fallait tout raconter à Reba...

Une fois dans son bureau, il se dirigea à tâtons jusqu'à sa table, alluma la lampe de travail et décrocha le téléphone. Il composa le numéro d'Erin et attendit. Le téléphone sonna dans le vide à l'autre bout du fil, puis le répondeur s'enclencha.

— Erin, ma chérie ? S'il te plaît, réponds-moi. Nous devons parler.

Il venait de prendre une décision cruciale. Mais comme elle ne répondait pas, il raccrocha, avant de renouveler l'opération pour lui laisser un deuxième message, semblable au premier : il fallait absolument qu'il lui parle...

Pourquoi ne répondait-elle pas ? Peut-être était-elle malade, peut-être y avait-il un problème. Ou bien elle n'était pas chez elle... Mais, dans ce cas, où était-elle ? Avec un autre homme ? Non ! Il fallait rejeter cette pensée néfaste : Erin n'était pas avec un autre. Erin l'aimait, lui.

Lâchant le téléphone, Jim remonta dans sa chambre pour enlever son pyjama et s'habiller en toute hâte. Il lui avait fallu des mois pour en venir à sa décision, mais il ne pouvait pas attendre une minute de plus pour l'annoncer à Erin : il allait demander le divorce à Reba ; épouser Erin était son plus cher désir.

Vingt minutes plus tard, il se garait devant le chalet d'Erin. La lumière du perron était allumée, mais la maison était plongée dans l'obscurité et la voiture de sa maîtresse n'était pas garée à son emplacement habituel. Elle n'était pas là. Où pouvait-elle bien se trouver, de si bon matin ? Il pouvait essayer son téléphone portable, mais vu qu'elle laissait rarement ce fichu machin allumé, il doutait de pouvoir la joindre avant son retour. Devait-il l'attendre ou rentrer chez lui et essayer de la rappeler plus tard ? *Rentre, espèce de vieil imbécile. Rentre chez ta femme et attends que ta maîtresse t'explique pourquoi elle a découché.*

Du sang. Du sang partout, rouge vif. Il s'étendait sur le parquet et pénétrait ses interstices. Le corps du jeune homme avait été terriblement mutilé, tailladé et brûlé. Les yeux révulsés, il pleurait de douleur ; il avait tellement hurlé et supplié que sa gorge était éraillée. La femme brandit le tison ardent au-dessus de lui et, quand il commença à l'implorer, elle lui fourra le métal brûlant dans la bouche. Une douleur indescriptible lui vrilla la cervelle. Il s'évanouit.

Genny hurla sans pouvoir s'arrêter.

— Réveille-toi, ma chérie, murmura doucement Dallas en la prenant dans ses bras.

Bien qu'il l'ait déjà souvent vue dans cet état – trop souvent, à son goût –, il ne pensait pas s'y faire un jour. Quand ils s'étaient rencontrés, il était le plus grand sceptique que la terre ait jamais porté. Genny avait fait de lui un croyant. Quelle ironie ! Un matérialiste convaincu qui tombe amoureux fou d'un authentique médium !

Il lui caressa tendrement le dos et l'embrassa sur la tempe.

— C'est fini, Genny, reviens-moi. Tu es en sécurité, maintenant, je suis là.

Elle poussa un gémissement, puis ouvrit les yeux avant de les refermer aussitôt. Enfin, elle leva la tête et regarda Dallas. Il vit qu'elle était encore dans le brouillard, qu'une part de sa conscience n'était pas revenue de cet autre monde, de ce lieu mystérieux qui avait menacé plus d'une fois de la piéger et de la retenir dans ses griffes sombres.

— C'était dur, n'est-ce pas ? s'enquit-il.

Elle hocha la tête.

— C'était horrible.

— Raconte-moi.

Dallas savait qu'il était essentiel pour Genny de partager ses visions ; il se devait de l'aider à supporter le poids terrible qui l'écrasait.

Elle se blottit contre lui.

— C'était encore Jamie. La scène était très semblable à la première, mais... en plus cru.

S'agrippant à ses épaules, elle le regarda.

— Je n'en suis pas sûre, mais on dirait qu'on le torture en ce moment même... Ou alors c'est pour très bientôt...

— Qu'est-ce que tu as vu ?

— Je l'ai vu nu, le corps mutilé. Elle... elle... Oh, Dallas ! Elle lui a enfoncé un tison brûlant dans la bouche !

Genny s'effondra dans ses bras, tremblante, les yeux inondés de larmes.

C'était dans de tels moments que Dallas aurait voulu la délivrer pour toujours de ses visions. Mais ce désir était d'un égoïste – et sans son singulier pouvoir, elle ne serait pas sa Genny.

Comme il le faisait chaque fois, il la serra contre lui tandis qu'elle pleurait à chaudes larmes. Au bout d'un long moment, elle releva la tête.

— Il faut faire quelque chose, Dallas. Jamie et cette femme sont dans un endroit isolé, quelque part dans les montagnes, donc dans la juridiction de Jacob. Appelle-le tout de suite, je t'en prie !

— Je le ferai si tu me promets de t'allonger et de te reposer.

— D'accord... mais plus tard. Une fois que nous aurons passé les coups de fil et retrouvé Jamie.

— Les coups de fil ? Qui comptes-tu appeler, à part Jacob ?

— Jazzy.

— Genny, tu ne crois pas qu'elle…

— Non, ce n'est pas elle qui est en train de torturer Jamie. Mais elle va en subir les conséquences, sa vie va être menacée. Ne me demande pas comment je le sais. Je le sens, c'est tout.

Dallas savait d'expérience qu'il fallait prendre au sérieux les certitudes de Genny. Il s'écarta d'elle, s'assit au bord du lit et décrocha le téléphone. Quand Butler répondit, il lui expliqua brièvement la situation, puis lui passa Genny.

— Jacob, elle est folle, complètement folle. Mais elle est intelligente. Et diablement perverse : elle hait férocement Jamie, et veut qu'il souffre abominablement avant de mourir.

— Tu as une idée de l'endroit où ils se trouvent ?

— Ils sont dans la montagne, mais assez loin d'ici. Il faut appeler Sally et emmener les limiers. Passez donc nous prendre au chalet, nous vous accompagnerons. Je suis presque certaine de pouvoir vous guider dans la bonne direction.

— Il va falloir contacter les Upton pour qu'ils nous donnent un vêtement appartenant à Jamie. Comment je vais expliquer ça à Jim ?

— Peu importe. Fais-le, et vite. On n'a pas de temps à perdre.

— Dis à Dallas d'appeler Sally et retrouvons-nous à la ferme Upton, ça nous fera gagner du temps.

— Très bien. Je vais lui dire d'appeler Jim, aussi.

Elle s'interrompit, lançant un regard à Dallas avant de lâcher d'une voix blanche :

— Jacob, elle a déjà fait ça avant. Jamie n'est pas la première personne qu'elle torture à mort. Et… et il ne sera pas le dernier.

10

Un sourire d'intense satisfaction plissant ses lèvres, elle regardait fièrement son œuvre. Les paupières de Jamie avaient frémi ; il avait même essayé d'ouvrir les yeux. Il ne devrait pas tarder à se réveiller, et à se rendre compte de la situation. Elle longea son corps. Il était plus lourd qu'il n'en avait l'air, et elle avait eu du mal à le mettre dans cette position, même si le sédatif l'avait rendu aussi mou qu'une poupée de chiffon. Quand elle avait enfoncé les lourds piquets de métal dans le plancher, il n'avait même pas bougé.

S'agenouillant près de lui, elle testa la solidité des lanières en cuir qui retenaient ses chevilles et ses poignets. Puis elle dénoua le bâillon. Parfois elle tirait davantage de plaisir d'un homme mis dans l'incapacité de parler mais, cette fois, elle avait envie d'entendre Jamie la supplier, elle brûlait d'écouter ses hurlements.

Elle caressa son torse : un parfait spécimen mâle, dans toute la splendeur de sa jeunesse. Mais sous cette enveloppe de perfection se cachait un monstre sadique qui s'en prenait aux femmes, leur faisait des promesses jamais tenues, détruisait leur cœur et leur vie. Il allait payer pour ses innombrables et impardonnables péchés. Tous ceux qui connaissaient Jamie Upton savaient qu'il ne méritait pas de vivre. Le monde serait certainement meilleur sans lui – et son bébé serait enfin en sécurité.

Jamie poussa un gémissement. Elle se redressa, ajusta ses gants en plastique et s'empara du tison à la pointe recourbée. Jamie cligna des yeux plusieurs fois. « Il revient, se dit-elle tout en se dirigeant vers la cheminée. Tiens-toi prête à l'accueillir comme il se doit. » Tandis qu'elle plantait le tison dans les flammes pour le faire rougir, elle entendit Jamie grogner et l'appeler.

— Hé, qu'est-ce qui se passe ?

Elle regarda par-dessus son épaule et lui sourit.

— Je croyais que tu ne te réveillerais jamais, chéri. J'attendais que tu ouvres les yeux pour qu'on s'amuse vraiment.

— Quoi ?

Il gigota pour défaire ses entraves.

— Hé, j'ai jamais donné mon accord pour ce genre de coups tordus, bébé. Tu m'as drogué ?

— Oui, en quelque sorte, répondit-elle en retirant le tison du feu et en s'approchant de lui, aussi nue qu'au premier jour.

Mais elle portait des gants de protection, bien sûr – elle ne voulait pas laisser d'empreintes.

Jamie écarquilla les yeux quand elle vint se placer au-dessus de lui, le tison ardent à la main.

— Hé, chérie, le sado-maso c'est pas mon truc. J'aime faire un peu mal de temps en temps, mais, bon sang…

Un rire nerveux lui échappa.

— … ce que tu as en tête pourrait marquer un mec à vie.

Elle adorait le voir hésiter ainsi, incapable de deviner ses intentions : il pensait probablement qu'elle le taquinait, pourtant il avait un peu peur que ce ne soit pas qu'une plaisanterie. Elle baissa le tison jusqu'à ce qu'il touche presque le centre de sa poitrine. Alors il leva les yeux vers elle, des yeux remplis d'effroi. Elle laissa la pointe du tison effleurer à peine sa peau. Il glapit de douleur.

— Putain, ça fait mal !

Il se débattit pour se libérer.

— Allez, ça suffit, ces conneries ! Grimpe-moi dessus et baise-moi ou bien détache-moi. Je t'ai déjà dit que je n'étais pas…

Le tison répondit à sa place tandis qu'elle faisait glisser la pointe brûlante de sa poitrine jusqu'à son nombril. Il hurla.

Les yeux pleins de larmes, il cria d'une voix rauque :

— Qu'est-ce qui te prend ? Tu débloques ?

Il essaya encore de se libérer, mais ses efforts étaient vains.

— Qu'est-ce qu'il y a ? Tu n'aimes pas ma façon de jouer, joli cœur ?

Avant qu'il ait pu répondre, elle reposa le tison dans les flammes, puis se pencha pour ramasser un grand couteau de boucher. Quand elle se retourna pour montrer à Jamie ce qu'elle tenait en main, elle vit distinctement chaque muscle de son corps se raidir de terreur.

— Tu es complètement dingue, espèce de salope ! T'as intérêt à me détacher tout de suite, sinon tu vas regretter d'être née…

Elle s'agenouilla près de lui et caressa doucement ses cheveux trempés de sueur.

— Oh, quel méchant garçon ! Et si gâté… Tu crois que tes menaces stupides me font peur ? C'est toi qui devrais avoir peur…

Elle passa la pointe du couteau le long de sa joue droite, entaillant à peine la peau. Lorsque le sang coula de la plaie, Jamie se mit à pleurer.

— Un si joli garçon. Les filles adorent ce beau visage, n'est-ce pas ?

Pendant qu'il continuait à se débattre inutilement, elle fit glisser le couteau le long de sa joue gauche pour tracer des cicatrices parfaitement identiques.

— D'accord, d'accord, hurla-t-il. Arrête. Tu auras ce que tu veux. Qu'est-ce que tu veux, d'ailleurs ?

— Je pensais que c'était évident...

Elle fit planer le couteau au-dessus de son menton.

— Je veux que tu souffres autant que tu as fait souffrir les autres. (Un rire monta de ses entrailles.) Non, ce n'est pas vrai. En fait, je veux que tu souffres beaucoup plus que les autres...

— Quels autres ? balbutia-t-il. De qui tu parles ? Je n'ai jamais fait ce genre de trucs à personne. Jamais.

Elle lui titilla le menton du bout de son couteau.

— La torture physique est la seule chose que tu puisses comprendre, parce que pour souffrir mentalement il faut avoir une âme et un cœur. Or nous savons tous les deux que tu n'as ni l'un ni l'autre.

— Ne fais pas ça. Si tu penses que j'ai eu tort, si je t'ai blessée d'une manière ou d'une autre, je m'excuse. Libère-moi et je jure de faire ce que tu voudras...

— J'ai exactement ce que je veux en ce moment, je n'ai besoin de rien : tu me supplies, tu es terrorisé et tu souffres.

Elle tendit la main vers son sexe et s'en empara.

— Mais la fête ne fait que commencer.

Pendant que Dallas les conduisait au domaine Upton, Genny cherchait à joindre Jazzy. Elle avait essayé d'appeler son amie à plusieurs reprises au cours des vingt dernières minutes, toujours en vain.

Bon sang ! Jazzy avait l'habitude de débrancher son téléphone quand elle voulait dormir tranquillement, mais pourquoi justement ce matin ?

— Pas de réponse ? demanda Dallas.

— Non. Elle a dû débrancher.

— Si tu appelais Caleb pour qu'il aille voir ce qui se passe ?

— C'est une bonne idée, mais je n'ai pas son numéro et tous les chalets de location sont sur liste rouge. Il faut attendre l'ouverture du bureau...

— D'ici là, on aura peut-être retrouvé Jamie et bouclé cette folle...

— Si ça pouvait être vrai... Je sens des vibrations bizarres, tu sais. Comme si Jamie était en train de se vider de ses forces vitales. Si on ne le retrouve pas au plus vite, il mourra, j'en suis sûre.

Dix minutes plus tard, ils arrivaient devant la grille ouverte de la demeure des Upton. Des voitures de police s'alignaient dans l'allée centrale : Jacob était déjà là, avec ses hommes. Jim Upton se trouvait à son côté. Sally aussi, avec ses deux chiens, qu'elle avait fait monter à l'arrière du pick-up.

Dallas sortit et contourna la voiture pour ouvrir la portière à Genny.

— Si ça va trop loin, je te ramène à la maison. Compris ?

— Compris, Dallas.

Elle adorait qu'il se montre si protecteur avec elle.

Ils rejoignirent Jacob et Jim. Ce dernier était livide. Jamie menait la vie dure à son grand-père depuis des années, mais Jim aimait profondément son unique petit-fils.

— On est prêts, leur annonça Jacob. Jim nous a donné la paire de chaussettes que Jamie portait hier. On lâchera les chiens sur ses traces quand tu nous auras indiqué la bonne direction.

Genny hocha la tête.

— Je ne sais comment vous remercier d'aider ainsi Jamie, lui dit Jim. Il s'est mal comporté vis-à-vis de Jazzy, et elle est votre meilleure amie.

Genny lui pressa le bras d'un geste réconfortant.

— La seule chose qui compte pour le moment est de retrouver Jamie. Et je ferai de mon mieux pour y contribuer.

Elle ne précisa pas que jamais elle ne laisserait un être humain mourir, même une crapule comme Jamie.

— Dites-moi, c'est vrai, ce que raconte Jacob ? Vous l'avez vu se... se faire torturer ?

Jetant un coup d'œil dans la direction de Jacob, Genny comprit immédiatement qu'il n'avait pas eu d'autre choix que de parler – sinon, Jim ne l'aurait pas cru.

— Oui, c'est vrai.

— Et c'est une femme, une femme qui... Dieu lui vienne en aide ! Ça pourrait être n'importe qui... Ce garçon n'a aucune conscience quand il s'agit de séduire une femme.

Il la regarda droit dans les yeux.

— Savez-vous qui c'est ?

Genny secoua la tête.

— Je n'ai pas pu la voir distinctement.

Mais elle a les cheveux roux.

Jim inspira profondément et hocha la tête.

— On ferait mieux d'y aller, n'est-ce pas ? Le jour va bientôt se lever, or personne ne doit être au courant, et surtout pas ma femme.

— On part dans quelle direction ? demanda Jacob à Genny.

Genny se tourna vers Dallas : elle le voulait près d'elle, au cas où. Parfois, quand elle s'immergeait trop profondément dans ses visions, elle avait du mal à revenir à la réalité, et Dallas était devenu sa bouée d'ancrage au réel. À son côté, elle ferma les yeux et se concentra. L'obscurité l'enveloppa presque aussitôt. Une obscurité tourbillonnante, menaçante, qui indiquait la présence du mal. Et de la souffrance. Tant de souffrance... Intolérable. Elle entendait les cris pitoyables de Jamie et pouvait à peine endurer l'idée de ce qui était en train de lui arriver. L'obscurité rougit, s'épaissit, puis devint une sorte de masse pourpre qui recouvrait tout. Du sang. Du sang partout. Tellement de sang…

« Concentre-toi sur l'endroit où se trouve Jamie, pas sur ce qu'il subit, s'exhorta-t-elle. Connecte-toi avec le lieu, pas avec lui. »

Bien qu'incapable d'une localisation exacte, elle reconnut tout de même le pic de Scotsman : juché en altitude, au milieu de la forêt, dans un secteur inhabité et truffé de grottes, le pic était le royaume des bêtes sauvages… et de quelques vieux chalets désertés. Jamie se trouvait dans l'un de ces chalets !

— Il est quelque part aux alentours du pic de Scotsman, murmura-t-elle en ouvrant les yeux.

À bout de forces, elle s'appuya contre Dallas.

Jacob forma aussitôt les équipes de recherche : M. Upton, Genny, Dallas et lui dans le camion avec les chiens ; Sally dans la voiture de Dallas ; et les autres véhicules suivraient, restant en contact radio permanent avec eux.

Alors qu'ils gravissaient la montagne, Genny posa sa tête sur l'épaule de Dallas et s'efforça de localiser plus précisément Jamie. Le pic de Scotsman se voyant à des kilomètres à la ronde, il faudrait plusieurs heures pour inspecter ses alentours. Or Genny sentait qu'ils ne disposaient pas de beaucoup de temps : depuis que Jamie, de douleur, perdait régulièrement connaissance, la femme commençait à se fatiguer de le torturer.

Elle ouvrit le thermos et versa un peu d'eau sur le visage ensanglanté de Jamie. Mais celui-ci ne réagit pas. Quel poltron ! Au moindre bobo, il s'évanouissait… Mais ce n'était pas grave, elle s'était déjà bien amusée avec lui – il avait enduré les tourments d'un damné. Et son adorable visage comme son corps parfait n'étaient plus aussi adorables ni aussi parfaits. Elle s'écarta pour mieux profiter du spectacle :

il était entièrement bardé de coupures et de brûlures. Elle lui avait tranché les doigts et les orteils avec des lames de rasoir et arraché les tétons avec des pinces. Elle avait également utilisé le tison ardent à plusieurs reprises, avant de réserver cet instrument au clou de la fête.

S'agenouillant de nouveau près de sa victime, elle lui tapota le visage. Le sang inonda ses mains. À peine quelques coupures, et il saignait à mort... Le visage humain était parcouru de tant de minuscules vaisseaux...

— Réveille-toi, chéri. J'ai encore une surprise pour toi.

Les paupières de Jamie s'ouvrirent à demi.

— Quel bon garçon !

Il essaya de secouer la tête, mais n'y parvint pas. Ses lèvres brûlées formèrent le mot « Non ». Elle essuya du bout des doigts le sang qui coulait de son front à ses yeux.

— C'est presque fini. Mon plaisir. Ta souffrance. Mais quand tu mourras, tu iras en enfer, et là-bas ce sera la souffrance éternelle...

Elle éclata de rire, insouciante et frivole, puis se leva et se dirigea vers la cheminée où elle retira le tison rougeoyant des flammes avant de retourner auprès de Jamie. Elle s'agenouilla à ses pieds, s'empara du couteau de boucher puis, laissant le tison de côté, empoigna ses parties génitales. Et, d'un seul geste sûr, elle les trancha. Enfin, jetant le couteau par terre, elle attrapa le tison ardent et le plongea dans l'anus du supplicié.

Alors elle se redressa et regarda avec satisfaction ce qui restait de Jamie Upton. Puis elle se pencha à nouveau sur lui, lui ouvrit la bouche et y fourra son pénis sanguinolent avant d'essuyer ses mains maculées de sang sur le corps martyrisé en poussant un soupir. Voilà ! Le travail était fait. S'il n'était pas mort, il le serait très bientôt.

Il ne lui restait plus qu'à faire le ménage et à partir.

Andrea Willis se réveilla à 6 heures. Il y avait un problème, elle le sentait. Se réveiller si tôt n'était pas dans ses habitudes, surtout après avoir ingurgité un somnifère. Et chaque fois qu'elle avait ce genre de pressentiment, cela concernait Laura. Brusquement, elle se rappela que ses deux filles avaient découché. Elle ne s'inquiétait pas pour Sheridan. Mais Laura ?

D'un bond, elle sortit du lit, enfila ses chaussons et sa robe de chambre, puis quitta la chambre où Cecil dormait encore pour s'engager dans le couloir. Elle frappa à la porte de ses filles sans obtenir de réponse, mais cette fois n'attendit pas plus longtemps : ouvrant la porte, elle alluma directement la lumière. Les deux lits n'étaient même pas défaits.

Mais quel était ce bruit bizarre ? D'où provenait-il ? S'immobilisant au milieu de la pièce, elle tendit l'oreille : quelqu'un pleurait dans la salle de bains. Était-ce Sheridan ou Laura ? Si Jamie Upton avait encore brisé le cœur de Laura, elle ne savait pas ce qu'elle ferait. Ou plutôt si, elle le savait : elle quitterait la demeure des Upton séance tenante et ramènerait sa fille à la maison.

Quand elle pénétra dans la salle de bains, elle eut un mouvement de recul en voyant Laura entièrement nue sous la douche fermée. Toute mouillée, elle tremblait comme une feuille, le visage inondé de larmes.

— Laura ? Qu'est-ce qui se passe ? Pourquoi pleures-tu ?

Lorsque Laura tourna lentement la tête pour la regarder, Andrea comprit qu'elle avait eu une autre crise. Elle se précipita vers sa fille, attrapa une grande serviette sur le portant et l'en enveloppa.

— Viens, ma chérie, je vais t'aider.

11

is attendit que le sédatif fasse effet, a la chambre de sa fille à pas de loup, r vérifié une dernière fois que tout allait illait sur Laura et la protégeait depuis pérant contre tout espoir qu'un miracle la jeune fille de la malédiction dont elle é. Pauvre petite Laura. Si seulement ou l'aimer davantage… Si seulement elle ousser Cecil à admettre la vérité…

retourna pas dans sa chambre, mais des- rectement à la cuisine. Surprise par la pré- e Dora, la gouvernante, elle s'arrêta en bas rches, hésitant à remonter, lorsqu'elle enten- oix de Sheridan.

e-ci leva les yeux de son petit déjeuner quand a entra.

Bonjour, maman, lança-t-elle, la bouche pleine.

Bonjours, madame Willis, dit Dora, qui était en n de préparer une pâte. Le café est prêt, et je x vous préparer quelque chose à manger, si vous z faim. Les biscuits ne seront pas prêts avant une mi-heure, mais…

— Je prendrai juste du café pour l'instant, merci.

Andrea alla se servir un café, puis s'assit à côté de heridan.

— Tu pourrais me dire où tu étais, cette nuit ? demanda-t-elle à voix basse.

Avec beaucoup de douceur, elle l'aida à sortir de la douche puis lui frictionna le corps avant de lui enrouler une autre serviette en turban sur la tête. Prenant la main tremblante de sa fille, elle la conduisit dans la chambre, où elle la fit s'asseoir au bord du lit. Laura continuait à pleurer. Doucement, presque sans bruit. Avec une infinie tristesse.

Tout en cherchant des vêtements dans le placard, Andrea réfléchissait. Cecil ne serait pas d'accord, mais elle s'en moquait : Laura avait besoin d'aide. Si elle ne parvenait pas à lui faire quitter Cherokee aujourd'hui, et si Cecil ne la soutenait pas, elle ferait venir un médecin du coin pour qu'au moins un traitement lui soit prescrit. Quelque chose pour calmer ses nerfs.

Andrea aida Laura à enfiler un pantalon et un haut confortables, puis elle peigna ses cheveux blonds sans cesser de la rassurer d'une voix apaisante. Finalement, quand elle s'assit près d'elle et prit sa main dans la sienne, Laura cessa de pleurer.

— Tu te sens mieux ?

Laura hocha la tête.

— Qu'est-ce qu'il y a ? Parle-moi. Qu'est-ce qui s'est passé ?

— Je ne sais pas. Je… je ne me souviens pas.

— Où étais-tu, cette nuit ? Je suis passée vous voir mais ni toi ni Sheridan n'étiez là.

— Je ne sais pas.

Elle serra la main de sa mère.

— Je me souviens que Jamie m'a dit bonne nuit et que je suis montée me coucher, seule. Sheridan n'était pas là.

— Et ensuite ?

— C'est tout ce dont je me souviens. Je… je me suis retrouvée sous la douche, en train de me frotter le corps. Et je pleurais.

La gorge d'Andrea se noua. Oh non, que cela ne recommence pas… Laura ne le méritait pas. Et

Cecil ne pourrait pas supporter ce calvaire une seconde fois.

— Maman, c'est revenu, c'est ça ? s'inquiéta Laura en se jetant dans ses bras. Je suis en train de perdre la tête à nouveau… J'ai une autre dépression, n'est-ce pas ?

Andrea serra sa fille contre elle.

— Non, non, ma chérie, ça va aller. Personne ne sait que tu t'es absentée cette nuit. Et il ne faut le dire à personne. Tout se passera bien, je prends les choses en main.

— Oh, maman, qu'est-ce que je ferais si tu n'étais pas là ?

Sur ces mots, elle posa la tête sur les genoux d'Andrea, qui caressa les cheveux humides de sa fille en priant Dieu de leur venir en aide.

Dès que le pic de Scotsman avait été en vue, ils avaient lâché les chiens. Tandis que le shérif et ses hommes les suivaient, courant pour s'accorder à leur rythme, Jim était resté avec Genny et Dallas près du camion de Jacob, garé sur le côté de la route. Le contact radio entre eux était régulier.

Le jour se leva rapidement, toute trace de mauvais temps disparue. La nuit dernière, l'orage annoncé n'avait finalement pas explosé ; la pluie avait dû tomber plus au nord.

— Dallas ! appela la voix de Jacob depuis la radio.

Dallas sauta dans le camion et répondit.

— Ouais, Jacob, j'écoute.

— On a retrouvé Jamie.

— Vivant ?

— Non.

Dallas leva les yeux vers Jim Upton. Le vieil homme était aussi blanc qu'un linge.

— J'envoie deux de nos hommes pour raccompagner Jim chez lui, annonça Jacob. Mais… j'ai besoin

que Genny no…
très bien …
— …
— …
s'adres…
voir. Dis…
dans cet …
— Mon …
Jim Upto…
robuste et fo…
— Qui… so…
dans un sanglo…
Genny passa u…
— Vous devez r…
cer à votre femm…
Laura et à sa famill…
— Oui.
Jim déglutit dans un …
mais les larmes ne cessa…
— Je vous jure de fai…
pouvoir pour découvrir qu…
elle d'une voix douce.
— Vous ne pensez pas que…
— Non ! Bien sûr que non, …
pable d'une chose pareille…
Jazzy n'aurait jamais infligé u…
un autre être humain, elle était la …
certains ne manqueraient pas de l…
montrerait du doigt. Et non seulem…
tions la blesseraient, mais si Jacob ne …
véritable assassin et si Jazzy n'avait p…
béton armé… alors même par-delà la …
Upton ferait un désastre dans la vie de Ja…

— À ton avis ? souffla Sheridan. J'ai rencontré un garçon très intéressant, en ville.

Andrea soupira.

— C'est bien ce que je pensais…

Elle posa la main sur le bras de sa fille.

— Tu as fait attention, n'est-ce pas ?

— Oui, bien sûr, je ne suis pas idiote. Je me protège toujours.

Andrea espérait que Sheridan disait la vérité. Malgré leur proximité, sa plus jeune fille lui avait menti plus d'une fois.

— Oui, je sais que tu as la tête sur les épaules. J'espère seulement que ta sœur…

Quand Sheridan fixa sur elle un regard interrogateur, Andrea comprit qu'elle en avait déjà trop dit.

— Que se passe-t-il encore, avec cette pauvre petite Laura ? grinça la jeune fille.

— Parle plus bas. On ne lave pas son linge sale devant les domestiques.

— Maman, reviens sur terre : personne n'est dupe. Pas plus nos domestiques que ceux des Upton.

Andrea se retint de lui faire la leçon. Elle se rendait compte qu'elle reportait sur Sheridan la frustration qu'elle éprouvait face à Laura.

— Si tu veux prendre une douche et te changer, fais-le dans notre chambre, je t'apporterai tes affaires. Laura a passé une nuit difficile et elle a besoin de se reposer. Je ne veux pas que tu la déranges.

— Qu'est-ce qui s'est passé ? Elle a eu une autre crise de folie ?

Il était inutile de nier devant Sheridan. Elle avait vu Laura dans ses pires moments.

— J'ai décidé de parler sérieusement à ton père : il faut ramener Laura à la maison et la faire soigner.

— Eh ben, il était temps !

Genny attendait dehors, Dallas à son côté. Les policiers fouillaient les alentours du vieux chalet à la recherche du moindre indice et interdisaient à quiconque d'y pénétrer tant que les inspecteurs n'avaient pas fini de passer la scène du crime au peigne fin.

Jacob, qui venait de passer un énième coup de fil pour lancer l'enquête, rejoignit Genny.

— On dirait qu'elle a effacé toute trace de son passage…

— Il reste toujours quelque chose, déclara Dallas. Le problème est de savoir si ça pourra nous être utile : sans suspect, à moins de trouver des traces d'ADN…

— C'est pourquoi j'ai besoin de Genny, annonça Jacob en regardant sa cousine. *I gi do*, je déteste te demander ça, mais tu es peut-être notre seul espoir de trouver l'assassin.

Quand la question était d'importance, Jacob s'adressait à sa sœur de sang dans la langue de leurs ancêtres cherokee.

— Je comprends, le rassura-t-elle.

— Il te suffira de regarder depuis la porte, et de me dire si tu remarques quelque chose.

— Je l'accompagne, dit aussitôt Dallas.

— Nous l'accompagnerons tous les deux.

Flanquée de ses deux gardes du corps, Genny gravit les marches branlantes. De sa main gantée, Jacob ouvrit la porte et s'écarta juste assez pour lui laisser le champ de vision libre. L'odeur métallique et écœurante du sang les assaillit soudain – on aurait pu croire que la pièce avait été peinte avec du sang…

Genny prit une profonde inspiration et s'exhorta à être forte alors que son regard se posait sur le corps méconnaissable de Jamie Upton. Prise d'une irrépressible nausée, elle se détourna et courut vomir dehors. Dallas se précipita à sa suite. Il sortit un mouchoir de sa poche et le passa sur son front en sueur et sur sa bouche.

— Elle n'y arrivera pas, dit-il à Jacob.
— Ça va aller, le contredit Genny.
— Jacob, dis-lui qu'elle n'est pas obligée de le faire.
— Il a raison, Genny. Tu n'es pas obligée de…
— Si, je le suis.

Elle se dégagea de la main protectrice de Dallas et revint sur le seuil de la porte.

— Laissez-moi quelques minutes, j'ai besoin de me concentrer.

Son regard fit le tour de la pièce maculée de sang, s'arrêta sur Jamie, puis elle laissa l'obscurité l'entourer. Une obscurité épaisse et lourde, remplie de colère. Une insondable colère.

Elle chancela, mais sentit aussitôt de puissants bras la retenir. Même si le mal enserrait son esprit, elle était en sécurité – Dallas veillait sur elle.

Une rage folle ! La femme qui avait torturé Jamie avait pris un plaisir pervers à le punir. Elle avait voulu que Jamie souffre autant qu'elle avait souffert, autant que d'autres avaient souffert entre ses mains. L'avait-elle tué par vengeance ? Peut-être, mais Genny sentait quelque chose d'encore plus puissant que la vengeance : dans l'esprit malade de cette femme, le meurtre de Jamie avait servi à protéger quelqu'un. Elle-même ? Quelqu'un qu'elle aimait ?

« Concentre-toi sur cette femme, se dit Genny. Peux-tu la voir ? Voir son corps ? Son visage ? »

L'obscurité tourbillonnait de plus en plus vite, entraînant Genny dans les profondeurs du mal, de la cruauté absolue.

Ne te laisse pas impressionner, va plus loin. Regarde au-delà du voile et trouve la vérité.

Une silhouette humaine traversa soudain son esprit. Une femme nue qui se baignait dans l'eau froide, se débarrassait du sang qui coulait de ses doigts, ruisselait le long de son dos et de ses fesses. L'image était floue. Seule une masse de cheveux courts se détachait nettement : les cheveux de Jazzy !

Rouvrant les yeux, Genny s'agrippa au bras de Dallas. Incapable de parler, elle gémissait, refusant de croire ce qu'elle venait de voir. *Ce n'était pas Jazzy. C'était une femme qui avait la même couleur et le même style de coiffure qu'elle.*

— Chérie, qu'est-ce qu'il y a ? lui demanda Dallas en caressant son visage.

Elle repoussa sa main et ferma de nouveau les yeux. *Retournes-y et regarde mieux. Retrouve la femme, prouve-toi que ce n'était pas Jazzy*.

— Genny, qu'est-ce que tu fais ? s'inquiéta Dallas. Reviens. Ne...

— Laisse-la partir, le coupa Jacob. Elle a besoin d'y retourner pour vérifier quelque chose.

C'est ça, Jacob, rassure Dallas. Fais-lui comprendre. Genny replongea lentement – prudemment – dans cette autre dimension, allant juste assez loin pour se connecter de nouveau avec l'image de la femme : des cheveux courts, roux, décoiffés par le vent. Un voyage à grande vitesse. Genny ne pouvait pas voir son visage – seulement ses cheveux et la silhouette de son corps. Mais elle vit clairement la voiture que la femme conduisait, une petite voiture de sport verte à l'intérieur terre de sienne.

Genny revint au moment présent.

— C'est une femme. Je l'ai vue se laver du sang de Jamie. Je sais qu'elle est rousse, mais je n'ai pas pu voir son visage.

Elle ouvrit les yeux, croisant d'abord le regard de Dallas, puis celui de Jacob.

— Je pense qu'elle portait une perruque pour ressembler à Jazzy.

— Tu veux dire que cette femme a essayé de se faire passer pour Jazzy ? demanda Jacob.

— Non, je ne crois pas. Je sens que ce n'est pas vraiment ça, mais je ne sais pas...

Jacob fronça les sourcils.

— Quelque chose d'autre ?

Genny sentit d'étranges vibrations dans l'inquiétude de son cousin.

— Oui, j'ai vu la voiture qu'elle conduisait.

— Et ?

Les yeux de Jacob n'étaient plus que deux fentes.

— C'était une petite décapotable verte flambant neuve, au côté gauche endommagé et au phare latéral cassé.

— Nom de Dieu ! hurla Jacob en se précipitant vers son pick-up.

— Jacob !

Genny et Dallas coururent à sa suite. Il criait déjà des ordres par radio.

— Appelle Roy Tillis. Qu'il vérifie si la Jaguar que je lui ai apportée hier est encore dans son parc. Toi, recherche une certaine Reve Sorrell, elle a loué un chalet depuis hier. Qu'elle ne quitte pas la ville, je veux l'interroger personnellement.

Genny lui agrippa le bras.

— Que se passe-t-il ? Tu connais quelqu'un qui a une décapotable verte ?

— Oui, une femme qui ressemble assez à Jazzy pour être sa sœur. Elle a eu un accident, hier. Et il se trouve qu'elle était à Cherokee parce qu'elle avait rencontré Jamie Upton quelques mois plus tôt à une soirée. Elle a prétendu que son charme n'avait pas opéré sur elle, mais j'avais des doutes... et j'en ai encore plus maintenant.

— Quelqu'un qui ressemble à Jazzy ?

Genny n'arrivait pas à chasser de son esprit le sentiment que cette mystérieuse femme et Jazzy étaient irrévocablement liées. Et pas seulement par leurs rapports avec Jamie Upton, il y avait autre chose. Quelque chose de fondamental. Quelque chose de dangereux.

Le Dr Galvin MacNair arriva chez les Upton à 9 h 30. Jim lui avait téléphoné : il l'attendait à la grille depuis un quart d'heure, ne voulant pas rentrer pour annoncer la terrible nouvelle sans la présence d'un médecin. Reba était solide et en bonne santé, mais elle avait aussi soixante-dix ans passés, avait déjà perdu ses deux enfants, et tout son univers gravitait autour de Jamie, qui était tout pour elle. Apprendre qu'il avait été assassiné... Jim lui-même pouvait à peine supporter d'y penser. Malgré tout ce que ce garçon leur avait fait endurer, il était leur unique petit-fils et ils l'aimaient profondément.

Jacob ne l'avait pas laissé voir le corps de Jamie. Il avait été assez honnête pour lui révéler que son petit-fils avait été torturé, mais il n'était pas entré dans les détails. C'était déjà bien assez comme ça ; il y avait des choses qu'un vieil homme n'avait pas besoin de savoir. Mais il devait continuellement lutter contre son imagination, faire de son mieux pour ne pas visualiser ce que l'assassin avait fait subir à Jamie.

La douleur, violente et profonde, semblait vider Jim de ses forces. Il devait pourtant se montrer fort, soutenir Reba et Laura. Mais lui-même avait besoin d'une épaule sur laquelle s'appuyer pour pleurer. De bras aimants pour le réconforter. Il avait téléphoné à Erin, mais il était encore tombé sur son répondeur. Où était-elle donc ? Où avait-elle passé la nuit ? Pourquoi n'était-elle pas là quand il avait si désespérément besoin d'elle ?

Le Dr MacNair s'arrêta devant la grille et baissa sa vitre.

— Je suis venu aussi vite que j'ai pu.

Jim hocha la tête, puis contourna l'avant du véhicule, ouvrit la portière côté passager et se glissa sur le siège.

— Merci d'être là. Je ne sais pas comment Reba va pouvoir supporter ça... Elle aimait Jamie plus que tout.

— Oui, je comprends. Il est... il était... votre unique petit-fils. Est-ce que vous tenez le coup, monsieur Upton ? Vous voulez prendre quelque chose ?

Jim regarda le Dr McNair, un homme trapu d'une trentaine d'années, au visage épanoui, qui respirait la bonté. Il n'habitait à Cherokee que depuis peu de temps, mais il lui avait suffi de quelques mois pour se tailler une réputation de praticien de premier ordre.

— Merci, mais il vaut mieux que je garde l'esprit clair pour affronter ce qui m'attend encore aujourd'hui.

— Bien sûr, admit MacNair. Mais si vous avez besoin de quelque chose pour dormir cette nuit... ou les prochaines...

— Ça pourrait m'être utile, reconnut Jim.

Il était peu probable qu'il parvienne à trouver le sommeil cette nuit – pas avec ces images du corps brutalisé de Jamie qui ne cessaient de lui traverser l'esprit.

— Monsieur Upton... sachez que je suis profondément désolé pour Jamie.

Jim hocha la tête.

— Merci.

— Êtes-vous prêt à rentrer, maintenant ?

— Non, je ne suis pas prêt... mais je ne le serai sans doute jamais, et ça doit être fait : inutile de repousser cette corvée plus longtemps. J'ai téléphoné à Dora pour lui expliquer la situation sans entrer dans les détails. Je lui ai dit de ne laisser personne toucher au téléphone.

Le Dr MacNair pénétra dans la propriété et remonta l'allée jusqu'à la bâtisse où vivaient les Upton depuis plusieurs générations : une maison spacieuse et confortable conçue pour une famille, pour des enfants et des petits-enfants. Pourtant, une fois Reba et lui sous terre, il n'y aurait plus personne dans cette demeure. Plus aucun Upton pour continuer la lignée, ni petits-enfants ni arrière-petits-enfants pour remplir les pièces vides de leurs jeux et de leurs cris...

Quand le Dr MacNair se gara devant les marches menant à la terrasse, Dora ouvrit la porte et se précipita à leur rencontre.

— J'ai eu un mal fou à les éloigner du téléphone. Il n'a pas arrêté de sonner : les voisins, la presse... Il y aura bientôt une horde de journalistes à notre porte...

— Décrochez les téléphones. Une fois que j'aurai parlé à Reba et à Laura, je contacterai Jacob pour qu'il nous envoie quelqu'un. Et si c'est nécessaire, je ferai appel à une société de sécurité.

— Oui, monsieur.

Lorsque Dora leva les yeux vers lui, il vit qu'elle avait pleuré : la vieille femme était au service des Upton depuis plus de cinquante ans, elle faisait pratiquement partie de la famille.

Il lui tapota le dos.

— Nous l'avons perdu. Notre Jamie est mort.

— Que Dieu vienne en aide à Mme Reba. Elle en aura le cœur brisé.

— Est-elle descendue ?

— Oui, monsieur. Elle est dans la salle à manger avec M. et Mme Willis, ils prennent leur petit déjeuner. Mlle Sheridan regarde la télé au salon et Mlle Laura est encore en haut.

Jim entraîna Dora à l'intérieur, tandis que le Dr MacNair les suivait. Une fois dans l'immense hall, le vieil homme se redressa : il avait déjà tenu ce rôle d'annonciateur lugubre à deux reprises, quand Jim Jr et sa femme avaient été tués dans un accident, puis lorsque la nouvelle de la mort de Melanie leur était parvenue, plusieurs années après sa disparition. Chaque fois il s'était demandé comment Reba et lui parviendraient à survivre. Mais ils étaient plus jeunes alors... et ils avaient encore Jamie. Maintenant, ils n'avaient plus personne.

— Dora, faites-les tous venir au salon. Et qu'on réveille Mlle Laura. Je veux que tout le monde soit rassemblé dans dix minutes.

— Je vais y veiller, monsieur.

Reve Sorrell sortit de la douche et se glissa dans le peignoir de bain d'un blanc immaculé qu'avait gracieusement mis à sa disposition l'agence de location. Elle descendait toujours dans les meilleurs hôtels, au cours de ses voyages, mais elle devait admettre que ce chalet n'était pas mal. Pas luxueux pour un sou, mais propre, décoré avec goût et plutôt confortable.

Elle allait commencer à se sécher les cheveux quand le téléphone sonna – encore un élément appréciable, dans ce chalet : il y avait un téléphone dans la salle de bains. La veille au soir, elle avait appelé Paul Welby, son assistant, pour le prévenir qu'elle resterait quelques jours à Cherokee et lui demander de lui faire parvenir sa Mercedes bleu foncé – sa voiture favorite après sa précieuse Jaguar. Elle s'attendait à entendre son ton pondéré d'homme cultivé à l'autre bout du fil, mais ce fut la voix nasillarde d'un plouc qui agressa ses oreilles :

— M'dame Sorrell ? C'est Roy Tillis, d'chez Tillis and Son. J'ai des mauvaises nouvelles, pour vous : j'ai appelé le shérif Butler pour le prévenir... C'est pas ma faute, je vous assure, jamais on m'avait volé une voiture. Pas une fois en des années de...

— Monsieur Tillis, qu'essayez-vous exactement de me dire ?

— Mais je vous l'ai dit, m'dame. Quelqu'un a volé votre Jaguar, cette nuit.

— Quoi ?

— Eh oui... Y sont venus, y sont passés devant le vieil Inutile et y sont repartis avec votre voiture.

— Comment est-ce possible ? Il aurait fallu qu'ils aient les clés... Or je suis sûre que vous gardez les clés en sécurité dans votre bureau, n'est-ce pas ?

— Ben, c'est là qu'on pourrait penser que c'est ma faute. Mais c'était pas ma faute. Vous comprenez, un de mes gars a laissé les clés sur la voiture et...

— Entendons-nous bien. Vous avez garé ma voiture dans un endroit non surveillé avec les clés au contact. Puis quelqu'un est passé devant un chien nommé Inutile et s'en est allé avec ma Jaguar accidentée. C'est ça ?

— Ouais, c'est ça. Mais je me dis que c'est pas très grave, vu que vous avez sûrement une assurance.

— Qu'est-ce que le shérif Butler a dit quand vous l'avez appelé ? demanda Reve, au bord de la crise de nerfs.

— Pas grand-chose, mais il va lancer une alerte générale. Après, il a dit quelque chose que j'ai pas compris...

— C'est-à-dire ?

— Il a dit : « Bien pratique pour elle, que la voiture ait été volée ! »

— Je vois.

Mais elle ne voyait pas du tout. Qu'avait voulu dire Butler par cette remarque sibylline ? Que sa voiture ait été volée lui déplaisait profondément, mais il lui déplaisait encore plus de devoir affronter à nouveau Jacob Butler – cet homme était digne de l'ère des cavernes.

— J'espère qu'ils vont retrouver votre voiture, m'dame. Et je regrette vraiment. Vous allez pas me poursuivre, hein ? J'ai pensé que vous le feriez pas, vu que votre assurance...

— ... Soyez sans crainte, je n'ai pas l'intention de vous poursuivre, monsieur Tillis.

Sur ces mots, elle raccrocha d'un geste rageur.

Il y avait un problème, entre cette ville et elle : soit l'endroit lui portait la poisse, soit... Elle avait commencé par rencontrer une galerie de personnages pour le moins bizarres puis, quand elle avait essayé de fuir Cherokee Pointe, elle avait eu un accident et le shérif des cavernes l'avait emmenée au poste. Et maintenant on lui volait sa Jaguar… Qu'est-ce qui l'attendait encore ? Peut-être devrait-elle renoncer à satisfaire sa curiosité au sujet de Jazzy Talbot, et se décider à rentrer à Chatanooga dès que sa Mercedes arriverait, pour tout oublier de cette femme vulgaire qui pouvait bien être sa sœur jumelle…

12

— Mais que se passe-t-il, Jim ?

Revêtue d'un tailleur flambant neuf et d'un chapeau stylé, Reba entra d'un pas vif dans le salon, prête pour partir à l'église.

— Bonjour, docteur MacNair ! Qu'est-ce qui vous amène de si bonne heure, en ce dimanche ?

MacNair tourna les yeux vers Jim, qui l'incita d'un signe de tête à ne pas répondre : c'était à lui que revenait la difficile tâche d'annoncer à sa femme la mort de Jamie.

Son regard s'attarda un instant sur elle, un fragile sourire se dessinant sur ses lèvres avant de disparaître aussitôt. Il songeait que, même à soixante-dix ans, sa femme était encore très belle. Elle prenait soin d'elle-même comme seule une femme fortunée pouvait le faire – le coach qui l'aidait à maintenir son corps en forme et la chirurgie esthétique avaient fait des merveilles – et paraissait au moins dix ans plus jeune qu'elle ne l'était. Reba Upton était indéniablement une ravissante femme pleine de vivacité, et bien qu'elle ne fût pas parfaite – qui l'était ? –, elle avait toujours été foncièrement bonne. Et une bien meilleure épouse que ce que Jim méritait. En effet, la vie n'avait pas épargné Reba, sur le plan affectif : Jim l'avait épousée sans l'aimer et, malgré la profonde admiration et le respect sincère qu'il lui portait, l'amour dont il avait espéré la venue ne s'était jamais manifesté. Il avait donné à sa femme tout ce que l'argent pouvait apporter, mais il lui avait été infidèle pendant la majeure partie de leur union. Ah oui, elle méritait mieux...

Jim était certain qu'elle avait eu vent de ses liaisons, pourtant elle ne l'avait jamais affronté à ce sujet. Pourquoi avait-elle choisi d'ignorer ses incartades, il n'en savait trop rien. Peut-être appréciait-elle d'être Mme James Upton. Ou peut-être l'aimait-elle, tout simplement. Après toutes ces années, et malgré toutes ces autres femmes. Aussi passionnément que lui-même avait aimé Melva Mae Nelson, plus de cinquante ans auparavant. Ce genre d'amour passionné ne mourait jamais totalement, et il était bien placé pour le savoir : une part de lui-même aimerait toujours Melva Mae, même si elle était morte depuis plusieurs années maintenant.

Reba avait souhaité avoir d'autres enfants, après Jim Jr et Melanie, mais les complications qu'elle avait subies à la naissance de sa fille avaient rendu ce rêve impossible. Le jour où ils avaient perdu Jim Jr et sa femme, seule la présence de Jamie avait empêché Reba de mourir de chagrin. À ce moment-là, en effet, Melanie avait déjà fui son époux et leur vie parfaite, même si Reba ne désespérait pas de voir leur fille revenir un jour. Mais lorsque, des années plus tard, la police de Memphis les avait contactés pour leur apprendre que leur fille était morte, Reba avait dû accepter une autre perte.

Jim fit le tour de la pièce du regard, voulant s'assurer que tous ceux qu'il avait convoqués étaient présents.

— Où est Laura ? demanda-t-il quand il remarqua l'absence de la jeune femme.

Il se tourna vers Dora.

— Vous ne lui avez pas demandé de se joindre à nous ?

— Si, monsieur, mais...

Andrea Willis intervint.

— J'ai essayé d'expliquer à Dora que Laura n'avait pas bien dormi la nuit dernière et...

— Monsieur Willis, allez chercher votre fille et faites-la descendre immédiatement, ordonna Jim au père de Laura.

Reba sursauta en entendant son ton sans réplique.

— Jim, enfin... Pourquoi tant d'impolitesse ?

— Je m'excuse, ma chérie, mais il est impératif que Laura nous rejoigne.

— Où est Jamie ? demanda Sheridan, un sourire sournois plissant ses jolies lèvres. Ne devrait-il pas lui aussi participer à cette réunion familiale ?

— Monsieur Willis, s'il vous plaît, insista Jim avant de jeter à Sheridan un regard qui effaça aussitôt son sourire.

— Jim ? fit Reba en s'approchant de lui, inquiète. Quand elle leva vers lui ses yeux pleins d'appréhension, il faillit perdre sa contenance. Seulement quelques heures auparavant, il avait prévu de quitter cette femme pour sa maîtresse, de demander le divorce pendant que Jamie et Laura seraient en lune de miel. Désormais, ses plans étaient anéantis : son rêve ne pourrait jamais se réaliser. Pas de mariage ni de lune de miel pour son petit-fils. Pas de divorce pour Reba et lui.

Il prit Reba dans ses bras et la serra contre lui avec une infinie tendresse. L'enlaçant par la taille, elle posa la tête sur son épaule.

— Quoi que ce soit, nous le traverserons ensemble, murmura-t-elle. Comme nous l'avons déjà fait tant de fois.

Il l'embrassa sur le front.

— Je ne te mérite pas. Je ne t'ai jamais méritée.

Cecil Willis réapparut, le visage empourpré, le souffle irrégulier, comme s'il avait couru pour monter et revenir. Une Laura visiblement dans les vapes le suivait, portant un simple pantalon d'intérieur et un tee-shirt légèrement froissé. Ses cheveux n'étaient pas coiffés et son regard avait quelque chose d'absent. Andrea se précipita immédiatement vers sa fille et la soutint par la taille.

Jim regarda Reba pendant une longue minute avant de faire face aux autres.

— J'ai reçu un appel du shérif Butler très tôt ce matin.

Reba se tendit. Jim la serra un peu plus contre lui.

— Il n'y a pas de bonne manière pour annoncer cela.

Il s'éclaircit la gorge.

— Jamie est mort.

Il sentit le corps de Reba flancher contre lui. Il se tourna vers elle.

— Tu veux t'asseoir ?

Elle hocha la tête, incapable de parler. Il la conduisit sur le canapé et fit signe au Dr MacNair, qui vint immédiatement près d'elle.

— Vous devez vous tromper, murmura Laura d'une voix légèrement engourdie. Nous étions ensemble hier soir. Il allait bien. Il... ne peut pas... c'est impossible. Nous allons nous marier.

— Que s'est-il passé ? demanda Cecil.

Jim regarda Reba, qui était assise à présent.

— Jamie a été assassiné, répondit-il.

Un silence horrifié s'abattit sur l'assemblée. Laura se libéra des bras de sa mère et se rua vers Jim, les yeux fous, les joues noyées de larmes.

— Il ne peut pas être mort. Il ne peut pas.

Elle serra ses bras autour d'elle et se courba en deux, secouée de sanglots.

Andrea et Cecil se précipitèrent à ses côtés et réussirent à la calmer momentanément. Jim s'assit à côté de Reba et prit ses mains tremblantes dans les siennes.

— Qui l'a tué ? demanda-t-elle. C'est *elle* ?

— Ils ne savent pas.
— Était-il avec *elle* ?
Reba scrutait le visage de Jim, comme si elle pensait qu'il pouvait lui mentir.
— Elle a menacé de le tuer. Tout le monde sait qu'elle…
— Il n'était pas avec Jazzy.
Jim tourna son regard vers Laura et leurs yeux se croisèrent durant un millième de seconde.
— Ils ignorent avec qui il était, mais son corps a été retrouvé dans un chalet isolé, non loin du pic de Scotsman.
— Qui l'a trouvé ? demanda Andrea.
— La police locale.
— Comment l'ont-ils trouvé, s'il était dans un chalet isolé ? demanda Cecil.
— Grâce à Genny Madoc, un médium qui vit à Cherokee. Aussi fou que cela puisse paraître, Genny a eu une vision : elle a vu Jamie en danger et deviné dans quel secteur il se trouvait. Le shérif Butler a alors utilisé les limiers de Sally Talbot pour retrouver Jamie. J'étais avec eux. Je n'ai rien dit avant que nous soyons sûrs.
— Comment a-t-il été tué ? demanda Sheridan. On lui a tiré dessus ? C'est cette Jazzy Talbot, je parie.
— On n'a pas tiré sur Jamie.
Il ne savait pas s'il devait leur dire toute la vérité, ni comment ils réagiraient au mot torture.
— Tu es sûr que Jamie est mort ? lui demanda Reba.
— Oui.
— Tu l'as vu ?
— Oui, je l'ai vu.
Jim déglutit. Ce mensonge était nécessaire : Reba avait besoin de l'entendre dire qu'il avait vu leur petit-fils ; s'il lui avait avoué la vérité, elle aurait demandé à voir elle-même le corps.

— Comment l'a-t-elle tué ? Je l'avais prévenu, cette femme était néfaste pour lui... Je lui avais dit de se tenir à l'écart, mais elle n'arrêtait pas de le relancer, de le séduire...

Reba agrippa la chemise de Jim.

— Je veux qu'on l'arrête et qu'on la juge. Je veux qu'elle soit punie pour ce qu'elle a fait. Promets-moi que Jazzy Talbot paiera ce crime de sa vie.

— Reba, nous ne savons pas qui a tué Jamie.

— Qui d'autre l'aurait fait ? Elle savait qu'elle était en train de le perdre pour de bon, qu'il allait épouser Laura et qu'ils seraient heureux tous les deux, or elle ne pouvait pas supporter cette idée : elle préférait le voir mort qu'heureux avec une autre...

Jim réalisa que sa femme était au bord de la crise d'hystérie.

— Je veux que tu laisses le Dr MacNair te donner quelque chose pour te détendre. Tu n'aides personne, en te mettant dans cet état.

— Je sais qu'elle a tué Jamie, et je veux qu'elle soit punie.

Elle s'arracha aux mains de son mari et se leva.

— Amenez-la-moi et je la tuerai de mes propres mains !

— A-t-on interrogé cette Jazzy Talbot ? intervint Cecil.

Avant que Jim ait pu répondre, Laura poussa un cri et son regard anxieux passa de sa mère à son père.

— Et si ce n'est pas Jazzy qui l'a tué ?

Elle attrapa les mains de sa mère, une indicible expression de terreur déformant ses traits.

— Je ne me souviens pas... je ne me souviens pas. Et si... Oh, maman, et si c'était moi qui l'avais tué ?

— Oh, Laura, c'est absurde... Tu ne sais plus ce que tu dis.

— Pourquoi penses-tu que tu aurais pu tuer Jamie ? lança Sheridan à sa sœur.

Laura regarda Andrea, comme paralysée.

— Est-ce que je l'ai fait ?

— Bien sûr que non, tu étais ici, cette nuit. Ne sois pas stupide, tu n'avais aucune raison de faire du mal à Jamie. Tu l'aimais.

— Mais je ne me souviens de rien... et Jamie est mort. Et il y avait du sang. Je crois que je me souviens du sang.

— Arrête. Tu dis n'importe quoi.

— Jamie... Jamie... répétait Laura, appelant son fiancé et se dégageant de l'emprise de sa mère pour errer sans but dans la pièce.

Tout à coup, elle plaqua les mains sur son ventre et hurla de douleur, puis s'effondra, évanouie.

Le Dr MacNair se rua sur elle.

— Mon Dieu ! murmura-t-il avant de la soulever dans ses bras.

Ce fut alors que Jim remarqua la tache de sang qui coulait sur le pantalon de Laura.

Jazzy entendit frapper à sa porte alors qu'elle sortait de la douche. Des coups insistants. Caleb était-il à ce point pressé de la voir ? Il ne devait pas être beaucoup plus de 10 h 30 : elle s'était réveillée à 10 heures, avait avalé une tasse de café et sauté sous la douche. Attrapant son peignoir au passage, elle se hâta d'aller ouvrir.

— Jazzy, ouvre-moi ! criait Genny d'une voix frisant la panique.

Que lui arrivait-il ? Elle avait l'air affolée – or Genny n'était pas du genre à s'affoler pour rien. Quelque chose de terrible avait dû se produire. Jazzy atteignit la porte en même temps qu'elle terminait de nouer la ceinture de son peignoir. À peine l'avait-elle ouverte que Genny se jetait dans ses bras, les yeux brillants de larmes.

— Tu es là ! souffla-t-elle en la serrant contre elle. Pourquoi as-tu mis si longtemps à ouvrir ?

— J'étais sous la douche.

Jazzy se dégagea de son étreinte et la prit par les épaules.

— Qu'est-ce qui se passe ? demanda-t-elle en regardant Dallas, qui se tenait juste derrière son amie.

— Entrons, suggéra ce dernier.

Une fois qu'ils furent à l'intérieur, Genny prit les mains de Jazzy dans les siennes. L'expression de son visage n'annonçait rien de bon. Le cœur de Jazzy se serra d'angoisse.

— Vous me faites peur, leur dit-elle. Qu'est-ce qu'il y a ? C'est Jacob ?

— Non, Jacob va bien, répondit Genny.

— Caleb ? Il... il est arrivé quelque chose à Caleb ?

— Non, dit Dallas. C'est Jamie.

— Jamie ?

Genny hocha la tête, puis entraîna Jazzy vers le vieux canapé.

— Jamie est mort, annonça Genny une fois qu'elles furent assises.

— Comment ? Un accident de voiture ? Il était soûl ?

— Il a été assassiné.

Dallas vint s'asseoir dans le fauteuil en face d'elles.

— Ce matin, très tôt.

— Assassiné ? Mais par qui ? Pourquoi...

— Nous ne savons pas qui l'a tué. Mais nous sommes quasiment sûrs que c'est une femme.

Comme assommée par la nouvelle, Jazzy regarda Genny.

— Tu as eu une vision ? C'est comme ça que vous savez qu'il s'agit d'une femme ?

Genny lui pressa la main d'un geste rassurant. Jazzy était sa meilleure amie. Si seulement elle pouvait lui épargner l'horreur de ce qui s'était passé.

Mais elle voudrait savoir la vérité – toute la vérité – et elle compterait sur la parole de Genny.

— Oui, j'ai vu Jamie se faire torturer, admit Genny. Mais je n'ai pas pu voir le visage de la femme. Seulement des images floues.

— Torturé ? Elle l'a torturé ?

— Oui. Elle le haïssait. Elle voulait le faire souffrir.

— Comment… comment a-t-elle…

Jazzy se leva brusquement et leur tourna le dos.

Genny décida de ne pas intervenir : Jazzy avait besoin de temps. Elle voudrait reprendre le contrôle de ses émotions avant de leur faire de nouveau face. Genny connaissait sa meilleure amie comme personne. Elles avaient tout partagé – les triomphes et les tragédies, le bonheur et les déceptions, les bons et les mauvais moments – depuis leur toute petite enfance.

Le silence dans l'appartement était assourdissant. Genny entendait les battements de son propre cœur, la respiration de Dallas. Et le son étouffé des sanglots de Jazzy. Finalement, celle-ci prit une profonde inspiration, puis se tourna vers Genny.

— Dis-moi. J'ai besoin de savoir.

— Elle l'a torturé avec des couteaux, des lames de rasoir et un tison ardent, énuméra Genny, revoyant l'image aussi clairement que dans sa vision.

— Même Jamie ne méritait pas de mourir de cette façon, lâcha Jazzy d'une voix étonnamment calme.

Genny savait à quel point Jazzy souffrait, et combien l'idée de cette mort abominable devait la déchirer. Quoi qu'il se soit passé entre eux, il y avait eu une époque où Jazzy avait profondément aimé Jamie. Elle avait même porté son enfant pendant quelques mois.

— Non, Jamie ne méritait pas cette mort horrible, admit Genny.

— Vous n'avez vraiment aucune idée de l'identité de cette femme ? Aucun indice ?

En prononçant ces mots, elle regardait Dallas.

— Nous sommes en train de fouiller le chalet et ses alentours, répondit celui-ci. Et nous allons sûrement faire appel à une équipe de Knoxville pour nous aider. Jim veut que nous trouvions l'assassin de son petit-fils. Et quand un homme a le pouvoir de Jim Upton, il peut obtenir des choses que même Jacob et moi ne pouvons obtenir…

Jazzy hocha la tête, puis regarda Genny.

— Qu'est-ce qu'il y a ? Il y a autre chose, n'est-ce pas ? Quelque chose que tu dois me dire.

— La femme qui a tué Jamie… J'ai vu ses cheveux.

— Et ?

— Elle est rousse. Ses cheveux ont exactement la même couleur et la même coupe que les tiens.

Jazzy eut un mouvement de recul.

— Genny, tu ne crois tout de même pas que…

— Non !

Genny bondit du canapé pour rejoindre son amie.

— Je sais que tu ne l'as pas tué, Jazzy. Mais cette femme voulait te ressembler. J'ignore pourquoi. Peut-être pour qu'on te soupçonne si on l'apercevait. Peut-être pour exciter Jamie.

— Tu sais que je n'ai pas tué Jamie, mais… dis-moi le reste.

— J'ai peur qu'on t'accuse de ce meurtre, déclara franchement Genny en prenant les mains de son amie dans les siennes. Nous devons nous préparer au pire. Dallas et Jacob feront tout ce qui est en leur pouvoir, mais il te faudra un avocat. Un bon avocat.

— Est-ce qu'on ne précipite pas un peu les choses ? intervint Dallas.

— Peut-être, admit Genny. Mais je vous le dis…

Elle regarda Dallas, puis de nouveau Jazzy.

— … nous ne sommes pas au bout de nos peines.

Jacob quitta le site, laissant ses hommes poursuivre seuls leur travail. Il avait déjà prévenu le shérif du comté de Knox et attendait que le coroner du comté de Cherokee, Pete Holt, lui donne son rapport préliminaire pour transférer le corps de Jamie au laboratoire de la brigade criminelle de Knoxville. À première vue, Pete penchait pour une mort par hémorragie ou pour une crise cardiaque consécutive à une douleur prolongée et extrême.

— Pas moyen d'être sûr sans une autopsie complète, même s'il est évident qu'il a saigné à mort, avait-il dit. Qui qu'elle soit, cette nana est une sacrée vicieuse ; je n'aimerais pas figurer sur la liste de ses ennemis…

Tandis qu'il roulait en direction de la ville, Jacob essayait de recenser les suspects possibles – des femmes qui haïssaient suffisamment Jamie Upton pour non seulement vouloir sa mort mais aussi désirer le voir souffrir. Malgré l'horreur des circonstances, Jacob se surprit à penser que la disparition de Jamie symbolisait une sorte de justice poussée à son comble.

La personne qui avait tué Jamie était une malade. Une très dangereuse psychopathe.

Bien que Jazzy fût le premier nom qui lui vint en tête, Jacob était certain qu'elle n'avait pas tué Jamie. Il la connaissait depuis toujours. Elle était incapable de torturer un homme à mort, pas même Jamie, qui le méritait pourtant plus que quiconque.

La liste des victimes de Jamie était probablement infinie, mais on ne pouvait considérer comme suspectes que celles qui résidaient actuellement dans le comté de Cherokee : Jazzy, bien sûr, mais aussi Laura Willis – son amour pour Jamie ne l'empêchait pas de savoir quel beau salaud il était. Et en cherchant bien, il trouverait dans la région un certain nombre de femmes ayant une raison d'en vouloir à mort à Jamie. Mais sa suspecte principale restait la jeune femme à la Jaguar verte : elle connaissait Jamie et ressemblait de manière troublante à Jazzy. Coiffée d'une perruque, elle passerait sans problème pour elle.

Était-elle venue à Cherokee dans la seule intention de tuer Jamie ? Avait-elle recherché Jazzy pour s'assurer qu'elles se ressemblaient bien comme deux gouttes d'eau ? Avait-elle prévu de torturer Jamie à mort avant ou après son arrivée à Cherokee ?

Pourtant, quelque chose ne collait pas : pourquoi Reve Sorrell aurait-elle été assez stupide pour voler sa propre voiture accidentée et risquer d'être repérée ?

Tim Willingham émit un appel radio.

— Tu ferais mieux de venir voir. Un couple a appelé pour nous prévenir que quelque chose prenait feu sur la route menant à leur chalet. Devine ce que les pompiers ont trouvé dans le ravin ?

— Une Jaguar verte, supposa Jacob, la gorge nouée.

— Ouais. La bagnole a explosé au moment où les pompiers arrivaient. Ils sont en train de circonscrire l'incendie.

— Bouclez le secteur dans un rayon de deux kilomètres. Quelqu'un a peut-être vu quelque chose. J'arrive.

13

Quand Jacob arriva sur les lieux, la carcasse calcinée de la Jaguar fumait encore. Un petit groupe de curieux regardait la police et les pompiers s'affairer. Jacob ne reconnut aucun visage parmi eux – sans doute des touristes.

Utilisant la corde installée par ses adjoints, Jacob descendit dans le ravin. C'était bien la voiture de Reve Sorrell.

— Gardez le secteur bouclé, lança-t-il à Tim et à Moody. Dès que les autres auront fini au chalet, je vous les enverrai.

— On a déjà inspecté les environs, Jacob. Il y a cinq chalets dans un rayon de deux kilomètres.

Tim désigna de la tête le groupe de curieux.

— Le couple qui nous a prévenus est là. Fred et Regina Walker.

— Des touristes ?

— Ouais.

— Et les autres chalets ? Des touristes aussi ?

— Oui, dans deux d'entre eux.

— Des gens du coin dans les deux autres ?

— Caleb McCord dans l'un et cette femme peintre, Mme Mercer, dans l'autre.

Jacob acquiesça d'un grognement, puis s'aida de la corde pour remonter. Une fois sur la route, il prit Tim à part.

— Écoute, ça me ferait gagner du temps si toi et Moody réunissiez…

— C'est fait. Je me suis dit que tu voudrais interroger tout le monde, alors j'ai pris sur moi de les faire venir au chalet de M. et Mme Walker. Ils se sont gentiment pliés à ma demande.

Tim s'éclaircit la gorge.

— J'espère que j'ai bien fait de…

— Mais oui, Tim, merci. J'apprécie ton initiative. Bon, il faut commencer les interrogatoires le plus vite possible.

Il regarda Tim.

— À moins que tu ne les aies déjà interrogés ?

— Oh non, chef. Je me suis dit que vous voudriez le faire.

Jacob sourit, lui flanqua une tape dans le dos, et se dirigea vers le groupe de curieux.

— Monsieur et madame Walker ?

— Oui, c'est nous.

Un petit homme d'âge mûr s'avança, suivi de près par une blonde rondelette aux joues roses.

— Vous êtes de quel coin ? demanda Jacob.

— Nashville, répondit M. Walker. Nous venons ici chaque année, toujours à la même période. Et nous louons le même chalet depuis cinq ans.

— Nous vous sommes reconnaissants d'avoir prévenu les pompiers. Pourriez-vous répondre à quelques questions ?

— Bien entendu, shérif. Vous êtes bien le shérif, n'est-ce pas ?

— Oui, monsieur. Shérif Jacob Butler.

Ils échangèrent une brève poignée de main.

— Nous avons eu un homicide dans le comté de Cherokee, et il y a de fortes chances pour que la voiture brûlée dans le ravin soit connectée au crime.

— Y a-t-il un corps à l'intérieur ? s'enquit Mme Walker, impressionnée.

— Non, madame.

— Nous sommes prêts à répondre à vos questions, dit Walker.

Jacob hocha la tête.

— Avant d'apercevoir la fumée venant du ravin, avez-vous remarqué quelque chose d'inhabituel ? Quelqu'un sur la route ? Ou une Jaguar verte passer par là dans la matinée ?

Walker secoua la tête.

— Nous avons fait la grasse matinée, Regina et moi. Je sortais sur la terrasse avec ma première tasse de café quand j'ai aperçu la fumée. Ma femme était encore au lit.

— Je vois. Eh bien, merci. Et merci de nous permettre d'utiliser votre chalet pour interroger vos voisins. Ça ne prendra pas longtemps, rassurez-vous.

Jacob entraîna Tim vers son camion. Peu après, ils se garaient devant le chalet des Walker. Caleb McCord était assis dans un rocking-chair sur la petite terrasse. Il vint aussitôt à leur rencontre.

— Qu'est-ce qui s'est passé, avec cette voiture ? demanda-t-il à Jacob. Quoi que ce soit, j'espère que ça ne me retiendra pas longtemps : j'ai un rendez-vous important à 14 h 30.

— Avec Jazzy ?

— Ouais, avec Jazzy.

— Depuis quand vous êtes si intimes ?

— Pourquoi tant de curiosité, Butler ? Je croyais que vous étiez juste amis, tous les deux.

— Tout à fait. Et c'est en tant qu'ami que je veille sur elle.

— Je suis l'ami de Jazzy, moi aussi. Ne l'oubliez pas.

Jacob connaissait à peine McCord, mais son instinct, qui lui avait si souvent sauvé la vie, lui disait qu'il pouvait lui faire confiance. Jacob ne possédait certes pas le don de Genny, mais il se trompait rarement sur les gens. Il avait son sixième sens à lui.

— Et vous voulez être plus qu'ami, pour Jazzy, n'est-ce pas ?

— Peut-être bien...

McCord le regarda droit dans les yeux avant de reprendre :

— Ça vous pose un problème ?

— Aucun. Pas tant que vous la traitez correctement. Jazzy a besoin d'un homme qui l'apprécie à sa juste valeur. Et elle va avoir besoin d'un homme qui reste à ses côtés, désormais, quelle que soit la tournure que prendront les événements.

Jacob fronça les sourcils.

— Qu'est-ce qui se passe, au juste ? En quoi Jazzy est-elle impliquée ?

— Qu'est-ce qui vous fait penser...

— Venons-en au fait, Butler. Pas la peine de prendre des gants avec moi.

— Jamie Upton est mort, il a été assassiné ce matin. Dans une de ses visions, Genny a vu l'assassin – une femme aux cheveux roux, ressemblant à Jazzy – conduire une voiture de sport verte.

Jacob désigna le ravin de la tête.

— Genny pense que Jazzy a tué Jamie ?

— Non. Elle pense que la femme portait une perruque pour lui ressembler...

— Reve Sorrell. Cette femme est venue hier en ville. Elle conduit une Jaguar verte et ressemble à Jazzy comme...

— ... une jumelle. Ouais, je sais. Mlle Sorrell est la première sur ma liste de suspects. Mais, pour l'instant, j'ai besoin de savoir si vous ou les autres résidents du coin avez aperçu quelque chose plus tôt dans la matinée.

— Je n'ai rien vu ni entendu jusqu'à ce que votre adjoint frappe à ma porte. J'ai veillé très tard cette nuit, alors j'avais prévu de dormir toute la matinée. J'étais avec Jazzy – jusqu'à l'aube. Elle a donc un alibi.

— Jamie a probablement été tué après le lever du jour. Mais nous supposons qu'il a passé la nuit avec cette femme. Nous pensons qu'elle l'a drogué, puis...

Il se racla la gorge.

— Elle l'a torturé pendant des heures. Avec des couteaux, des lames de rasoir et un tison ardent.

Caleb resta de marbre.

— Un travail de psychopathe.

— Sans aucun doute.

Jacob regarda le chalet.

— Il faut que j'interroge les autres. Vous pouvez partir.

— Quelqu'un a prévenu Jazzy ?

— Genny et Dallas sont sûrement avec elle en ce moment.

— Je vais les rejoindre. Jazzy va avoir besoin de soutien.

Jacob hocha la tête, puis se détourna et grimpa les marches menant à la terrasse. Ouais, ses instincts ne le trompaient pas sur le compte de Caleb McCord : ce gars serait cent pour cent avec Jazzy.

Quatre personnes l'attendaient à l'intérieur du chalet, trois femmes et un homme. Il reconnut Erin Mercer, évidemment : c'était une riche héritière, peintre à ses heures, venue vivre à Cherokee depuis plus d'un an. La rumeur disait qu'elle était la dernière maîtresse en date de Jim Upton. On racontait aussi que Jamie lui tournait autour.

Jacob salua à la ronde puis se présenta.

— Votre adjoint a été plutôt mystérieux, intervint Mme Mercer. Il nous a juste dit que vous vouliez nous interroger sur une voiture qui a pris feu dans un ravin proche.

— Oui, madame, c'est exact.

Il les regarda l'un après l'autre.

— Comme vous habitez tout près d'ici, j'espérais que l'un de vous avait peut-être vu quelque chose –

soit la voiture, soit quelqu'un marchant à pied sur la route.

— Je crains de ne pas pouvoir vous aider, reprit Erin. Je suis allée à Knoxville hier, après le dîner, et ne suis rentrée chez moi qu'une demi-heure avant que votre adjoint ne frappe à ma porte.

— Très bien. Merci, madame Mercer.

Jacob se tourna vers le seul homme de la pièce. Il tenait par l'épaule une jeune femme qui semblait terrifiée.

— Et vous êtes ?

— Tony et Mandy Landis. Nous sommes en lune de miel. Et ma femme...

Il la serra contre lui d'un geste protecteur.

— ... est terriblement impressionnée par tout ceci.

Jacob regarda la jolie rousse d'un air rassurant.

— Madame Landis, je suis désolé de perturber votre lune de miel, mais j'ai besoin de savoir si vous avez vu ou entendu quelque chose qui pourrait nous aider.

Le visage de Tony Landis s'empourpra. Jacob réalisa alors que, malgré sa voix de baryton, ce jeune homme ne devait pas avoir plus de vingt ans, tout comme sa supposée « femme » – il aurait parié n'importe quoi que ces deux-là n'étaient pas mariés.

— Nous... nous n'avons rien vu. C'est notre lune de miel, vous savez ce que c'est...

Jacob lui tapota le dos.

— Ouais, mon garçon, je sais ce que c'est.

En réalité, Jacob ne savait absolument pas à quoi ressemblait une lune de miel puisqu'il ne s'était jamais marié, mais il savait très bien ce qu'était un week-end passé au lit avec une copine.

— Merci de votre aide. Vous pouvez retourner à votre chalet.

— Oui, monsieur. Merci, monsieur.

Tony prit Mandy par la main et la tira littéralement jusqu'à la porte.

Jacob se tourna alors vers la femme seule tranquillement assise dans le canapé, les mains posées sur les genoux, les chevilles croisées dans une posture élégante. Il était difficile d'évaluer son âge à première vue. La cinquantaine bien préservée ou la trentaine assumée d'une femme menant une vie de patachon ? Jacob supposa qu'elle devait être entre les deux. Elle lui paraissait vaguement familière, mais il n'arrivait pas à la situer.

— Madame ?

Quand elle leva la tête, il put la voir plus distinctement : une très belle femme, avec un sourire chaleureux, de grands yeux bleus et des cheveux blonds.

— Non, je crains de n'avoir rien vu ni entendu. Et je suis terriblement désolée de ne pas pouvoir vous aider…

Elle se tut un instant, puis demanda :

— Le problème doit être plus grave qu'une simple voiture incendiée pour que le shérif lui-même interroge les touristes…

— Oui, madame, en effet. Et vous en entendrez parler bien assez tôt aux informations locales. Nous avons eu un meurtre dans le comté, ce matin. Un jeune homme a été tué, et nous avons des raisons de croire que l'assassin conduisait la voiture qui a brûlé dans le ravin.

— Dieu tout-puissant ! Si vous savez que l'assassin conduisait cette voiture, vous devez avoir un témoin ?

— Je n'ai pas le droit d'en dire plus, madame. Au fait, quel est votre nom ?

— Oh, pardonnez-moi.

Sa petite main délicate se porta sur sa poitrine.

— Je suis Margo Kenley, une touriste. Je loue un chalet pour un mois.

— Eh bien, madame Kenley, avec vous nous avons l'unanimité : personne n'a rien vu.

— Shérif ? intervint Mme Mercer.

— Oui, madame ?

— Pouvez-vous nous dire qui est la victime ? Est-ce quelqu'un que je pourrais connaître ?

— Il se trouve que oui. C'est Jamie Upton.

Erin Mercer parut visiblement choquée.

— Jamie a été assassiné ? Est-ce que Jim... est-ce que sa famille est au courant ?

— Jim Upton était avec nous quand nous avons trouvé le corps.

— Pauvre Jim... Ce garçon était tout pour lui. Et pour Reba, aussi. Ils doivent être anéantis.

Des larmes brillaient dans les yeux d'Erin Mercer.

Jacob pensa que sa surprise et ses larmes étaient sincères. Elle ne lui semblait pas être le genre de femme capable de torturer un homme. Mais, à dire vrai, il ne savait pas grand-chose d'elle. Il toucha le bord de son Stetson, remercia les deux femmes et s'en alla. Il avait encore quelqu'un à voir avant de regagner son bureau et de se plonger dans la masse de papiers qu'impliquait toute enquête pour meurtre.

Galvin MacNair termina son examen, puis enleva ses gants stériles et les jeta dans le sac en plastique prévu à cet effet dans sa sacoche médicale. Pauvre fille... songeait-il en regardant Laura Willis. Fragile et délicate, d'une beauté éthérée qui lui donnait l'air d'un ange. L'idée de lui révéler la vérité sur son état lui fendait le cœur, même s'il savait qu'il devait contrôler ses émotions quand il avait affaire à ses patients. Son ex-femme, Nina, lui avait assez reproché sa trop grande sensibilité... Elle disait que cela l'empêcherait de réussir dans son métier. Peut-être avait-elle raison. Et peut-être que le jour viendrait où il serait totalement objectif avec ses patients, mais il en doutait. Ce n'était tout simplement pas dans sa nature de soigner un autre être humain sans y mettre tout son cœur.

— Souhaitez-vous que votre mère vienne vous rejoindre, maintenant ?

Galvin se tenait retourné pour préserver l'intimité de Laura pendant qu'elle se rhabillait.

— Non, pas encore. Je… je veux savoir si…

Elle éclata en sanglots.

Gavin se précipita vers elle, s'assit au bord du lit et passa un bras autour de ses épaules tremblantes.

— Je promets de faire tout ce qui est en mon pouvoir pour vous aider, Laura. Dans cette terrible épreuve que vous traversez… vos parents seront là aussi. Ainsi que votre sœur. Et Jim et Reba.

Laura le regarda, les yeux gonflés de larmes.

— Est-ce que je vais perdre mon bébé ?

Il lui répugnait de dire la vérité, mais il ne pouvait pas lui mentir. Il opta pour un moyen terme.

— Il y a un risque de fausse couche. Vous saignez abondamment et… mais il y a toujours de l'espoir. Nous allons vous envoyer à l'hôpital et je…

— Personne ne sait que je suis enceinte. Je ne l'avais même pas dit à Jamie.

Un sanglot la secoua.

— Laura, je veux que vous vous reposiez. Je vais appeler l'hôpital, puis j'irai parler à vos parents et aux Upton.

Elle s'agrippa à sa manche.

— Je vous en prie, docteur MacNair, sauvez mon bébé.

— Je ferai tout ce qui est humainement possible, je vous le promets.

Pendant plusieurs minutes, il la tint dans ses bras et la laissa pleurer doucement en caressant ses longs cheveux soyeux d'une main apaisante. Quand elle fut un peu calmée, il la fit s'allonger, se leva, et gagna la porte.

Dès qu'il fut dehors, la famille Willis et Jim le bombardèrent de questions.

— Qu'est-ce qu'elle a ? demanda Cecil.

— Je veux la voir tout de suite, exigea Andrea.

Galvin parcourut le groupe du regard, s'arrêtant sur la mère de Laura.

— Laura est enceinte, probablement de six ou sept semaines. Mais je crains qu'elle ne fasse une fausse couche.

— Mon Dieu ! s'écria Cecil.

— Je m'en doutais, lâcha Andrea. Quand j'ai vu le sang, j'ai compris. J'ai subi moi-même plusieurs fausses couches.

— Vous dites que Laura est enceinte…

Jim Upton semblait animé d'un soudain espoir.

Galvin détestait devoir balayer cet espoir, surtout en de telles circonstances, mais il ne pouvait pas laisser cet homme croire à l'éventualité d'une naissance – il aurait fallu un miracle, pour sauver le bébé de Laura.

— Je suis désolé, monsieur Upton, mais je ne crois pas qu'on puisse éviter une fausse couche.

14

Abattue, l'esprit noyé dans une sorte d'épais brouillard, Jazzy fixait le vide. Elle était passée par tant de sentiments extrêmes en quelque temps – la souffrance, la peur, la colère, le désespoir – qu'elle était comme vidée de toute émotion. Rationnellement, elle acceptait le fait que Jamie soit mort, brutalement assassiné par une personne sadique. Mais si l'idée s'était imprimée dans sa tête, elle n'avait pas encore atteint son cœur. Hier seulement elle avait cru être définitivement libérée de lui... Elle avait même célébré ce qui signait pour elle le début d'une nouvelle vie... Mais elle aurait dû savoir qu'elle ne serait jamais libérée de Jamie : il était comme une maladie incurable. De temps en temps, elle entrait en rémission, mais la maladie projetait une ombre permanente sur son bonheur.

— Jazzy, je peux te préparer quelque chose ? s'enquit Genny. Un autre thé ? Ou un sandwich ?

Jazzy secoua la tête et regarda la tasse de thé que sa chère Genny lui avait préparée plus d'une heure auparavant, juste après le départ de Dallas.

— Il est froid. Tu as besoin de quelque chose de chaud.

Quand Genny prit la tasse et se dirigea vers la cuisine, Jazzy l'arrêta.

— Je n'ai pas besoin de thé… j'ai besoin de comprendre ce qui s'est passé, pourquoi ça s'est passé, et ce qui fait que je suis impliquée.

Genny se retourna, posa la tasse sur la table et fit face à Jazzy.

— Le plus important est de te protéger. Nous savons toutes les deux que tu es innocente, mais je continue à avoir d'étranges pressentiments. Celle qui a tué Jamie veut que tu sois accusée à sa place. Et j'ai bien peur qu'elle y parvienne…

— Mais qui ? Qui haïrait Jamie au point de le torturer à mort ? Et qui me haïrait assez pour vouloir me faire accuser d'un meurtre que je n'ai pas commis ?

Genny vint s'asseoir près d'elle dans le canapé.

— La liste des femmes que Jamie a fait souffrir est longue, tu es bien placée pour le savoir.

— Alors pourquoi se vengerait-elle sur moi ?

— Parce que tu es la seule que Jamie ait jamais aimée. Parce qu'il te revenait toujours.

— On pourrait penser que c'est Laura Willis, mais je ne la crois pas capable de meurtre. Encore moins de torture.

Jazzy se rappela la conversation qu'elles avaient eue dans son bureau au *Jasmine*, la veille. Elle entendait encore Laura la supplier de rendre sa liberté à Jamie.

— Mais nous ne savons rien d'elle, n'est-ce pas ? fit remarquer Genny. Et Dallas dit que n'importe qui est capable de tuer, si toutes les circonstances sont réunies.

— Oui, il a probablement raison.

Jazzy se massa la nuque.

— J'imagine que j'avais plus de raisons que n'importe qui de le tuer, et que je suis par conséquent le suspect numéro un…

— Mais il n'y a aucune preuve contre toi. Il ne peut pas y en avoir, d'ailleurs, puisque tu n'es pas coupable. Tu étais ici, chez toi, quand il a été tué.

— Toute seule… Je n'ai pas d'alibi.

— Tu en as un pour une partie de la nuit, lui rappela Genny. Caleb était avec toi.

À l'évocation de Caleb, Jazzy se rappela soudain leurs projets pour l'après-midi : leur rendez-vous. Ah ! Ces espoirs et ces rêves liés à un rendez-vous qui n'aurait jamais lieu…

— Il faut que je l'appelle. Nous devions nous voir en début d'après-midi. Il est quelle heure ?

— Bientôt midi.

Jazzy s'apprêta à se lever, mais Genny la retint.

— Laisse-moi l'appeler et lui expliquer ce…

Un coup frappé à la porte l'interrompit. Les deux femmes sursautèrent simultanément.

— J'y vais, dit Genny.

Quelques secondes plus tard, Jazzy entendit la voix de Caleb retentir dans l'entrée de son appartement.

— Comment va-t-elle ?

— Vous êtes au courant pour Jamie ?

— Oui, j'ai vu Jacob.

Genny s'écarta pour le laisser entrer.

Dès qu'elle le vit, Jazzy eut l'impression d'émerger du brouillard qui pesait sur elle depuis qu'elle avait appris la mort de Jamie. Jamais elle n'avait été aussi heureuse de retrouver quelqu'un. Elle avait si désespérément besoin de lui.

— Caleb !

Elle bondit du canapé pour se jeter dans ses bras grands ouverts. Agrippée à lui, elle se laissa bercer par les paroles de réconfort qu'il chuchota longuement à son oreille.

— Dis-moi ce que je peux faire et je…

— Il y a un problème que vous ignorez, intervint Genny.

— Lequel ? demanda Caleb en tournant la tête vers elle.

Jazzy prit ses mains dans les siennes et les serra contre sa poitrine.

— La femme qui a tué Jamie portait une perruque rousse ou s'est teint les cheveux pour me ressembler.

— Jacob ne m'a pas parlé de...

— Il n'en avait pas le droit : c'est une information cruciale, pour l'enquête.

— Comment savez-vous que c'est une femme ? Quelqu'un l'a aperçue ?

— Genny, avoua Jazzy d'un ton hésitant, espérant que Caleb ne se moquerait pas. Dans une de ses visions.

Il se tourna vers Genny.

— Jacob m'en a touché un mot, mais pas en détail. Avez-vous vu autre chose ?

— Seulement ses cheveux. Et la voiture qu'elle conduisait.

— Oui, je suis au courant, pour la voiture. Une Jaguar verte.

— Pourquoi Jacob vous en a-t-il parlé ? s'étonna Genny.

— Parce qu'on l'a retrouvée en flammes dans un ravin, à moins d'un kilomètre de mon chalet.

— Une manière d'effacer ses traces, commenta Genny.

— Savez-vous à qui appartenait cette Jaguar ? demanda Caleb avant de poursuivre sans leur laisser le temps de répondre : à Reve Sorrell, la femme qui te cherchait hier, Jazzy, et qui te ressemble tellement.

Dans un scénario fou, Jazzy imagina que cette femme avait élaboré une véritable machination contre Jamie et contre elle. Mais la logique reprit vite le dessus.

— Si Reve Sorrell était ici pour tuer Jamie, pourquoi se serait-elle montrée si ostensiblement en ville ? Pourquoi serait-elle venue me chercher ?

— Bonne question, admit Caleb. Qui sait ? Elle est peut-être complètement folle. Pour faire ce qu'on a fait à Jamie, il faut l'être.

— Jacob a l'intention de l'interroger, n'est-ce pas ? demanda Genny.

— Je crois que ça fait partie de ses projets immédiats.

Toujours agrippée aux mains de Caleb, Jazzy regarda Genny.

— Est-ce que ça pourrait être Reve Sorrell ? Tu sens quelque chose sur elle ?

Genny secoua la tête.

— Rien. Soit elle n'a aucun rapport avec la mort de Jamie soit, pour une raison que j'ignore, je n'arrive pas à accéder à son champ psychique.

Quand le téléphone sonna, tous trois le fixèrent comme s'il s'agissait d'un serpent venimeux.

— Je réponds, dit Genny en allant décrocher.

Quelques secondes plus tard, la main sur le micro, elle murmura :

— C'est Tiffany Reid. Elle dit qu'elle doit te parler, que c'est très important. Je lui dis quoi ?

Tiffany n'était pas simplement une des serveuses travaillant pour Jazzy, c'était aussi une bonne copine.

— Je vais lui parler.

— Tu es sûre ? s'inquiéta Caleb.

À contrecœur, Jazzy s'écarta de Caleb et se dirigea vers le téléphone.

— Oui, Tif, qu'est-ce qu'il y a ?

— Jazzy, tu es au courant pour Jamie, n'est-ce pas ? Je veux dire, c'est pour ça que Genny est avec toi, non ?

— Oui.

— Écoute, je sais quelque chose qui m'embête.

— Dis-moi.

— Eh bien, hier soir j'étais avec Dillon Carson…

Tiffany rit au grognement de Jazzy.

— … Ouais, je sais. Ce type est un sac d'emmerdes, tout comme Jamie – oh, désolée… Bref, on allait chez moi quand une voiture nous a dépassés à toute allure. Dillon pense que c'était une Jaguar. Et...

Elle s'interrompit, comme si elle répugnait à continuer, puis reprit après quelques secondes de silence.

— ... Et il a cru reconnaître la femme qui conduisait, il a cru que c'était toi, Jazzy. Alors ce matin, quand j'ai appris la nouvelle et... Je sais que tu ne l'as pas tué, mais qu'est-ce que je fais ? Je ne veux pas te créer des ennuis. Je dois me taire ?

— As-tu vu la femme ?

— Non, je conduisais. Mais Dillon l'a vue. Et si je ne lui dis pas de la fermer, il peut raconter à tout le monde que c'était toi, dans la voiture.

— Ce n'était pas moi.

— Je le sais, mais...

— Parles-en à Jacob. Il devra interroger Dillon.

— Tu es sûre ?

— Oui, Tif, je suis sûre.

Jazzy inspira profondément, puis relâcha lentement son souffle. Quel guêpier ! Dillon Carson avait vu la femme qui avait tué Jamie – et il l'avait prise pour elle !

Jacob frappa au chalet de Reve Sorrell peu après midi. Elle répondit rapidement, mais quand elle le reconnut, elle commença à refermer la porte.

— J'ai quelques questions à vous poser, grogna-t-il en poussant la porte pour entrer.

Elle n'eut d'autre choix que de reculer devant ce rouleau compresseur ambulant. Furibonde, elle planta les mains sur ses hanches.

— Écoutez, s'il s'agit du vol de ma voiture, je suis déjà au courant.

Il parcourut la pièce du regard, nota la présence d'une mallette sur le canapé, et regarda Reve.

— Vous allez quelque part ?

— Je rentre à Chattanooga, si ça peut vous intéresser.

— Pourquoi tant de précipitation ? Hier, vous aviez décidé de…

— J'ai changé d'avis.

— Intéressant.

— Écoutez, monsieur J'imagine, laissez-moi vous simplifier la tâche. Je suis au courant pour le meurtre de Jamie Upton et je sais que Jazzy Talbot est suspectée. Ce matin, tout le monde ne parlait que de ça, quand je suis allée prendre mon petit déjeuner. Je ne compte pas rester plantée ici à attendre de savoir si cette tueuse est ma sœur. Dès que ma voiture me sera livrée, je quitte Cherokee Pointe pour ne plus jamais y revenir.

— Je pense que vous feriez mieux de rester plantée ici. Nous avons besoin de déterminer si Jazzy est une parente de la tueuse.

Reve écarquilla des yeux outrés.

— Que voulez-vous dire par là ? Vous ne sous-entendez quand même pas que je… je… Vous êtes un crétin fini, si vous pensez une seule seconde que je vais vous permettre de…

— Baissez d'un ton, vous voulez ?

Comment cette femme pouvait-elle autant ressembler à Jazzy et être en même temps aussi radicalement différente d'elle ? Mystère.

— Personne ne vous accuse de quoi que ce soit. Mais comme nous avons toutes les raisons de croire que la tueuse conduisait votre voiture et qu'elle y a mis le feu avant de la précipiter dans un ravin…

— Ma Jaguar a été incendiée ?

— Brûlée jusqu'à la corde. Elle est à peine reconnaissable. Mais nous sommes sûrs à quatre-vingt-dix pour cent qu'il s'agit bien de votre voiture.

— La tueuse a volé ma voiture puis l'a brûlée ? répéta-t-elle, comme si la nouvelle ne pénétrait pas jusqu'à son cerveau.

— Nous pensons qu'elle l'a utilisée pour transporter Jamie Upton jusqu'à un chalet isolé.

— J'étais ici, dans ce chalet...

Elle pointa le doigt vers la pièce adjacente.

— ... dans cette chambre, endormie sur ce lit. Je n'étais pas en train d'emmener Jamie Upton dans un chalet isolé pour le tuer. Bon sang, si j'avais prévu de le tuer, je n'aurais pas été stupide au point de me montrer au volant de ma propre voiture. Une voiture particulièrement repérable, qui plus est.

— Peut-être.

— Oh, vous ne croyez quand même pas que je suis impliquée dans le meurtre de Jamie ?

Elle leva les mains en signe d'exaspération.

— Je n'avais aucun mobile. Pourquoi aurais-je voulu le tuer ?

— À vous de me le dire, mademoiselle Sorrell. Vous a-t-il aimée et abandonnée ? S'est-il moqué de vous ? Avez-vous eu du mal à supporter qu'il vous quitte ?

— Je n'ai pas eu de liaison avec Jamie, martela-t-elle comme si elle avait affaire à un demeuré. Nous nous sommes vus à quelques reprises, un point c'est tout. Il ne m'a pas fallu longtemps pour comprendre à qui j'avais affaire : un séduisant Roméo qui ne s'intéressait à moi que pour deux raisons. Un, je ressemblais à son amour de jeunesse ; et deux, il me voulait dans son tableau de chasse. Il se trouve que j'ai été assez intelligente pour ne pas tomber dans son piège grossier. Contrairement à votre amie Jazzy.

— Vous êtes ahurissante.

— Qu'entendez-vous par cette remarque sibylline ?

Comme Jacob la dardait d'un regard noir, elle ajouta :

— Vous voulez peut-être que je vous donne la définition du mot sibyllin ? Je réalise qu'en tant que shérif de campagne, vous n'êtes probablement pas allé à l'université. Vous n'avez peut-être même pas votre bac.

Jacob éclata de rire. Cette satanée greluche le traitait non seulement d'inculte et de plouc, mais elle l'avait également qualifié de crétin.

— Mademoiselle Sorrell, je vous demande de ne pas quitter la ville.

— Suis-je en état d'arrestation ?

— Non. Mais si vous quittez la ville, je lancerai un mandat d'arrêt contre vous.

— Sur quelles charges ?

— Je ne sais pas. Mais je trouverai.

Elle serra les dents.

— Je n'ai pas tué Jamie Upton, je n'avais aucune raison de le faire.

— Si vous le dites.

— J'ai l'intention de contacter mon avocat.

Jacob désigna le téléphone de la tête.

— Allez-y.

Curieusement, le téléphone sonna à cet instant même. Reve Sorrell sursauta comme si on venait de lui tirer dessus.

Marmonnant un juron, elle alla décrocher.

— Oui, Reve Sorrell à l'appareil... Comment ?... Oui, le shérif Butler est ici. Certainement.

Elle lui tendit le combiné.

— Qui est-ce ? demanda-t-il.

— Elle ne l'a pas dit.

Reve plaqua sa main sur le micro.

— Sa voix est bizarre.

— Comment ça ?

— Elle est comme étouffée. Ou alors elle a une sacrée pharyngite.

Jacob prit le téléphone.

— Shérif Butler.

— Vous interrogez la mauvaise personne, lâcha une voix rauque.

— Qui est à l'appareil ?

— Quelqu'un qui veut vous aider.

La voix était déformée, probablement par un appareil spécial. L'instinct de Jacob lui dit qu'il était en train de parler à la tueuse.

— Comment pouvez-vous m'aider ?

— Vous avez besoin d'une preuve pour arrêter Jazzy Talbot, n'est-ce pas ?

— Et vous avez cette preuve ?

— Bien sûr que non, mais je sais où vous pouvez la trouver.

— Où ?

— Dans son bureau, au restaurant.

— Comment savez-vous…

Seule la tonalité résonna à son oreille.

— Qu'y a-t-il ? demanda Reve.

— Rien dont vous devez vous inquiéter, répondit-il. Cette discussion était très intéressante, mademoiselle Sorrell, mais je dois filer. J'ai un meurtre à résoudre.

— Je vous en prie, shérif, je ne voudrais surtout pas vous faire perdre votre temps.

S'arrêtant à la porte, Jacob lui lança un regard par-dessus son épaule.

— Et n'oubliez pas : je vous interdis de quitter la ville…

15

Quand le Dr MacNair entra dans la salle d'attente de l'hôpital, Jim se leva, mais il resta un peu à l'écart pour permettre aux parents de Laura de s'entretenir avec le médecin. Le cœur battant, il attendit le verdict.

— Je suis désolé, dit MacNair.

Les épaules de Jim s'affaissèrent. Le dernier espoir d'avoir un héritier venait de disparaître avec l'enfant de Jamie.

— Quand pourrons-nous voir Laura ? demanda Andrea Willis.

— Bientôt. Pour l'instant, elle dort paisiblement, il n'y a pas d'inquiétude à avoir. Elle pourra avoir d'autres enfants.

Il était juste que la douce et tendre Laura puisse un jour avoir des enfants, pensa Jim. Mais ces enfants ne seraient pas des Upton. Le bébé de Jamie était mort.

Les yeux de Cecil Willis étaient luisants de larmes.

— Merci, docteur MacNair.

— Un psychologue passera voir Laura, annonça le praticien.

— Je préférerais être présente lors de sa visite, dit Andrea. Je vais rester auprès de Laura jusqu'à sa sortie.

Bienveillant, le docteur l'approuva sans réserves. Quand il fut parti, Jim se tourna vers Andrea et Cecil

Willis. Durant leur court séjour chez lui, il avait appris à apprécier ce couple issu d'une vieille famille de la haute société du Kentucky.

— Je suis vraiment content que l'avenir de Laura ne soit pas compromis, lança-t-il. Elle nous est chère. Reba et moi nous faisions une joie de l'accueillir dans notre famille. Et si le bébé avait...

Il se racla la gorge.

— Je ferais mieux de rentrer, maintenant. Si Reba s'est réveillée, elle doit se faire un sang d'encre en attendant des nouvelles de Laura.

Cecil lui serra chaleureusement la main.

— S'il vous plaît, dites à Sheridan que nous l'appellerons plus tard.

— Je n'y manquerai pas. C'est très gentil à elle d'avoir proposé de rester à la maison avec Reba.

Tout en quittant l'hôpital, Jim songeait à tout ce qu'il venait de perdre : en l'espace de quelques heures, sa vie avait irrévocablement changé. Du tout au tout.

À peine les portes automatiques passées, il se figea en voyant Erin Mercer se précipiter dans sa direction. Que faisait-elle ici ? Comment avait-elle su ?

— Jim ! s'écria-t-elle, prête à le prendre dans ses bras.

Il lui saisit les mains pour éviter qu'elle ne l'enlace.

— Je suis au courant, pour Jamie. J'ai téléphoné chez toi, et Dora m'a dit que tu étais à l'hôpital.

Elle le dévisagea, inquiète.

— Comment te sens-tu ?

Il l'attira à l'écart de la baie vitrée qui les exposait à tous les regards.

— Je vais bien. Je suis là pour Laura, elle a fait une fausse couche.

— Laura était enceinte ?

Jim hocha la tête.

— Elle ne l'avait même pas dit à Jamie.

— Oh, Jim… Jim, je suis tellement désolée, mon chéri. J'aimerais tellement pouvoir faire quelque chose.

Il pensa lui demander où elle avait été toute la nuit. Mais, d'une certaine manière, cela n'avait pas d'importance en cet instant.

— J'ai besoin de toi, Erin. Terriblement besoin de toi…

Pressant ses mains dans les siennes, elle se pencha vers lui. Alors il ne put se retenir de la serrer dans ses bras et de l'embrasser.

— Je suis là, murmura-t-elle. Dis-moi ce que je dois faire et je le ferai. Je suis là pour toi, mon amour.

Jim s'écarta d'elle et plongea les mains dans les poches de son pantalon.

— Je dois rentrer et dire à Reba que…

Il leva les yeux vers le ciel bleu, s'efforçant de maîtriser ses émotions.

— Elle va assez mal, comme tu peux l'imaginer. Découvrir que même l'espoir d'avoir un arrière-petit-enfant nous est enlevé…

— Je comprends. Elle a besoin de toi, acquiesça Erin en lui souriant tendrement. Et tu as probablement besoin d'elle, toi aussi. Après tout…

— C'est de toi que j'ai besoin. Tu seras chez toi… plus tard ?

— Oui, bien sûr.

— J'essaierai de passer.

— Si tu ne peux pas, ce n'est pas grave. Sache seulement que je suis là.

— Je viendrai. Je veux être avec toi.

Sans ajouter un mot, il s'éloigna – lui qui aurait tant voulu pouvoir se retourner et partir avec elle pour toujours.

— Il me faut ta permission pour fouiller ton bureau, annonça Jacob à Jazzy.

— Pourquoi as-tu besoin de fouiller son bureau ? s'enquirent d'une même voix Genny et Caleb.

— Vas-y, soupira Jazzy. Je n'ai rien à cacher.

— Je le sais, Jazzy, répondit Jacob, l'air gêné. Je ne te soupçonne pas d'avoir tué Jamie. Je ne te croirais pas coupable, même si je trouvais la preuve du contraire.

Caleb ricana.

— Alors pourquoi chercher cette preuve juste parce qu'une dingue vous a appelé et vous a dit...

— Il ne fait que son boulot, l'interrompit Jazzy en posant une main apaisante sur son bras.

— C'est son boulot d'aider une folle à te faire plonger pour un crime que tu n'as pas commis ? rétorqua-t-il en fusillant Jacob du regard.

— Qu'est-ce que tu feras, si tu trouves une preuve dans le bureau de Jazzy ? demanda Genny.

Jacob enleva son Stetson et passa la main dans ses cheveux mi-longs.

— En tant que shérif, je dois transmettre toute information à Wade Truman – notre jeune et ambitieux district attorney exige déjà que je lui livre un suspect.

— Et je suis le suspect le plus évident, c'est ça ? souffla Jazzy.

— Tu n'as pas tué Jamie, répondit Jacob en lui adressant un regard qui se voulait rassurant. Nous savons tous qu'une démente se balade dans la nature et que, tôt ou tard, elle se démasquera.

— Ouais, mais en attendant, c'est moi qui risque de moisir en prison.

Croisant les bras sur sa poitrine, Jazzy éclata nerveusement de rire.

— Comme si Jamie ne m'avait pas assez fait de mal de son vivant. Même mort, il continue à me harceler...

Jazzy attendit à l'extérieur avec Genny et Caleb pendant que Jacob et Moody Ryan procédaient à la fouille de son bureau. Elle sentait le piège se resserrer autour d'elle. Quelqu'un voulait qu'elle soit accusée du meurtre de Jamie. Mais qui ? Et pourquoi ? Et, surtout, pourquoi maintenant, alors qu'elle espérait enfin trouver le bonheur avec Caleb ?

Quand elle vit Jacob sortir de son bureau un sac en plastique à la main, elle agrippa le bras de Caleb. Jacob ouvrit le sac pour leur montrer le couteau ensanglanté qu'il contenait.

— Où était-il ? lui demanda Jazzy.

— Au fond d'un des classeurs à tiroirs.

— C'est celui qu'elle a utilisé contre Jamie, déclara Genny. Mais on ne trouvera aucune empreinte dessus.

— Je n'ai pas caché ce couteau, balbutia Jazzy, son instinct de survie la poussant à se défendre, même face à ses amis.

— Ce couteau a été délibérément placé là pour que Jamie soit accusée, affirma Genny, défiant Jacob du regard.

— Je le sais, mais je crains que le but de la manœuvre ne soit atteint.

— Tu vas m'arrêter ? demanda Jazzy.

— Sûrement pas, intervint Caleb en venant se placer entre elle et Jacob. Nous étions ensemble la nuit dernière, je le jurerai devant n'importe quel tribunal. En prononçant ces mots, il lança à Jacob un regard d'avertissement qui en disait long sur sa détermination.

Jazzy l'écarta doucement pour scruter Jacob.

— Que va-t-il se passer, maintenant ?

— Rien, pour l'instant : il faudra un certain temps pour déterminer si le sang sur cette arme est bien celui de Jamie. En plus, si c'est l'unique preuve que nous…

— Elle n'a pas pu tuer Jamie, insista Caleb. Elle était avec moi.

À sa façon nonchalante et tranquille, Jacob tourna les yeux vers lui.

— Si vous mentez pour essayer de protéger Jazzy, ça ne l'aidera pas. Vous pourriez lui attirer de gros ennuis, et à vous aussi, par la même occasion.

Caleb leva un sourcil interrogateur.

— On pourrait penser que vous étiez de mèche, expliqua Jacob. Que Jazzy a attiré Jamie dans ce chalet, où vous l'attendiez. Que ce n'est pas une femme qui l'a tué, mais un amant jaloux. Après tout, éliminer Jamie était le meilleur moyen de le faire sortir définitivement de la vie de Jazzy.

Sentant que Caleb était au bord de frapper Jacob, Jazzy lui attrapa le bras.

— Calme-toi. Jacob ne fait que jouer l'avocat du diable. Et puis il a raison – tu ne m'aideras pas en mentant.

Soudain, le téléphone portable de Jacob se mit à sonner. Confiant la pièce à conviction à Moody en lui demandant de l'emporter sur-le-champ au bureau, le shérif dégagea son téléphone de l'étui fixé à sa ceinture.

— Butler à l'appareil... Ça ne m'étonne pas... Ouais, Dallas, merci. Rejoins-moi au bureau aussi vite que possible.

Jacob coupa la communication et regarda Jazzy.

— Ce que je vais devoir faire ne me plaît pas du tout.

— Qu'a dit Dallas ?

— Ils ont trouvé une boîte d'allumettes dans le chalet. Elle vient du *Jazzy's Joint*.

— Et alors ? Quelle découverte ! ironisa Caleb. La moitié de la population de Cherokee possède une boîte d'allumettes du *Jazzy's Joint*.

— Ouais, je sais, et les allumettes seules ne prouveraient rien. Mais associées au couteau et...

Jacob s'interrompit et marmonna un juron.

— Ils ont trouvé quelque chose dans les bois, à seulement quelques mètres de la Jaguar carbonisée.

Trois paires d'yeux se fixèrent sur lui, mais il ne regarda que Jazzy.

— Un foulard en soie rouge portant les initiales J.T.

16

— Tout est prêt, pour le retour de Mlle Laura ? demanda Reba à Dora, qui était en train de servir le café dans la véranda.

— Oui, madame. Le fleuriste a livré le bouquet que vous aviez commandé, j'ai changé les draps et j'ai déplacé les affaires de Mlle Sheridan dans une autre chambre pour que Mlle Laura puisse être complètement tranquille.

— L'infirmière que nous avons engagée est-elle arrivée ?

Reba porta une main fébrile à sa gorge, le tremblement de ses doigts montrant que le calmant prescrit par le Dr MacNair commençait à ne plus faire effet.

Jim vint immédiatement prendre sa délicate main dans la sienne.

— Mme Conley s'est rendue directement à l'hôpital : elle préférait s'entretenir avec les parents de Laura avant de s'occuper de leur fille.

Dora versa le café dans deux tasses en porcelaine, puis se retira.

— Je veux que tout soit fait au mieux pour Laura. Cette enfant a traversé…

La voix de Reba se brisa, des larmes emplirent ses yeux.

— Elle a tout perdu, comme nous : Jamie, et le bébé…

Elle pressa fort la main de Jim.

— Oh, Jim, le bébé de Jamie. Si seulement…

Jim se pencha pour enlacer les épaules de sa femme.

— On n'y peut plus rien, maintenant, le bébé est parti.

— Oui, le bébé est parti.

Reba se tamponna les yeux du bout des doigts.

— On dirait que nous avons été maudits, que le sort s'acharne à tout nous prendre. D'abord nos deux beaux enfants. Et maintenant, notre unique petit-fils. Si seulement Laura n'avait pas perdu le bébé, nous aurions eu…

Elle éclata en sanglots. Elle avait beaucoup pleuré ces quatre derniers jours, et Jim avait fait de son mieux pour être à ses côtés – elle ne méritait pas moins. Mais tout en la tenant tendrement contre lui, Jim pensait à Erin. Il aurait tant voulu être avec elle, trouver entre ses bras le réconfort que personne d'autre ne pouvait lui apporter. Mais comment s'éclipser, même pour quelques heures, quand Reba avait tellement besoin de lui ? Et, s'il était tout à fait honnête avec lui-même, c'était surtout de sa femme qu'il avait besoin en ce moment, malgré tout l'amour qu'il portait à Erin : seule Reba pouvait comprendre la profondeur de son désespoir. Car elle seule avait aimé Jamie autant que lui.

— Nous trouverons le moyen de surmonter cette épreuve, murmura-t-il en pressant doucement ses lèvres contre la tempe fine de sa femme.

Un sentiment d'immense tendresse l'envahit. Il n'avait jamais été amoureux de Reba, mais il tenait à elle, peut-être même l'aimait-il, d'une certaine façon.

— Nous sommes encore là l'un pour l'autre, n'est-ce pas ?

Elle leva les yeux vers lui.

— Vraiment ? Je t'ai encore ?

Une brusque appréhension fit battre le cœur de Jim plus vite. Reba savait-elle, pour Erin ?

— Bien sûr que tu m'as.

Il lui caressa la joue avec une infinie douceur.

— Nous avons traversé beaucoup d'épreuves ensemble, et nous avons survécu bon an mal an. Nous survivrons une fois de plus.

— Je ne suis pas sûre de vouloir survivre.

Reba le regarda, et ce qu'il vit dans ses yeux l'effraya : un désespoir insondable. La volonté de laisser la vie s'en aller.

— Je ne peux pas supporter de te voir ainsi. Je t'en prie...

Dora entra dans la pièce à cet instant.

— Ils sont arrivés, annonça-t-elle.

Jim aida Reba à se lever et ils se hâtèrent d'aller accueillir Laura. Andrea et Cecil encadraient leur fille. Une Sheridan boudeuse les suivait, portant le sac de Laura. Une grande femme robuste fit son entrée en dernier dans le hall. Jim présuma qu'il s'agissait de Mme Conley, l'infirmière psychiatrique que le Dr MacNair leur avait vivement recommandée.

Reba s'arrêta dans son élan en voyant le visage pâle et inexpressif de Laura. Jim vint se placer derrière sa femme et posa les mains sur ses épaules.

— Bienvenue à la maison, chère Laura, lança Reba. Votre chambre est prête.

— Merci. Vous avez été si gentils avec moi, depuis le jour où Jamie m'a présentée à vous...

— Oh, Laura... douce Laura... vous êtes tout ce que nous rêvions pour notre Jamie.

Andrea glissa un bras autour de la taille de sa fille.

— Si ça ne vous ennuie pas, je crois que Laura devrait se reposer un peu.

— Oui, bien sûr.

De nouveau tendue, Reba s'appuya contre Jim.

— Quelle négligence de notre part de vous laisser ainsi debout dans le hall alors que…

Laura se dégagea de sa mère et tendit les mains à Reba.

— Voudriez-vous m'accompagner, Reba ? Et rester quelques minutes avec moi ? Personne d'autre que vous ne me permettra de parler de Jamie. Personne ne l'aimait comme nous l'aimions.

Le regard de Jim passa de Cecil Willis à Mme Conley, les questionnant silencieusement sur la réponse à donner à la requête de Laura.

Mme Conley s'avança, posa une main sur l'épaule de Laura et s'adressa à Reba :

— Oui, madame Upton, si vous montiez avec nous aider Laura à s'installer ? Ses parents et sa sœur pourront nous rejoindre plus tard.

Laura s'agrippa à la main de Reba et elles se dirigèrent vers l'escalier. Mme Conley prit le sac de Laura avant de les suivre.

— Suis-je interdite de séjour ? demanda insolemment Sheridan.

Andrea poussa un soupir las.

— Pourquoi ne vas-tu pas… Oh, c'est vrai que tu partages une chambre avec Laura. Je ne pensais pas que…

— Dora a transporté les affaires de Sheridan dans la chambre qui fait face à celle de Laura, intervint Jim.

— Merci, dit Andrea.

— C'est super, fit semblant de s'extasier Sheridan. Ça ne dérangera personne, si je m'éloigne un peu de tout ce mélodrame ? J'aimerais prendre une douche et aller en ville, si je peux emprunter une voiture.

— Prenez la Mercedes de Jamie, proposa Jim. Demandez à Dora de vous donner les clés.

Il n'aimait pas Sheridan Willis. Ce n'était qu'une détestable petite peste, une gamine pourrie gâtée ;

en fait, elle était exactement le pendant féminin de Jamie, ils auraient parfaitement fait la paire – et sans doute ne s'en étaient-ils pas privés.

— C'est très gentil à vous, le remercia Andrea. Mais…

— Prenez bien soin de Laura, l'interrompit Sheridan, ne vous inquiétez pas pour moi. Laura passe en premier, n'est-ce pas ? Comme toujours…

Avec un petit sourire satisfait, elle fit volte-face et se dirigea vers la cuisine.

— Je m'excuse pour… commença Cecil.

— Inutile, l'arrêta Jim d'un geste.

— Nous envisageons de ramener Laura à la maison après l'enterrement, déclara Andrea. Plus vite elle s'éloignera de… eh bien, de tout ce qui peut lui rappeler Jamie, plus vite elle guérira.

— Je comprends. Mais Reba va avoir du mal à la laisser partir. Elles ont besoin l'une de l'autre, pour l'instant. Si vous pouviez rester quelques jours après les funérailles, j'apprécierais.

Cecil hocha la tête.

— Nous ferons ce que les docteurs estimeront préférable pour Laura.

— Oui, bien sûr. Naturellement, la santé de Laura doit être votre priorité.

Un silence gêné s'installa.

— Si vous n'avez pas déjeuné, Dora peut vous préparer quelque chose, proposa finalement Jim.

— Je ne pourrais rien avaler, répliqua Andrea. Mais je prendrais volontiers une tasse de thé.

Elle se tourna vers son mari.

— Chéri, si tu venais avec moi ? Nous demanderons à Dora de te préparer un sandwich.

Jim regarda Andrea Willis entraîner son mari vers la cuisine. À les voir, on n'avait aucun doute sur l'élément dominant dans leur couple. Non que Cecil laissât son épouse le mener par le bout du nez, mais il devait trouver rassurant d'être marié à une femme si forte et si déterminée. Jim l'enviait presque. Quel genre de vie aurait-il mené s'il avait pu s'appuyer sur sa compagne ?

Il monta à l'étage en se demandant comment cela se passait entre Reba et Laura, deux femmes qui avaient assez profondément aimé Jamie pour passer sur ses nombreux défauts. Nul doute que, dans la mort, Jamie leur apparaissait désormais comme un saint. Il secoua tristement la tête. Arrivé sur le palier, il s'arrêta un instant puis, au lieu de prendre le chemin de sa chambre, il se surprit à s'engager dans la direction opposée, vers la chambre de Laura. La porte était ouverte. Il s'immobilisa sur le seuil, se sentant un peu indiscret d'assister à ce moment intime. Mme Conley s'affairait à déballer les affaires de Laura tandis que Reba se tenait près de la fenêtre, racontant à Laura un épisode de la vie de Jamie, l'anniversaire de ses six ans. Elle avait cependant l'air d'ignorer totalement Laura. Jim comprit que sa femme avait glissé momentanément dans un monde où Jamie existait encore, et que tout ce qui l'entourait ne la concernait plus. Laura, assise dans le rocking-chair, avait une main posée sur son ventre, comme pour le protéger. Son regard semblait absent. Apparemment, elle était complètement déconnectée de la réalité. Tout en se balançant d'avant en arrière, elle baissait parfois les yeux sur son ventre et souriait.

Un frisson glacé parcourut Jim.

Wade Truman était aussi nouveau en tant que district attorney du comté de Cherokee que Jacob l'était dans sa fonction de shérif. Ils se connaissaient depuis toujours et étaient amis depuis longtemps, malgré leurs caractères totalement opposés et leur différence d'âge. Wade était un pur mélange écossais et irlandais, sans la moindre goutte de sang indien dans les veines, ce que sa complexion claire, ses yeux bleus et ses cheveux blonds attestaient. Pendant que Jacob s'engageait dans les Marines à dix-huit ans, Wade, issu de la haute bourgeoisie – avec un père sénateur et un grand-père juge fédéral – poursuivait ses études, porté par ses ambitions politiques. Jacob le soupçonnait d'avoir des visées sur le gouvernement. En comparaison, les ambitions de Jacob étaient modestes : il voulait juste apprendre à devenir un bon homme de loi.

Wade arpentait la pièce en se massant la nuque.

— Bon sang, Jacob ! L'idée ne me plaît pas plus qu'à toi, mais la preuve est là, juste devant tes yeux : Jazzy Talbot a tué Jamie Upton.

— Non, elle ne l'a pas tué, répliqua Jacob en essayant de garder son calme.

Il venait de passer une heure à s'efforcer de convaincre Wade que quelqu'un cherchait à piéger Jazzy.

— Je suis d'accord avec Jacob, intervint Dallas Sloan en se servant une tasse de café. Jazzy n'est pas stupide, elle aurait mieux couvert ses traces. Et puis elle n'aurait pas…

— … Disons que je suis d'accord avec vous deux, trancha Wade en arrêtant ses déambulations pour faire face à Dallas. Je ne veux pas engager des poursuites contre Jazzy. Quand bien même elle aurait tué Jamie…

— Elle ne l'a pas tué ! s'insurgèrent ensemble Jacob et Dallas.

— Je comprends ceux qui disent que l'assassin de Jamie mériterait une médaille. Nous savons tous que ce type n'était qu'une crapule, et la ville entière sait comment il traitait Jazzy. Un jury compréhensif ne l'accablerait pas, vous savez…

— Mais il ne la laisserait pas repartir libre, remarqua Dallas à juste titre. Si tu inculpes Jazzy, ce sera pour meurtre avec préméditation, n'est-ce pas ?

Wade grimaça.

— Jim m'a appelé ce matin. Il veut des résultats, et il les veut tout de suite. Mme Upton réclame la tête de Jazzy sur un plateau d'argent.

— Et tu as l'intention de la lui livrer.

Jacob serra les poings. Il savait que Wade n'avait pas tellement le choix : si les Upton voulaient que Jazzy soit arrêtée pour meurtre, le sort de la jeune femme était scellé.

— Jazzy n'a pas d'alibi...

— Caleb McCord prétend le contraire, glissa Dallas.

— Et qui est Caleb McCord ? Que savons-nous de ce type, à part qu'il est l'amant de Jazzy et qu'il serait prêt à mentir pour elle ? Pour l'instant, on le soupçonnerait plutôt de l'avoir aidée à tuer Jamie...

— Si Caleb a besoin d'une preuve de son honnêteté et de son intégrité, je peux l'aider à en obtenir une, dit Jacob.

Wade lui lança un regard sévère.

— Je peux savoir de quoi tu parles ?

— Nous prenons nos renseignements sur McCord, répondit Dallas. J'ai des amis au Bureau qui me font une petite faveur.

Wade secoua la tête, puis regarda le plafond.

— Je me fiche du Bureau. Même si vous m'apportez la preuve que McCord est un saint, le jury n'en pensera pas moins. N'importe quel juré homme n'aura qu'à regarder une seule fois Jazzy pour comprendre qu'il ferait lui-même n'importe quoi – mentir, tricher, voler, peut-être même tuer – pour avoir droit à un tour dans son lit.

— C'est donc ça ? siffla Jacob en se levant pour venir se planter devant Wade.

Wade avait beau être grand, Jacob le surplombait d'une bonne tête.

— Tu en as pincé pour Jazzy il y a quelques années, et elle ne t'a pas donné ce que tu voulais...

û intervenir quand ton nom a été

t le dépecer vivant.

oi ne l'as-tu pas fait ?

isser les mains de Bobby Joe le long de t sur ses hanches, puis les plaqua contre

utit, les yeux rivés à ceux de la jeune fille.

ne sais pas. Par stupidité, je suppose. Ou e que j'étais embarrassé d'avoir eu une aventure une nuit avec une fille aussi jeune. La future sœur de Jamie Upton, en plus.

eridan l'enlaça par le cou et se frotta lascivement à lui.

— Pourquoi ce serait une aventure d'une seule nuit ?

— Du calme.

Il la repoussa.

— La mort de Jamie n'a pas l'air de beaucoup t'affecter.

Sheridan haussa les épaules, puis sourit malicieusement avant de se mettre à déambuler dans le salon, regardant l'endroit comme si elle envisageait de l'acheter.

— J'aimais bien Jamie, je le comprenais beaucoup mieux que Laura. Elle est tellement nunuche, celle-là. Mlle Sainte-Nitouche. La chouchou à son papa...

Elle pivota et sourit à Bobby Joe.

— Mais je ne suis pas du genre à perdre mon mps en lamentations inutiles. Tourner la page et ncer : tel est mon credo.

- Tu n'es qu'une garce sans cœur.

heridan souleva son sweat-shirt et le fit passer essus de sa tête, révélant son torse nu. Ronds, es et insolents, ses seins appelaient les caresses. y Joe se rappelait encore la sensation de ces tétons durcis entre ses lèvres. Son sexe réagit

Wade ricana, déjà en position de défense.

— Tu me connais mieux que ça, Jacob. Du moins je le croyais...

Dallas posa sa tasse de café et vint mettre une main sur l'épaule du shérif.

— Du calme.

Jacob se crispa. Il avait envie de ficher son poing dans la jolie figure de Wade. Mais il ferma les yeux, respira profondément, puis se dégagea de la main de Dallas d'un mouvement d'épaule et recula de quelques pas.

— Acceptons de ne pas être d'accord sur ce coup-là, lâcha Wade. C'est mon boulot de district attorney d'agir quand il y a autant de preuves contre une personne.

— Et quand le puissant Jim te tient par les couilles, ajouta sèchement Jacob.

— Ouais, il y a aussi de ça, admit Wade. Je vais demander au juge Keefer d'établir un mandat d'arrêt contre Jazzy. Et ce sera ton boulot de shérif d'aller la chercher.

Le regard de Wade passa de Dallas à Jacob, puis il se dirigea vers la porte. Après l'avoir ouverte, il s'immobilisa et, sans regarder en arrière, déclara :

— Vous aurez le mandat avant 17 heures.

Une fois Wade parti, Jacob alla décrocher le téléphone et composa un numéro. Dallas posa un doigt sur la base, déconnectant l'appel en cours.

— Qui que tu veuilles appeler, ça attendra. Tu as besoin de temps pour réfléchir calmement. Rationnellement. Nous savions que l'arrestation de Jazzy était inévitable.

— Je suis le putain de shérif ! C'est mon job de protéger les innocents. Et Jazzy est innocente.

— Erin Mercer prétend qu'elle était à Knoxville, mais elle n'a pas voulu dire où ni avec qui.

Jacob sentit la tension le quitter. Dallas avait raison : il ne pouvait pas empêcher l'inévitable, mais il pouvait tourner les projecteurs vers les autres suspects.

— La mère de Laura Willis affirme que ses deux filles dormaient sagement dans leur chambre.

— Ouais, et Mme Willis ? demanda Dallas. Si Jamie fricotait avec les deux filles Willis, leur mère a pu penser qu'il méritait la mort.

— Nous ne sommes pas sûrs que Jamie ait couché avec Sheridan Willis.

— Non, mais je mettrais ma main à couper que la petite Sheridan veut toujours ce qu'a sa grande sœur. Y compris son fiancé.

Jacob regarda le téléphone.

— J'allais appeler Genny. J'ai pensé qu'elle devrait être avec Jazzy quand je viendrai l'arrêter.

Dallas acquiesça.

— Je croyais que tu voulais joindre McCord. S'il est là au moment de l'arrestation, il risque de faire du grabuge, et tu seras obligé de le coffrer, lui aussi. Ce type est presque aussi impulsif que toi – et au moins aussi protecteur envers Jazzy que je le suis envers Genny.

— Quand ton ami pourra-t-il nous transmettre ce rapport sur lui ? Mon appel au département de police de Memphis ne nous a pas appris grand-chose. Tout ce qu'on sait, c'est qu'il était flic, que son coéquipier a été tué dans une fusillade et que lui-même a failli mourir. D'après son ancien chef, McCord était réglo, mais c'était un solitaire et personne ne sait rien de sa vie privée.

— Teri devrait me répondre d'ici demain. Si personne n'a jamais rien su de la vie privée de McCord, Teri, elle, trouvera.

Jacob fronça les sourcils. Caleb McCord cachait quelque chose. Il le sentait.

— Je te dis que ce type n'est pas tout à fait clair…

— Ce qu'il cache pourrait nuire à Jazzy ?

— Peut-être bien.

— Genny est convain
idéal pour Jazzy. Elle
nous méfier de lui.

— Ouais, je sais
Mais pas toujo
cœur diriger sa ra

Quand il ouvrit la port
entre la joie de la voir et le
trée. Elle n'était encore pas si
elle ne se comportait sûrement p
de dix-neuf ans.

— Salut, lança Sheridan Willis en im
son torse une petite poussée de l'index. Je
qué ?

Il ne bougea pas, malgré le désir qui montait
lui.

— Qu'est-ce que tu veux ? Pourquoi es-tu là ?

Elle fit mine de bouder.

— Est-ce une façon de parler à une fille qui sait comment envoyer un mec au septième ciel ?

— C'est vrai ça ? Si Jamie Upton était encore en vie, je pourrais lui poser la question.

Il regretta aussitôt ses paroles. Quand il avait entendu Jacob et Dallas mentionner Sheridan parmi les suspects, il avait été plus que surpris.

— Qu'est-ce qui te fait penser que Jamie et moi.

Bobby Joe l'attrapa par les épaules et la fit ent
avant de fermer la porte du pied.

— Je suis ton alibi, tu sais bien. Mais pou
vais passer quand je vais déclarer au sh
n'as pas pu tuer Jamie parce que tu éta
pée à me baiser, ce matin-là ?

— Pourquoi le shérif se soucier
fais de ton temps libre ?

Sheridan posa ses mains sur

— Je ne suis pas mariée, et

Wade ricana, déjà en position de défense.

— Tu me connais mieux que ça, Jacob. Du moins je le croyais...

Dallas posa sa tasse de café et vint mettre une main sur l'épaule du shérif.

— Du calme.

Jacob se crispa. Il avait envie de ficher son poing dans la jolie figure de Wade. Mais il ferma les yeux, respira profondément, puis se dégagea de la main de Dallas d'un mouvement d'épaule et recula de quelques pas.

— Acceptons de ne pas être d'accord sur ce coup-là, lâcha Wade. C'est mon boulot de district attorney d'agir quand il y a autant de preuves contre une personne.

— Et quand le puissant Jim te tient par les couilles, ajouta sèchement Jacob.

— Ouais, il y a aussi de ça, admit Wade. Je vais demander au juge Keefer d'établir un mandat d'arrêt contre Jazzy. Et ce sera ton boulot de shérif d'aller la chercher.

Le regard de Wade passa de Dallas à Jacob, puis il se dirigea vers la porte. Après l'avoir ouverte, il s'immobilisa et, sans regarder en arrière, déclara :

— Vous aurez le mandat avant 17 heures.

Une fois Wade parti, Jacob alla décrocher le téléphone et composa un numéro. Dallas posa un doigt sur la base, déconnectant l'appel en cours.

— Qui que tu veuilles appeler, ça attendra. Tu as besoin de temps pour réfléchir calmement. Rationnellement. Nous savions que l'arrestation de Jazzy était inévitable.

— Je suis le putain de shérif ! C'est mon job de protéger les innocents. Et Jazzy est innocente.

— Erin Mercer prétend qu'elle était à Knoxville, mais elle n'a pas voulu dire où ni avec qui.

Jacob sentit la tension le quitter. Dallas avait raison : il ne pouvait pas empêcher l'inévitable, mais il pouvait tourner les projecteurs vers les autres suspects.

— La mère de Laura Willis affirme que ses deux filles dormaient sagement dans leur chambre.

— Ouais, et Mme Willis ? demanda Dallas. Si Jamie fricotait avec les deux filles Willis, leur mère a pu penser qu'il méritait la mort.

— Nous ne sommes pas sûrs que Jamie ait couché avec Sheridan Willis.

— Non, mais je mettrais ma main à couper que la petite Sheridan veut toujours ce qu'a sa grande sœur. Y compris son fiancé.

Jacob regarda le téléphone.

— J'allais appeler Genny. J'ai pensé qu'elle devrait être avec Jazzy quand je viendrai l'arrêter.

Dallas acquiesça.

— Je croyais que tu voulais joindre McCord. S'il est là au moment de l'arrestation, il risque de faire du grabuge, et tu seras obligé de le coffrer, lui aussi. Ce type est presque aussi impulsif que toi – et au moins aussi protecteur envers Jazzy que je le suis envers Genny.

— Quand ton ami pourra-t-il nous transmettre ce rapport sur lui ? Mon appel au département de police de Memphis ne nous a pas appris grand-chose. Tout ce qu'on sait, c'est qu'il était flic, que son coéquipier a été tué dans une fusillade et que lui-même a failli mourir. D'après son ancien chef, McCord était réglo, mais c'était un solitaire et personne ne sait rien de sa vie privée.

— Teri devrait me répondre d'ici demain. Si personne n'a jamais rien su de la vie privée de McCord, Teri, elle, trouvera.

Jacob fronça les sourcils. Caleb McCord cachait quelque chose. Il le sentait.

— Je te dis que ce type n'est pas tout à fait clair…

— Ce qu'il cache pourrait nuire à Jazzy ?

— Peut-être bien.

— Genny est convaincue que Caleb est l'homme idéal pour Jazzy. Elle pense que nous avons tort de nous méfier de lui.

— Ouais, je sais. Et Genny a généralement raison. Mais pas toujours. Parfois, elle laisse son grand cœur diriger sa raison, et même son sixième sens.

Quand il ouvrit la porte, Bobby Joe Harte hésita entre la joie de la voir et le regret de l'avoir rencontrée. Elle n'était encore pas si loin de l'enfance, mais elle ne se comportait sûrement pas comme une fille de dix-neuf ans.

— Salut, lança Sheridan Willis en imprimant sur son torse une petite poussée de l'index. Je t'ai manqué ?

Il ne bougea pas, malgré le désir qui montait en lui.

— Qu'est-ce que tu veux ? Pourquoi es-tu là ?

Elle fit mine de bouder.

— Est-ce une façon de parler à une fille qui sait comment envoyer un mec au septième ciel ?

— C'est vrai ça ? Si Jamie Upton était encore en vie, je pourrais lui poser la question.

Il regretta aussitôt ses paroles. Quand il avait entendu Jacob et Dallas mentionner Sheridan parmi les suspects, il avait été plus que surpris.

— Qu'est-ce qui te fait penser que Jamie et moi...

Bobby Joe l'attrapa par les épaules et la fit entrer avant de fermer la porte du pied.

— Je suis ton alibi, tu sais bien. Mais pour qui je vais passer quand je vais déclarer au shérif que tu n'as pas pu tuer Jamie parce que tu étais trop occupée à me baiser, ce matin-là ?

— Pourquoi le shérif se soucierait-il de ce que tu fais de ton temps libre ?

Sheridan posa ses mains sur les siennes.

— Je ne suis pas mariée, et toi non plus.

— J'aurais dû intervenir quand ton nom a été cité.

Jacob allait le dépecer vivant.

— Pourquoi ne l'as-tu pas fait ?

Elle fit glisser les mains de Bobby Joe le long de ses bras et sur ses hanches, puis les plaqua contre ses fesses.

Il déglutit, les yeux rivés à ceux de la jeune fille.

— Je ne sais pas. Par stupidité, je suppose. Ou peut-être que j'étais embarrassé d'avoir eu une aventure d'une nuit avec une fille aussi jeune. La future belle-sœur de Jamie Upton, en plus.

Sheridan l'enlaça par le cou et se frotta lascivement à lui.

— Pourquoi ce serait une aventure d'une seule nuit ?

— Du calme.

Il la repoussa.

— La mort de Jamie n'a pas l'air de beaucoup t'affecter.

Sheridan haussa les épaules, puis sourit malicieusement avant de se mettre à déambuler dans le salon, regardant l'endroit comme si elle envisageait de l'acheter.

— J'aimais bien Jamie, je le comprenais beaucoup mieux que Laura. Elle est tellement nunuche, celle-là. Mlle Sainte-Nitouche. La chouchou à son papa...

Elle pivota et sourit à Bobby Joe.

— Mais je ne suis pas du genre à perdre mon temps en lamentations inutiles. Tourner la page et avancer : tel est mon credo.

— Tu n'es qu'une garce sans cœur.

Sheridan souleva son sweat-shirt et le fit passer au-dessus de sa tête, révélant son torse nu. Ronds, fermes et insolents, ses seins appelaient les caresses. Bobby Joe se rappelait encore la sensation de ces petits tétons durcis entre ses lèvres. Son sexe réagit instantanément. Elle baissa les yeux vers le renflement visible sous la toile du pantalon et sourit.

— Pourquoi es-tu venue ? lui demanda-t-il, se sachant d'ores et déjà condamné.

Il allait la baiser. Aucun doute là-dessus. Et ensuite, le diable aurait son âme.

17

Son imagination lui jouait-elle des tours ou était-on réellement en train de l'observer ? Un dingue avait-il décidé de la prendre pour cible sous prétexte que toute la ville pensait qu'elle avait tué Jamie ?

Pourtant, cette impression bizarre qu'avait Jazzy d'être suivie, observée, durait depuis près d'une semaine – Jamie n'était pas encore mort. Elle n'y avait pas prêté vraiment attention jusque-là, mais elle ne pouvait désormais ignorer plus longtemps cet étrange sentiment d'un œil posé constamment sur elle, surveillant le moindre de ses mouvements.

Certes, les gens la regardaient comme une bête curieuse, chuchotaient dans son dos. Certains avaient même eu la cruauté de la traiter de tueuse, c'est pourquoi elle avait évité de se mêler à la clientèle du restaurant comme du *Jazzy's Joint*. Mais elle avait également reçu des marques de sympathie, au moins aussi nombreuses – en gros, on l'excusait d'avoir éliminé ce salaud de Jamie.

La somme des preuves accumulées contre elle était effarante : un couteau ensanglanté trouvé dans son bureau, une boîte d'allumettes portant ses empreintes et un foulard marqué à ses initiales... Sans compter le témoignage de Tiffany et de Dillon déclarant avoir aperçu une femme correspondant à son signalement roulant au volant d'une voiture en direction des montagnes, quelques heures seulement avant la mort de Jamie. Et enfin, pour couronner le tout, l'élément le plus accablant : un bon nombre de personnes pouvaient témoigner du fait que Jazzy avait menacé Jamie. Plus d'une fois.

Jazzy se laissa tomber dans son canapé, replia les jambes et les serra contre son torse. Bien que Genny, Sally, Ludie et Caleb aient été aux petits soins pour elle, comme s'ils avaient peur de la laisser seule une fraction de seconde, elle avait réussi à les persuader de la laisser un peu, de lui accorder un après-midi en solitaire dans son appartement, pour faire le clair dans ses pensées et dans ses émotions. Admettre la mort de Jamie était déjà difficile, mais savoir qu'elle serait bientôt arrêtée pour son meurtre était carrément effrayant.

Je ne l'ai pas tué. Ces mots ne cessaient de résonner dans sa tête, dans son cœur. *Mais tu aurais pu le tuer. Tu es capable de tuer. Durant cette terrible nuit, il y a seulement quelques mois, tu n'étais pas loin de lui tirer dessus. Et de viser en dessous de la ceinture !*

Jazzy frémit au souvenir encore vivace de cette abominable soirée : oui, elle aurait pu lui tirer dessus, peut-être même le tuer. Mais pas par haine ou par vengeance. Uniquement pour se protéger.

Elle avait besoin d'un bon avocat, qui soit capable de convaincre un jury que les preuves qui la désignaient avaient été montées de toutes pièces. Tout était trop net, trop carré, manifestement planifié pour lui nuire. Et puis ni Tiffany ni Dillon ne pouvaient jurer que la femme qu'ils avaient vue au volant de la décapotable était bien Jasmine Talbot ; ils pouvaient simplement affirmer qu'elle avait la même coupe de cheveux qu'elle – or une femme lui ressemblant étonnamment se trouvait justement en ville le jour du meurtre. Cette femme, comme n'importe quelle autre femme, d'ailleurs, n'aurait eu besoin que d'une perruque de qualité pour se faire passer pour Jazzy. Par ailleurs, la boîte d'allumettes trouvée sur les lieux du crime ne signifiait pas grand-chose : la plupart des boîtes distribuées par le *Jazzy's Joint* portaient les empreintes de Jazzy, puisque c'était généralement elle qui les plaçait sur les tables près des cendriers.

Certes, le foulard était une pièce à conviction de taille, tout comme le couteau. Mais ce foulard ne quittait pas sa Jeep, dont elle laissait les portières ouvertes la moitié du temps : n'importe qui aurait pu le voler. Restait le couteau maculé de sang... Mais aucune personne sensée n'aurait caché l'arme du crime dans son propre bureau ! Et quiconque connaissait Jazzy un minimum savait qu'elle n'aurait pas été stupide à ce point.

Elle commença à se balancer d'avant en arrière, ses pensées fusant dans toutes les directions, reflets de sa confusion intérieure. Jamie était mort. L'homme qu'elle avait aimé, l'homme qu'elle avait haï. *Oh, Jamie, malgré tout ce qu'on pouvait te reprocher, tu ne méritais pas de mourir ainsi.* La seule idée de ce qu'il avait dû souffrir lui déchirait le cœur. Il lui semblait étrange de ne plus jamais le revoir, de ne plus jamais entendre sa voix, de ne plus jamais devoir le repousser... plus jamais.

Des larmes envahirent ses yeux. Des larmes indésirables. Elle avait passé sa vie à pleurer sur Jamie Upton.

Pense à toi. Concentre-toi sur ce que tu dois faire pour te protéger. Peut-être devait-elle engager un avocat dès maintenant, avant d'être inculpée pour meurtre. Mais qui ? Maxie ? Maxwell Fennel était le meilleur avocat du comté de Cherokee, mais ses honoraires n'étaient pas à la portée de toutes les bourses... *Et alors ? Tu as des économies. Et il s'agit de ta vie, Jaz. Tu risques la prison à perpétuité, ou même la peine de mort.*

Elle avait perdu assez de temps à s'inquiéter, à se lamenter sur son sort et à essayer de comprendre ce qui lui arrivait : il était temps de passer à l'action. Elle bondit du canapé et se dirigea vers son bureau. Sortant l'annuaire d'un tiroir, elle chercha le numéro du cabinet de Maxwell Fennel. Au moment où elle décrochait son téléphone pour composer le numéro, on frappa à sa porte.

Raccrochant à contrecœur, elle alla ouvrir : c'était Genny. L'expression de son visage ne présageait rien de bon.

— La nouvelle est aussi mauvaise que ça ? demanda Jazzy en la faisant entrer.

— Wade Truman fait établir un mandat d'arrêt contre toi. Dès que le juge l'aura signé, Jacob viendra t'arrêter.

Jazzy eut soudain l'impression que ses jambes ne pouvaient plus la porter. Elle avait eu beau s'attendre à cette inévitable issue, le choc n'en était pas moins violent.

— J'étais sur le point d'appeler Maxwell Fennel...

— Je vais m'en charger. De ton côté, je pense que tu devrais te préparer à te rendre.

Jazzy observa douloureusement son amie, doutant d'avoir bien compris ses paroles.

— Tu penses que je devrais me rendre ?

— Les médias sont déjà à l'affût. Quand ils apprendront ton arrestation, le palais de justice sera cerné par les journalistes. Si nous pouvions être déjà dans le bureau de Jacob à ce moment-là, nous éviterons le pire.

— Ce salaud de Brian MacKinnon... Je parie qu'il se régale. Il me déteste tellement qu'il se fera un plaisir de me salir sur sa chaîne et dans le *Cherokee Pointe Herald*.

— Ne t'occupe pas de Brian, on ne peut pas l'empêcher de déverser sa haine. Notre seule préoccupation pour l'instant est de persuader Maxie de te défendre et de nous rejoindre au bureau de Jacob.

— Tu as raison. Que Brian MacKinnon aille se faire foutre ! Un de ces jours, ce minable aura son compte.

— Jazzy, fais attention, la prévint Genny. Désormais, tout ce que tu diras pourra peser dans la balance. Alors pas de paroles qui dépassent ta pensée, d'accord ?

— Autant me demander d'arrêter de respirer... Tu me connais, Genny.

— Oui, je te connais, acquiesça son amie avec un sourire qui se voulait rassurant. Bon, monte te rafraîchir et te changer, maintenant. Pendant ce temps, j'appelle Maxie.

— Demande-lui combien ça va me coûter, dit Jazzy tout en se dirigeant vers sa chambre. Il faudra peut-être que je transfère de l'argent de mon compte d'épargne à mon compte courant.

— Ne t'inquiète pas. Tu sais, Dallas, Jacob et moi sommes aussi là pour ça...

— Arrête, tu vas me faire pleurer, l'interrompit Jazzy sans oser se retourner, de peur d'éclater en sanglots. Au pire, je peux vendre le restaurant et le *Jazzy's*...

— Pas question. Et si Maxie n'est pas capable de te sortir de là, nous prendrons le meilleur avocat qu'on puisse trouver, quel que soit son prix.

Jazzy se hâta d'entrer dans sa chambre pour s'y enfermer. Les joues ruisselantes de larmes, elle s'adossa à la porte et remercia le ciel d'avoir d'aussi fidèles amis.

La pièce était calme. Il n'y avait pas d'autre bruit que sa voix fredonnant doucement pour son bébé, sa précieuse enfant. Si petite, si jolie... Et si dépendante d'elle. *Ne t'inquiète pas, mon petit ange, je prendrai bien soin de toi.* Une mère avait le devoir d'aimer et de protéger son enfant, de le garder à distance du mal – et il y avait tant de mal en ce monde, tant de cruauté... Des méchants lui faisaient de méchantes choses ; des malveillants complotaient derrière son dos, proféraient des horreurs sur son compte.

Tout en se balançant, son bébé dans ses bras, elle murmura :

— Tu es en sécurité. Personne ne peut te faire du mal. Et personne ne te séparera plus jamais de moi.

Il avait prétendu l'aimer, lui avait fait des promesses qu'il n'avait jamais eu l'intention de tenir, avait juré de l'aimer toujours, de l'honorer et de la chérir. Mais il avait menti. Ce qu'elle éprouvait n'avait pas d'importance pour lui, pas tant qu'il avait ce qu'il voulait.

Elle serra son enfant contre son cœur.

— Mais toi, il ne t'aura jamais, il ne te fera jamais mal. Ils se ressemblent tous, tu sais. Les hommes te disent qu'ils t'aiment, puis ils te jettent et font comme si tu n'avais jamais existé... Et il y a toujours une femme qui les entraîne vers le mal. Une femme perverse qui mérite le même châtiment qu'eux pour ses péchés.

Il ne faut pas te mettre en colère. Tout va bien pour l'instant, tu es en sécurité, ta fille est en sécurité. Jamie Upton est mort, il ne nuira plus à personne. Maintenant tu n'as plus qu'à attendre le bon moment, et la justice punira Jasmine Talbot. Elle souffrira comme nous avons souffert.

Elle continua de fredonner une berceuse pendant un long moment. N'avait-elle pas chanté cette même chanson à un autre bébé ? Mais... y avait-il eu un autre bébé ? Non, bien sûr que non ! Il n'y avait que sa petite fille, ce bébé qu'elle tenait dans ses bras. L'enfant était en sécurité, il ne pouvait pas l'atteindre. Sa petite fille, jamais il ne pourrait la lui enlever.

Au moment opportun, je lui ferai regretter amèrement ce qu'il a fait. Il se croit à l'abri, il ignore qu'il mourra bientôt. Ah ! Il n'aurait pas dû nous abandonner de cette manière. J'aurais peut-être pu lui pardonner et le tuer rapidement s'il avait été un meilleur père, s'il t'avait choyée et protégée, mais… Pas encore. Attends. Rien ne presse.

Elle l'avait trouvé, et s'il essayait de s'enfuir, elle le suivrait : il ne pouvait pas lui échapper. Ne serait-il pas surpris quand il la verrait, quand il comprendrait qui elle était, quand il réaliserait qu'elle était là pour le tuer ?

Planté au beau milieu de la rue, Caleb agitait les bras pour attirer l'attention de Genny. Elle donna un coup de frein et baissa sa vitre.

— Laisse-moi monter, dit-il en se précipitant vers la portière arrière, la main déjà posée sur la poignée.

Dès qu'elle eut débloqué les verrous, il s'engouffra dans la Chevy Trailblazer.

— Gare-toi à l'arrière du palais de justice.

— Qu'est-ce qui se passe ? demanda Genny quand il lui laissa enfin le temps de parler.

Jazzy se tourna à demi sur son siège pour regarder Caleb.

— Il y a une horde de journalistes devant l'entrée principale. Et les caméras de la télé. Toute la ville est au courant de ton arrestation, Jazzy. Jacob et Dallas ont posté des hommes aux deux entrées, mais ça va être difficile d'atteindre le bureau de Jacob sans encombre.

— Vas-y, Genny, soupira Jazzy. De toute façon, il faudra bien que j'affronte les journalistes, tôt ou tard. Autant que ce soit fait.

— Maxwell Fennel vous attend dehors et sa présence fait sensation, leur annonça Caleb. Il est déjà en train de plaider ta cause devant la presse.

— Au tarif où je le paye, il a intérêt à s'activer, lança Jazzy en riant – mais son rire n'avait rien de joyeux.

Caleb rêvait d'emmener Jazzy loin de Cherokee Pointe, de s'envoler avec elle vers une île tropicale pour oublier à jamais l'existence de Jamie, sa mort, les accusations terribles qui pesaient sur la jeune femme. Il ne supportait pas ce qui était en train de lui arriver, ni sa propre impuissance à la protéger contre une telle injustice. Pour le moment, elle avait surtout besoin d'un avocat hors pair. Un avocat qui ignorerait le sens du mot *défaite*, qui aurait la réputation de toujours gagner. Le premier nom qui lui vint à l'esprit fut Quinn Cortez. Cortez était le plus grand avocat de sa génération, il avait défendu avec succès un nombre incommensurable d'individus accusés de meurtre. Mais Cortez valait son pesant d'or et Caleb ne disposait pas de la fortune nécessaire pour payer ses honoraires exorbitants – même si ce dernier consentait à lui faire une faveur, il ne pouvait tout de même pas lui demander de travailler pour des prunes. Pourtant, Caleb connaissait quelqu'un qui disposait de ce genre de fortune : Reve Sorrell. Toutefois, avant de lui demander quoi que ce soit, il avait besoin d'en savoir plus sur elle, et il avait encore des contacts à Memphis qui pourraient l'aider dans son enquête.

Quand Genny pénétra dans le parking arrière du palais de justice, les journalistes fondirent sur sa voiture comme une nuée d'abeilles en furie.

— Et maintenant ? demanda Genny.

— On attend, portes et fenêtres verrouillées, jusqu'à ce qu'une escorte nous accompagne dans le bâtiment.

— C'est Brian, devina Genny. Je sens sa présence. Il est en train d'observer et de savourer chaque seconde de ton calvaire.

— Putain de sadique, grommela Caleb.

Jacob apparut à l'entrée du palais, Dallas à son côté. Les adjoints Tewanda Hardy et Tim Willingham, aidés de deux hommes de Dallas, maintinrent à distance le groupe de journalistes et de curieux tandis que Jacob et Dallas se frayaient un chemin jusqu'au véhicule. Ils firent signe à Genny d'ouvrir la portière.

— Sortez tous de ce côté, ordonna Dallas. Genny et Jazzy, vous vous placerez entre Jacob et moi. Caleb, vous suivrez derrière. Tewanda nous ouvrira le chemin.

Ils exécutèrent rapidement les consignes et, avançant aussi rapidement que la horde de journalistes le leur permettait, ils se dirigèrent vers l'entrée du bâtiment. Les questions fusaient. Les caméras filmaient.

— Personne ne t'en veut de l'avoir tué ! cria une voix féminine.

— Il a eu ce qu'il méritait ! lança une autre femme.

— Tu es une criminelle ! hurla un homme.

— Tu n'es qu'une salope, une salope qui ira droit en enfer !

Caleb se rapprocha de Jazzy, posant une main protectrice au bas de son dos jusqu'à ce qu'ils soient à l'abri dans le hall du palais de justice.

Il n'allait pas la laisser traverser ce supplice toute seule. D'une façon ou d'une autre, il l'aiderait à sortir de ce cauchemar.

18

Jazzy pouvait remercier le ciel d'avoir de tels amis : sans eux, elle aurait passé la nuit en prison. Naturellement, que ces amis soient le commissaire divisionnaire et le shérif du comté ne gâchait rien. Et avec pour défenseur Maxwell Fennel, l'avocat le plus influent auprès des juges de la région, un compromis raisonnable avait été trouvé malgré les charges de meurtre au deuxième degré qui pesaient sur elle. Wade Truman n'avait pu se permettre de l'inculper de meurtre au premier degré, les preuves contre elle, bien que nombreuses, n'étant pas susceptibles de passer l'épreuve d'un examen approfondi.

— Si Jim Upton n'avait pas mis la pression sur Wade, nous n'aurions pas eu une arrestation aussi précipitée, avait expliqué Jacob à Jazzy. Reba réclame vengeance. Ou, plus exactement, elle réclame ta peau.

« Ce que grand-mère veut, grand-mère l'obtient », se plaisait à répéter Jamie.

Reba Upton. Cette femme s'était depuis toujours acharnée à pourrir la vie de Jazzy. Sans elle, Jamie l'aurait épousée. Mais la toute-puissante Mme Upton rêvait pour son petit-fils d'une riche héritière de bonne famille, pas d'une fille qu'elle considérait comme la dernière des garces.

En cet instant précis, Jazzy ne ressentait rien. Ni chagrin, ni colère, ni peur. On aurait dit que quelque chose s'était fermé en elle, qu'une étrange insensibilité s'était installée depuis son inculpation.

Elle monta l'escalier extérieur menant à son appartement, le solide bras de Caleb fermement noué autour de sa taille. Il ne l'avait pas quittée une seconde durant les heures interminables de procédures qu'elle venait de subir.

Jacob et deux de ses adjoints contenaient les journalistes au pied de son immeuble ; elle pouvait les entendre lui lancer des questions. Peu lui importaient leurs interrogations. Ainsi que ce qu'ils raconteraient dans leurs articles. Beaucoup de choses échappaient à son contrôle, et la presse en faisait partie, tout comme le fait d'être accusée du meurtre de Jamie.

Une fois dans l'appartement, Caleb la poussa doucement vers le canapé.

— Va t'asseoir.

Il ferma et verrouilla la porte.

— Il est presque 20 h 30, et tu n'as ni déjeuné ni dîné. Je vais te préparer quelque chose.

Jazzy secoua la tête.

— Je n'ai pas faim.

Caleb vint se placer derrière elle, la prit par les épaules et la guida jusqu'au canapé.

— Assieds-toi.

Elle s'assit. Il s'accroupit et lui ôta ses chaussures. Après lui avoir allongé les jambes, il attrapa le plaid posé sur le dossier et la couvrit.

— Tu vas manger quelque chose, même si ce n'est qu'un bout de sandwich.

Il cala deux coussins derrière son dos et lui ordonna de se détendre.

— Si je ne prends pas bien soin de toi, je devrai en répondre devant Genny et tante Sally.

— Un sort bien pire que la mort, commenta Jazzy, réalisant qu'elle n'avait pas encore perdu son sens de l'humour.

— Je n'en doute pas une seconde.

Il lui prit le menton et le caressa doucement du pouce.

— Essaie de ne plus penser à tout ça. Au moins pour l'instant.

Jazzy acquiesça, sachant que c'était la réponse qu'il attendait, même si elle ne pouvait lui obéir. Elle le suivit des yeux jusqu'à ce qu'il disparaisse dans la petite cuisine, puis elle serra ses bras autour d'elle. Bien qu'elle n'ait pas versé une seule larme depuis son arrestation, elle se sentait vidée. Calant sa tête dans les coussins, elle se pelotonna contre le dossier du canapé.

Même fenêtres et portes fermées, elle pouvait encore entendre la rumeur des journalistes bruisser à l'extérieur. Ils ne cesseraient de la harceler durant les jours et les semaines à venir, Brian MacKinnon y veillerait personnellement. Chaque aspect de sa vie serait examiné à la loupe et restitué en détail pour les lecteurs de tout le comté. Si on la condamnait pour le meurtre de Jamie, elle perdrait sa liberté. Mais elle avait d'ores et déjà perdu quelque chose d'aussi précieux que la liberté : elle avait perdu son intimité.

Chaque être humain a ses secrets, anodins ou non, qu'il préfère dissimuler au monde extérieur. Jazzy avait sans doute plus de squelettes dans le placard que la moyenne des gens, car peu de personnes connaissaient sa véritable histoire. Mais l'on s'imaginait beaucoup de choses fausses sur elle : si la grande majorité de ses concitoyens aurait parié qu'elle était la fille illégitime de la jeune sœur de Sally Talbot, les autres juraient que Sally était sa mère. Jazzy n'était sûre de rien, mais son acte de naissance stipulait qu'elle était la nièce de Sally, née de Corrine Talbot un 21 juillet.

Par ailleurs, presque tous les habitants de Cherokee Pointe étaient convaincus que Jazzy avait avorté du bébé de Jamie, lorsqu'elle avait seize ans. Seuls les intimes connaissaient la vérité : elle avait fait une fausse couche au cours du premier trimestre de grossesse. Et tous, mis à part ses proches, affirmeraient sans ciller que Jazzy Talbot était une fille facile qui avait couché avec la moitié des hommes de la ville – ce qui était totalement faux, mais qui croirait qu'elle pouvait compter le nombre de ses amants sur les doigts de ses mains ? Certes, elle n'était pas une oie blanche, mais pas exactement la tombeuse du siècle, non plus. Oui, elle aimait les jeux de séduction. Et les hommes tournaient naturellement autour d'elle. Était-ce sa faute ? Peut-être : elle n'avait jamais rien fait pour chasser sa mauvaise réputation. À dire vrai, elle avait même fait tout le contraire. Comme le disait souvent tante Sally, c'était à cause de son fichu caractère. Entêté et provocateur.

Poussant un soupir, elle se massa la nuque. Elle se sentait littéralement épuisée. Lorsqu'elle ferma les yeux, la fatigue la submergea. Pas une simple fatigue physique et mentale. Non, c'était plus que ça : Jazzy avait le cœur fatigué. L'âme lasse.

Dallas Sloan raccrocha et se tourna vers Jacob.

— Tu ne vas jamais me croire.

— C'était Teri ? Elle a trouvé quelque chose sur McCord ?

— On peut le dire.

Dallas rumina l'information que son amie du FBI avait déterrée sur Caleb McCord.

— Bon, tu te décides à parler ou on joue aux devinettes ? s'impatienta Jacob en s'adossant à son siège pivotant avant de poser les pieds sur son bureau. La journée a été longue et je ne suis vraiment pas d'humeur à poser trente-six questions.

— Désolé, souffla Dallas en haussant les épaules.

Il ne pouvait pas s'empêcher de faire durer le suspense, même s'il devait pour cela jouer sur les nerfs déjà bien éprouvés de Jacob, dont l'impatience était légendaire. En l'espace de quelques mois, Jacob et lui avaient appris à se connaître et étaient devenus amis. Bons amis. Et quand Dallas aurait épousé Genny, Jacob serait pratiquement son beau-frère.

— Nous savions que McCord avait été inspecteur de police à Memphis, mais nous ignorions qu'il était un flic très respecté, apprécié et bardé de médailles.

— Crache le morceau, dit Jacob en souriant avant de porter sa tasse de café à ses lèvres.

— J'ai d'autres infos, c'est vrai, temporisa encore Dallas.

— Ça doit être fumeux, pour que tu te régales autant…

Jacob se leva d'un bond.

— Ne me dis pas. McCord est finalement un flic véreux…

Dallas secoua la tête.

— Il a foiré et s'est fait virer de la police ?

Dallas secoua encore la tête.

— Cette nouvelle information n'a rien à voir avec son boulot, c'est ça ?

— Bingo !

— Allez, accouche.

— Teri n'imaginait pas qu'en consultant des documents aussi banals que l'acte de naissance de McCord et ses dossiers scolaires, elle pulvériserait la couverture sous laquelle il vit à Cherokee. Tu sais quel est le nom complet de McCord ?

— Il ne s'appelle pas Caleb McCord ?

— Si, mais il a un deuxième patronyme que tu pourrais trouver intéressant.

Dallas s'interrompit pour ménager son effet.

— D'après son acte de naissance, il s'appelle… Caleb Upton McCord. Son père est déclaré décédé. Un certain Franky Joe McCord.

— Et le nom de la mère ?

— Melanie Upton McCord. Ça te dit quelque chose ? Est-elle parente de Jim Upton ?

— C'était sa fille. Ça signifie que...

— ... Caleb McCord est le cousin germain de Jamie.

— Et le seul héritier de la fortune Upton, maintenant que Jamie est mort.

Caleb posa un plateau sur la table basse, devant le canapé. Quand il se tourna pour annoncer à Jazzy que le dîner était prêt, il la trouva endormie, recroquevillée en position fœtale. *Laisse-moi te protéger*, avait-il envie de lui dire. *Laisse-moi prendre soin de toi.*

Il y avait eu d'autres femmes, dans sa vie, mais pas tant que ça : il avait toujours préféré la qualité à la quantité. Et il n'était jamais tombé amoureux. Il avait été accro de nombreuses fois, mais pas amoureux. Et peut-être n'était-il pas amoureux de Jazzy – il savait bien que désirer follement une femme ne signifiait pas forcément l'aimer. Mais il savait aussi que Jazzy Talbot était différente de toutes les femmes qu'il avait connues auparavant, il l'avait senti dès le premier regard. Comme une attraction inéluctable, une reconnaissance. Et même si, à l'époque de leur rencontre, Jazzy n'était pas encore totalement dégagée de Jamie, elle l'avait senti, elle aussi, il en était sûr. La tension sexuelle avait été immédiate. S'il avait un peu insisté, le soir où il l'avait raccompagnée à sa porte, elle l'aurait invité à entrer. Il avait repensé cent fois à cet épisode, regrettant amèrement d'avoir agi en gentleman au lieu de lui faire l'amour toute la nuit. S'il l'avait fait, ils n'en seraient pas là aujourd'hui : ils formeraient un couple, et elle ne serait peut-être pas le principal suspect pour le meurtre de Jamie.

Peut-être était-ce son ego – ou bien ce sentiment qu'il éprouvait inexplicablement de la connaître depuis toujours –, mais il était sûr qu'une fois qu'ils auraient fait l'amour, elle serait à lui. Corps et âme. Et c'était ce qu'il voulait. D'autres hommes avaient possédé son corps, et lui aussi le désirait. Mais il voulait davantage. Seul Jamie Upton avait possédé son cœur, et il voulait qu'elle l'aime de cette manière-là, de tout son cœur. Mais ce qu'il voulait surtout, ce qu'il imaginait qu'aucun homme n'avait jamais eu, c'était un lien beaucoup plus profond encore. Aussi profond que l'âme.

Caleb remonta la couverture sur les épaules de Jazzy, puis il se pencha et l'embrassa sur le front. La laissant se reposer, il se dirigea sans bruit vers le téléphone et l'emporta dans la cuisine. Si son contact à Memphis ne pouvait rien pour lui, il devrait s'adresser à Dallas Sloan pour obtenir des renseignements sur Reve Sorrell. Même s'il appréciait Sloan et Butler, il ne les connaissait pas plus qu'ils ne le connaissaient. Il supposait qu'il pouvait leur faire confiance en ce qui concernait Jazzy, mais il avait quelques secrets qu'il préférait garder pour le moment – or, s'il devenait trop proche d'eux, ils pourraient commencer à lui poser des questions personnelles embarrassantes.

Il composa le numéro du lieutenant Joe Donovan.

— Donovan à l'appareil.

— Salut Joe, ça gaze à River City ?

— Qui est… McCord, c'est toi ?

— Ouais.

— Où tu es, mec ? Tu as disparu sans rien dire après ta sortie de l'hôpital.

— Je suis dans une pittoresque petite ville de montage : Cherokee Pointe, dans le Tennessee.

— Tu prends des vacances ?

— Je travaille comme videur dans une boîte.

Donovan éclata de rire.

— Tu te fiches de moi ?

— La propriétaire est une amie.

— Une bonne amie ?
— Ouais.
— Espèce de vieille canaille.
— Pense ce que tu veux. Mais je ne t'ai pas appelé pour parler de ma vie sentimentale, j'ai besoin d'un service.
— Y a qu'à demander.
— Je veux des informations sur une nana.
— La tienne ?
— Non. Sur une certaine Reve Sorrell.
— Sorrell... Sorrell. Ça me dit quelque chose.
— Tu peux trouver d'ici demain matin ?
— Y a urgence ?
— La dame en question risque de quitter la ville bientôt, probablement demain.
— Je verrai ce que je peux faire.
— Merci.
— Hé, McCord... ça va ?
— Ouais, ça va.
— Content de l'entendre. On était... un peu inquiets.
— Appelle-moi dès que tu auras quelque chose, d'accord ?
— Compte sur moi.

Jazzy Talbot avait été arrêtée. Le district attorney présenterait son cas devant un grand jury et ensuite elle serait jugée. Et déclarée coupable. Quelle délicieuse perspective ! Jazzy souffrant, expiant pour ses péchés ! S'il existait une vraie justice, elle serait condamnée à mort. Sinon... elle savait ce qu'elle devait faire. Mais elle ne tuerait pas Jazzy, pas avant qu'elle ait suffisamment souffert, pas avant que le procès soit terminé. Selon ses prévisions, Jazzy serait la dernière à mourir.

Maintenant que Jamie était mort et que ce qu'elle avait prévu pour Jazzy se mettait en place, elle devait continuer à suivre son plan initial – prendre soin de son bébé et se venger de ceux qui l'avaient trompée. Ce n'était pas sa faute, si elle avait été séparée de son enfant. C'était *leur* faute. Mais elle ne les laisserait plus jamais faire. Comment pouvait-on être cruel au point d'arracher un bébé à sa mère ? Mais il ne s'en était pas soucié, il n'avait pris soin ni d'elle ni de leur petite fille... S'il avait aimé leur fille comme il le prétendait, il ne l'aurait jamais éloignée d'une maman qui l'aimait.

Des larmes mouillèrent ses joues. Était-elle en train de pleurer ? Elle ne pleurait pas ! Il n'y avait pas de raison de pleurer : tout allait bien – Jamie était mort, Jazzy serait sévèrement punie, les autres paieraient pour leurs péchés et son tendre bébé était en sécurité.

— Tu es en sécurité, mon petit amour... Tu veux que maman te prenne dans ses bras et te chante une berceuse ?

Elle prit le bébé dans ses bras et embrassa ses petites joues roses avant de s'asseoir dans le rocking-chair, où elle se balança en fredonnant cette berceuse qu'elle avait déjà chantée à son autre bébé.

Non, non, il n'y avait pas d'autre bébé. Seulement celui-ci. Seulement ma petite fille.

— Tout va bien, ma chérie, maman est juste un peu troublée. Je pensais que tu étais mon seul bébé, mais... mais elle est aussi ma petite fille, j'ai tué Jamie pour la protéger. Non, ce n'est pas vrai ! J'ai tué Jamie pour *te* protéger.

Soupirant d'aise, elle serra son enfant contre son cœur et se remit à se balancer en fredonnant.

Jazzy se réveilla en sursaut, un cri figé sur ses lèvres. Elle venait de rêver de choses folles, terrifiantes. Les mains ensanglantées de Jamie qui se tendaient vers elle, l'étranglaient. Comme s'il surgissait de sa tombe pour détruire sa vie.

Une unique lampe dans un coin du salon apportait un peu de lumière. Elle leva la tête et parcourut du regard la pièce à demi plongée dans la pénombre : Caleb était assis dans un fauteuil en face d'elle, la tête penchée, le souffle calme et régulier. Il dormait.

Quelle heure était-il ?

Elle écarta le plaid et posa les pieds sur le sol. Ce fut alors qu'elle remarqua le sandwich et la tasse de thé que lui avait préparés Caleb. Elle regarda sa montre : 23 h 18. Le *Jazzy's Joint* fermerait bientôt ses portes et la rumeur étouffée de la musique, des exclamations et des rires s'arrêterait. Le bruit était l'un des inconvénients majeurs quand on habitait au-dessus d'une boîte de nuit.

Son ventre gronda, lui rappelant qu'elle n'avait rien mangé depuis le petit déjeuner. Quel genre de sandwich Caleb lui avait-il concocté ? Elle se pencha vers le plateau. Tomate et mozzarella ! Elle sourit. Il s'était souvenu de ce qu'elle préférait.

Elle l'observa qui dormait, captivée par la beauté de ce magnifique corps d'homme assoupi. Cela faisait des mois qu'elle luttait contre son attirance pour Caleb, se donnant toutes les raisons du monde pour ne pas entamer une liaison avec lui. Pourquoi avait-elle autant résisté ? Pourquoi ne s'était-elle pas tout simplement abandonnée à son désir ? Parce qu'elle pressentait que ce serait plus qu'une affaire de sexe… et qu'elle avait peur d'aimer un autre homme.

Elle mordit dans son sandwich. Délicieux. Poussant un grognement de satisfaction, elle engloutit une autre bouchée.

— Si tu réagis comme ça en mangeant un sandwich, je me demande comment tu réagis au véritable plaisir, remarqua Caleb.

Jazzy sursauta.

— Je croyais que tu étais endormi.

— Je l'étais jusqu'à ce que quelqu'un se mette à gémir d'extase.

— Tu aurais dû rentrer, tu n'étais pas forcé de rester.

Il bâilla et s'étira, puis la regarda droit dans les yeux.

— Si, je l'étais.

— Merci. Je suis contente que tu sois resté, je n'ai vraiment pas envie d'être seule.

— Nous allons nous assurer que tu ne le sois jamais.

— Nous ?

— Genny, Sally, Ludie et moi.

— Qui a décidé que j'avais besoin de baby-sitters à plein temps ?

Jazzy enfourna la dernière bouchée du sandwich et s'essuya les mains.

— C'était une décision unanime. Même Jacob et Dallas ont voté oui.

Jazzy se leva et contourna la table basse pour atteindre le fauteuil où il était assis. Elle resta debout devant lui un instant, puis se pencha et posa les mains sur ses épaules.

— Alors ça veut dire que tu passes la nuit ici ?

Caleb retira ses mains de ses épaules, la poussa doucement en arrière et se leva.

— Considère-moi comme ton garde du corps personnel.

Si près de lui, elle pouvait sentir sa chaleur. Et presque entendre les battements de son cœur. Bien qu'elle fût plutôt grande, elle devait lever les yeux pour le regarder. Elle enroula ses bras autour de son cou et plongea son regard dans le sien.

— Qui es-tu, Caleb McCord, et où étais-tu pendant tout ce temps ?

— Tu ne le sais pas ? Je suis ton prince charmant, j'attendais que tu te réveilles pour t'emmener sur mon cheval blanc afin que nous vivions heureux dans mon château jusqu'à la fin de nos jours.

Jazzy rit. C'était tellement bon de rire ! Elle l'embrassa. Un baiser de joie, dont il ne profita pas, ne cherchant pas à pousser plus loin. Sous ses dehors rudes battait un cœur de vrai gentleman.

— Je peux dormir sur le canapé, lui proposa-t-elle. Je te laisse le lit.

— Pas question. Aucun preux chevalier digne de ce nom ne laisserait une princesse dormir dans un canapé.

— C'est comme ça que tu me vois… comme une princesse ?

Son cœur s'était emballé, comme si c'était le premier compliment de sa vie.

— En fait, Jasmine Talbot, tu n'es pas une princesse…

Il lui caressa la joue du dos de sa main, son regard rivé au sien.

— … Tu es une reine.

Des larmes envahirent les yeux de Jazzy.

— Bon sang, McCord, tu n'es pas réel. Tu sais ça ? Tu es trop beau pour être vrai.

— Ouais, c'est ce que toutes les belles dames disent.

Les yeux brillants, elle riait encore quand Caleb la prit par la taille pour l'accompagner jusqu'à sa chambre. Il l'escortait simplement jusqu'à sa porte : il dormirait sur le canapé. En vrai prince charmant qu'il était.

19

Quand Caleb engagea sa Thunderbird dans l'allée goudronnée, il la vit poser un sac dans le coffre d'une Mercedes bleu nuit.

Elle pouvait facilement passer pour Jazzy, à cette distance, surtout si ses cheveux étaient plus courts et d'un roux plus vif. Mais l'illusion ne durait pas longtemps : Reve Sorrell était plus grande que Jazzy et pesait probablement dix bons kilos de plus qu'elle.

Il se gara et sortit de sa voiture. Elle l'ignora totalement.

— Mademoiselle Sorrell, l'appela-t-il alors qu'elle se dirigeait vers le chalet.

Elle s'immobilisa, mais ne se retourna pas.

Il était arrivé juste à temps – dix minutes de plus et elle était en route pour Chattanooga.

— Nous devons parler, reprit-il.

Elle lui jeta un regard mauvais par-dessus son épaule.

— Et de quoi, monsieur McCord ?

— De votre sœur.

— Je suis fille unique.

Elle se remit à avancer vers le chalet.

— Vous avez été adoptée.

Son corps se tendit si brièvement qu'il remarqua à peine l'interruption dans le rythme rapide de ses pas.

— Il y a vingt-neuf ans, Spencer et Leslie Sorrell ont adopté un nourrisson laissé pour mort dans une décharge publique de Sevierville. La date de naissance qu'ils vous ont attribuée ne diffère que de quelques jours de celle de Jasmine Talbot. Croyez-vous vraiment que votre ressemblance inouïe n'est qu'une coïncidence ?

— Nous ne sommes pas jumelles !

Reve s'arrêta et fit volte-face.

— Je ne sais pas où vous avez trouvé ces renseignements sur moi, mais je ne suis pas la sœur de Jazzy. C'est absolument impossible.

— Je pense que vous l'êtes.

— Eh bien, vous vous trompez.

— Pourtant, quand Jamie Upton vous a parlé de Jazzy, vous avez engagé un détective privé. Et son rapport a dû vous persuader qu'elle était votre sœur, sinon vous n'auriez pas pris la peine de venir jusqu'à Cherokee Pointe pour la voir...

— J'ai commis une erreur. Si vous voulez bien m'excuser, je dois fermer à clé avant de partir.

— Pourquoi tant de hâte ?

— J'ai été retenue ici plusieurs jours contre mon gré par votre barbare de shérif, sous prétexte que je présente une vague ressemblance avec une femme qui a tué son amant.

Ses yeux étincelaient de fureur. Il avait vu cette même expression sur le visage de Jazzy de nombreuses fois et ne pouvait s'empêcher de se demander si, sous les lentilles de contact vertes que Jazzy portait, ses yeux étaient aussi farouchement sombres que ceux de Reve.

— Jazzy n'a pas tué Jamie. Elle était avec moi, cette nuit-là. Elle a été piégée, et elle a besoin d'un excellent avocat.

— Ce dont elle a besoin ou pas ne me concerne absolument pas.

— Le groupe sanguin de Jazzy est AB négatif.

Il s'arrêta, laissant l'information faire son chemin dans le cerveau de Reve, avant de reprendre :

— Le même que vous.

Elle haussa les épaules, mais ne put dissimuler totalement sa surprise.

— Et alors ?

— Et alors c'est un groupe très rare.

— C'est juste une autre coïncidence.

— Jazzy est droitière et vous gauchère. C'est une caractéristique de nombreux jumeaux.

— Allez-vous-en, monsieur McCord. Rien de ce que vous direz ne me persuadera de rester ici et de fréquenter cette femme.

— Vous pensez que je suis là pour ça ?

— Ça n'est pas le cas ?

Il secoua la tête.

— Non. Restez, partez, faites ce que vous voulez, je m'en moque.

— Alors pourquoi êtes-vous là ? Que voulez-vous ?

— Je veux que vous engagiez Quinn Cortez pour défendre Jazzy si le grand jury décide qu'il y a motif à inculpation.

Elle le regarda avec incrédulité.

— *Le* Quinn Cortez ?

— Ouais, *le* Quinn Cortez.

— Et pourquoi pensez-vous que je paierais les exorbitants honoraires de Me Cortez pour une femme que je ne connais même pas ?

— Parce qu'elle est votre sœur.

— Elle n'est pas…

— … Voulez-vous que tous vos amis distingués de Chattanooga apprennent que vous avez été trouvée dans une décharge quand vous étiez bébé ? Voulez-vous qu'ils sachent que votre sœur tient une boîte de nuit, a une réputation de femme facile et comparaît devant la justice pour le meurtre de son ex-amant ? Aimeriez-vous qu'on leur dise que vous avez engagé un détective pour enquêter sur elle et que, même sachant quel genre de personne elle était, vous souhaitiez toujours la rencontrer ?

— Êtes-vous en train de me menacer de chantage ?

— Je ne crois pas avoir mentionné le mot chantage. Je vous dis simplement que si personne ne rémunère Quinn Cortez, alors…

— Vous attendez quoi, de moi, que je vous signe un chèque ?

Caleb sourit. Savoir combien sa position sociale et sa réputation importaient à Reve Sorrell lui avait conféré un avantage de taille – il devait une fière chandelle à son vieux copain Joe.

— J'appellerai Cortez, dit-il. Je le connais et il me doit une faveur.

Comme Reve ouvrait la bouche, Caleb secoua la tête.

— Une longue histoire, je n'ai pas le temps de vous expliquer. Bref, quand j'appellerai Cortez, je veux que vous lui disiez qui vous êtes et combien vous seriez ravie de payer la note pour Jazzy. Puis que vous lui donniez un numéro de carte bancaire.

— Je pourrais refuser.

— Ouais, vous pourriez.

Le sourire de Caleb s'épanouit.

— Mais vous ne le ferez pas.

— Elle doit beaucoup compter pour vous pour que vous me soutiriez de l'argent d'une aussi vile manière.

— Ne le prenez pas comme ça. Dites-vous juste que c'est pour aider votre sœur…

— Je vous ai déjà dit qu'elle n'était pas ma sœur.

— OK, comme vous voudrez. Jazzy n'est pas votre sœur. Mais vous êtes en tout cas les deux faces d'une même pièce. Vous prétendez être tout sucre, alors que Jazzy est délicieusement épicée. Vous êtes froide, calculatrice, snob et insensible. Jazzy est l'exact opposé.

Caleb s'avança et la saisit par le bras.

— Une fois que nous aurons passé ce coup de fil, vous pourrez quitter Cherokee et ne jamais revenir.

— Et vous ne direz à personne…

Il posa l'index sur sa bouche.

— Très bien. Entrons appeler M. Cortez. Plus vite ce sera fait, plus vite je pourrai laisser ce cauchemar derrière moi.

— C'est ça.

Caleb lui lâcha le bras et la suivit dans le chalet. Peut-être Reve pensait-elle pouvoir oublier Jazzy une fois de retour à Chattanooga, mais il aurait parié n'importe quoi que sa curiosité la ramènerait tôt ou tard à Cherokee Pointe.

Jim Upton était allongé sur le vaste lit, la respiration calme, le corps détendu. Pendant une heure, il avait réussi à oublier que Reba et lui devraient l'après-midi même accompagner le cercueil de leur petit-fils au cimetière. Il n'aurait pas dû être là en compagnie d'Erin, il n'avait pas le droit de lui faire l'amour avec plus de fougue que jamais alors qu'il était en deuil, alors que sa femme était chez eux en train de s'occuper des préparatifs pour la réception donnée à l'occasion des funérailles… Les trois quarts de la population de Cherokee, leurs amis, et même le gouverneur et des sénateurs viendraient leur présenter leurs respects.

Erin caressait son torse de ses longs doigts fins.

— Tu ne dois pas te sentir coupable parce que nous avons fait l'amour, tu sais. Devant la mort d'un être cher, nous éprouvons tous le besoin de réaffirmer que nous sommes en vie.

Elle se redressa, puis se pencha pour l'embrasser avec tendresse.

— Je ne peux pas la quitter.

— Tu parles de Reba ?

Poussant un soupir, elle se rallongea et se nicha contre lui.

— Tu m'as déjà dit que tu ne divorcerais pas, alors pourquoi revenir là-dessus maintenant ?

Il se tourna sur le côté et la regarda droit dans les yeux.

— Ce matin-là… avant que j'apprenne la mort de Jamie, je suis passé te voir.

— Tu es venu ici ? Pourquoi ne m'as-tu…

— Tu n'étais pas là.

— Non, je n'étais pas là.

Où étais-tu ? Avec qui ? As-tu passé la nuit dans les bras d'un autre ?

— Je venais t'annoncer que j'avais décidé de demander le divorce. Je voulais que nous ayons quelques années à nous, quel que soit le temps qu'il me reste. Que nous soyons enfin ensemble, mari et femme.

— Oh, Jim. Je… je ne sais pas quoi dire.

— C'est différent, maintenant… Tu le comprends, n'est-ce pas ? Comment pourrais-je lui demander de divorcer alors que nous avons perdu Jamie ? Il était tout…

Jim serra les dents.

— Je ne veux pas te perdre… mais je te comprendrais, si tu souhaitais me quitter.

Erin l'enlaça et posa la tête sur sa poitrine.

— Je ne partirai pas. Je t'aime. Je veux jouir encore de ce que tu peux me donner.

Il caressa son dos nu. Une peau douce, blanche, parsemée çà et là de petits grains de beauté sombres. Il la connaissait par cœur, cette peau, il avait embrassé chacun de ces grains de beauté, mémorisé leur localisation.

— Où étais-tu ?

— Le matin où tu es venu me voir ?

Elle chercha sa main et la serra dans la sienne.

— S'il y a quelqu'un d'autre…

— Arrête.

— Tu es encore jeune et…

— … J'étais à Knoxville, j'ai passé la nuit chez une amie. Elle est médecin.

Jim se tendit, saisi d'une peur diffuse.

— Tu es malade ?

— Non, rassure-toi. Cette amie est gynécologue, je lui avais demandé de rassembler pour moi des informations sur la fécondation in vitro.

— Je ne comprends pas.

Jim se redressa en position assise. Erin en fit autant, le regarda dans les yeux, et articula d'une voix douce :

— Je suis trop vieille pour te donner un enfant, malgré le désir que j'en ai. Je savais à quel point Jamie te décevait, combien tu aurais souhaité avoir d'autres petits-enfants. J'ai pensé que si...

— Mon sperme, l'ovule d'une donneuse, et tu aurais porté l'enfant ?

Jim posa la main sur son ventre plat.

— Tu m'aimes à ce point ? murmura-t-il, les yeux humides de larmes.

— Maintenant, j'ai plus de raisons que jamais de te donner...

Il prit son visage entre ses mains et l'embrassa.

— Tu n'imagines pas ce que ton offre représente pour moi. Mais tu n'es pas la seule à être trop vieille pour avoir un enfant, hélas. J'ai soixante-quinze ans, rappelle-toi. Tu sais quel âge j'aurai, quand notre enfant aura dix ans ? Quatre-vingt-cinq ans. Quatre-vingt-cinq fichues années. Ça ne serait pas juste pour le gosse...

— Oui, je sais.

Des larmes roulèrent sur les joues d'Erin.

— Quel enfant de dix ans voudrait d'une mère de soixante ans ?

Jim la prit tendrement dans ses bras pour la serrer contre lui. En cet instant, il l'aimait plus qu'il n'avait jamais aimé quiconque. Même l'amour qu'il avait porté à Melva Mae Nelson n'avait pas été aussi fort. Il l'embrassa sur le front et chuchota :

— Tu viendras à l'enterrement ?

— Oh, Jim, je ne sais pas. Comment supporterai-je d'être là et de ne pas pouvoir te réconforter ?

— Savoir que tu es là, tout près, sera un réconfort immense, pour moi. S'il te plaît...

— Dans ce cas, je viendrai.

L'église congrégationaliste était pleine à craquer; la foule débordait sur les marches du parvis, jusque sur le trottoir. Elle savait que tous ces gens n'étaient pas là en hommage à Jamie – peu nombreux étaient ceux qui l'avaient aimé. Certains l'avaient méprisé, et beaucoup l'avaient haï, tout comme elle. L'immense témoignage de sympathie était destiné à Jim et Reba Upton. Même des inconnus avaient fait le déplacement par cette lumineuse journée de printemps. Elle suspectait la présence de quelques touristes parmi l'assemblée.

Le shérif et le commissaire divisionnaire étaient là, tous deux en uniforme, leur présence officielle rappelant à chacun que Jamie avait été assassiné. Torturé et immolé, mort dans d'horribles souffrances. Puni pour ses péchés. Elle y avait veillé. Elle s'était assurée qu'il ne puisse plus jamais leur nuire – à elle, à son enfant, à toutes les femmes.

Jazzy Talbot brillait par son absence. Parfait. Elle aurait détesté que cette sale traînée ose se montrer.

Alors qu'elle regardait les gens défiler lentement devant le cercueil fermé de Jamie, elle dut lutter pour réprimer un sourire : elle avait détruit son joli visage et clos sa bouche de menteur. Et maintenant, Jazzy souffrait – ce n'était encore rien; elle devait mourir, elle le méritait. Mais il fallait attendre encore un peu, elle était la dernière sur la liste.

Quand tout serait en ordre, elle et son bébé seraient en sécurité. En sécurité et heureuses à jamais.

Le chœur de l'église se tenait à l'extérieur du dais recouvrant la tombe ouverte, chantant un ancien gospel, l'un des préférés de Reba. Au moins deux cents personnes s'étaient rendues directement de l'église au cimetière. Puis tout le monde se retrouverait à la réception organisée chez les Upton.

Caleb avait envisagé d'assister à la réception, ce qui lui donnerait l'occasion d'approcher ses grands-parents et de découvrir la maison familiale. Depuis trois mois qu'il se trouvait à Cherokee, il n'avait pas trouvé le courage de frapper à leur porte et de leur révéler qu'il était le fils de Melanie. Ils ne le croiraient probablement pas, ils le prendraient pour un opportuniste venu leur soutirer leur argent. Et qui pourrait leur en vouloir, surtout maintenant qu'ils avaient perdu Jamie ? Caleb savait bien que si la révélation de sa mère n'avait pas été une confession de mourante, lui-même ne l'aurait probablement pas crue. À vrai dire, à l'époque, il ne l'avait pas crue ; il s'était dit qu'elle délirait à cause de cette fichue drogue dont elle ne pouvait plus se passer.

— Tu as une famille, lui avait-elle dit. Ma famille. Dans le comté de Cherokee, près de Knoxville. J'ai grandi là-bas, dans une ferme : le domaine Upton. J'ai eu une enfance merveilleuse, des parents merveilleux, Jim et Reba Upton. Et j'ai un frère, Jim.

— Pourquoi tu me racontes ça maintenant ? lui avait-il demandé en lui tenant la main.

— Parce que tu es encore jeune et que tu as besoin que quelqu'un s'occupe de toi. Va voir mon père et dis-lui… dis-lui que je lui envoie un cadeau. Un petit-fils qu'il ignorait avoir.

Cela s'était passé quinze ans auparavant, juste avant ses dix-sept ans. Caleb avait été un enfant indiscipliné, livré à lui-même. Dans son état normal, Melanie était aimante, douce et à peu près responsable. Mais quand elle plongeait dans les ténèbres de la drogue, elle y restait longtemps, et il devait se débrouiller seul – la première fois qu'il avait volé de la nourriture au supermarché, il avait sept ans, et rien dans le ventre depuis deux jours. Sans le vieux Joe Donovan, un flic de Memphis qui s'était pris d'affection pour ce gamin des rues vif et désespérément casse-cou, Caleb serait probablement au pénitencier, aujourd'hui. Au lieu de quoi il avait suivi l'exemple de son mentor et était lui-même devenu flic. Puis, il y avait six mois de cela, son coéquipier avait été tué au cours d'une rixe, et Caleb avait passé plusieurs semaines à l'hôpital pour se remettre des blessures qui avaient failli lui coûter la vie. Cette expérience l'avait changé. À tel point que, à sa sortie de l'hôpital, il n'avait pas voulu revenir à son ancien boulot, à son ancienne vie. Pendant les jours qui avaient suivi, alors qu'il essayait de faire le bilan de sa vie et de choisir une direction pour un nouveau départ, les dernières paroles de sa mère lui étaient revenues en tête. Elle avait une famille à Cherokee. *Il* avait une famille.

Caleb s'était imaginé qu'il pourrait se mêler incognito à la foule, que personne ne le remarquerait. Mais il s'était trompé : Jacob Butler l'avait bel et bien remarqué, qui le fixait ouvertement depuis quelques minutes. Le shérif s'étonnait-il de voir Caleb assister à l'enterrement d'un homme qu'il avait détesté ? Pensait-il qu'il y avait peut-être du vrai dans ce que certains disaient, que Caleb pouvait être complice du meurtre ?

« Ignore Butler, se dit-il. Il essaye juste de t'intimider. » Malgré la taille imposante du shérif et sa réputation de dur, Caleb était plus agacé qu'intimidé – il fallait plus qu'un regard de tueur pour l'impressionner.

Il se déplaça dans la foule, s'éloignant de Butler pour se poster près d'un vieux chêne, d'où il avait une vue dégagée sur la famille qui prenait place sous le dais vert foncé abritant la tombe ouverte. Son regard parcourut le premier rang, le plus proche du cercueil en bronze luisant. Grand, robuste et étonnamment bien conservé pour ses soixante-quinze ans, Jim Upton honorait sa réputation. Pourtant, bien que digne et calme, il semblait sur le point d'éclater en sanglots. Son bras enveloppait les épaules d'une petite femme aux cheveux blonds. Reba devait avoir au moins soixante-dix ans, mais elle en paraissait facilement soixante. S'il avait jamais eu des doutes sur les dires de sa mère, un regard sur Reba Upton aurait suffi à les balayer : bien que plus grande et plus forte que sa mère, Melanie avait été son image crachée.

Caleb l'observa un moment, la regardant pleurer doucement, dignement, alors que son cœur était littéralement brisé. Il avait sa grand-mère devant les yeux, la femme qui avait donné naissance à sa mère. Son instinct protecteur lui donnait envie d'aller la réconforter, de lui dire qu'elle n'avait pas tout perdu, qu'elle avait encore un petit-fils, et ce fut presque à regret qu'il la quitta des yeux pour porter son attention sur Laura Willis, assise à côté d'elle, le corps rigide, les yeux hagards. La pauvre fille était complètement droguée. Le Dr MacNair se tenait près de sa chaise, une main posée sur son épaule. Le reste de la famille Willis était assis au second rang. Sheridan fixait sa sœur. « Elle la hait », pensa Caleb.

Balayant du regard le périmètre extérieur de la tente, il remarqua Erin Mercer, dont le visage paraissait totalement absorbé. Il suivit la ligne de son regard et tomba droit sur son grand-père, qui la regardait lui aussi. Il n'était sûrement pas le seul à avoir surpris cet échange intime – en ville, la liaison entre Jim et la jolie artiste n'était pas un secret. Caleb ne savait pas qui il devait plaindre – sa grand-mère ou Erin Mercer. Ou peut-être son grand-père. Il ne connaissait pas suffisamment ses grands-parents pour savoir ce qu'était leur mariage.

Le chœur entonna un hymne quand le prêtre eut terminé son hommage au disparu. Jim aida sa femme à se lever. Titubant, le visage noyé de larmes, elle laissa son mari la conduire au bord de la fosse où descendait le cercueil. Quand, brusquement, elle agrippa le devant de son tailleur noir, sembla suffoquer, puis s'écroula dans les bras de son mari, Caleb pensa qu'elle s'était simplement évanouie. Mais il entendit Jim appeler le Dr MacNair et celui-ci, après un rapide examen, demander à tout le monde de s'écarter.

— Il faut l'emmener tout de suite à l'hôpital.

Caleb crut l'entendre parler de crise cardiaque.

Pendant qu'on emmenait rapidement Reba dans la Limousine noire qui attendait en tête du cortège, les spéculations allaient bon train dans l'assemblée fascinée par ce coup de théâtre : Reba Upton allait-elle survivre ? Arriverait-elle seulement vivante à l'hôpital ?

Écœuré, Caleb avait envie de leur crier de se taire. Mais il joua des coudes pour rejoindre sa voiture en courant, s'installa au volant et rattrapa en quelques minutes la Limousine lancée à toute allure. Il ne laisserait pas Reba mourir sans savoir qu'elle avait un autre petit-fils. Un petit-fils qui ne demandait qu'à la connaître.

Jacob et Dallas se rendirent ensemble à l'hôpital. Ni l'un ni l'autre n'avait manqué de remarquer la réaction de Caleb McCord quand Reba Upton s'était effondrée. Son inquiétude avait paru sincère. Quand ils arrivèrent à l'hôpital et s'enquirent de Mme Upton, on les dirigea vers le secteur des soins intensifs en les prévenant qu'ils ne seraient pas les seuls dans la salle d'attente.

— Il y a déjà foule, là-haut ? demanda Dallas.

— On a dû poster un vigile pour contenir la presse, répondit la réceptionniste. Il y avait même les caméras de WMMK, vous vous rendez compte ?

Jacob n'était pas surpris. Il savait par expérience que Brian MacKinnon ne reculait devant rien pour servir du sensationnel à son audience.

— On est justement là pour empêcher que ça tourne au champ de foire, lui assura-t-il.

— Je dois parler à votre chef de la sécurité, dit Dallas.

— M. Carruthers est là-haut.

— Je vois. Merci, madame.

Ils prirent l'ascenseur le plus proche. Quand les portes s'ouvrirent à l'étage des soins intensifs, ils virent deux gardiens aux prises avec un cameraman, dans le couloir.

Jacob se dirigea vers un homme en uniforme.

— Salut, Charlie, besoin d'un coup de main ?

Charlie Carruthers grogna.

— Je n'ai jamais vu ça, on croirait que c'est la reine d'Angleterre qu'on vient d'hospitaliser.

— La crise cardiaque de Reba Upton n'est pas une petite nouvelle, vu le contexte, expliqua Jacob.

— Pauvre femme, compatit Charlie en secouant la tête. Pas étonnant que sa santé flanche… Qui pourrait supporter autant de deuils ?

— Ouais, c'est moche, acquiesça Dallas avant de pousser Jacob du coude en désignant un endroit sur leur gauche, derrière Charlie.

Au bout du couloir, appuyé contre un mur près des distributeurs automatiques, Caleb McCord fixait le sol, les mains dans les poches, les épaules affaissées.

Jacob laissa Dallas avec Charlie. Quand il approcha de McCord, celui-ci leva la tête et leurs regards se croisèrent.

— Vous avez une raison d'être ici ? demanda Jacob.

— Peut-être bien.

— Je peux la connaître ?

McCord parut le mesurer du regard.

— Vous la connaissez peut-être déjà.
— Peut-être bien.
— En quoi ça vous regarde ?
— Jazzy n'a pas tué Jamie et nous le savons tous les deux. Ça signifie que quelqu'un d'autre l'a fait.
— Ouais, et alors ? Genny dit que c'était une femme qui a voulu se faire passer pour Jazzy. Quel rapport avec...
— Cette femme a peut-être été aidée.
— Vous êtes en train de m'accuser, shérif ?
— Non, je m'interroge. Jamie représentait un obstacle entre vous et Jazzy : c'est un premier mobile.
— Parce que j'aurais pu en avoir un autre ?
— Vous êtes le fils de Melanie : maintenant que Jamie est mort, vous êtes l'héritier de la fortune Upton. J'aurais tendance à penser qu'il n'y a pas mieux, comme mobile de meurtre...

20

En tant qu'agent de maintenance des chalets de location, Stan Watson s'occupait non seulement des jardins – entretien des pelouses, taille et ratissage – mais, comme il était assez bricoleur, il détenait aussi les clés de chaque chalet pour pouvoir vérifier la bonne marche des systèmes de chauffage et de ventilation ainsi que la plomberie. Même au printemps, il faisait encore frais, certains jours, et les touristes utilisaient souvent les cheminées. Cet après-midi-là, il devait encore contrôler la cheminée du chalet de Honey Bear Trail.

Quand il gara son vieux Chevy dans l'allée, il ne remarqua aucun autre véhicule alentour – or, quand un chalet était inoccupé, il fallait tout vérifier de fond en comble. Stan sauta de sa camionnette et se dirigea vers l'entrée du chalet tout en cherchant son trousseau dans la poche de son pantalon. Juste au moment où il sortait les clés, il entendit un bruit bizarre. Un ours ? se demanda-t-il. À la fin de leur hibernation les ours bruns s'aventuraient parfois jusqu'ici. Il s'était retrouvé plus d'une fois nez à nez avec l'un d'eux, depuis qu'il faisait ce boulot.

Le bruit se répéta. Ça pouvait ressembler à un ours qui grattait la terre, ou à quelqu'un en train de creuser. Dans un cas comme dans l'autre, il risquait d'être agressé : mieux valait se protéger. Il retourna au véhicule et attrapa un râteau sur la plage arrière, puis contourna le bâtiment à pas de loup, le cœur battant à tout rompre. Il n'avait pas peur, il était juste prudent. Une fois à l'arrière du chalet, il s'immobilisa. Il entendait toujours le bruit, mais ne voyait absolument rien.

Tout à coup, il se figea en apercevant une femme dans le secteur boisé. À cette distance, il ne pouvait rien distinguer d'elle – exception faite de ses cheveux courts roux. Que fabriquait-elle ?

Poussé par la curiosité, il s'approcha pour l'observer. Quand il fut à quelques mètres d'elle, il se rendit compte qu'elle était en train de creuser un trou. Elle lui tournait le dos, ce qui l'empêchait de voir son visage, mais il ne pensait pas la connaître, même si elle lui rappelait quelqu'un. Elle portait un jean bleu, une chemise en laine sombre et une paire de gants en coton – pour éviter les échardes, sans doute ; les femmes prenaient ce genre de précautions.

À l'instant où il allait lui demander ce qu'elle faisait sur une propriété privée, elle cessa de creuser. Il s'avança silencieusement et remarqua qu'elle avait creusé un large trou, à côté duquel était posé un gros sac-poubelle en plastique noir.

— Hé, là-bas ! appela-t-il. Vous ne pouvez pas enterrer vos ordures ici, c'est une propriété privée.

La femme s'immobilisa. Pendant un long moment, elle resta sans bouger, sans prononcer un mot. Comme quelqu'un qui a quelque chose à se reprocher. Puis, brusquement, elle se retourna et lui sourit. Un sacrément joli sourire. Et une bien jolie femme. Il ne la connaissait pas, mais son visage lui disait quelque chose. Il l'avait peut-être croisée quelque part.

— Bonjour ! lança-t-elle en lâchant sa pelle et en lui faisant un petit signe de la main. Qui êtes-vous ?

— C'est moi qui pose les questions. Qui êtes-vous, vous ?

Elle rit et cela eut pour effet immédiat de le détendre. Ce n'était qu'une femme, après tout. Un beau brin de femme, avec des rondeurs là où il fallait, et pas farouche, avec ça. Pas de quoi avoir peur. Ni de quoi se montrer méchant.

— Appelez-moi Chérie, dit-elle. Tous mes amis m'appellent Chérie.

Ils allèrent à la rencontre l'un de l'autre.

— Qu'est-ce que vous enterrez ? demanda-t-il en regardant le sac-poubelle.

— Vous ne me croirez jamais si je vous le dis.

— Tentez votre chance.

Elle rit de nouveau, et il se surprit à sourire alors qu'elle se rapprochait de lui.

— Eh bien, je viens juste de divorcer d'un sale menteur. J'ai emporté certaines de ses affaires préférées, et j'ai l'intention de les enterrer pour qu'il ne les retrouve jamais. Je veux le faire enrager, lui rendre la monnaie de sa pièce.

Stan gloussa.

— Je vous comprends... J'aurais dû en faire autant avec les affaires de mon ex-femme.

Elle se rapprocha encore et posa une main sur son bras.

— Alors, beau garçon, vous ne m'avez toujours pas dit votre nom.

— Stan... Stanley Watson, madame.

Elle lui pressa doucement le bras et battit des cils. Elle le draguait, ma parole !

— Vous savez, Stan, je n'ai pas connu d'homme depuis que j'ai fichu mon mari dehors, il y a à peu près un an de cela.

— C'est vrai ?

Jolie et en manque. La parfaite combinaison chez une femme.

Elle fit aller et venir sa main le long de son bras, puis posa sa paume ouverte sur son torse. Son sexe se durcit instantanément.

— Vous pourriez m'aider à enterrer les affaires de

mon mari… Ensuite, nous ferons connaissance, tous les deux…

— Je serais ravi de vous aider, madame.

— Chérie. Appelle-moi Chérie.

— Eh bien, Chérie, allons enterrer ce sac, lança-t-il en la suivant. J'ai les clés du chalet, et je sais de source sûre qu'il y a un lit assez confortable.

Ce fichu sac fut long à enterrer. Quand il eut terminé de tasser la terre, Chérie vint lui prendre la pelle des mains.

— Je la récupère, dit-elle. Elle est à moi, pas à mon mari.

Stan hocha la tête et récupéra son râteau. Puis ils remontèrent en direction du chalet.

— Je range le râteau à l'arrière du camion et j'ouvre le chalet.

— Ça ne te dérange pas, si je pose la pelle dans ton pick-up ?

Elle le suivit.

— Je me suis garée en contrebas. Tu pourrais peut-être m'y conduire, tout à l'heure.

— Bien sûr.

Il ne pensait qu'à une chose : dans quelques minutes il serait en train de sauter une jolie nana.

Il ouvrit le battant arrière, se pencha et jeta le râteau parmi les outils. À l'instant où il allait se retourner pour lui prendre la pelle des mains, il sentit quelque chose de lourd s'abattre sur son crâne. Sonné par la surprise et par la douleur insoutenable, il n'eut pas le temps de réagir avant qu'un autre coup ne l'atteigne. Ensuite, tout s'obscurcit.

Jazzy s'enferma dans le bureau du *Jazzy's Joint*. Elle ne pouvait pas s'occuper des clients, pour l'instant. Pas sans Caleb. Il l'avait appelée pour la prévenir qu'il serait en retard, et promis d'être là vers 19 heures. En attendant, Lacy et les deux serveuses,

Sheri et Kalinda, se débrouilleraient. Mais elle avait quand même un commerce à faire tourner, même si elle était la criminelle la plus célèbre de Cherokee Pointe.

Genny avait passé la matinée avec elle, puis tante Sally était venue la relayer vers 13 heures. Elle n'avait réussi à la renvoyer chez elle qu'en lui promettant de rester enfermée dans son bureau jusqu'au retour de Caleb. Les avoir constamment sur le dos lui tapait sur les nerfs, même si elle appréciait leur prévenance. Peut-être pensaient-ils que la journée de l'enterrement de Jamie serait particulièrement difficile pour elle...

Un léger coup frappé à la porte la sortit de ses pensées.

— Oui ? dit-elle, espérant que c'était Caleb.

La porte s'ouvrit sur Reve Sorrell.

— Puis-je vous parler ?

Jazzy l'inspecta de haut en bas. Elles se ressemblaient de manière étonnante : Reve Sorrell était plus grande et plus enveloppée qu'elle, ses cheveux plus foncés – elle ne se teignait pas, elle –, et ses yeux du même marron que les siens, une fois ceux-ci débarrassés de ses lentilles de contact. Mlle Sorrell aurait gagné à se maquiller davantage, à adopter une nouvelle coiffure – qui portait encore un chignon, de nos jours ? –, et à investir dans des vêtements plus féminins. Son ensemble bleu marine, bien que probablement très cher, était presque masculin.

— Je croyais que vous aviez quitté la ville.

— Je... euh... je suis sur le point de partir, en fait. J'avais l'intention de prendre la route vers midi, mais votre petit ami est venu me menacer.

Jazzy la regarda d'un air interrogateur.

— Mon petit ami ?

— Vous en avez tant que ça ?

— Si vous êtes venue pour m'insulter, vous pouvez repartir. J'ai eu ma dose d'insultes, ces derniers temps.

— Je m'excuse. Je suis venue vous demander... enfin, m'assurer de votre parole : ce que vous savez sur moi – sur notre possible lien – restera entre nous, n'est-ce pas ?

De quoi parlait-elle ? Pourquoi Caleb l'avait-il menacée ? Et à quel lien faisait-elle allusion ?

— Je ne sais pas de quoi vous parlez.

Le regard de Reve la traita de menteuse.

— Vous espérez me faire croire qu'il ne vous a rien dit... sur mon passé, et sur le fait qu'il utilise cette information pour me faire chanter ?

Jazzy sourit. Ainsi, la prétentieuse Mlle Sorrell avait quelque chose à cacher ?

— Je ne suis donc pas la seule à avoir un passé trouble... De quoi êtes-vous coupable, Reve ? demanda-t-elle en appuyant exagérément les deux syllabes de son prénom.

— Il ne vous l'a pas dit ?

— Je ne l'ai pas vu depuis ce matin, mais je suis sûre qu'il m'expliquera tout à son retour.

— Mmm. Oui, sans doute.

— Écoutez, quels qu'ils soient, vos secrets sont en sécurité, avec moi. Quoi que vous ayez négocié avec Caleb, je l'accepterai. En outre, je ne suis pas tout à fait en position de jeter la première pierre.

Reve la regarda, pensive et incertaine, comme si elle n'arrivait pas à la cerner tout à fait.

— Je n'ai tué personne, si c'est ce à quoi vous pensez.

— Moi non plus, rétorqua Jazzy.

Reve hocha la tête.

— Peut-être, mais vous avez été interpellée pour le meurtre de Jamie Upton, et je préfère que mon entourage l'ignore.

— Pourquoi vous soucieriez-vous de… Qu'est-ce que Caleb sait sur vous ? Quel est ce lien que vous ne voulez pas qu'on découvre ?

— Je préférerais penser le contraire, mais votre McCord croit que nous sommes sœurs.

— C'est impossible. Tante Sally m'a juré que ma mère n'avait accouché que d'un seul bébé : moi.

— Oui, et j'espère qu'elle a raison.

Les mâchoires de Reve se crispèrent, tandis qu'une expression douloureuse assombrissait son visage.

— J'ai été adoptée. On m'avait abandonnée dans une décharge à Sevierville. Et très peu de gens sont au courant… Je ne sais absolument pas qui sont mes parents biologiques.

Une sensation désagréablement glaciale traversa Jazzy. Tante Sally lui aurait-elle menti ? Mais pourquoi ? Était-il possible que cette femme riche et distinguée soit sa sœur ?

— Cela ne suffit pas à faire de nous des sœurs.

— Ma date de naissance présumée et la vôtre n'ont qu'une semaine d'écart.

— Et ?

Il devait y avoir autre chose ; Jazzy sentait que Reve ne lui avait pas dit le plus important.

— Mon groupe sanguin est AB négatif.

Jazzy en resta coite quelques secondes.

— Comme le mien.

— Oui, c'est ce que M. McCord m'a dit.

— Alors…

— En toute logique, je dois admettre qu'il y a une chance pour que nous soyons sœurs. Probablement jumelles.

Jazzy ne savait pas si elle devait rire ou pleurer.

— Eh bien, il n'y a pas de quoi faire cette tête d'enterrement.

— Vous devez comprendre combien il serait ridicule que nous soyons sœurs… je veux dire autrement que génétiquement parlant, bien sûr.

— Bien sûr.
— Nous n'avons rien en commun.
— Oh, je ne dirais pas ça.
Reve la toisa de son air supérieur.
— Il semblerait que nous ayons un père et une mère en commun, poursuivit Jazzy.
Reve se tendit visiblement, comme si cette idée lui était insoutenable.
— Avez-vous connu votre mère ?
Jazzy secoua la tête.
— Elle est morte quand je n'avais que quelques mois. Elle était venue vivre avec tante Sally au cours de son dernier mois de grossesse.
— Comment est-elle morte ?
— Elle m'a laissée avec tante Sally pour partir avec un type qui buvait et qui les a tués dans un accident de voiture. Elle n'avait pas de chance, avec les hommes. Ni avec mon père ni…
— … Savez-vous qui était votre père ?
— Aucune idée.
— Votre mère a-t-elle accouché à l'hôpital de Cherokee Pointe ?
— Non, à la maison. C'est tante Sally qui m'a mise au monde.
— Et votre tante dit que sa sœur n'a donné naissance qu'à un seul enfant…
— Tante Sally est connue pour mentir quand ça l'arrange.
— Pourquoi aurait-elle menti sur l'existence d'un deuxième bébé ?
— Je ne sais pas. À vrai dire, je ne sais même pas si elle a menti. Nous sommes peut-être sœurs sans être jumelles… Non, ça n'est pas possible, nous avons le même âge.
— Écoutez, mademoiselle Talbot… Jazzy… je crois qu'il vaut mieux pour nous deux que nous ne poursuivions pas sur ce sujet. Je n'ai pas besoin d'en savoir plus. Ma vie telle qu'elle est me satisfait. Et,

étant donné les circonstances, votre priorité n'est sûrement pas de déterminer si nous sommes sœurs ou pas.

— Vous avez honte de moi, lâcha Jazzy, en haussant les épaules. Je vous comprends... Qui se vanterait d'être ma sœur ?

— Je suis désolée.

Reve fit un pas hésitant vers elle, puis s'arrêta abruptement.

— Je vous ai encore offensée, et ce n'était pas mon intention. Je souhaite... enfin, j'espère que tout se passera bien pour vous, que vous serez acquittée du meurtre de Jamie. Avec Quinn Cortez comme avocat, vous devriez...

— Quinn Cortez ? répéta Jazzy, ahurie.

— Oh, c'est vrai, vous ne savez pas.

Reve ouvrit son sac à main et en sortit une carte de visite.

— J'ai engagé M. Cortez pour vous défendre, si le grand jury décide qu'il y a lieu de vous inculper.

Elle lui tendit la carte.

— Voici mon adresse professionnelle, mes numéros de téléphone et mon e-mail. S'il y a autre chose que je peux faire pour vous...

— Vous payez Quinn Cortez pour me défendre ? articula Jazzy, pas tout à fait sûre de comprendre. Caleb vous a fait chanter pour que vous engagiez Cortez ?

— Disons que nous avons passé un marché.

— Est-ce si important pour vous de garder mon existence secrète – si je suis votre sœur ?

— Je le pensais... Oui, je suppose que ça l'est. Écoutez, ce n'est pas parce que je préfère ne rien changer à ma vie que je vous veux du mal.

— Vous n'êtes pas tout à fait celle que vous prétendez être, n'est-ce pas, mademoiselle Sorrell ?

Reve eut un léger sourire.

— Vous non plus, mademoiselle Talbot.

Jazzy prit la carte et la glissa dans une poche.

— Personne ne saura jamais rien. Pas par moi. Ni par Caleb. Je vous le promets.

— Merci.

Reve se tourna pour partir, puis s'arrêta pour jeter un dernier regard à Jazzy.

— J'étais sincère, tout à l'heure : si je peux faire quoi que ce soit pour vous aider, n'hésitez pas à m'appeler.

Avant que Jazzy ait pu trouver une réponse adéquate, Reve était partie. Pendant quelques minutes, elle resta immobile, comme rivée au sol. Puis brusquement elle se précipita dans le couloir. À l'instant où elle entrait dans le bar, elle vit Reve en sortir.

« Laisse-la partir, se dit-elle. Elle a raison, tu as d'autres préoccupations, pour l'instant. » Mais une fois que ses problèmes actuels seraient réglés – et elle ne pouvait pas croire que la vérité sur l'assassinat de Jamie resterait enfouie –, elle comptait bien avoir une petite discussion avec tante Sally.

21

Quand Stan Watson reprit conscience, il avait une migraine atroce et la vue brouillée. Que lui était-il arrivé ?

Brusquement il sentit quelqu'un sur lui – le sexe d'une femme se glissant sur le sien. Était-il en plein rêve érotique ? Quand elle se mit à aller et venir, il comprit qu'il ne rêvait pas : la sensation était bien réelle. Il voulut la prendre par les hanches, mais c'était comme si ses bras ne pouvaient pas se soulever. Il essaya de bouger les jambes, sans plus de succès. Alors il se rendit compte qu'il était attaché, les bras au-dessus de la tête, les poignets ligotés.

Bien que sa vision ne se soit pas éclaircie, il leva les yeux vers le ciel et vit que le soleil s'était déjà couché. Il ne faisait pas encore complètement nuit, mais il évalua qu'il devait être au moins 20 heures.

Qui était sur lui ? Avait-il amené une femme au chalet ? Non, ce n'était pas ça. Il se rappelait, maintenant. Ses yeux se portèrent sur le visage de la femme et ne captèrent qu'une image floue – il ne pouvait distinguer que des cheveux courts roux.

Chérie. Elle avait dit que ses amis l'appelaient Chérie. Il était allé ranger son râteau avant qu'ils aillent au chalet – et elle l'avait assommé. Il ne voyait pas d'autre explication. Quand il lui avait tourné le dos, elle lui avait donné un coup de pelle sur le crâne. Mais pourquoi ? Était-elle folle ?

— Pourquoi tu m'as assommé ?

— Je suis en train de te baiser à mort et tu ne trouves rien de mieux à faire que de poser des questions idiotes ?

Elle interrompit son mouvement frénétique.

— Comment j'aurais fait pour pouvoir t'attacher, sinon ? Heureusement qu'il y avait un gros rouleau d'adhésif et une corde, dans ton camion. Comme ça, j'ai pu fixer tes pieds au pare-chocs et tes mains à ta boîte à outils.

— C'est quoi, ton problème ? Tu es givrée ou quoi ?

Quelque chose de tranchant lui lacéra la poitrine. Il poussa un cri de douleur.

— Ce n'est pas très gentil, tu sais, de me traiter de givrée, susurra-t-elle. Tu ne dois pas être méchant avec moi, ou je serai obligée de te punir encore…

— Mais je ne t'ai rien fait… Je t'en prie, détache-moi et laisse-moi partir. On oubliera ce qui s'est passé.

Il sentit son sexe mollir – la peur pouvait faire cet effet-là à un homme. Or il avait une trouille bleue. Une pensée lui nouait le ventre : et si Jazzy Talbot n'avait pas tué Jamie Upton ? Et si c'était cette femme-là qui l'avait fait ? C'était pour ça qu'elle lui avait vaguement rappelé quelqu'un : de loin, elle ressemblait un peu à Jazzy. À cause des cheveux et des créoles. À part ça, elles n'avaient absolument rien en commun.

— Oh, Stan, je suis désolée, je ne peux pas te laisser partir.

Elle reprit son mouvement de va-et-vient, essayant de le maintenir vigoureux.

— Ne débande pas maintenant. Pas pour la dernière partie de baise de ta vie.

Tous les muscles de son corps se crispèrent. Qu'est-ce qu'elle voulait dire ? Elle allait le tuer ?

— Pourquoi moi ? Je ne te connais même pas.

— Mais tu m'as surprise en train d'enterrer mes petites affaires, et tu l'aurais dit à quelqu'un qui l'aurait répété, et ainsi de suite jusqu'à ce que la police vienne y fourrer son nez. Alors tu comprends, Stan, je ne peux pas te permettre de vivre.

— Jc nc dirai rien à personne. Je le jure.

Son cœur battait dans ses oreilles. L'adrénaline générée par sa peur lui parcourait le corps.

— Tu as compris, n'est-ce pas ? reprit-elle en accélérant la cadence. Tu sais que j'ai tué Jamie.

Elle se déchaîna, ses mouvements devenant frénétiques. Puis elle poussa un cri de jouissance.

— Le moins que je pouvais faire avant de te tuer était de t'offrir une bonne baise, haleta-t-elle.

Alors qu'elle se remettait à bouger lentement, la vision de Stan s'éclaircit et il put voir ses traits. Il y avait une telle lueur de détermination dans ses yeux quand elle se pencha pour approcher ses seins de son visage... Comment pouvait-il être excité alors qu'une folle le chevauchait en lui promettant la mort ? Son corps semblait s'en moquer. La tension monta et il jouit brusquement. Pendant que les spasmes continuaient de le secouer, elle se mit sur le côté et fit courir les bouts de ses doigts sur sa poitrine, sur son ventre, sur son nombril.

— Est-ce que tu vas me torturer comme Jamie ?

Stan priait comme jamais il n'avait prié de sa vie. *S'il te plaît, mon Dieu, fais qu'elle me tue rapidement.*

— Je pourrais, dit-elle, ses doigts descendant sur son sexe humide et collant. J'y ai pris tellement de plaisir... Mais, comme tu l'as dit, on ne se connaît même pas. Je n'ai aucune raison de te haïr, aucun besoin de te punir sévèrement.

— Ne me tue pas. S'il te plaît, s'il te plaît, ne me tue pas.

— Oh, Stan, tu implores si joliment.

Elle empoigna ses parties génitales et éclata de rire.

— Tu te trouvais juste au mauvais moment au mauvais endroit.

— Non, s'il te plaît... non... non...

— Silence, maintenant. J'ai promis de faire vite.

Elle pressa son sexe.

— Il faudra que j'enlève ce truc. J'ai pris celui de Jamie, tu sais. Je les coupe toujours. C'est ma signature, en quelque sorte.

Stan poussa un cri déchirant. La peur le rongeait tel un acide insidieux.

— Non, bon Dieu, non !

— Ne te mets pas dans cet état... Je te tuerai d'abord, puis je prendrai mon trophée.

L'ultime vision de Stan Watson fut le couteau plongeant vers sa gorge.

Jim Upton était assis près du lit d'hôpital de sa femme, tenant sa petite main fragile serrée dans la sienne. Elle avait repris conscience depuis environ une heure. Il avait dit à Laura, Sheridan et leurs parents de rentrer, ainsi qu'aux amis qui étaient passés. Il préférait rester seul avec elle. La mort de Jamie, l'idée qu'il avait été atrocement torturé, puis l'enterrement avaient été beaucoup trop pour elle. Et même s'il y avait de bonnes chances pour qu'elle survive à cette attaque, une rechute fatale ne pouvait pas être écartée.

Jim pressa sa main.

— Ne meurs pas, souffla-t-il.

Si seulement il pouvait lui donner une raison de vivre – une raison de se battre. La culpabilité pesait comme jamais sur ses épaules. Reba savait qu'il ne l'avait jamais aimée. Elle soupçonnait, même si elle n'avait aucune certitude, qu'il avait eu de nombreuses maîtresses. Lui demander de rester en vie pour lui était ridicule. Pourquoi voudrait-elle vivre pour lui après le traitement qu'il lui avait infligé pendant toutes ces années? Peut-être l'aimait-elle encore, mais une part d'elle devait le haïr, forcément.

— Pardonne-moi, Reba. Je regrette de n'avoir pu être un meilleur mari.

Si seulement ils n'avaient pas perdu Jim Jr et Melanie... Si seulement ils avaient eu d'autres petits-enfants... Des larmes envahirent les yeux de Jim. *Si seulement je pouvais te donner une bonne raison de vivre...*

Caleb arriva au *Jazzy's Joint* peu après 19 heures. Après sa confrontation avec Jacob Butler, il avait quitté l'hôpital et marché un moment pour réfléchir. Son grand secret était découvert, et il ne se passerait pas longtemps avant que Jacob ne le révèle à Jazzy. Or il ne voulait pas qu'elle sache – pas encore. C'était pour elle qu'il avait repoussé sa rencontre avec les Upton : après avoir fait sa connaisance et appris sa liaison avec son cousin Jamie, il avait décidé d'attendre. Jamie était un salaud de première classe, ce qui l'avait alarmé : quelle sorte de famille avait produit un fruit aussi pourri?

Mais quand il avait vu sa grand-mère s'effondrer devant la tombe, tout avait changé : cette vieille femme n'en avait peut-être plus pour longtemps... Il avait pensé à tort que rien ne pressait, qu'il pouvait attendre et tâter le terrain avant de se présenter à sa nouvelle famille.

Lacy lui fit signe dès qu'il entra, et il la rejoignit directement au bar, se frayant un chemin à travers la salle déjà pleine et enfumée. Il se pencha par-dessus le comptoir pour l'entendre.

— On a un problème avec un type qui joue au billard avec Dillon Carson. Ni Sheri ni Kalinda n'ont réussi à le calmer. Même Dillon, complètement soûl, a essayé de le raisonner. Je ne voulais pas appeler Jazzy, mais...

— Sale putain de criminelle !

L'insulte avait fusé avec tant de rage qu'on l'entendit malgré la musique du juke-box, les tintements des bouteilles et les rires des clients.

Caleb poussa un juron.

— Elle est venue et a essayé de le faire partir, expliqua Lacy.

— Je m'en charge.

Le sourire amical que Lacy lui adressa creusa les fossettes qui encadraient sa bouche.

— Je le savais bien.

Quand Caleb arriva dans l'arrière-salle où se trouvaient les tables de billard, il découvrit un grand type maigre d'environ une trentaine d'années en train de beugler sur Jazzy. Elle était visiblement sur le point de le gifler.

— Pas étonnant que Jamie Upton t'ait larguée ! Tu n'es qu'une ordure et toute la ville le sait. Mais tu seras bientôt en taule, à ta place d'ordure !

— Hé, mon pote, si tu t'en allais ?

Carson lui tapota le dos.

— Personne ne veut d'ennuis. Pas vrai, Jazzy ?

Quand il se tourna vers elle, l'autre homme chassa brutalement sa main.

— Chacun ses opinions, mais je ne vais pas vous laisser m'insulter dans mon propre bar, lâcha Jazzy d'un ton ferme.

— Je dirai ce que je veux sur toi, et où je veux.

Il rapprocha son visage du sien.

— Et tu peux rien faire pour m'en empêcher.

Jazzy le poussa d'un coup sur la poitrine.

— Écoute, connard, soit tu t'en vas tout de suite soit j'appelle la police.

L'homme la saisit par le bras et la secoua. Elle le repoussa, mais il la tenait fermement. Alors qu'il levait le poing sur elle, Caleb alla droit sur eux et écarta Dillon, le faisant tomber dans le même mouvement. Le type qui agressait Jazzy ne comprit jamais ce qui lui déboula dessus : Caleb le chargea et l'envoya contre le mur tout en lui tordant le bras derrière le dos. Puis, lui faisant une clé à la gorge, il acheva de le maîtriser.

L'autre pouvait à peine respirer.

— Tu fais tes excuses à la dame avant que je te fiche dehors, ou est-ce qu'il faut que je botte ton cul de minable ?

— Je ne vais pas...

Il toussa quand Caleb accentua la pression sur sa gorge. Quand son visage vira au rouge, Caleb desserra un peu sa prise.

— Tu es prêt à présenter tes excuses à Mlle Talbot, maintenant ?

— Ce n'est pas la peine, intervint Jazzy. Fais-le juste sortir d'ici.

— Si, c'est la peine, insista Caleb. Excuse-toi ou...

— Je... je regrette.

L'homme regarda Jazzy avec des yeux implorants.

— Je regrette vraiment.

— Fiche-le dehors, tu veux ?

Le regard de Jazzy croisa celui de Caleb, et il réalisa qu'elle avait dépassé le stade de la simple colère.

Sans ajouter un mot, il traîna le type vers la sortie. Une fois sur le trottoir, il le lâcha.

— Tu as intérêt à ne plus remettre les pieds ici.

Le type hocha la tête et fila sans demander son reste. Caleb attendit qu'il ait disparu au bout de la rue pour rentrer. Mais Jazzy n'était plus là. Lacy désigna du doigt le couloir menant à son bureau.

La porte était fermée. Il frappa. Pas de réponse.

— Jazzy ?

Seul le silence lui répondit.

Il essaya la poignée. La porte n'étant pas verrouillée, il l'ouvrit. Jazzy était assise sur le bord de son bureau, les bras croisés sur la poitrine. Quand il s'approcha, elle lui lança un regard furieux.

— Ça va ?

— Non, ça ne va pas ! Tu ne pouvais pas juste le jeter dehors sans le menacer ?

— C'est pour ça que tu es en colère ? s'étonna-t-il en riant.

Mauvaise manœuvre : Jazzy prit visiblement la mouche.

— Ce type allait te frapper, plaida-t-il.

— Et j'allais lui envoyer mon genou dans les couilles.

— Oh, alors tu es furieuse parce que je t'ai empêchée de maîtriser ce type toi-même ?

Les yeux étincelants de rage, Jazzy se laissa glisser du bureau et s'avança vers Caleb. Il retrouvait la Jazzy dont il était tombé amoureux au premier regard, une Jazzy explosive qui n'avait ni les mains ni la langue dans sa poche. Un savoureux et paradoxal mélange de féminité et de dureté.

Caleb l'attendit, la laissa venir à lui. Quand elle ne fut plus qu'à deux pas de lui, elle planta les mains sur ses hanches.

— Où étais-tu ce soir ? demanda-t-elle.

— Quoi ?

Il ne s'était pas du tout attendu à ça.

— Quand tu as appelé pour dire que tu serais en retard, tu n'as pas dit pourquoi. Où étais-tu ? Ou devrais-je demander avec qui ?

Avait-il bien entendu ? Elle n'était pas furieuse parce qu'il était venu à son aide quelques minutes auparavant, mais parce qu'elle pensait… que pensait-elle, d'ailleurs ? Qu'il était avec une autre femme ? Était-il possible qu'elle soit jalouse ? Et que, par conséquent, elle tienne un peu à lui ?

— J'avais des affaires personnelles à régler. Et avant que tu le demandes, non, je n'étais pas avec une autre femme.

Elle laissa retomber ses mains, souffla d'un air exaspéré et lui tourna le dos.

— Pourquoi je te demanderais ça ? Ça ne me concerne pas.

— Ça pourrait te concerner, si tu le voulais, glissa-t-il en venant se placer derrière elle.

Le sentant si près, elle se raidit, mais ne se retourna pas.

— J'aurais pu me charger de cette grande gueule de poivrot, tu sais. Je t'ai engagé pour la protection des clients, pas pour la mienne. Je suis capable de me défendre seule. J'ai l'habitude.

Il posa les mains sur ses épaules tendues et l'attira à lui pour que leurs corps se touchent. Puis il se pencha, approchant sa bouche de son oreille.

— Tu n'as plus besoin de te défendre seule, maintenant. Je veux être ton ami… ton protecteur… ton amant.

Elle n'abdiqua pas d'un coup. Pas elle. Elle avait appris depuis toujours à ne pas céder, à ne pas consentir sans avoir d'abord combattu. Et il n'y voyait aucun inconvénient : elle pouvait lutter autant qu'elle le voulait. Ça faisait trois mois qu'elle luttait contre son attirance pour lui… Il imaginait qu'elle ne devait pas être loin de lâcher prise. Cette nuit, peut-être ?

Il la fit pivoter et l'emprisonna dans ses bras. Puis il attira son visage stupéfait vers le sien. Et il l'embrassa. D'abord avec dureté et exigence, sans lui laisser une seule chance de protester. Et quand il la sentit faiblir, il radoucit son assaut. Lorsqu'elle commença à lui rendre son baiser, d'une bouche aussi affamée et passionnée que la sienne, Caleb soupira de plaisir, le corps déjà enflammé sous l'effet de ce seul prélude.

22

Caleb dévora sa bouche tout en glissant une main sur sa hanche pour presser son corps contre son sexe en érection. Cela faisait maintenant des mois qu'elle réprimait son envie de le toucher, de l'embrasser et de s'abandonner à lui. Instinctivement, elle sentait qu'il était différent des hommes qu'elle avait connus. Qu'il n'avait rien de commun avec Jamie.

« Oublie Jamie, s'exhorta-t-elle. Oublie-le, oublie sa mort, ton arrestation et tout le reste. Profite de cette nuit, savoure chaque moment passé avec Caleb. »

Elle enlaça Caleb par la taille et se frotta lascivement à lui. Elle adorait la sensation de son corps élancé et musclé contre le sien. Caleb pivota en la gardant dans ses bras et, tout en continuant à l'embrasser, la fit reculer jusqu'au mur près de la porte. Ses lèvres quittèrent sa bouche, puis effleurèrent sa joue, son menton, son cou, tandis que ses mains exploraient les contours de son corps. Elle tira sur sa chemise pour la dégager du jean. Pendant qu'il empoignait ses fesses et les soulevait pour la rapprocher de son sexe, elle glissa les mains sur son torse. Sa peau était chaude, son ventre plat et ferme.

Il défit les deux premiers boutons de son chemisier et vint embrasser le renflement de ses seins, juste au-dessus du soutien-gorge. Elle faisait voyager ses mains jusqu'à son dos. Son corps était comme une drogue puissante dont elle semblait ne jamais pouvoir se rassasier.

Lorsqu'il releva la tête pour la regarder, ils se sourirent, puis elle déboutonna sa chemise et l'ouvrit. Quand elle pencha la tête pour embrasser son cou, il tendit lc bras et claqua la porte. Elle réalisa seulement à ce moment-là que la porte était restée ouverte pendant tout ce temps et que n'importe qui aurait pu les surprendre.

Mais elle s'en moquait. Rien ne comptait que Caleb. Le toucher, l'embrasser, être avec lui. Totalement.

Ils continuèrent à se déshabiller mutuellement, sans cesser pour autant de se toucher et de s'embrasser. Quand ils furent entièrement nus, il caressa ses seins et prit leurs pointes tour à tour entre ses lèvres, lentement, avec une gourmandise qui la rendit folle de désir. Enfin, il la souleva par les hanches pour qu'elle enroule ses jambes autour de sa taille et la porta pour l'asseoir au bord du bureau. Là, il la caressa jusqu'à ce que le plaisir devienne insoutenable, jusqu'à ce qu'elle exige plus. Et quand il la pénétra, elle l'accueillit de tout son corps pour qu'ils plongent ensemble dans l'océan fougueux de leur passion.

Un long moment plus tard, accrochés l'un à l'autre, le cœur battant, haletant, ils reprirent lentement leur souffle, immobiles et silencieux, comme extasiés. Leurs corps étaient trempés de sueur.

— Habillons-nous, murmura-t-il finalement. Je vais te raccompagner chez toi.

— Tu restes avec moi, cette nuit ?

— Je resterai autant que tu voudras.

Tout était rouge. Rouge vif. Comme un voile pourpre colorant l'univers. Puis brusquement des nuages noirs tourbillonnèrent autour du liquide écarlate.

Genny se trouvait dans la cuisine en train de se préparer une tisane quand la vision la percuta. Se doutant de ce qui allait arriver, elle s'assit à la table et serra ses bras autour d'elle. Elle n'avait aucun contrôle sur ses visions, qui lui venaient en état de veille comme au cours de son sommeil, de jour comme de nuit. Elle n'appela pas Dallas parce qu'elle savait qu'il sentirait d'instinct qu'elle avait besoin de lui, elle savait qu'il viendrait de lui-même à son secours, pour la protéger.

Tandis que l'obscurité cernait le voile rouge, Genny vit un ciel étoilé au-dessus. Quelqu'un était en train de regarder le ciel. Mais qui ? De grands arbres étrangement noirs apparurent. Des bois. Probablement situés près de Cherokee. Puis un chalet, une allée, un vieux pick-up. Tout était sombre – sombre, rouge et gris. Quelqu'un était allongé sur la plage arrière du camion. Un homme. Il était rouge.

Genny commença à trembler. L'homme était mort, ses yeux vides tournés vers le ciel. Il avait la gorge tranchée et il était nu. Genny hurla quand elle vit qu'on l'avait castré.

— Genny ? Genny ?

Elle entendit la voix de Dallas comme s'il était très loin, et non juste à côté d'elle.

— Bon sang, Genny, reviens.

Elle sentait ses bras puissants autour d'elle, mais elle ne pouvait pas s'arrêter de hurler. À moins que les hurlements ne résonnent seulement dans sa tête…

Il est mort, se répétait-elle. Tu ne peux pas l'aider, ne reste pas là. Quitte cet endroit tout de suite. Pars avant que le mal ne t'aspire.

— Genny, ne fais pas ça… Reviens, tant que tu le peux encore.

Dallas la secouait maintenant.

— Je sais que tu peux y arriver.

La femme était là, elle aussi. Pas dans le camion, mais à côté. Les clés à la main. Elle allait emmener l'homme qu'elle venait de tuer.

— Genny !

Je ne peux pas revenir tout de suite, s'efforça-t-elle de lui expliquer par télépathie – ils avaient encore des progrès à faire pour consolider leur lien télépathique, mais il était déjà capable de se connecter à elle une fois sur deux. *Je vois la femme. Elle a encore tué.*

— Sois prudente, la supplia Dallas – elle ne savait pas s'il avait prononcé ces paroles ou s'il les avait seulement pensées.

La femme n'était qu'une ombre, juste une sombre silhouette. Genny essaya de se concentrer sur elle alors qu'elle ouvrait la portière du camion et grimpait au volant, mais elle ne pouvait pas voir son visage, seulement le contour de la tête et des épaules.

Soudain, l'obscurité enveloppa la femme. Non, le mal n'était pas en train de la cerner, il émanait d'elle. Tant de rage, tant de haine… Et une insatiable soif de vengeance. Mais ce meurtre n'avait pas été dicté par la vengeance ; il avait été dicté par la nécessité.

Genny frémit. Elle tuerait encore. Et bientôt.

Brusquement et très clairement, Genny aperçut des cheveux rouges. La couleur et la coupe de Jazzy. C'était la même femme, celle qui avait tué Jamie. Celle qui voulait faire accuser Jazzy à sa place.

Genny lutta pour s'extirper des ténèbres et revenir à la lumière. Lorsqu'elle ouvrit les yeux, elle vit Dallas agenouillé près d'elle. Il prit son visage entre ses mains.

— Ça va ?

— Jazzy.

Sa propre voix lui semblait faible. Ces visions la vidaient de ses forces, souvent pour plusieurs heures.

— Quoi, Jazzy ?

— Appelle-la.

— Tu veux que je l'appelle maintenant ? À cette heure ? Il est presque minuit.

— Elle… elle a besoin d'un alibi.

— Bon sang ! Qu'est-ce que tu as vu ? lui demanda-t-il en pressant sa tête sur son épaule.

— Elle a encore tué… la femme qui a assassiné Jamie.

Ils avaient déjà fait l'amour deux fois, une fois dans le bureau et une fois dans le lit désormais en bataille. À l'instant où leurs corps se séparèrent, le téléphone sonna.

Qui cela pouvait-il être ? se demanda Caleb. Il devait être minuit passé – ils avaient quitté le *Jazzy's Joint* un peu avant 22 heures.

Jazzy grogna.

— Tu veux que je réponde ?

— Mmm.

Elle se nicha contre lui alors qu'il tendait le bras vers le récepteur posé sur la table de nuit. Il décrocha.

— Oui ?

Silence. Puis une voix d'homme.

— McCord, c'est vous ?

— Qui le demande ?

Jazzy leva la tête et interrogea Caleb du regard.

— C'est Dallas Sloan, fit la voix à l'autre bout du fil.

Sloan n'appellerait pas à cette heure sans qu'il y ait un vrai problème.

— Qu'est-ce qu'il y a ? demanda Caleb, sachant déjà qu'il ne voulait pas entendre la réponse.

Pas cette nuit. Pas alors que tout allait si bien entre Jazzy et lui.

— Genny a eu une autre vision. Un autre homme a été tué, et castré. Genny est sûre qu'il s'agit de la même tueuse.

Caleb essaya de ne pas penser à ce que cela pouvait impliquer pour Jazzy.

— Est-ce déjà arrivé ?

— Genny pense que oui. Elle a voulu que j'appelle Jazzy avant Jacob. Elle affirme qu'il lui faut un alibi : elle a encore vu les cheveux de la femme, les mêmes que ceux de Jazzy.

Caleb resserra son bras autour de la taille de Jazzy.

— Eh bien, elle en a un. On est ensemble depuis 21 heures et, avant ça, des dizaines de clients l'ont vue au *Jazzy's Joint*.

— Restez avec elle jusqu'à ce qu'on en sache plus.

— Tenez-nous au courant, d'accord ?

— D'accord.

Dès que Caleb raccrocha, Jazzy se redressa pour le regarder.

— C'était Dallas ? Genny va bien ?

Caleb s'assit, l'entraînant avec lui, puis enlaça ses épaules.

— Genny a eu une vision. Elle a vu un autre homme se faire assassiner – les parties génitales coupées, comme pour Jamie. C'est la même femme, une rousse aux cheveux courts.

Jazzy inspira profondément.

— J'ai un alibi, cette fois.

— Oui, ça devrait donner à réfléchir au district attorney.

— Genny a-t-elle reconnu l'homme ?

— Dallas n'en a pas parlé, mais à mon avis non, sinon il l'aurait dit.

— Ils vont rechercher le corps ?

— Ils nous appelleront dès qu'ils auront du nouveau.

— On devrait peut-être...

Caleb posa un doigt sur sa bouche.

— Non.

— Non ?

— On ne va pas avec eux. On reste ici.

— Tu deviens affreusement autoritaire, tout à coup. Ce n'est pas parce qu'on a couché ensemble que…

— On ne s'est pas couchés, il me semble. Pas encore, du moins.

— Oh, tu sais très bien ce que je veux dire. Ce n'est pas parce qu'on est amants que tu as le droit de me donner des ordres.

Il s'empara de son visage, la forçant à le regarder.

— Nous sommes plus que des amants, non ?

Elle le considéra, silencieuse, sans confirmer ni infirmer ses dires.

— D'accord, je n'ai pas le droit de te donner des ordres, et je n'en aurai jamais le droit, même si tu étais ma femme. Mais ce que nous sommes l'un pour l'autre me donne le droit de te protéger.

— Tu veux me protéger ?

— Te protéger, prendre soin de toi, te rendre heureuse.

Il lâcha son visage.

— Tu es un drôle de numéro, Caleb McCord, dit-elle en l'embrassant.

Un baiser tendre, aimant, plein de gratitude.

La serrant contre lui, il posa son menton sur le sommet de sa tête.

— Je pensais justement la même chose de toi. Tu es vraiment unique, ma Jazzy.

Elle gara le camion à quelques centaines de mètres de l'endroit où elle avait fait basculer la Jaguar. De nombreux ravins pentus, tout à fait propices à son plan, longeaient cette portion de route. Elle avait recouvert le corps de Stan Watson avec une bâche trouvée dans la massive boîte à outils fixée à la plage arrière du camion. Par chance, elle n'avait croisé aucun véhicule depuis Honey Bear Trail. Avant de partir, elle était allée enterrer dans les bois le couteau utilisé pour tuer Stan – son propre couteau ! –, non loin du trou où elle avait enfoui son sac en plastique noir. Il pourrait se passer des années avant qu'on ne découvre ce sac et son contenu. Peut-être même ne le retrouverait-on jamais.

Elle n'avait pas prévu de tuer Stan, elle ne le connaissait même pas. Mais elle n'avait pas eu le choix. Et puis elle avait été clémente : sa mort avait été rapide, et elle lui avait même donné un cadeau d'adieu. C'était le moins qu'elle puisse faire, pour un homme innocent.

D'une certaine façon, la mort de Stan mettait ses plans en péril : si Jazzy Talbot avait un alibi pour cette nuit, le shérif et le district attorney pourraient s'interroger sur son implication dans le meurtre de Jamie. Mais peut-être y avait-il suffisamment de différences entre les deux meurtres pour que la police croie qu'un autre assassin s'était inspiré du premier. Elle avait laissé le corps de Jamie dans le chalet ; elle brûlerait celui de Stan à l'intérieur du camion. Et si cette bizarre voyante des montagnes avait une vision sur la mort de Stan, elle attesterait qu'il n'avait pas été torturé. Du moins pas beaucoup.

J'espère que tu es seule, Jazzy Talbot. J'espère que tu n'as pas d'alibi. Alors ce deuxième meurtre scellera ton destin.

Andrea Willis se réveilla en sursaut. Des éclats de voix lui parvinrent. Se redressant dans son lit, elle tendit l'oreille : Laura et Sheridan se disputaient.

Elle regarda l'heure : 00 h 25. Pourquoi ses filles se disputaient-elles à cette heure de la nuit ? Elle se leva, enfila ses chaussons et sa robe de chambre, puis quitta sans bruit la chambre, laissant Cecil dormir. Quand il prenait un somnifère, il avait un sommeil de plomb. Il y avait recours de plus en plus souvent, tout comme elle. Mais cette nuit, elle n'avait pas pris de médicament.

Les filles étaient dans le couloir, près de l'escalier de service. Toutes deux habillées.

— Qu'est-ce que c'est que ce raffut ? demanda-t-elle en se hâtant de les rejoindre. Et si on vous entendait ?

Elles se calmèrent instantanément en la voyant.

— Personne ne peut nous entendre à part toi, répondit Sheridan. Jim est resté à l'hôpital et il faudrait l'explosion d'une bombe pour réveiller papa.

— Et les domestiques ?

— Leurs chambres sont en bas.

— Allez-vous me dire ce qui se passe ?

Laura baissa la tête, tandis que Sheridan faisait la grimace.

— Pourquoi ne dormez-vous pas ? Il est minuit passé.

— Je suis sortie, avoua Sheridan. J'avais un rendez-vous.

Cela ne surprit pas Andrea. Elle regarda Laura.

— Et toi ?

— Je n'arrivais pas à dormir, alors je suis sortie… je crois.

— Tu crois ?

Le cœur d'Andrea fit un bond dans sa poitrine.

— Où est Mme Conley ?

— Je ne sais pas. Au lit, je crois.

— Elle aurait dû se réveiller en entendant vos cris.

Elle se tourna vers Sheridan.

— Explique-moi pourquoi vous vous disputiez.

— Quand je suis rentrée, je l'ai trouvée dans l'escalier, alors je lui ai demandé qui elle sortait tuer, cette nuit.

D'un geste de colère impulsif, Andrea la gifla. Sheridan recula et regarda sa mère avec ressentiment. Puis elle se frotta la joue et sourit.

— Admets-le, maman, tu penses qu'elle a pu tuer Jamie, toi aussi.

— Je ne l'ai pas tué, balbutia Laura. Je... n'aurais pas pu faire ça. J'aimais Jamie. Nous allions avoir un bébé.

Andrea passa un bras autour de ses épaules, puis regarda Sheridan.

— Va te coucher. Et à partir de maintenant, garde tes opinions pour toi, compris ?

— Oui, m'man.

Sheridan se dirigea vers sa chambre.

— Viens, dit Andrea à Laura en l'entraînant dans la sienne.

La pièce était plongée dans l'obscurité. Lorsque Andrea alluma, elle aperçut Mme Conley, ronflant bruyamment, assise dans un fauteuil rembourré. Une tasse vide se trouvait par terre à côté d'elle. Andrea s'approcha pour appeler la femme. En vain – celle-ci continuait à dormir. Elle lui tapa sur l'épaule ; Mme Conley ronflait toujours. Andrea la secoua. Elle grogna, mais ne se réveilla pas.

Droguée ! Elle avait été droguée...

Andrea pivota sur ses talons et fusilla Laura du regard.

— Qu'est-ce que tu lui as donné ?

Laura serra ses bras autour d'elle, fuyant le regard de sa mère, mais Andrea fonça sur elle, l'empoigna et la secoua.

— Qu'est-ce que tu as donné à Mme Conley ? Est-ce que je dois appeler une ambulance ?

— C'était juste deux somnifères de papa, avoua Laura. J'en avais assez qu'elle me surveille, elle ne me laissait même pas aller faire pipi sans laisser la porte ouverte.

— Laura, Laura... qu'est-ce que je vais faire de toi ?

— Aime-moi. Je t'en prie, maman, aime-moi comme tu aimes Sheridan.

Andrea prit tendrement sa fille dans ses bras.
— Ma pauvre petite Laura.

Sally Talbot arriva à 6 heures pile chez Jazzy. Caleb était en train de préparer du café dans la cuisine quand elle frappa à la porte.
— Comment va notre petite ? demanda-t-elle.
— Elle dort encore. Elle ne s'est rendormie qu'à 4 heures.
— Dallas m'a appelée juste avant que je parte. Ils ont trouvé un autre véhicule brûlé, à moins de cinq cents mètres du premier.
— Quand ?
— Il y a environ une heure.
— Je vais y aller.
— Je m'en doutais. C'est pour ça, que je suis là : Jazzy n'a pas besoin de vous accompagner.
— Tout à fait d'accord.
Il désigna la cuisine.
— Le café est en route. J'en prendrai un petit avant de partir.
Il se dirigea vers la chambre.
— Ne la réveillez pas, sinon elle voudra aller avec vous, le prévint Sally.
— Je ne compte pas la réveiller, je veux juste... la voir avant de partir, avoua-t-il, gêné de dévoiler ses sentiments.
Sally sourit, puis se retourna et gagna la cuisine.
Caleb ouvrit la porte et entra à pas de loup dans la chambre plongée dans la pénombre. Jazzy était couchée en chien de fusil sous le drap. Il s'approcha et la regarda. Elle était la plus belle chose qu'il ait jamais vue de sa vie.
Admets-le, McCord. Tu es amoureux d'elle.
Incapable de résister à la tentation, il tendit la main et caressa doucement sa joue. Elle poussa un soupir et se tourna sur le dos, mais ne se réveilla pas.

Lorsqu'il se pencha pour lui embrasser le front, elle murmura quelques mots incohérents.

— Je t'aime, souffla-t-il, sachant qu'elle ne pouvait pas l'entendre.

Sa respiration était profonde et régulière. Paisible. Ses lèvres s'entrouvrirent et elle prononça distinctement un mot :

— Jamie...

23

Fatiguée par sa matinée mouvementée, Genny dormait sur la banquette du bureau de Jacob. Dallas et le shérif se trouvaient dans un autre bureau avec Moody Ryan et Bobby Joe Harte. Bien que Genny ait réussi à leur indiquer l'endroit où le camion avait été brûlé, elle n'avait pas pu localiser le lieu du crime. Avant de s'écrouler d'épuisement, elle leur avait confirmé que cela ne s'était pas passé dans les environs proches.

— Dans la montagne, avait-elle dit. Près d'un secteur très boisé. Isolé.

Jacob avait prévenu Knoxville. Ce deuxième meurtre perpétré en l'espace d'une semaine ne lui rappelait que trop le tueur en série qui avait sévi dans le comté trois mois auparavant, et il était férocement déterminé à arrêter ce carnage. On n'avait pas pu identifier le cadavre carbonisé, mais Pete Hold avait assuré qu'il s'agissait d'un homme. Le corps serait transporté à Knoxville à midi. En attendant le rapport du laboratoire, ils ne pouvaient que spéculer. Il y avait le camion, encore suffisamment intact pour identifier le modèle. Et, par chance, la plaque d'immatriculation était tombée de son cadre en plastique et avait simplement noirci quand le cadre avait fondu. Ils avaient immédiatement effectué des recherches et découvert que le véhicule appartenait à un certain Stanley Watson, un des agents de maintenance travaillant pour l'agence de location de chalets de Cherokee.

Perché au bord du bureau de Moody, Jacob avait en main la liste des tâches que Hoot Tompkins, le gérant de l'agence, avait assignées la veille à Stan.

— Hoot dit que ses employés reçoivent chaque matin une liste, puis organisent leur journée comme ils le veulent, sauf ordre particulier. On a envoyé une équipe vérifier si Stan avait terminé tous ses boulots.

Jacob tapota du doigt la feuille de mission.

— S'il en reste un inachevé, c'est peut-être le dernier endroit où il s'est arrêté avant d'être tué.

— Tu crois que c'était elle ? demanda Bobby Joe.

Il ne sut plus où se mettre quand tous les yeux se tournèrent vers lui.

— Pas Mlle Jazzy, précisa-t-il aussitôt. Je voulais dire celle qui a assassiné Jamie Upton. Est-ce que c'est la même qui a tué Stan Watson ?

— Pour l'instant, on ne fait que supposer qu'il s'agit de Watson, lui rappela Dallas. Même si c'était son pick-up, que le gars n'est pas chez lui et que personne ne l'a vu depuis hier à l'heure du déjeuner.

— Si c'est la même – la tueuse, je veux dire…

Bobby Joe arpentait la pièce au rythme nerveux de ses paroles.

— Est-ce que ça ne met pas Mlle Jazzy hors de cause ? Si elle a… si elle a un alibi, cette fois, peut-être qu'on pourrait chercher ailleurs la coupable.

Jacob observa son adjoint. Bobby Joe tressautait comme un ver sur un tas de braise. Ça ne lui ressemblait pas, lui qui était généralement si nonchalant.

— Tu as un problème ?

Au son de la voix de Jacob, Bobby Joe se figea sur place.

— Non, je n'ai aucun problème. Pourquoi ?

— Tu es bizarre, c'est vrai, intervint Dallas.

— C'est ce qui me semblait, dit Jacob.

— Ah, c'est qu'il n'a pas l'esprit au boulot, lança Moody, guilleret. Il a une nouvelle copine. Un sacré petit morceau et...

— La ferme, tu veux ?

Bobby Joe fusillait Moody du regard.

— Merde, on peut pas avoir sa vie privée ?

— Quelque chose ne va pas, insista Jacob. Sinon tu ne réagirais pas comme ça.

Bobby Joe sortit en trombe du bureau, claquant la porte derrière lui. Le regard de Jacob passa de Moody à Dallas, puis revint à Moody.

— Qui est cette fille ?

Moody sourit. Avec ses grands yeux bleus et ses cheveux blonds bouclés, on aurait dit un gosse qui avait trop vite grandi.

— La fille Willis.

— Laura Willis ? s'exclamèrent simultanément Jacob et Dallas.

— Non, l'autre.

— La gamine ? demanda Jacob.

— Ouais. Elle s'appelle Sheridan et a seulement dix-neuf ans, mais d'après ce que dit Bobby, elle ne se comporte pas du tout comme une gamine, si vous voyez ce que je veux dire...

Jacob hocha la tête. Ainsi, Bobby Joe se tapait la plus jeune des filles Willis. Vu qu'il n'était pas exactement un homme à femmes et qu'il n'était pas connu pour faire le premier pas, Sheridan Willis avait dû lui mettre le grappin dessus. Mais pourquoi agissait-il comme s'il avait commis un crime ? Si elle avait dix-neuf ans, leur relation n'avait rien d'illégal.

— Il est peut-être gêné de sortir avec quelqu'un d'aussi jeune, supposa Dallas.

Jacob secoua la tête.

— Il y a autre chose. Quelque chose en rapport avec les meurtres.

— Tu crois qu'il sait quelque chose ? demanda Dallas.

— Comment ça serait possible ? intervint Moody, les sourcils froncés.

— Je n'en sais rien, mais je compte bien le découvrir, leur affirma Jacob en sortant.

Bobby Joe se trouvait tout au fond du couloir, près du distributeur de boissons. Comme s'il avait senti la présence de Jacob, il leva les yeux de la fente où il venait de glisser une pièce. Leurs regards se croisèrent un instant, puis Bobby Joe récupéra sa boisson. Jacob le rejoignit en sortant des pièces de sa poche. Après avoir pris une boîte de jus d'orange et l'avoir ouverte, il en but une longue gorgée.

— Je suppose que Moody t'a dit avec qui je sors.

Bobby Joe évitait délibérément le regard de Jacob.

— Sheridan Willis.

Jacob s'essuya la bouche du dos de sa main, puis prit Bobby par l'épaule.

— Il y a quelque chose que tu veux me dire ?

— Que je veux te dire, non, bougonna Bobby Joe. Que je dois te dire, oui.

— Allez, crache le morceau. Ce n'est sûrement pas aussi grave que tu sembles le penser.

— C'est pas ça, c'est que j'aurais dû t'en parler plus tôt, surtout que ça pourrait bien aider Mlle Jazzy.

— Alors parle-moi maintenant.

— Eh bien...

Il hésita, puis fit signe à Jacob de le suivre.

— Allons dehors, d'accord ? Je ne veux pas qu'on nous entende.

Quand ils furent sortis par l'issue de derrière, Bobby Joe s'assura qu'ils étaient seuls avant de parler.

— Juste après le meurtre de Jamie, Sheridan m'a dit que c'était peut-être sa sœur qui l'avait tué.

— Laura Willis ?

— Ouais.

— Qu'est-ce qui lui a fait penser ça ?

— Elle prétend que sa sœur a des problèmes… Tu sais, des problèmes mentaux. Il paraît qu'elle a fait une dépression nerveuse à seize ans.

— Un passif de violence ?

— Je ne sais pas. Sheridan ne m'en a pas dit plus, mais… elle m'a appelé, tout à l'heure.

Jacob se força à ne pas faire de conclusion hâtive sur Laura Willis. Ce n'était pas parce qu'il était certain de l'innocence de Jazzy qu'il devait automatiquement soupçonner la jeune femme. Mais si quelqu'un d'autre que Jazzy avait une raison de haïr Jamie et de souhaiter sa mort, c'était probablement Laura.

— Et alors ? le relança-t-il.

— Elle était au courant, pour le deuxième meurtre. La radio et la télé en parlent déjà.

Jacob poussa un grognement. Encore Brian MacKinnon ! Il ne perdrait pour rien au monde une si belle occasion de discréditer la police locale…

— Continue. Qu'est-ce qu'elle avait à te dire ?

— Elle affirme que Laura a bien pu tuer ce type, aussi… Quand je l'ai raccompagnée, hier soir, elle a trouvé sa sœur dans l'escalier. Laura était sortie et personne ne savait où.

— Sheridan doit vraiment haïr sa sœur pour donner ce genre d'information à un adjoint du shérif. Même si c'est l'adjoint avec qui elle baise.

Le visage de Bobby Joe s'empourpra.

— Qu'est-ce que tu en penses ?

— J'en pense qu'on devrait interroger Laura Willis. Et je veux que Wade Truman soit présent. Ça le persuadera peut-être d'abandonner les poursuites contre Jazzy.

Caleb s'arrêta à la station-service, commanda un café et retourna dans sa voiture. En quittant Cherokee, le matin même, il avait conduit au hasard pour se retrouver sur la nationale 321 et continuer jusqu'à Greenville avant de réaliser où il était. À l'origine, il voulait passer voir Dallas et Jacob pour obtenir toutes les informations possibles sur ce deuxième meurtre. Il voulait aider Jazzy.

Pourquoi avait-il fallu qu'il entre dans la chambre ? Pourquoi n'était-il pas simplement parti dès l'arrivée de Sally ? S'il ne l'avait pas touchée, s'il ne l'avait pas embrassée, s'il n'avait pas éprouvé le besoin irrépressible de lui dire qu'il l'aimait, il ne l'aurait jamais entendue murmurer le nom de Jamie...

Et c'était comme si on lui avait planté un couteau dans le cœur. Il avait passé les heures les plus incroyables de sa vie dans les bras d'une femme qui représentait déjà tout pour lui. Il avait été assez stupide pour croire qu'elle ressentait la même chose. Mais ce n'était pas son nom qu'elle murmurait dans son sommeil, ce n'était pas à lui qu'elle pensait, pas lui qu'elle emportait dans ses rêves. Son amour était réservé à un homme qui ne l'avait jamais méritée.

Si Jamie était encore en vie, il aurait peut-être une chance de le supplanter dans le cœur de Jazzy. Mais comment lutter contre un fantôme ? Comment avait-il pu s'imaginer qu'au bout d'une nuit en sa compagnie, Jazzy pourrait oublier l'homme qu'elle avait aimé pendant tant d'années ?

Caleb serra si fort le gobelet fumant que la moitié du café en jaillit et se renversa sur sa main. Il poussa un juron.

Qu'est-ce que tu vas faire, McCord ? Poursuivre ta route. Sans regarder en arrière. Mais tes affaires restées au chalet ? Eh bien, tu rentres pour les récupérer, et tu repars aussitôt.

Mais il ne pouvait pas partir sans avoir vu les Upton, sans leur avoir révélé qui il était. Après tout, c'était pour ça qu'il était venu à Cherokee Pointe : pour retrouver la famille de sa mère.

Il y avait toutes les chances pour que Jim Upton ne le croie pas. Mais il n'avait qu'à lui montrer son acte de naissance, les photos de sa mère et de lui quand il était petit. Lui parler du test ADN qu'il avait fait.

Était-ce ce qu'il voulait ? Voulait-il être le petit-fils de Jim Upton – l'héritier de la fortune Upton ? S'il était riche à ne plus savoir qu'en faire Jazzy voudrait-elle de lui ? L'aimerait-elle ?

Caleb rit de lui-même, de sa propre stupidité. Il avait connu et s'était apitoyé avec un brin de condescendance sur le sort d'hommes tellement amoureux qu'ils en devenaient idiots, sans se douter une seule seconde qu'il rejoindrait un jour leurs rangs.

Si tu aimes Jazzy à ce point, comment peux-tu l'abandonner ? Comment peux-tu laisser ton amour-propre t'éloigner d'elle alors qu'il faut la protéger ? Tu lui as fait des promesses, rappelle-toi. Et tu es un homme de parole, non ?

Il n'en avait pas fini avec Cherokee Pointe.

Caleb sortit de sa voiture, jeta son gobelet écrasé dans la poubelle et prit une décision. S'il rentrait, prouvait son identité à ses grands-parents et poursuivait sa relation avec Jazzy, certains diraient qu'il marchait sur les traces de Jamie Upton, qu'il endossait sa vie, en quelque sorte. Un tas de gens diraient ça. À tort : il ne voulait pas ressembler à Jamie – même s'il désirait tout ce qui un jour lui avait appartenu…

Mais, après tout, Jim et Reba Upton étaient ses grands-parents, il avait le droit de les connaître. Ce n'était pas la fortune qu'il recherchait, mais une famille. Et en ce qui concernait Jazzy, il ne voulait pas qu'elle l'aime comme elle avait aimé Jamie, il voulait davantage d'elle, parce qu'il souhaitait lui offrir davantage.

Au diable Jamie et l'opinion des gens ! Il n'allait pas laisser un mot – un nom – prononcé par Jazzy dans son sommeil le chasser et l'empêcher de s'approprier ce qu'il désirait. Ce qui lui revenait de droit.

Caleb se glissa derrière le volant et démarra. Après être sorti du parking, il prit la direction du sud-ouest. Il retournait chez lui.

En milieu d'après-midi, Dallas terminait un déjeuner tardif en compagnie de Jacob, tous deux sirotant leur café en savourant la tarte aux pommes de Ludie. Dès que Genny avait fini de manger, elle était allée chez Jazzy prendre la relève de Sally. Celle-ci avait appelé pour dire que la jeune femme s'inquiétait au sujet de Caleb : il était parti à 6 heures du matin, et elles n'avaient pas de nouvelles de lui depuis.

Le téléphone portable de Dallas sonna.

— Oui, Sloan à l'appareil.

— Dallas, c'est Teri. J'ai un début de résultats sur Laura Willis. Mais il me faudra encore un jour, peut-être deux, pour réunir toutes les informations sur elle et sur sa famille.

— Dis-moi toujours ce que tu as.

— Elle a effectivement eu une sorte de crise de folie à seize ans. Elle a passé trois mois dans un hôpital privé et plusieurs années sous soins psychiatriques.

— Rien sur ce qui a causé cette crise ?

— Pas encore.

Comme Teri observait un long silence, Dallas se rappela combien elle aimait ménager le suspense avant de faire une grande révélation.

— Qu'est-ce que c'est ? demanda-t-il.

Elle gloussa.

— Juste un petit détail croustillant, obtenu par simple recoupement de dates. Laura Willis a vingt-quatre ans, d'après les documents auxquels j'ai eu accès.

— Et ?
— Et Andrea et Cecil Willis ne sont mariés que depuis vingt-trois ans.
Dallas rumina l'information.
— Tu as vérifié les dates ?
— Oui. Tu devrais savoir qu'au FBI, on vérifie toujours tout…
— Ça veut juste dire que Laura est née avant le mariage de ses parents.
— Peut-être…
— Bon, dis-moi ce qui te brûle la langue.
— Andrea Willis n'est pas la première Mme Cecil Willis. Le premier mariage de M. Willis a été annulé il y a vingt-quatre ans, ce qui signifie qu'il était marié à quelqu'un d'autre quand il a conçu Laura.
— Intéressant, mais je ne vois pas en quoi ça nous avance.
— Je crois qu'on tient quelque chose d'important. Appelle ça de l'instinct, mais… Hé, pourquoi tu ne demandes pas à Genny de…
— … Pas question.
— Pas même si ça peut aider son amie Jazzy ?
— Continue à chercher, et si tu fais chou blanc, alors j'impliquerai peut-être Genny.
— Comme tu veux. Je te rappelle.
— Du nouveau ? demanda Jacob quand Dallas racrocha.
— Pas vraiment, mais Teri a une intuition et ses intuitions sont habituellement payantes. Elle me rappelle.
— Eh bien, j'espère que tu as raison de faire confiance à ses intuitions : on a deux meurtres non élucidés sur les bras et, à moins de donner au district attorney un autre suspect valable, Jazzy se retrouvera bientôt devant un tribunal pour le meurtre de Jamie.

24

L'hôpital lui paraissait être la première épreuve à affronter – il n'était pas encore prêt à voir Jazzy. Si elle lui disait qu'elle aimait toujours Jamie, il ignorait quelle serait sa réaction. Voulait-il passer le reste de sa vie à jouer l'ersatz de son cousin ? À se torturer pour savoir si Jazzy l'avait choisi par amour ou parce qu'il était l'héritier des Upton ?

Dans le couloir de l'unité de soins intensifs, personne ne fit attention à lui. Il s'éclaircit la gorge devant le bureau des infirmières. Une femme d'une cinquantaine d'années tourna vers lui un chaleureux sourire.

— Je peux vous aider, monsieur ?

— J'aurais voulu prendre des nouvelles de Mme Upton.

Une petite blonde d'âge mûr – probablement l'infirmière en chef – lui lança un regard peu amène.

— Si vous êtes journaliste, je vous suggère de partir avant que j'appelle la sécurité.

— Je ne suis pas journaliste.

— Alors en quoi l'état de santé de Mme Upton vous intéresse-t-il ? Vous êtes de la famille ? Un ami proche ?

Caleb ne savait pas quoi répondre, et l'infirmière en chef ne lui laissa pas le temps de trouver.

— Puisque vous n'êtes apparemment ni l'un ni l'autre, peut-être devriez-vous appeler M. Upton pour obtenir ce type d'information.

— Je suis de la famille, déclara-t-il résolument.

L'infirmière le considéra d'un œil sceptique.

— J'en doute.

— Écoutez, je veux juste savoir si elle va mieux.

— Renseignez-vous auprès des Upton, lui rétorqua-t-elle sèchement avant de prendre une pile de dossiers et de disparaître dans le couloir.

Caleb s'en allait quand l'autre infirmière l'appela à voix basse :

— Hé, jeune homme.

Il s'arrêta et lui fit face.

— Oui ?

— L'état de Mme Upton s'est amélioré. Elle a quitté l'unité tout à l'heure, son mari s'est arrangé pour qu'elle occupe deux chambres contiguës au quatrième étage.

Caleb lui sourit avec gratitude.

— Merci. Vous savez, je suis vraiment de la famille.

— J'ai tout de suite vu que votre inquiétude était sincère, répliqua-t-elle en lui rendant son sourire.

Caleb la salua de la tête et se dirigea vers les ascenseurs. Tout en montant au quatrième étage, il songea à la réflexion de l'infirmière. Oui, il s'inquiétait vraiment pour Reba Upton, sans pour autant être sûr de ses motivations. Elle avait beau être sa grand-mère, il ne la connaissait pas… Mais il voyait sa mère à travers elle. Voilà pourquoi cela comptait. À un certain moment de sa vie, sa mère avait aimé Jim et Reba Upton. Sinon elle ne lui aurait pas révélé leur existence sur son lit de mort, elle ne lui aurait pas conseillé de les rejoindre. Il était vrai qu'il n'avait pas obéi à son dernier souhait, mais mieux valait tard que jamais…

Quand les portes de l'ascenseur s'ouvrirent, il hésita un instant. *Vas-y*, s'encouragea-t-il. *Juste pour voir si elle va bien. Tu ne lui diras pas qui tu es. Pas encore…*

Il ne lui fallut pas longtemps pour trouver la bonne chambre : le nom des patients était inscrit sur les portes. La porte de celle de sa grand-mère était à demi ouverte. Il s'approcha et jeta un œil à l'intérieur : une femme en uniforme – une infirmière privée, sans doute – était assise au pied du lit, tournant le dos à Caleb. Reba avait les yeux fermés. Malgré ses cheveux blonds et sa peau lisse, elle avait l'air vieille. La crise cardiaque avait laissé ses traces.

Il resta là un long moment, à regarder sa grand-mère, se demandant comment elle réagirait en apprenant son existence. Puis, juste comme il décidait qu'il était temps de partir, une main s'abattit sur son épaule.

— Qu'est-ce que vous fichez ? gronda la voix féroce de Jim.

Caleb pivota pour se retrouver en face de son grand-père.

— Si vous êtes journaliste…

— Je ne suis pas journaliste.

— Alors pourquoi vous fouinez autour de la chambre de ma femme ? Qui vous a dit qu'elle était là ?

— Je ne fouine pas, répliqua Caleb en se dégageant de son emprise. Je suis passé voir comment elle allait.

Jim le considéra d'un œil méfiant.

— Je vous connais ? Votre visage me dit quelque chose.

— Vous ne me connaissez pas, monsieur Upton. Mais si mon visage vous dit quelque chose, c'est peut-être parce que je ressemble un peu à ma mère.

— Votre mère ? C'est une de nos amies ?

Il le toisa avec mépris, de ses cheveux trop longs à ses bottes en cuir noir.

Caleb décida de se jeter à l'eau.

— Ma mère était Melanie Upton McCord.

Jim le regarda comme s'il n'avait pas bien entendu.

— À quel jeu vous jouez ? Vous essayez de profiter de nous quand nous sommes au plus bas ? Eh bien, ne croyez pas que ça va marcher. Notre fille est morte il y a quinze ans d'une...

— ... D'une overdose à Memphis.

Le front de Jim se plissa.

— Comment le savez-vous ?

— J'étais avec elle, quand elle est morte. C'est moi qui ai essayé de la sauver. C'est moi qui ai appelé l'ambulance.

Jim le saisit par la chemise.

— Quel âge avez-vous ? Vous n'êtes pas assez vieux pour avoir été son amant.

— J'avais seize ans quand elle est morte. Elle n'avait pas encore quarante ans, mais elle en paraissait soixante. Les drogues font ça aux gens, même aux belles femmes blondes de bonne famille.

Jim desserra un peu sa prise, mais ne le laissa pas partir. Il regardait Caleb dans les yeux – des yeux qui n'étaient pas ceux de sa mère. Il étudiait ses traits. Lentement, minutieusement.

— Vous lui ressemblez un peu, et je vois un peu de Jim Jr en vous...

Il le lâcha brusquement et s'écarta de lui.

— Vous ne pouvez pas être son fils. Si elle avait eu un enfant, la police nous l'aurait dit.

— Ils ne le savaient pas. J'ai disparu dès qu'elle est morte : je ne voulais pas que les services sociaux me placent dans un foyer.

— Mais si elle avait un enfant, pourquoi... pourquoi n'est-elle pas revenue à la maison ? Elle avait un mari... Quel âge avez-vous ?

— Trente-deux ans.

— Il y a trente-trois ans qu'elle est partie. Elle nous a quittés, elle a quitté un bon mari...

— Ce n'est pas mon père.
— Et ma Melanie n'est pas votre mère.
Le regard de Jim se durcit.
— Qui que vous soyez, ne vous avisez pas de venir raconter vos mensonges délirants à Reba. Elle a déjà assez souffert comme ça.
— Je ne veux pas la faire souffrir… ni vous.
— Alors disparaissez de ma vue. Quittez Cherokee Pointe, et ne revenez jamais. Vous m'avez bien compris ?
Caleb regarda le vieil homme droit dans les yeux.
— Je partirai quand je l'aurai décidé.
— Vous savez qui je suis ? Vous savez à quoi vous vous exposez en me défiant ?
— Ouais, je sais, lâcha Caleb d'un ton amer. Je sais que vous avez personnellement veillé à ce qu'on poursuive une femme innocente, à ce qu'on l'accuse d'un meurtre qu'elle n'a pas commis. Je sais tout ce que le puissant Jim Upton est capable de faire. D'ailleurs, vous avez peut-être raison : je ne suis sans doute pas votre petit-fils. Si Jamie Upton était le résultat de vos talents d'éducateur, je suis content de ne pas avoir écouté le conseil de ma mère et de ne pas être venu chez vous à sa mort.
Le visage de Jim s'empourpra de rage. Caleb crut un instant qu'il allait le gifler.
— La couleur préférée de ma mère était le bleu, poursuivit-il. Son conte préféré *La Belle au bois dormant* ; vous le lui lisiez chaque soir, quand elle était petite. Elle avait un poney qui s'appelait Ruffles. Pour ses seize ans, vous lui avez offert une Corvette jaune. Et votre femme lui a donné un médaillon en or serti de diamants le jour de son mariage. Elle le portait tout le temps quand j'étais petit. Elle s'y est accrochée longtemps, mais elle a fini par le vendre pour s'acheter de la drogue.
Caleb se détourna et s'en alla. Que le vieux digère tout ça, maintenant. S'il changeait d'avis, la balle

était dans son camp. Pas question qu'il le supplie. Et pas question surtout qu'il se laisse intimider par lui.

Andrea n'aimait pas ça du tout. Bien que le shérif ait assuré à Cecil qu'ils n'auraient pas besoin de leur avocat, elle ne se sentait pas à l'aise, dans cette situation. Ils tenaient leur coupable, Jazzy Talbot… Quel besoin avaient-ils d'interroger encore sa famille ? Elle pouvait contrôler Cecil – après tout, elle ne faisait que cela, depuis des années. Mais leurs filles, c'était autre chose. Sheridan était impétueuse et insolente, elle pourrait dire n'importe quoi. Elle l'avait prise à part avant de venir, la mettant en garde contre les dangers d'un comportement irraisonné, et sans doute saurait-elle se tenir. Du moins temporairement. Mais Laura ? Cette pauvre enfant était si fragile qu'il ne lui faudrait pas grand-chose pour craquer. Peut-être irréversiblement.

— Ne dis surtout pas que tu ne te souviens pas de ce que tu as fait la nuit où Jamie est mort, l'avait-elle prévenue. Tu m'entends ?

Laura avait hoché la tête et promis de garder leur secret, mais Andrea savait que si on la mettait sous pression, sa fille avouerait tout. Et si cela arrivait, Cecil et elle ne pourraient plus rien pour elle.

Et si elle avait vraiment tué Jamie ? se demanda Andrea alors qu'ils entraient dans le palais de justice. *Si Laura avait tué Jamie, personne ne devait jamais le savoir. Mais ce deuxième homme qui avait été assassiné, ce Watson ? Laura était encore sortie, la veille au soir. Sheridan l'avait surprise dans l'escalier. L'avait-elle tué, lui aussi ? Et si oui, pourquoi ?*

— Entrez, je vous prie, les accueillit Jacob Butler, qui les attendait devant la porte du département de police. Je vous remercie d'être venus. J'essaierai de ne pas vous retenir trop longtemps. Allons dans mon bureau, nous pourrons parler tranquillement.

Tous quatre le suivirent. Andrea poussa Cecil du coude.

— J'ai contacté Philip Stockton, mon avocat, et il m'a donné certains conseils, annonça Cecil en s'accordant au pas de Butler. Mais comme nous n'avons rien à nous reprocher, nous sommes ravis de coopérer.

— Entrez et prenez place, proposa Butler quand ils atteignirent son bureau. J'ai demandé à notre commissaire divisionnaire, M. Sloan, et à notre district attorney, M. Truman, d'assister à notre conversation.

Andrea regarda les deux hommes en question – le grand blond debout près des fenêtres et M. Truman, assis derrière le bureau du shérif – mais ne leur adressa pas la parole. Puis elle remarqua que les quatre sièges qui leur étaient destinés avaient été disposés en désordre dans la pièce, de telle sorte qu'ils seraient tous séparés les uns des autres. Était-ce délibéré ?

— Déplace une chaise près de celle que je prendrai, souffla-t-elle à Cecil.

Il la regarda, circonspect, mais lui obéit. Dès qu'il eut placé une chaise à côté de la sienne, elle s'adressa à Laura.

— Ma chérie, viens près de moi.

Sheridan jeta un regard mécontent à sa mère, puis sourit. Andrea n'aimait pas ce sourire sournois. Que savait Sheridan ? Probablement rien, mais elle adorait semer des problèmes.

Jacob Butler croisa les bras sur sa massive poitrine et s'assit au bord de son bureau.

— Comme vous le savez déjà, sans doute, un autre meurtre a été commis dans le comté.

— Oui, un manœuvre, je crois ? intervint Cecil.

— Un agent de maintenance de l'agence de location de chalets. Il s'appelait Stanley Watson. Est-ce que par hasard vous le connaissiez ?

— Certainement pas, répondit Andrea. Pourquoi nous prêteriez-vous de telles connaissances ?

— Ce n'était qu'une question, madame. Juste une question.

— Cecil aurait pu répondre à cette question par téléphone...

Andrea s'interrompit, se rendant compte qu'elle réagissait de façon excessive.

— Le meurtre de Stan Watson présente des similitudes avec celui de Jamie Upton. Mis à part le fait que, le corps ayant cette fois été brûlé à l'intérieur du véhicule, nous ne savons pas s'il y a eu torture ou pas.

Laura porta une main à sa bouche. Andrea l'enlaça tendrement par l'épaule.

— Vraiment, shérif... fulmina-t-elle.

— Désolé, madame, mais comprenez-nous : nous pensons que la personne qui a tué Jamie a également tué Stan.

— Alors vous avez déjà votre coupable, lui rétorqua Andrea. Jazzy Talbot a tué Jamie.

Elle se tourna vers le district attorney.

— N'est-ce pas ?

— Le dossier de Jazzy sera présenté devant un grand jury si on ne trouve pas la véritable coupable, déclara Jacob. Voyez-vous, Jazzy a un solide alibi, cette fois : il est impossible qu'elle ait pu commettre ce deuxième meurtre.

Andrea déglutit péniblement. *N'y pense pas*, s'exhorta-t-elle. *On ne doit rien lire sur ton visage.*

— Nous avons besoin de savoir précisément où chacun de vous était entre 18 heures et minuit, hier soir.

— Chez les Upton, répondit Andrea.

— Tous les quatre ?

— Oui...

— Ne mens pas à cause de moi, maman.

Sheridan regarda effrontément le shérif.

— J'avais un rendez-vous, hier soir. J'étais avec ce monsieur de 18 h 30 à minuit passé.

Jacob se racla la gorge.

— Nous pouvons facilement vérifier vos dires, mademoiselle Willis.

Andrea tourna vivement la tête vers sa fille. Elle n'était tout de même pas avec le shérif! Non, pas avec le shérif, mais certainement avec quelqu'un qu'il connaissait. Elle balaya l'assistance du regard, observant les deux autres hommes, se demandant si sa fille avait couché avec l'un d'eux.

— Entre 18 heures et minuit, Cecil et moi étions ensemble, et Laura était soit avec nous, soit avec son infirmière, déclara-t-elle.

Jacob s'approcha de Laura, s'accroupit devant elle et demanda d'une voix douce :

— Laura, auriez-vous quelque chose à nous dire qui pourrait nous aider à résoudre le meurtre de Jamie... et celui de Stan Watson?

Laura regarda sa mère, ses yeux bleus agrandis d'effroi implorant son aide.

— Je... je ne sais pas... Parfois j'oublie les choses... Je voudrais vous aider, mais...

— Je vous en prie, ne faites pas ça, intervint Andrea. Laura est d'une nature très fragile, et la mort de Jamie l'a déstabilisée, sans compter sa fausse couche. Elle est sous surveillance médicale.

Andrea regarda Cecil.

— Nous devrions faire appel au Dr MacNair. Il peut expliquer les dégâts que pourrait causer la moindre contrariété...

Elle s'éclaircit la gorge.

— Je vous en prie... Laura ne peut pas vous aider. Croyez-moi, elle ne peut pas.

Le shérif la fixait d'un air soupçonneux. Elle eut soudain du mal à respirer. La peur commençait à la tenailler. Butler se redressa de toute son imposante carrure pour aller ouvrit la porte et appeler l'un de ses adjoints.

— Contacte le Dr MacNair et demande-lui de venir dès que possible. Dis-lui que nous sommes en train d'interroger la famille Willis, que j'ai quelques questions à poser à Laura, mais que sa mère pense que ça pourrait mettre sa santé en danger.

Andrea se sentit rougir. Son cœur battait follement. Elle se leva, rejoignit Cecil et articula à voix basse :

— Fais quelque chose !

— Qu'est-ce que tu veux que je fasse ? soupira Cecil, les épaules affaissées.

— Laura ne devrait pas être interrogée.

Elle pressa le bras de son mari.

— Tu comprends ?

Cecil parut brusquement réaliser de quoi elle parlait. Il hocha la tête.

— J'appelle Philip.

Avant qu'elle lui rétorque qu'ils avaient besoin d'autre chose que de l'aide d'un avocat qui se trouvait à des centaines de kilomètres de là, un téléphone sonna. Andrea leva la tête et vit le commissaire divisionnaire attraper son portable et répondre. Aussitôt, il sortit vivement du bureau.

Elle avait la pénible impression que ce coup de fil avait un rapport avec eux – avec Laura, en particulier. Quand Sloan réapparut au seuil de la porte et fit signe au shérif de le rejoindre dehors, les ongles d'Andrea s'enfoncèrent dans le bras de son mari.

— Appelle Jim Upton, lui ordonna-t-elle. Dis-lui que nous allons avoir très vite besoin d'un avocat.

— Pourquoi ? Qu'est-ce que tu m'as caché ?

— C'est Laura...

Avant qu'elle ait pu lui expliquer quoi que ce soit, les deux hommes revinrent. Cecil se leva pour se tenir au côté d'Andrea.

— Nous venons de recevoir une information plutôt intéressante, annonça le shérif.

Andrea retint son souffle.

Quand le shérif reprit la parole, il la regardait droit dans les yeux.

— Pourquoi ne nous avez-vous pas dit que, âgée de seize ans, Laura a essayé de tuer son petit ami ?

25

Caleb se gara au bout de l'allée menant à son chalet, à côté de la Trailblazer de Genny. Si celle-ci était là, cela pouvait signifier deux choses : soit Jazzy l'y avait envoyée, soit elle était là avec elle. Quoi d'étonnant ? Il avait quitté Jazzy à l'aube et ne lui avait donné aucune nouvelle depuis : il était légitime qu'elle s'inquiète. Après tout, ils avaient passé la nuit ensemble. Ça lui donnait certains droits sur lui.

S'il avait de la chance, Genny était seule et il n'aurait pas à affronter Jazzy. Mais il aperçut les deux femmes assises sur la terrasse. Qu'il le veuille ou non, il allait devoir s'expliquer. Après mûre réflexion, il avait décidé de ne pas se montrer d'une totale franchise – il n'était pas prêt à lui demander tout de go si elle aimait encore Jamie. Et il n'était certainement pas prêt à lui révéler son lien de parenté avec les Upton.

Alors qu'allait-il lui dire ?

Dès qu'elle le vit, Jazzy bondit de son rocking-chair et se précipita vers lui.

— Où étais-tu passé ? demanda-t-elle, ses yeux verts plissés de désapprobation.

Caleb enfouit les mains dans ses poches.

— J'ai fait un tour en voiture.

Super-réponse, McCord. Tu crois vraiment qu'elle va se contenter de ça ?

Jazzy croisa les bras sur sa poitrine.

— Mauvaise réponse. Tu vas me dire ce qui se passe ?

Genny se leva.

— Je vais vous laisser parler tranquillement.

Quand elle passa devant Jazzy, cette dernière lui attrapa le bras.

— Ne pars pas. Je risque d'avoir besoin qu'on me raccompagne en ville.

Genny les regarda tour à tour, mais ne dit rien. Ses yeux noirs en disaient plus long que n'importe quelle parole. Genny avait toujours été une pacificatrice.

— Je te raccompagnerai quand tu voudras, dit Caleb à Jazzy. Genny n'a pas besoin de rester pour assister à notre dispute.

— Parce que nous allons nous disputer ? fit Jazzy en le toisant.

— Peut-être. Je ne sais pas.

Jazzy lâcha le bras de Genny.

— Vas-y. Et merci d'avoir attendu deux heures avec moi que Caleb daigne rentrer.

— Pas de quoi. Appelle-moi plus tard, d'accord ?

Jazzy acquiesça de la tête.

Deux heures ? Elles l'avaient attendu deux heures ? Jazzy avait donc eu largement le temps de se monter la tête.

Quand ils furent seuls, elle resta immobile à le fixer d'un regard sans concession. Il pouvait sentir sa colère flotter dans l'air jusqu'à lui. Elle était folle de rage. Et il pouvait la comprendre.

— Tu veux qu'on rentre pour…

Avant qu'il ait terminé sa phrase, elle fonça sur lui et abattit ses deux poings sur son torse.

— Espèce de…

Il la saisit par les poignets.

— J'ai juste fait un tour en voiture, j'avais besoin de réfléchir.

Elle se débattit, mais il la maintint fermement jusqu'à ce qu'elle se calme. Puis il la lâcha. Leurs regards se croisèrent, celui de Jazzy fouillant le sien à la recherche de la vérité.

— À quoi avais-tu besoin de réfléchir ? À nous deux ? demanda-t-elle en serrant les bras autour d'elle comme si elle avait brusquement froid.

— Rentrons et…

— Est-ce que je me suis trompée ? Est-ce que je me suis fait des illusions sur ce qui s'est passé entre nous ?

— Si tu as l'impression de n'avoir jamais rien vécu d'aussi intense, alors nous sommes deux à nous faire des illusions.

— Je ne comprends pas…

Caleb s'écarta d'elle, sortit sa clé et l'introduisit dans la serrure. Une fois la porte ouverte, il regarda Jazzy.

— Je prendrais bien un verre. Pas toi ?

— Ce que tu as à me dire est si grave ?

Il y avait une pointe d'humour dans sa voix, ce qui était bon signe. Ils allaient avoir besoin d'humour, de compréhension et d'indulgence pour traverser cette épreuve. Dans quelle mesure pouvait-il être sincère ? Diplomatiquement sincère ? Brutalement sincère ?

— Je ne sais pas comment répondre à cette question, lui dit-il franchement en se dirigeant vers la cuisine pour prendre la bouteille de whisky qu'il gardait dans un placard, sous l'évier.

Après avoir fermé la porte, elle le suivit. Il posa deux verres sur la table et versa une rasade avant de lui en tendre un. Elle le regarda, puis regarda le verre.

— À quoi buvons-nous ? demanda-t-elle en le prenant.

— Pourquoi pas au bonheur futur ? Et à l'enterrement du malheur passé ?

Elle étudia son visage.

— Je croyais que nous l'avions déjà fait hier soir. Tu m'as aidée à enterrer mon passé et tu m'as donné une raison d'espérer un avenir heureux.

— Avons-nous vraiment enterré ton passé, hier ?

Il avala l'alcool, renversa la tête en arrière et laissa le liquide brûlant couler dans sa gorge. Un verre ne suffirait pas à effacer le souvenir de Jazzy murmurant le nom de Jamie. Tous les verres du monde n'y suffiraient pas.

Jazzy posa son verre intact sur la table.

— Dis-moi ce qui se passe, arrête de tergiverser.

Caleb se servit un autre verre.

— Quels sont tes sentiments pour Jamie Upton ? Je veux la vérité.

Elle le regarda d'un air perplexe.

— C'est quoi, cette question ? Je croyais avoir été parfaitement claire, hier. Jamie fait partie du passé. J'avais définitivement rompu avec lui avant sa mort. Je savais que je ne l'aimais pas, que le peu d'affection qui me restait pour lui ne m'empêcherait pas de vivre ma vie.

Caleb but une gorgée de whisky.

— Cette nuit, tu étais avec Jamie ? Ou avec moi ?

Elle le fixa, comme si sa question la mettait en peine de répondre. Au bout d'un long et torturant silence, elle lâcha :

— Les deux, je suppose.

Caleb hocha la tête, puis avala une autre gorgée.

Elle lui enleva le verre de la main, puis reboucha la bouteille et la mit de côté.

— Être avec toi est la meilleure chose qui me soit jamais arrivée.

Comme il aimerait la croire. Et pas seulement pour son amour-propre. Il aimait Jazzy, il voulait qu'elle l'aime. Mais d'un amour exclusif. Absolu.

Elle l'enlaça par le cou. Il se tendit, sachant qu'il ne pourrait pas lui résister.

— Après cette nuit avec toi…

Comme il continuait à refuser de la regarder, elle le prit par le menton et le força à tourner la tête.

— Même si Jamie était vivant, tu n'aurais aucune raison d'être jaloux. S'il était là en ce moment même, c'est toi que je choisirais.

Caleb glissa une main derrière sa nuque et attira son visage contre le sien. Et pendant qu'il l'embrassait, il essaya d'oublier Jamie Upton. Quelle importance, si elle avait prononcé le nom de Jamie dans son sommeil ? Cela ne signifiait pas pour autant qu'elle l'aimait…

À force de se le répéter, il finirait peut-être par y croire…

Pendant que la famille Willis s'entretenait avec le Dr MacNair et le jeune avocat aux dents longues que Jim Upton leur avait envoyé, Dallas et Jacob attendaient dans le bureau de ce dernier. Jacob était persuadé qu'Andrea Willis avait quelque chose à cacher. Soit elle protégeait Laura, soit elle était elle-même coupable du meurtre de Jamie.

— Qui est cet avocat ? s'enquit Dallas.

— Trent Langley. Jeune, ambitieux et, d'après ce que j'ai entendu dire, sacrément doué. Il est recommandé par le plus prestigieux cabinet de Knoxville, Hobart, Richards & English.

— Mmm.

— Upton aurait envoyé Maxie, s'il n'avait pas déjà été engagé par Jazzy. C'est le meilleur du comté.

Dallas se dirigea vers la porte ouverte et regarda le bureau où le Dr MacNair rassurait Laura pendant que Langley, un peu à l'écart, était en grande conversation avec M. et Mme Willis. La jeune Sheridan, quant à elle, était perchée sur le bureau de Bobby Joe Harte. Lequel paraissait absolument mortifié.

— Et Sheridan Willis ? dit-il en regardant Jacob par-dessus son épaule. Tu crois qu'elle pourrait savoir quelque chose ? Elle a dit à Bobby Joe que sa sœur avait pu tuer Jamie, mais elle a peut-être trop d'imagination.

— Si elle sait quelque chose, Mme Willis lui a sûrement ordonné de se taire. Et m'est avis que maman tient les rênes, dans cette famille.

— Je le crois aussi.

Dallas s'apprêtait à fermer la porte quand son téléphone portable sonna de nouveau. Son regard croisa celui de Jacob avant qu'il ne réponde.

— Sloan à l'appareil.

Jacob attendit patiemment, ce pour quoi il n'était pas doué. Dallas répéta « hun hun » quelques fois et deux ou trois « intéressant », puis il écarquilla les yeux de surprise et regarda Jacob.

— Merci, Teri, dit-il enfin. Tu as fait du bon boulot, comme toujours.

Une fois qu'il eut coupé la communication, il fit face au shérif.

— On va devoir parler à M. et Mme Willis en particulier.

— Pourquoi ? Que t'a dit Teri ?

— Elle a découvert pourquoi Laura était née un an avant le mariage de ses parents.

Jacob fronça les sourcils.

— Je ne vois pas en quoi une telle information nous aiderait à résoudre le meurtre de Jamie.

— Et si je te disais que la mère biologique de Laura était complètement folle, qu'elle a été déclarée légalement irresponsable peu après la naissance de Laura, et qu'il se peut que sa fille ait hérité de sa maladie mentale ?

Quand le shérif demanda à parler à Cecil et à Andrea en privé, cette dernière hésita, car elle répugnait à quitter Laura. Mais le Dr MacNair s'occupait admirablement de sa fille, il semblait avoir le pouvoir de l'apaiser. Alors elle finit par accepter, non sans exiger la présence de leur avocat.

— Asseyez-vous.

Le shérif leur indiquait deux chaises en face de son bureau.

Cecil consulta Andrea du regard avant de faire quoi que ce soit. Quand elle s'assit, il l'imita. Leur avocat se tenait derrière eux.

— De quoi s'agit-il, au juste, shérif? demanda Langley.

— Tout d'abord, je dois vous notifier que Laura est suspectée pour les deux meurtres, leur dit Jacob.

— Voyons, shérif, vous ne pouvez pas sérieusement croire que ma Laura…

La voix de Cecil se brisa.

— C'est une enfant si douce et si tendre. Elle aimait Jamie. Elle est incapable d'un crime aussi haineux.

— Peut-être, mais sa mère l'était, n'est-ce pas? jeta brusquement Jacob, puis il attendit leur réaction.

Cecil devint blême, tandis qu'Andrea faisait de son mieux pour ne pas crier son indignation et nier en bloc. Elle posa la main sur celle de son mari, puis regarda tour à tour le shérif et le commissaire divisionnaire.

— Que savez-vous exactement?

— Nous savons que Cecil Willis était marié à une certaine Margaret Bentley et qu'elle lui a donné une fille prénommée Laura, répondit Dallas. Et nous savons que Margaret Bentley s'est rendu coupable de tentative de meurtre, mais qu'au lieu d'aller en prison elle a été placée en institution psychiatrique après que le juge l'a déclarée légalement irresponsable.

— Laura n'est pas au courant, dit Andrea. Elle ne doit pas savoir.

— Elle ignore que vous n'êtes pas sa mère biologique? demanda Jacob.

— Oui. Je suppose que nous aurions dû lui dire, mais…

Andrea regarda le shérif, espérant qu'il était capable de compréhension et de compassion.

— Voudriez-vous savoir que votre mère était une criminelle démente ? Qu'elle a essayé de tuer votre grand-père en le torturant à mort ?

— Non, madame, je ne le voudrais pas.

— Alors vous pouvez comprendre pourquoi nous avons caché la vérité à Laura. Peu de gens sont au courant du premier mariage de Cecil. Lui et son père se sont brouillés quand il l'a épousée. Elle n'était pas... de notre milieu.

— Ma première femme sortait du ruisseau, shérif Butler, expliqua Cecil. C'était une belle femme, déterminée à échapper à la pauvreté, et elle a vu en moi le moyen d'arriver à ses fins. J'étais jeune et insouciant, et malgré mon amour pour Andrea, à qui j'étais quasiment fiancé, j'ai succombé un soir au charme de Margaret. Elle est venue me voir deux mois plus tard pour m'annoncer qu'elle était enceinte. Naturellement, j'ai fait mon devoir et je l'ai épousée. Contre l'avis de mes parents. Nous avons déménagé à Louisville, et c'est là que nous vivions quand Laura est née, poursuivit-il en soupirant lourdement. Mes parents m'avaient coupé les vivres et on ne m'avait pas appris à subvenir à mes propres besoins. Margaret a vite découvert que, sans les moyens de mon père, je ne pouvais pas lui offrir grand-chose, et c'est là que j'ai compris qu'elle avait des problèmes mentaux. Elle... elle...

Cecil s'éclaircit la gorge avant de reprendre, d'une voix troublée :

— ... J'ai abandonné Margaret et j'ai emmené Laura chez mes parents.

Des larmes coulaient le long de ses joues.

— Ils ont fait annuler le mariage et j'ai obtenu la garde de Laura.

Andrea ne pouvait pas supporter de voir son mari dans cet état, si totalement désemparé et accablé de chagrin. Elle n'avait jamais aimé que lui. Elle lui avait pardonné, l'avait épousé et avait adopté Laura. Et elle ne l'avait jamais regretté.

— Margaret a kidnappé Marshall Willis, le père de Cecil, intervint-elle. Elle l'accusait de tous ses malheurs. Elle a essayé de le tuer, après l'avoir torturé. Elle l'avait emmené dans le pavillon de chasse des Willis, et par chance deux chasseurs ont entendu les cris de Marshall et sont allés voir ce qui se passait.

— Elle a torturé mon père pendant des heures, reprit Cecil. Si ces chasseurs n'avaient pas... il a failli mourir.

— Vous vous rendez bien compte que les antécédents familiaux de Laura jettent un nouvel éclairage sur le meurtre de Jamie ? dit Jacob.

— Ce n'est pas parce que Margaret a été capable de cette chose abominable que Laura l'est, répliqua Cecil. Dis-leur, Andrea. Dis-leur que Laura n'aurait jamais pu...

— Vous n'avez absolument aucune preuve contre Laura, déclara Andrea en redressant la tête et en regardant le shérif droit dans les yeux. Oui, notre fille aînée est émotionnellement fragile et il est possible qu'elle ait hérité d'une certaine faiblesse mentale. Mais Laura est, comme Cecil vous l'a dit, la plus douce et la plus inoffensive des créatures.

— C'est ce que son psychiatre vous a dit quand elle a tenté de tuer son petit ami ? demanda Dallas.

Andrea le fusilla d'un regard noir.

— Ce n'était qu'un accident. Aucune charge n'a jamais été retenue contre elle.

Elle tourna les yeux vers son avocat, qui se racla aussitôt la gorge pour prendre la parole.

— Je suggère qu'au lieu de harceler la famille Willis, vous meniez une enquête sur Margaret Bentley. Est-elle encore enfermée dans un hôpital psychiatrique ? Sinon, il me semble qu'elle pourrait très bien être votre...

— Ça suffit ! lui intima Andrea.

Quel crétin !

— Madame ?

Les yeux et la bouche grands ouverts, Trent Langley regardait Andrea d'un air stupéfait.

— L'institut où Margaret Bentley résidait depuis près de vingt-deux ans a brûlé il y a deux ans, expliqua Dallas. Elle et plusieurs autres patients sont morts dans l'incendie.

Si seulement Margaret pouvait être vivante… songeait Andrea. Si seulement cette abominable folle avait tué Jamie… Mais elle était morte. Et la vérité sur la naissance de Laura n'était plus un secret bien gardé. Pendant vingt-quatre ans, Andrea avait fait de son mieux pour protéger la fille de Cecil, mais à présent elle craignait de ne plus pouvoir la préserver de son passé. Un passé tragique ressurgi pour les hanter tous.

26

Lorsque Andrea Willis jeta le *Cherokee Pointe Herald* sur la table, devant son mari, Jim Upton leva les yeux de son assiette : Cecil Willis avait son éternel air de chien battu. Comment sa femme supportait-elle une telle chiffe molle ?

— Regarde donc les titres ! s'écria Andrea. Qu'est-ce que tu vas faire ?

Cecil souleva le journal de son assiette. Un morceau d'œuf brouillé en tomba, laissant une auréole grasse sur le papier. Il lut, poussa un soupir, et regarda sa femme.

— C'était à prévoir, souffla-t-il.

— C'est tout ce que tu as à dire ? s'énerva-t-elle.

— Qu'est-ce que tu veux que je te dise ? Je suppose que les journalistes ont eu vent de l'histoire de Laura... de ses dépressions nerveuses...

Cecil plia le journal et le tendit à Jim.

— Maintenant que Laura est suspectée du meurtre de Jamie, si vous préférez que nous logions ailleurs, je comprendrai.

Jim parcourut les gros titres : « Jazzy Talbot innocente ? », « La fiancée de Jamie Upton coupable ? ». Puis il rejeta le journal de côté.

— Fadaises ! Laura n'a pas plus tué Jamie que moi. Brian MacKinnon aime l'excès. Si je pensais que cela pourrait être utile, j'appellerais Farlan pour lui dire de freiner son fils.

— Êtes-vous en train de dire que nous ne pouvons rien à ce qu'impriment les journaux sur Laura ? demanda Andrea.

— Ils se débrouillent pour rester dans la légalité, répondit Jim. Les faits relatés dans cet article sont probablement vrais, même s'ils sont un peu déformés.

— Il est clair que quelqu'un de la police a parlé...

— Est-ce qu'ils savent à propos de...

Cecil se tut devant le regard noir de sa femme.

— Oui, ils savent que le fils Roberts a accusé Laura d'avoir essayé de le tuer quand elle avait seize ans.

Les yeux d'Andrea passèrent rapidement de Cecil à Jim.

— Je vous assure que Laura ne voulait aucun mal à ce garçon. C'était un accident.

Jim suspectait que ses hôtes lui cachaient quelque chose, mais pour l'instant son souci majeur n'était pas Laura. Il connaissait la jeune femme, savait combien elle était gentille et douce ; l'idée même qu'elle ait pu torturer Jamie à mort était absurde. Naturellement, il ne croyait pas non plus que Jazzy fût capable d'une telle cruauté.

Je sais que vous avez personnellement veillé à ce qu'on poursuive une femme innocente, à ce qu'on l'accuse d'un meurtre qu'elle n'a pas commis. Je sais tout ce que le puissant Jim Upton est capable de faire. D'ailleurs, vous avez peut-être raison : je ne suis sans doute pas votre petit-fils. Si Jamie Upton était le résultat de vos talents d'éducateur, je suis content de ne pas avoir écouté le conseil de ma mère et de ne pas être venu chez vous à sa mort. Les paroles de Caleb McCord tournaient dans sa tête depuis qu'il lui avait été confronté à l'hôpital.

Celle qui avait tué Jamie était libre de tuer à nouveau. Elle avait déjà récidivé, si les suppositions du shérif étaient justes. Et ni Laura ni Jazzy n'étaient coupables. En tout état de cause, il aurait dû appeler Wade Truman et voir s'il n'était pas trop tard pour annuler les poursuites contre Jasmine Talbot.

Pourquoi maintenant ? Pourquoi irais-tu contre la volonté de Reba simplement à cause de ce que t'a dit ce jeune insolent ?

— Nous veillerons au bien-être de Laura, assura-t-il à ses parents. Comment va-t-elle, ce matin ? Et Sheridan ? Elles ne souhaitent pas descendre prendre leur petit déjeuner ?

Jim commençait à détester Sheridan de plus en plus. Il n'aurait pas été étonné d'apprendre qu'elle était à la source de l'information donnée au *Cherokee Pointe Herald*. Il était évident qu'elle haïssait sa sœur aînée.

— Le Dr MacNair a prescrit un sédatif à Laura pour qu'elle passe une bonne nuit, expliqua Andrea. Et Sheridan est déjà sortie.

« Ou n'est pas rentrée de la nuit », pensa Jim.

— Si Laura a besoin de quoi que ce soit d'autre, faites-le-moi savoir.

Jim termina son café, puis se leva.

— Je vous prie de m'excuser. Une journée bien remplie m'attend.

— Oui, bien sûr, répliqua Andrea avec un sourire factice.

— Merci, Jim, dit Cecil. Nous apprécions votre gentillesse.

Jim hocha la tête, puis se dirigea vers son bureau. Dès qu'il eut refermé la porte, il alla décrocher son téléphone. Il composa le numéro et attendit.

— Powell Investigations, annonça la réceptionniste.

— Griffin Powell, s'il vous plaît. De la part de Jim Upton.

— Oui, monsieur.

— Bonjour, Jim, lança une voix grave, moins d'une minute plus tard.

— Vous avez du nouveau ?

— Pas grand-chose. Un acte de mariage aux noms de Melanie Upton et d'un certain Franky Joe McCord, six mois avant la naissance d'un enfant nommé Caleb Upton McCord, il y a environ trente-trois ans.

— Ma Melanie ?

— On est en train de vérifier. Je pourrai vous en dire plus en fin de journée ; deux de mes meilleurs détectives se sont envolés pour Memphis hier soir.

— J'exige qu'ils dénichent tout ce qu'ils peuvent sur les années que ma fille a passées à Memphis. Si elle s'est mariée à ce Franky Joe McCord, ce n'était pas légal. Elle était déjà mariée.

— Je suppose que ça n'a aucune importance, aujourd'hui, sinon que cela fait de Caleb McCord un enfant illégitime.

— Je veux connaître tous les détails de la vie de Caleb McCord. Et s'il est mon petit-fils, je me fiche qu'il soit légitime ou non.

— Ça prendra du temps.

— Faites au plus vite. Vous savez que l'argent n'est pas un problème.

— J'ai son groupe sanguin, si ça peut aider.

— Comment avez-vous... non, ne me dites pas. Quel est son groupe sanguin ?

— O.

— La moitié de l'humanité est du groupe O. Je suis O. Donc Melanie et Jim Jr l'étaient. La révélation n'a rien d'extraordinaire, mais au moins elle ne met pas ce garçon hors course.

— Dites-moi, Jim... Aimeriez-vous qu'il soit votre petit-fils ?

— J'y ai pensé toute la nuit. Est-ce que je veux que Caleb McCord soit mon petit-fils ? Oui, si c'est quelqu'un de bien. S'il ne brise pas le cœur de Reba comme Jamie le faisait trop souvent.

— McCord était un policier de Memphis et son dossier est admirable. Jusqu'à présent, nous n'avons trouvé aucun point noir dans son parcours. C'est manifestement un homme dont n'importe quel père ou grand-père serait fier. Il a démissionné de la police parce que son coéquipier avait été tué et lui-même sévèrement blessé au cours d'une mission.

Jim sentit son cœur s'emballer. Un petit-fils dont il pourrait être fier… Mais il ne devait pas se réjouir trop vite. Cet homme était peut-être un imposteur.

— Si vous trouvez une preuve solide que Melanie était bien sa mère, appelez-moi.

— Comptez sur moi.

— Et que tout ceci reste entre nous, pour l'instant. Vous me comprenez, n'est-ce pas ?

— Oui, je comprends. Vous avez ma parole.

Jim raccrocha, puis s'adossa à son fauteuil et plaça ses mains derrière sa tête. Était-ce possible ? Était-ce possible que Reba et lui aient un autre petit-fils ? Dieu allait-il enfin se montrer bienveillant envers eux ?

Dans un accès de rage, elle déchiqueta le journal et le jeta contre le mur. Comment osaient-ils publier d'aussi odieux mensonges ! Comment osaient-ils accuser Laura Willis du meurtre de Jamie ! C'était faux ! Complètement faux ! C'était Jazzy qui devait être punie, c'était elle qui avait accompagné Jamie sur le chemin du vice. Laura était une enfant innocente, que ses parents auraient dû mieux protéger. Ils auraient dû empêcher que le mal ne l'atteigne. Tout ça, c'était à cause de Cecil Willis. S'il avait été un meilleur père… Mais certains hommes étaient incapables d'être de bons maris et de bons pères. Le père de son bébé avait été un mauvais homme, un mauvais père. Elle ne pouvait pas permettre ça. Il y avait sûrement un moyen de détourner les soupçons de Laura… Mais lequel ?

Tue quelqu'un d'autre et assure-toi que Laura ait un alibi.

Tout était la faute de cet homme, ce Stan Watson. S'il ne l'avait pas surprise en train de creuser, rien de tout ça ne serait arrivé. C'était toujours la faute des hommes... Mais elle pouvait encore arranger les choses : Laura Willis n'avait pas été arrêtée, et le shérif n'avait aucune preuve formelle contre elle. Pour l'instant, elle ne craignait rien.

Mais Jazzy ? S'ils ne la poursuivaient pas pour le meurtre de Jamie, elle ne souffrirait pas. Elle n'endurerait pas le tourment qu'elle méritait.

Alors ce sera à toi de t'assurer qu'elle souffre mille morts avant de mourir.

Elle devait réajuster ses plans, reconsidérer ses options. Elle pouvait encore accomplir l'essentiel de ce qu'elle avait prévu, torturer ceux qui méritaient d'être punis. Les torturer et les tuer. Surtout lui. Elle le tuerait lentement et douloureusement. Elle avait souvent rêvé de ce moment où elle lui ferait enfin payer ce qu'il leur avait fait, à elle et à son bébé.

Non, ce n'est pas ça. Réfléchis, bon sang ! Tu as déjà tué Jamie. Ton bébé est en sécurité, il ne peut plus lui faire de mal.

Mais lui ? Qu'est-ce que je fais de lui ?

« Qui ? » demanda une voix intérieure.

— Tu sais qui ! s'écria-t-elle. Mais oui, bien sûr ! Je le tuerai en premier. Et puis je tuerai Jazzy. C'est sa faute. C'est entièrement sa faute. Sans elle, il ne m'aurait pas abandonnée. Elle ne voulait pas lui rendre sa liberté. C'est sa faute s'il a été aussi méchant avec moi, s'il ne m'a pas aimée.

Est-ce que c'était son nom – Jazzy ? Ça ne semblait pas être ça. Il ne l'appelait pas comme ça.

Bien sûr que c'est elle. Jasmine Talbot. Il l'aimait. Pas moi. Jamais moi.

Elle le tuerait en premier. Et tous ceux qui se mettraient en travers de son chemin. Et ensuite elle tuerait cette horrible femme qui lui avait tout pris. *Tue-les ensemble. En même temps. Qu'il entende ses hurlements. Qu'elle le regarde mourir.*

Jazzy n'avait pas insisté pour savoir pourquoi Caleb avait disparu la veille. Ils avaient fait l'amour après le départ de Genny. Follement, fougueusement. Et ça avait été si bon... Si incroyablement bon. Mais il n'y avait pas eu le même mélange de passion et de tendresse que la première fois – la tendresse n'avait pas été au rendez-vous. Elle avait eu l'impression que Caleb essayait de la marquer, de la dévorer, comme pour se prouver quelque chose. Lui prouver quelque chose. Et elle savait que Jamie était à l'origine de cet étrange comportement ; elle avait perçu le doute et la peur dans la voix de Caleb quand il lui avait demandé ce qu'elle éprouvait pour Jamie.

Bon sang ! Ne serait-elle donc jamais débarrassée de lui ? On l'accusait de son meurtre et, maintenant, alors qu'elle croyait être enfin tombée amoureuse d'un autre homme, le fantôme de Jamie se dressait entre eux.

Après leurs ébats, Caleb l'avait raccompagnée chez elle, où elle s'était douchée et changée avant d'aller travailler. Naïvement, elle pensait que leurs problèmes s'étaient réglés sur l'oreiller, que Caleb était rassuré. Mais le soir, quand ils avaient quitté le *Jazzy's Joint*, il s'était contenté de la raccompagner jusqu'à sa porte au lieu de rentrer avec elle.

— J'ai besoin de temps pour réfléchir, avait-il déclaré. J'ai appelé Sally ; j'attendrai dans la voiture jusqu'à ce qu'elle arrive.

— Caleb, qu'est-ce qui ne va pas ?

Il l'avait embrassée, mais n'avait pas répondu à sa question avant de s'éloigner. Elle avait été tentée de le rattraper, d'exiger des explications. Mais elle était rentrée et s'était effondrée en larmes.

Elle ne l'avait pas vu, aujourd'hui. S'il avait besoin de temps, elle lui en donnerait. Mais qu'il ne compte pas sur elle pour lui courir après et le supplier de l'aimer. Ces temps étaient révolus, elle s'était assez ridiculisée avec Jamie Upton, qui en avait profité pour la piétiner. Plus jamais elle ne laisserait un homme lui faire ça. Pas même Caleb. S'il ne voulait pas d'elle à cause de sa stupide jalousie, elle n'insisterait pas.

Le téléphone de son bureau sonna. Elle décrocha d'un geste machinal.

— Jasmine à l'appareil.

— Tu es mauvaise. Tu mérites de mourir.

La voix était étrange, comme étouffée.

— Qui est-ce ?

— Quelqu'un qui va s'assurer que tu paies pour tes péchés.

— Écoutez, qui que vous soyez, allez vous faire voir, d'accord ?

Jazzy raccrocha brutalement. Quand elle vit sa main trembler, elle serra le poing et l'abattit violemment sur le bureau. La douleur irradia jusqu'à son coude.

C'est juste un dingue. Un coup de fil idiot qui ne doit pas te mettre dans cet état. Mais ce n'était pas idiot, c'était effrayant : la personne l'avait menacée de mort.

Elle décrocha à nouveau le téléphone, puis composa fébrilement le numéro de Jacob. En attendant qu'il réponde, elle se força à respirer lentement pour se calmer.

— Shérif Butler.

— Jacob, c'est Jazzy. On vient de me faire une mauvaise blague au téléphone. Enfin, je crois…

— Donne-moi plus de détails.

— La voix était étouffée, je ne l'ai pas reconnue.

— Un homme ou une femme ?

— Je ne saurais pas dire.

— Qu'est-ce que cette personne disait ?

— Que j'étais mauvaise, que je méritais de mourir et qu'elle allait me faire payer pour mes péchés.

Jacob garda longtemps le silence.

— Je vais te mettre sur écoute, lâcha-t-il finalement.

— Pourquoi ? À quoi ça servirait ? L'appel n'a pas duré plus d'une minute.

— Si cette personne rappelle, tu la retiendras le plus longtemps possible.

— Tu ne crois pas que c'était une mauvaise blague, n'est-ce pas ?

— Ça pourrait bien être la femme qui a tué Jamie.

Jazzy ne put réprimer un frisson d'angoisse.

— Elle a dit qu'elle allait me faire payer…

— Où est Caleb ?

— Caleb ? Au *Jazzy's Joint*.

— Et toi ?

— Au *Jasmine*, dans mon bureau.

— Va voir Caleb et parle-lui de cet appel. Tout de suite. Et ne le quitte pas. À partir de maintenant, tu dois toujours être accompagnée. Je dis bien *toujours*. Tu m'entends ?

— Tu crois vraiment que c'était elle et qu'elle…

— Je ne veux prendre aucun risque, d'accord ?

Jazzy hocha la tête, puis se rendit compte qu'elle n'avait pas répondu.

— D'accord.

Quand elle raccrocha, elle mit quelques minutes à intégrer ce qui venait de se passer. Si la personne qui l'avait appelée était celle qui avait tué Jamie…

Elle devait rejoindre Caleb au plus vite. Jacob voulait qu'elle se place sous sa protection. Mais le pouvait-elle, vu l'état de leurs relations ? Avait-elle le droit de lui demander de rester auprès d'elle ?

Caleb sentit sa présence dès qu'elle entra dans le bar. Non qu'il pût distinguer l'odeur de son parfum dans cette jungle enfumée. Et il ne pouvait pas non plus la voir de l'endroit où il se trouvait. Mais plus d'une paire d'yeux mâles se focalisa dans une même direction – droit sur la femme la plus magnifique du monde : Jazzy Talbot. Sa Jazzy.

Ouais, *sa* Jazzy. Au diable Jamie Upton! Caleb rit en lui-même. C'était exactement là que Jamie devait être en ce moment – en train de brûler en enfer. À moins que le Seigneur l'ait pris en pitié, après tous les tourments qu'il avait subis avant de mourir. Qui savait? Qui s'en souciait? Pas lui, en tout cas. Mais une chose était certaine, il ne laisserait pas le fantôme de Jamie s'interposer entre Jazzy et lui. Il n'avait jamais été du genre à lâcher prise quand il voulait vraiment quelque chose. Et il n'avait jamais désiré quoi que ce soit avec autant de force que l'amour de Jazzy.

Leurs regards se croisèrent à travers la salle, et il l'invita silencieusement à le rejoindre. Elle fit quelques pas hésitants, puis s'arrêta. Attendait-elle de voir s'il irait à sa rencontre? Connaissant Jazzy, il se douta qu'elle s'était arrêtée pour ça. Il se dirigea vers elle, puis s'arrêta à son tour.

Elle sourit, et il eut une envie folle de courir jusqu'à elle, de la prendre dans ses bras, de... Ce soir, il ne la quitterait pas devant sa porte. La veille, il n'avait pas pu rester, trop de choses tournaient dans sa tête. Il savait qu'une part de lui avait voulu la punir d'avoir prononcé le nom de Jamie dans son sommeil. Mais qui avait-il réellement puni? Jazzy ou lui-même? Il ne voulait rien d'autre qu'être avec elle.

Elle s'avança lentement vers lui. Il en fit autant. Ils se rejoignirent entre la piste de danse et les tables disposées autour. Au juke-box, Willie Nelson et Julio Iglesias chantaient leurs amours perdues. Les bouteilles de bière et les verres tintaient, les boules de billard se percutaient, et le vacarme des voix se mélangeait aux rires.

Caleb et Jazzy se regardaient, indifférents à ce qui les entourait. Ils se souriaient toujours.

— Tu veux danser ? proposa-t-il, ayant désespérément besoin de la prendre dans ses bras.

Lorsqu'elle hocha la tête, il tendit la main et l'entraîna sur la piste.

— Tu m'as manqué, cette nuit, souffla-t-elle contre son oreille.

— Toi aussi tu m'as manqué.

— Devons-nous en parler ?

— Probablement.

Il la serra plus près de lui.

— Mais pas cette nuit.

— Non, pas cette nuit.

À la fin de la danse, Caleb glissa un bras autour de la taille de Jazzy et la conduisit au bar, où Lacy les regardait approcher en souriant.

Ils lui commandèrent deux Cocas.

— Tout de suite…

Lacy se figea brusquement, les yeux rivés sur quelque chose ou quelqu'un, de l'autre côté de la salle.

— Ça alors ! Je ne pensais pas le voir un jour ici…

— Qui ça ? demanda Jazzy en se retournant.

C'était Jim Upton.

— S'il est là pour chercher les ennuis, je…

— Je m'en charge, intervint Caleb, devinant que Jim Upton était là pour lui.

— Je peux le faire moi-même, répliqua Jazzy en commençant à s'éloigner du bar.

Caleb la saisit par les épaules.

— Attends. Je ne crois pas qu'il soit là pour toi.

— Pour qui d'autre serait-il ici ?

— Pour moi.

Jazzy le regarda avec surprise.

— Pour toi ? Pourquoi…

— Bonsoir, lança Jim Upton en arrivant à leur hauteur.

Jazzy le toisa froidement.

— Qu'est-ce que vous voulez ?

— Parler à Caleb.

Les yeux de Jazzy glissèrent de Jim Upton à Caleb.

— Qu'est-ce qui se passe ?

— Écoute, il faut que je parle à M. Upton en privé, si ça ne te dérange pas.

— Et si ça me dérange ?

Elle fixa son regard sur Jim.

— Quelle est la vraie raison de votre présence ici ? Pourquoi voulez-vous parler à Caleb ?

— C'est personnel, lui répondit Caleb.

Elle tourna les yeux vers lui.

— Dis-le-moi maintenant ou plus tard, mais si on veut qu'il y ait une chance que ça marche entre nous, il n'y a pas de place pour les secrets.

— Je sais. Et je jure que je te dirai tout. Plus tard.

— Très bien.

Elle s'apprêtait à les laisser quand Jim Upton reprit la parole :

— Vous et Jazzy formez un couple, maintenant ?

— Oui, acquiesça Caleb.

— Alors pourquoi ne lui avez-vous pas dit que vous étiez mon petit-fils ?

27

Jazzy fit volte-face.

— Qu'est-ce que vous avez dit ? lança-t-elle à Jim Upton en le défiant du regard.

Caleb l'attrapa par le bras.

— Pas ici. Ce sont des affaires privées.

— Tu as entendu ce qu'il a dit ?

Bon sang ! Pourquoi ne lui avait-il pas parlé plus tôt ? Pourquoi devait-elle l'apprendre de cette manière ?

— Oui, j'ai entendu, mais avant que tout le monde se demande ce qui se passe...

Jazzy regarda de nouveau Jim.

— Vous avez du toupet de venir ici, dans *mon* bar, pour cracher de telles absurdités ! Je sais que vous venez de subir de dures épreuves, mais ça ne vous donne pas le droit de raconter n'importe quoi sur Caleb.

— Je m'excuse, dit Jim à Caleb. Écoutez, mon garçon, je ne voulais pas... Vous êtes vraiment ensemble, tous les deux ? Je veux dire, elle compte pour vous ?

Jazzy se tendit. Ses yeux verts lançaient des éclairs. Caleb accentua la pression de sa main sur son bras.

— On peut utiliser ton bureau ?

— Quoi ?

Elle le regarda, abasourdie.

— Allons dans ton bureau – toi, moi et M. Upton. Pour poursuivre notre conversation sans public.

— Puisque tu as l'air d'y tenir… Suivez-moi, *monsieur*, reprit-elle en appuyant exagérément sur la marque de politesse.

Deux minutes plus tard, tous trois se retiraient dans le petit bureau de Jazzy. Après avoir fermé la porte, Caleb regarda son grand-père puis la femme qu'il aimait. Elle allait piquer une colère mémorable quand il lui dirait la vérité – ça lui apprendrait à ne pas être clair.

— Allez, soupira Jazzy en s'asseyant sur le côté de son bureau et en croisant les bras, avoue donc enfin la vérité. Explique-moi pourquoi tu m'as menti depuis des mois…

— Jazzy… s'il te plaît…

— Il n'y a pas de « s'il te plaît » qui tienne. L'un de vous deux a intérêt à parler, et vite !

Jim s'éclaircit la gorge.

— Je crois que c'est à vous de le faire, mon garçon.

— Arrêtez de l'appeler mon garçon ! hurla-t-elle d'une voix stridente.

Quand Caleb essaya de l'approcher, son regard meurtrier le prévint. Il leva les mains en signe de reddition.

— OK. Qui je suis ? Je m'appelle Caleb Upton McCord. Ma mère était Melanie McCord, la fille de Jim et Reba Upton.

Jazzy en resta sans voix. Elle ne pouvait que le fixer, bouche bée.

— J'ignorais que ma mère avait une famille, poursuivit-il. Jusqu'à ce qu'elle me parle de ses parents sur son lit de mort. Mais j'avais dix-sept ans, à l'époque, et j'étais un petit malin qui ne pensait pas avoir besoin d'une famille. Je me suis décidé à rencontrer mes grands-parents seulement il y a quelques mois, au moment où j'ai démissionné des forces de police de Memphis.

— C'est pour ça que tu es venu à Cherokee Pointe ? Pour retrouver les Upton ?

Les bras serrés autour d'elle, les yeux baissés, Jazzy secouait la tête avec incrédulité.

— Tu es le cousin germain de Jamie. Et tu m'as menti pendant tout ce temps...

Levant les yeux, elle le fusilla d'un regard noir.

— Je t'en veux, Caleb. Je t'en veux de m'avoir poussée à m'attacher à toi, de m'avoir fait croire que tout serait différent avec toi.

— Les choses *sont* différentes avec moi. Je te jure que...

Elle se rua sur lui pour le gifler à toute volée.

— C'était quoi ? Tu voulais tout ce que Jamie avait – y compris moi ? Je faisais partie du lot, une sorte de bonus ?

— Arrête de parler comme ça, souffla-t-il en ignorant sa violence. Je t'ai voulue dès la première minute où je t'ai vue. Avant de connaître ta relation avec Jamie.

Jazzy se rabattit sur Jim.

— Depuis quand savez-vous ?

— C'est entièrement ma faute. Je n'aurais pas dû...

— Depuis quand ?

— Caleb m'a tout dit hier. Mais je ne l'ai pas cru.

— Apparemment, vous le croyez, maintenant, lâcha-t-elle, le clouant toujours sous son regard luisant de rage. Vous avez eu une preuve, c'est ça ? Vous ne seriez pas venu jusqu'ici si vous n'étiez pas sûr qu'il était de votre sang ?

Jim regarda Caleb.

— J'ai engagé la meilleure agence du Tennessee pour enquêter sur vous, mon garçon. Tout indique que vous êtes le fils de Melanie. Mon petit-fils.

— Quel charmant tableau ! railla Jazzy. N'ai-je pas une chance folle d'assister à une si touchante réunion ?

Un rire sans joie la secoua.

— Je parie que Mme Reba Upton est ravie. Un petit-fils perdu, un autre de retrouvé.

Elle tourna des yeux pleins d'amertume vers Caleb.

— Et quand elle apprendra notre liaison…

Elle éclata de rire.

— … Elle piquera une crise de nerfs. Tu comprends, je ne suis pas assez bien pour un Upton.

— Jazzy, arrête.

— Ce que tu éprouves pour moi ne compte pas vraiment, même si tu m'aimes. Et tu sais pourquoi ? Parce que tu es l'héritier Upton, maintenant. Tu es le petit-fils de Mme Reba Upton, et elle remuera ciel et terre pour nous séparer.

— Ça ne se passera pas comme ça.

Il regarda son grand-père.

— Dites-lui. Dites-lui que Reba ne sait rien et que…

— Elle ne sait pas ? répéta Jazzy.

— Non, répondit Jim. J'espérais que Caleb m'accompagne demain matin à l'hôpital, pour que nous lui annoncions la nouvelle.

— Comme c'est émouvant…

Jazzy traversa la pièce, ouvrit la porte d'un geste sec et se tourna vers Caleb.

— Emmène ton grand-père et sortez de mon bureau. Et tant que tu y es, sors de mon bar. Tu es viré.

— Jazzy, ça n'est pas aussi grave que tu le crois…

— Sors ! Tout de suite ! De mon bureau. De mon bar. De ma vie !

— Jazzy…

Elle se tenait là, tremblante, les joues enflammées, son être tout entier palpitant de colère. Il savait accepter les défaites. Mais ce n'était qu'une bataille, et il avait bien l'intention de gagner la guerre.

— Allons-y, dit-il à son grand-père en le prenant par l'épaule. Je crois que Jazzy a été parfaitement claire.

Sans ajouter un mot, Jim sortit, suivi de Caleb. Dès qu'ils furent dans le couloir, Jazzy claqua la porte derrière eux.

— Jazzy a toujours eu son caractère, commenta Jim. Elle a du cran.

— Vous en parlez presque comme si vous l'admiriez.

— C'est vrai, en un sens.

— Alors pourquoi...

— Reba hait Jazzy, admit Jim. Si vos intentions à son égard sont sérieuses, autant que vous le sachiez.

— Sauf le respect que je dois à Reba, ma relation avec Jazzy ne la concerne pas.

Jim lui flanqua une tape dans le dos en riant.

— Je croirais m'entendre, mon garçon, s'exclama-t-il d'un ton aussi fier que ravi.

Caleb lui sourit et ils continuèrent à longer le couloir jusqu'à l'entrée du bar enfumé.

— Attendez-moi dehors, d'accord ? dit Caleb. Je dois parler à Lacy avant de m'en aller.

Jim hocha la tête et sortit.

— Alors ? demanda Lacy quand Caleb se pencha sur le comptoir.

— Rien ne va plus entre Jazzy et moi. Elle m'a viré. Et elle ne veut plus me voir. Pour l'instant.

— Tout ça à cause de Jim Upton ?

— Jim est mon grand-père, lui annonça-t-il sans préambule.

Les yeux écarquillés de surprise, Lacy poussa un long sifflement.

— Et tu n'en avais jamais parlé à Jazzy ? Tu es suicidaire ou quoi ?

— Ça se réglera, mais en attendant... elle ne devrait pas rester seule. Appelle Sally et dis-lui ce qui s'est passé. Dis-lui de venir passer la nuit chez Jazzy. Quand elle se sera calmée et aura réfléchi, j'aurai une discussion avec elle.

— Ça peut prendre un moment.

— Je lui donne jusqu'à demain midi.

Lacy leva les yeux au plafond.

Il se pencha un peu plus pour l'embrasser sur la joue.

— Garde un œil sur elle, d'accord ?

— Tu l'aimes vraiment, hein ?

— J'en ai bien peur.

Jazzy balaya d'un geste rageur le dessus de son bureau, envoyant valdinguer toutes ses affaires. Puis elle flanqua un grand coup de pied à son fauteuil pivotant, qui traversa la pièce et alla percuter une étagère.

Quelle imbécile ! Comment avait-elle pu être aussi stupide ? Comment avait-elle pu s'imaginer un instant qu'elle pouvait être heureuse ? *Tu es née sous une mauvaise étoile. Une sorcière t'a jeté un sort le jour où tu es venue dans ce fichu monde.*

La dernière fois qu'elle avait éprouvé une colère de cette ampleur, elle avait menacé Jamie de lui pulvériser les parties. Elle ne pensait pas qu'un homme pourrait jamais lui faire autant de mal que Jamie. Oh ! Comme elle se trompait... Elle avait commis une grave erreur en espérant que sa relation avec Caleb allait marcher. Elle aurait dû savoir.

Quand comprendras-tu que le bonheur n'est pas pour toi ?

Entre tous les hommes de la terre, il avait fallu qu'elle tombe sur un autre Upton ! Encore un rejeton de la bonne société. Le sang de Jim et Reba Upton, du sang de riches, de puissants. Exactement comme Jamie !

Il aurait dû lui dire, elle avait le droit de savoir. Pourquoi avait-il attendu tout ce temps pour approcher les Upton ? Pourquoi s'était-il fait engager comme videur alors qu'il était l'héritier d'une immense fortune ?

Peut-être devrait-elle lui donner une chance de s'expliquer…

Non, non et non ! Tu ne lui céderas pas, tu ne lui donneras pas l'occasion d'inventer une histoire pour justifier son comportement. Tu ne peux pas lui faire confiance. Même s'il jure sur la Bible qu'il t'aime, tu ne peux pas le croire.

OK, Jazzy, calme-toi et réfléchis un peu. De qui tu parles d'abord ? De Caleb ou de Jamie ?

Caleb avait beau être le petit-fils de Jim, il n'était pas Jamie, ils n'avaient rien en commun. Caleb était tout ce que Jamie n'avait jamais été. Mais il changerait, maintenant que Jim l'avait accepté dans le saint des saints. Tout cet argent et ce pouvoir lui monteraient à la tête tôt ou tard. *Donne-lui quelques mois, et tu ne le reconnaîtras pas.*

Hé, ma fille, qu'est-ce qui te fait croire qu'il voudra même de toi dans quelques mois ? Ajoutez la richesse et la position sociale à toutes les autres fantastiques qualités de Caleb, et il n'y aurait pas une seule femme qui ne sauterait sur l'occasion de lui appartenir.

Jazzy se servit un verre et le vida d'un trait. Le whisky brûla sa gorge et mit son ventre en feu. Elle toussa plusieurs fois, puis se servit un second verre. En portant l'alcool à ses lèvres, elle pensa à ses illusions perdues, aux espoirs démesurés qu'elle avait mis dans cette nouvelle relation – elle était même allée jusqu'à croire que Caleb l'aiderait à s'extirper du cauchemar qu'était devenue sa vie ces derniers temps…

— Qu'est-ce que tu vas faire maintenant ? s'interrogea-t-elle tout haut. Sans Caleb ?

Elle avala une deuxième rasade de whisky et se demanda combien il lui faudrait vider de verres pour être complètement soûle.

28

Cecil était sorti dans le jardin, aspirant à la solitude pour réfléchir tranquillement au tour incompréhensible que sa vie avait récemment pris. Comment en était-il arrivé là ? Qu'avait-il fait pour mériter un tel calvaire ? Tout homme n'avait-il pas droit à quelques erreurs ?

Ses vieux cauchemars étaient revenus l'assaillir. Il avait rêvé de Margaret, la nuit dernière. Des rêves d'un abominable réalisme. Il lui avait fallu des années pour laisser le passé derrière lui, pour ne plus craindre que la vérité sur la naissance de Laura soit révélée… Sa douce et chère Laura. Excepté par ses cheveux blond pâle, elle lui ressemblait davantage qu'à sa mère, et ce seul fait avait été une bénédiction : si chaque fois qu'il avait regardé sa fille aînée elle lui avait rappelé la démente qui avait failli le détruire près de vingt-cinq ans auparavant, il n'était pas persuadé qu'il aurait réussi à l'aimer. Mais il aimait Laura. Et Andrea aussi. Oh, il savait qu'elle ne l'aimait pas autant que Sheridan, mais la tendresse qu'elle lui avait toujours portée n'avait eu de cesse de l'étonner. C'était Andrea qui avait défendu Laura sans relâche, c'était elle qui avait insisté pour qu'elle reçoive une aide psychiatrique. Et c'était encore elle qui avait soutenu Laura et l'avait protégée pendant ces jours funestes qui avaient suivi la mort violente de Jamie.

Cecil termina sa tisane et posa la tasse sur la table en métal de la terrasse. La tisane le calmait, en général, mais ce soir il aurait sûrement besoin d'un somnifère pour dormir.

Il aurait tant aimé être libéré de cette idée fixe qui le tourmentait depuis la mort de Jamie... S'il n'était pas certain que Margaret était morte, il aurait été convaincu qu'elle était l'auteur de ce meurtre odieux. Margaret avait affreusement torturé son père. Et, à son procès, une épouvantable vérité avait été révélée : le propre père de Margaret avait été retrouvé assassiné – torturé et castré – quand elle n'avait que quinze ans. Bien qu'il n'y eût aucune preuve de sa culpabilité, toutes les personnes impliquées, des officiers de police jusqu'au district attorney, avaient eu la conviction que Margaret était une criminelle psychopathe.

Laura. Sa pauvre petite Laura. Même si elle était psychologiquement fragile, Cecil n'avait jamais repéré aucun signe prouvant qu'elle avait hérité de la terrible maladie de sa mère. Pas jusqu'à ce que le fils Roberts l'accuse d'avoir essayé de le renverser en voiture.

Mais ce n'était qu'un accident, se rappela-t-il.

Jusqu'au meurtre de Jamie...

Non ! Laura est incapable d'une telle cruauté. Tu ne peux pas penser une telle chose d'elle...

— Papa ?

Sursautant au son de sa voix, Cecil se retourna pour faire face à sa fille aînée.

— Oui, Laura, qu'y a-t-il ?

— Est-ce que tout va bien ?

Il lui sourit en s'avançant vers elle.

— Je suis juste un peu inquiet à ton sujet. Tu as subi tellement d'épreuves, dernièrement : la mort de Jamie, la fausse couche. Et maintenant ces soupçons qui pèsent sur toi...

— Tu crois que je l'ai tué ?

Elle le regardait, le cœur au bord des yeux, et Cecil aurait voulu la prendre sur ses genoux et la consoler, comme quand elle était petite.

— Bien sûr que non. Je sais que tu n'as pas...

— Je ne me souviens pas où j'étais, la nuit où Jamie a été tué.

— Quoi ?

— Maman m'a demandé de n'en parler à personne. Mais j'ai eu une crise, comme celle que j'ai eue quand...

Cecil la saisit par les épaules.

— Ta mère a raison. Ne répète jamais à quiconque ce que tu viens de me dire. Si le shérif l'apprenait...

Il secoua la tête.

— Non, non, ça ne doit pas arriver. Il ne comprendrait pas, il pourrait utiliser cet élément à charge contre toi.

— Mais, papa, et si j'avais vraiment tué Jamie ?

Cecil la secoua doucement. Des larmes envahissaient les yeux de Laura.

— Tu ne l'as pas tué. Je le sais.

— Ton père a raison, Laura. Tu ne l'as pas tué, intervint une voix de femme. C'est moi qui l'ai fait.

Cecil scruta l'obscurité à la recherche de l'origine de cette voix, une voix qui lui semblait étrangement familière.

— Qui a parlé ? demanda Laura en s'agrippant à son père.

Une ombre se profila près du grand massif d'arbustes qui bordait le mur du fond du jardin.

Cecil retint son souffle tandis que l'inconnue avançait, entrant peu à peu dans la lumière tamisée que projetaient les torches de la terrasse. Pendant un long moment, il la fixa.

— Ça ne se peut pas... balbutia-t-il.

— Mais je suis là, pourtant, susurra-t-elle. Je suis venue pour toi. Et pour Laura.

Elle leva la main et pointa un revolver droit sur lui.

— Comment ? réussit-il seulement à prononcer.

— Comment j'ai passé le portail électronique des Upton ? demanda-t-elle, un sourire sournois aux lèvres. En utilisant la télécommande de Jamie, bien sûr. Je l'ai trouvée dans la poche de son pantalon.

— Qui êtes-vous ? articula Laura.

— Ton père ne t'a pas parlé de moi ? Non, évidemment que non : il a honte de moi. Mais il devrait avoir honte de lui-même, parce qu'il n'a pas été un bon père. Un bon père ne t'aurait jamais permis de fréquenter Jamie. C'était un pervers. Pervers comme toi, Cecil. Il méritait de mourir.

— Papa ? appela Laura, tremblant de tout son corps et s'accrochant à lui.

— Ça va aller, Laura, lui promit-il, priant avec ferveur.

— Il a raison, Laura. Tout va bien, maintenant que je suis là. Personne ne fera plus jamais de mal à mon bébé. Je suis une bonne mère, j'ai toujours été une bonne mère, mais ils m'ont enlevé mon bébé… Ce n'était pas juste, n'est-ce pas ? Et Jazzy a élevé ma petite fille et lui a dit qu'elle était sa mère. Jazzy et Jamie étaient tellement…

Son regard passait sans cesse de Laura à Cecil, comme si elle n'arrivait pas à les reconnaître. Et s'il bondissait sur elle pour essayer de la désarmer ? se dit Cecil. Mais il eut aussitôt peur que Laura prenne une balle perdue

— Ce n'est pas juste, n'est-ce pas ? Jamie te faisait souffrir…

Elle pointa le revolver en direction de Laura, et Cecil sentit son cœur s'emballer. Puis elle le visa de nouveau.

— Je l'ai tué parce qu'il était méchant avec mon bébé. Tu as été un mauvais père, Cecil, un très mauvais père. Et Jazzy était une mauvaise mère. Elle a eu tort de te séparer de moi, elle n'avait pas le droit de dire à mon bébé qu'elle était sa mère.

— Papa, de quoi parle-t-elle ? Est-ce que tu la connais ?

— Oui, papa, explique-lui de quoi je parle. Dis-lui qui je suis.

Andrea ouvrit la porte-fenêtre et sortit sur la terrasse. Elle avait accordé suffisamment de temps à Cecil pour broyer du noir. Il fallait qu'ils parlent, désormais, qu'ils mettent au point une stratégie pour protéger leurs filles. La vérité devait rester cachée, coûte que coûte. Sinon, ils seraient socialement finis. Et cela détruirait Laura. Elle n'avait pas consacré vingt-quatre ans de sa vie à la fille de Cecil pour que tout s'écroule d'un coup. Elle l'aimait, autant qu'on peut aimer l'enfant d'une autre femme, et elle l'avait protégée pour le bien de Cecil.

— Cecil, où es-tu ?

Pas de réponse.

Était-il parti se promener sans rien lui dire ? Elle regarda autour d'elle et remarqua soudain la tasse vide de Cecil brisée sur le sol en brique de la terrasse. Et, seulement quelques mètres plus loin, un des chaussons de Laura, comme si elle l'avait perdu en courant.

Andrea sentit son ventre se nouer. Quelque chose n'allait pas. Laura ne serait pas sortie se promener avec son père sans ses chaussons.

— Cecil ! appela-t-elle. Laura !

Elle n'avait aucune idée de ce qui s'était passé, ne pouvait même pas imaginer pourquoi elle se sentait si paniquée. Mais son instinct lui disait que son mari et sa fille étaient en danger. En grave danger.

Elle rentra et appela Dora en hurlant.

La gouvernante accourut aussi vite qu'une femme de son âge le pouvait.

— Oui, madame, qu'est-ce qui se passe ?

— Avez-vous vu mon mari et Mlle Laura ?

— Non, madame, pas depuis que Mlle Laura est

venue dans la cuisine me demander où était son père. Je lui ai dit qu'il prenait une tisane sur la terrasse.

— Appelez le shérif Butler et dites-lui que M. Willis et Mlle Laura ont disparu.

— Quoi ?

— Vous m'avez entendue. Appelez tout de suite le shérif, quelque chose de terrible est arrivé à mon mari et à ma fille.

Elle avait essayé d'être douce avec elle, mais Laura avait peur d'elle. C'était à cause de lui, bien sûr. Pour éviter de la blesser, elle avait dû l'endormir, comme Jamie. Non, pas Jamie. Cecil. Cecil Willis. Un mauvais mari. Et un mauvais père.

Elle les avait transportés dans son chalet. Puisqu'elle quitterait la ville dès qu'elle aurait terminé sa mission vengeresse, il n'y avait aucune raison de ne pas les tuer dans le chalet qu'elle occupait. Après tout, elle s'était servie d'un nom d'emprunt et d'une fausse pièce d'identité. Une fois qu'elle serait partie, personne ne retrouverait sa trace : elle avait tous les papiers nécessaires, pour elle et pour son bébé. Elle avait l'habitude, elle vivait ainsi depuis deux ans, attendant l'heure propice pour exécuter son plan.

Son bébé. Où était son bébé ? Elle l'avait laissée endormie quand elle était allée capturer Cecil, mais maintenant sa petite fille n'était plus là.

Réfléchis, voyons. C'est Jazzy qui a ton bébé. Elle prétend être sa mère. Jamie lui a donné ton bébé.

Non, ce n'était pas ça, ce n'était pas Jamie. Mais Jazzy avait pris son bébé. Jazzy devait payer de sa vie. Elle avait fait du mal à...

À qui Jazzy avait-elle fait du mal ?

Laura.

Jazzy avait fait du mal à Laura.

Elle se pencha sur Laura, qui dormait sur le canapé, et lui caressa la joue. Elle n'avait eu aucune difficulté à la traîner depuis la voiture. Elle était petite et mince. Cecil lui avait donné plus de mal. Mais sa détermination l'avait aidée.

— Je vais chercher Jazzy et la ramener ici. Je veux qu'elle me regarde le tuer, mais avant que je mette un terme à sa vie, je veux qu'il l'entende hurler. Ils vont payer, ma chérie, je le promets. Ils vont payer pour tout ce qu'ils nous ont fait.

Jazzy tanguait dans son bureau, éméchée. Pas soûle, juste suffisamment groggy pour ne plus souffrir. Le troisième whisky l'avait calmée. Et le quatrième l'avait anesthésiée. Maintenant, elle avait besoin de monter se coucher et de faire le tour du cadran. Une fois qu'elle aurait dormi, qu'elle aurait effacé Caleb et Jamie de son esprit, elle serait capable de décider quoi faire.

Lacy pouvait bien assurer seule la fermeture du bar, elle l'avait souvent fait : pas la peine d'aller l'embêter, elle passerait par-derrière – elle non plus ne voulait pas qu'on l'embête.

— Qui pourrait t'embêter, espèce d'idiote ? brailla-t-elle.

Elle posa un index sur sa bouche.

— Chut. Tu parles trop fort.

Et si tu n'arrives pas à dormir ? Si tu n'es pas assez soûle pour ça ? Tu seras dans le lit où tu as fait l'amour avec Caleb la première fois. Est-ce que tu pourras y rester sans penser à lui ? Non. Tu pleureras, voilà ce que tu feras. Parce que tu es amoureuse de lui. Amoureuse d'un autre satané Upton.

Alors ne rentre pas chez toi. Tu es copropriétaire de plusieurs chalets, choisis-en un vide pour passer la nuit. Mais lequel ? Celui qu'occupait Reve Sorrell. Personne ne l'a reloué, je crois.

Elle se dirigea en titubant vers son bureau, enjambant les objets éparpillés par terre, puis fouilla dans ses tiroirs jusqu'à ce qu'elle trouve le trousseau des clés de chalets.

Comment s'appelle celui où Reve était, déjà ? Les Pins quelque chose. Non, Les Deux Pins. Oui, c'était ça.

Elle attrapa son gilet sur le portemanteau, faisant dans le même mouvement basculer ce dernier contre le mur. Ignorant le désordre total qu'elle avait semé dans son bureau, elle fourra le trousseau dans la poche de son gilet et se dirigea vers la porte. Les échos de musique et de voix parvenaient jusque dans le couloir. Jazzy s'assura que personne ne la verrait avant de gagner la porte donnant sur le passage de derrière. Sa voiture était garée à l'angle, près de l'escalier extérieur menant à son appartement.

Elle n'avait fait que quelques pas quand elle crut entendre quelque chose. Des revenants ? pensa-t-elle en riant intérieurement. Elle continua à avancer en direction de la rue. Elle était presque arrivée à l'angle, quand elle entendit un nouveau bruit.

— Il y a quelqu'un ? demanda-t-elle en se retournant, puis elle sursauta devant la silhouette qui surgit brusquement de l'ombre pour lui faire face. Qu'est-ce que vous voulez ?

— C'est toi que je veux, Jazzy, lança l'inconnue. Je suis venue t'enlever à ton amant.

— Qui êtes-vous ? De quoi parlez-vous ?

— Je suis la mère de l'enfant que tu as volé. Je suis la femme de l'homme que tu as séduit.

Jazzy essaya de mieux voir la femme, mais elle ne put distinguer qu'un halo de cheveux blonds.

— Vous êtes folle. Je ne fréquente pas les hommes mariés, et je vole encore moins les enfants.

— Mentir ne te servira à rien. Pas maintenant.

L'inconnue se rapprocha, suffisamment pour que Jazzy voie nettement son visage et reconnaisse la créature aux yeux exorbités qui pointait un revolver droit sur elle.

— On va faire un petit tour.

— Je ne crois pas…

— On peut le faire de la manière douce ou de la manière forte, lui rétorqua la femme.

— Alors ce sera la manière forte.

Avant que Jazzy ait pu comprendre l'intention de la femme, celle-ci pointa le revolver en direction de son ventre et tira. La balle pénétra la chair de Jazzy comme une lame chauffée à blanc. Elle eut l'impression que ses entrailles prenaient feu.

Quand elle tomba à genoux, la femme s'approcha et la surplomba. Jazzy n'arrivait pas à croire que ça s'était passé, que cette dingue venait vraiment de lui tirer dessus. Tenant son ventre à deux mains, elle sentait pourtant la chaleur moite de son propre sang. *Oh, mon Dieu, aidez-moi.*

Lorsque l'autre la saisit par les cheveux, Jazzy poussa un cri de douleur. La femme empoigna le col de son gilet et commença à la traîner dans le passage – elle avait une force insensée pour sa taille.

— Où… où m'emmenez-vous ? balbutia Jazzy, sur le point de s'évanouir.

— Dans mon chalet, bien sûr. Cecil et Laura nous attendent.

Cecil et Laura ? Laura Willis et son père ? Jazzy avait de plus en plus de mal à penser de façon cohérente, mais rien de ce qu'avait dit cette femme n'avait de sens.

Tu vas mourir si tu ne fais rien, réalisa-t-elle. Mais que pouvait-elle faire ? Elle saignait abondamment et pouvait s'évanouir d'une seconde à l'autre. *Laisse un indice. Quand on s'apercevra de ton absence, on viendra te chercher.*

Pendant que la femme continuait à la traîner sur le sol rugueux, Jazzy réussit à trouver la force de sortir le trousseau de clés de la poche de son gilet et de le poser par terre.

29

Dallas Sloan connaissait les signes précurseurs – il ne lui avait pas fallu longtemps pour les repérer. Chaque fois que ses visions l'emportaient, Genny devenait absolument immobile et silencieuse, et ses yeux se perdaient dans le vague. Puis, quand elle se retrouvait complètement immergée dans cette dimension hors du temps et de l'espace, où elle était témoin soit du futur soit d'événements ayant simultanément lieu ailleurs, elle perdait souvent conscience. Si la vision survenait pendant son sommeil, son corps se rigidifiait, puis subissait une phase d'agitation. Et la plupart du temps, elle se réveillait en criant.

Ce soir-là elle était tout à fait réveillée quand la vision l'emporta. Ils étaient en train de vider le lave-vaisselle avant d'aller se coucher et discutaient tranquillement ; elle venait juste de faire un commentaire auquel il avait répondu. Comme elle ne répliquait pas, il la regarda et comprit qu'elle était en train de partir.

— Genny ? l'appela-t-il en la secouant doucement par le bras.

L'assiette qu'elle tenait à la main tomba et se brisa par terre. Dallas la secoua encore. Pas de réaction. Bon sang ! Il détestait ça, il ne pouvait pas s'empêcher d'avoir peur. Aujourd'hui encore, après des mois de vie commune avec Genny, malgré tout le travail qu'ils avaient effectué pour resserrer leur lien télépathique, il se sentait dépassé par ses pouvoirs psychiques.

Genny titubait. Il la rattrapa de justesse avant qu'elle ne tombe et la souleva dans ses bras. Puis il écarta du pied une chaise de la table et s'assit avec Genny sur ses genoux. Tenant contre lui son corps raidi, la protégeant de toute sa force, il s'adressa mentalement à elle, espérant qu'il parviendrait à établir le contact. Il avait découvert qu'en se reliant à elle pendant qu'elle se trouvait dans ce monde parallèle, il pouvait lui insuffler un peu de sa force, et qu'elle revenait moins affaiblie et démunie que lorsqu'elle vivait seule son voyage.

Reste avec moi, Dallas, l'implora-t-elle. *C'est terrible, vraiment terrible. Oh, non... Jazzy !*

— Qu'est-ce que c'est, Genny ? demanda-t-il tout haut. Qu'est-ce que tu vois ? Jazzy est-elle en danger ?

Silence.

Pendant ce qui lui parut une éternité, il ne sentit plus rien et se demanda si quelque chose ou quelqu'un avait rompu leur lien. Puis il perçut à nouveau le contact. Il la tint plus fort contre lui et ferma les yeux. Les ténèbres. Totales et omniprésentes.

Reste avec moi, supplia-t-elle. *Garde-moi pour que je retrouve le chemin du retour.*

Dallas ne voyait rien, il ne faisait qu'entendre la voix et sentir le corps de Genny contre le sien. Elle était tout autour de lui et en lui, devenue une part de lui-même. Son corps trembla involontairement, puis elle se mit à gémir. Il la berça doucement dans ses bras. Son gémissement devint aigu, strident, puis elle s'affaissa – lentement, progressivement –, son corps se relâchant et ses cris laissant place au silence.

Il la maintint contre lui, lui transmettant toute la force émotionnelle et mentale dont il était capable, sachant d'expérience ce qui se passerait ensuite. Les yeux de Genny s'ouvrirent, fixés dans le vide. Puis elle ouvrit la bouche et poussa un hurlement.

— Tout va bien, mon cœur. Tu es revenue, tu es dans mes bras.

Elle tourna la tête et le regarda.

— Oh, Dallas, il faut retrouver Jazzy avant qu'il ne soit trop tard.

— Dis-moi tout.

— Elle… la femme qui a tué Jamie va tuer Jazzy. Elle lui a tiré dessus, j'ai vu Jazzy se tenir le ventre, les mains pleines de sang. Et cette femme la traînait dans une sorte de ruelle.

— C'est en train de se passer ?

Genny secoua la tête.

— Je crois que c'est déjà arrivé. Je pense qu'elle a emmené Jazzy quelque part pour la tuer.

— As-tu une idée de l'endroit où elle a pu la conduire ?

— Non, pas encore. Mais…

— Mais quoi ?

— Je vais essayer de me connecter à Jazzy. On n'a pas fait ça depuis des années… Mais on ne sait jamais.

Elle s'agrippa à sa chemise. Des larmes brillaient dans ses yeux noirs comme la nuit

— Je vais appeler Jacob. Il faut faire une battue.

— Comment cela a-t-il pu arriver ? Caleb était censé la protéger. Or je n'ai senti sa présence nulle part. Je n'ai senti que la douleur et la peur de Jazzy.

Les larmes coulèrent sur ses joues.

— Elle se sentait seule. Tellement seule.

Dallas lui embrassa tendrement le front.

— On la trouvera, je te le jure.

Il n'aurait pas dû faire ainsi des promesses qu'il n'était pas certain de pouvoir tenir. Mais si Jazzy mourait, cela détruirait Genny. Et il ne pouvait pas – ne voulait pas – permettre que ça arrive.

Quand elle reprit connaissance, Jazzy réalisa qu'elle avait dû s'évanouir entre le moment où on l'avait forcée à entrer dans une voiture et la minute présente. Elle regarda autour d'elle, reconnaissant dans la semi-obscurité l'intérieur standard d'un chalet de location. Elle était allongée sur la banquette. Quand elle tenta de bouger, une douleur aiguë irradia son corps à partir de son ventre. Elle se souvenait, maintenant : elle avait reçu une balle; cette dingue aux yeux hallucinés qui lui paraissait vaguement familière lui avait tiré dessus. Jazzy essaya de tâter sa blessure, et se rendit brusquement compte qu'elle pouvait à peine bouger les mains, qui étaient attachées au niveau des poignets. Elle voulut bouger les jambes, mais n'y parvint pas non plus : ses pieds aussi étaient attachés. Mauvais signe. Très mauvais signe.

Elle chercha la femme du regard. Ce fut alors qu'elle vit l'homme nu couché par terre, membres écartés, pieds et mains ligotés à des sortes de pieux métalliques plantés dans le sol.

Une fois qu'elle parvint à se tourner suffisamment pour mieux voir, elle reconnut l'homme : Cecil Willis. Cette dingue avait aussi kidnappé le père de Laura.

— S'il vous plaît, pourquoi vous faites ça? demanda une petite voix tremblante.

Qui avait parlé? D'où elle se trouvait, Jazzy ne pouvait pas voir la pièce entière, juste l'étendue de parquet où Cecil Willis gisait comme un sacrifié.

— Oh, Laura, ma douce petite, répondit une autre voix. Tu dois savoir que tout ce que j'ai fait, tout ce que je ferai, c'est pour toi. Pour te protéger.

— Je... je ne comprends pas.

Jazzy ferma les yeux et pria pour que Dieu lui vienne en aide. Cette cinglée avait aussi kidnappé Laura. Mais pourquoi? Elle ne comprenait rien à rien. Le mélange d'alcool et de douleur la faisait-elle délirer? Était-elle en proie à une hallucination?

Cecil Willis n'était peut-être pas vraiment ligoté au sol, nu et bâillonné. Et Laura n'était peut-être pas réellement là.

Une ombre passa près de la banquette. Jazzy ferma les yeux et fit semblant d'être toujours évanouie.

— Ton père devrait t'expliquer qui je suis et pourquoi je tiens autant à ton bonheur.

Jazzy entrouvrit un œil. La femme lui tournait le dos. Elle était blonde. Jazzy essaya de se souvenir du visage qu'elle avait à peine entrevu dans le passage obscur. Elle força son esprit à chercher qui ce visage lui avait rappelé, pendant qu'une scène déchirante se déroulait sous ses yeux : la femme était en train de traîner Laura, détachée, vers son pitoyable père cloué au sol. Laura tomba à genoux devant Cecil Willis, tremblant et sanglotant.

Cours, espèce d'idiote. Va-t'en, tant que tu le peux encore, cria silencieusement Jazzy. Laura ne se rendait-elle pas compte qu'elle pouvait bien être leur unique chance de survie ?

La femme enleva le bâillon de la bouche de Cecil, laissant la bande de tissu pendre autour de son cou. Souriant avec cruauté, elle lui caressa la joue.

— Dis-lui qui je suis.

Les yeux remplis d'effroi, il regarda sa fille.

— C'est Margaret. Ma... ma première femme.

Elle lui caressa de nouveau la joue.

— Gentil garçon. Maintenant dis-lui pourquoi je l'aime et pourquoi je suis venue pour elle.

— Laura, ma chérie...

Il tourna vers sa fille un regard implorant.

La femme lui flanqua un coup dans les côtes. Brutalement. Il poussa un grognement de douleur.

— Papa !

Quand Laura fit un mouvement en direction de son père, la femme leva un bras pour l'arrêter.

— Dis-lui, Cecil.

Elle pivota et surprit Jazzy qui l'observait.

— Ou est-ce que tu préfères que ta putain lui dise la vérité, qu'elle lui révèle enfin comment elle t'a séduit et éloigné de moi, comment elle a volé mon bébé ?

— Margaret, s'il te plaît…

Elle le frappa encore pour lui imposer le silence.

— Vous êtes complètement dingue, intervint Jazzy. Je vous ai déjà dit que je n'avais jamais séduit aucun homme marié ni volé aucun bébé.

— Espèce de sale menteuse !

Elle se propulsa de l'autre côté de la pièce et gifla Jazzy à toute volée.

— C'était mon mari. Le mien ! Et Laura aussi était à moi. Mon bébé.

— Margaret, pour l'amour du ciel, plaida Cecil. Cette femme n'a pas enlevé Laura. Regarde-la, elle n'a que quelques années de plus que Laura. Tu la confonds avec…

Il ravala ce qu'il allait dire.

— Je t'en prie, laisse Laura et Jazzy partir. Fais de moi ce que tu veux, mais ne fais pas de mal à Laura.

La femme regarda Jazzy et sourit. Un frisson glacé secoua Jazzy alors qu'elle la reconnaissait enfin : c'était la blonde qui venait régulièrement dîner au *Jasmine* depuis plus d'un mois. Comment s'appelait-elle, déjà ? Pas Margaret, non, mais quelque chose d'approchant. Margie… Marj… Margo ! Margo Kenley !

— Margo, je suis Jazzy Talbot. Vous ne vous souvenez pas de moi ? Vous avez dîné plusieurs fois dans mon restaurant. Je ne suis pas la personne qui a volé votre bébé.

Jazzy chercha du regard l'aide de Laura. *Bon sang, réagis, fais quelque chose, n'importe quoi. Mais fais-le tout de suite.*

— Je sais qui vous êtes. Vous êtes la traînée dont Jamie Upton ne pouvait pas se passer. Je devais le tuer, pour le punir d'avoir fait du mal à mon bébé.

— Vous... vous avez tué Jamie ?

Les yeux bleus de Laura s'écarquillèrent d'horreur, comme si elle comprenait seulement maintenant que cette femme était un danger, une criminelle qui prenait plaisir à torturer ses victimes.

— Je l'ai fait pour toi, Laura, susurra Margaret. Il t'a trahie, exactement comme ton père m'a trahie. Les hommes sont vraiment de piètres créatures ! Ils vous mettent leurs sales mains partout, et vous font vous sentir sale, ils vous baisent et vous font souffrir et... Mais ils ont tous payé. Mon père, qui m'a violée alors que j'avais onze ans : je lui ai coupé son engin et le lui ai fourré dans la bouche. Ensuite, il y a eu mon premier fiancé, qui me trompait avec une petite dévergondée : je l'ai tué, aussi. Avec sa pouffiasse, par la même occasion.

— Papa... pourquoi elle dit... que je suis son bébé ? hoqueta Laura entre deux sanglots terrorisés.

— Tu es mon bébé.

Margaret se retourna et tendit la main vers Laura, qui se déroba en tremblant.

— N'aie pas peur, je ne te ferai jamais de mal. Je t'aime. Je t'ai toujours aimée.

— Papa !

— Laisse-la partir, je t'en supplie, souffla Cecil en luttant en vain contre ses liens.

Margaret regardait Laura en lui caressant la joue.

— Tu vois comme il me supplie pour que je laisse sa putain partir ? Il ne m'aime pas, il ne m'a jamais aimée. Et il ne t'aime pas non plus. Il ne t'a donnée à cette traînée que pour me punir.

— Papa, s'il te plaît, dis-moi la vérité – est-ce qu'elle est ma mère ?

Laura tomba à genoux à côté de son père.

— Oui. Ta mère biologique.

La sueur recouvrait le visage pâle et le corps de Cecil.

— Mais tu ne lui ressembles pas du tout, Laura. Tu es douce, gentille et aimante.

Comme en état de transe, Laura se leva et regarda Margaret.

— Si tu m'aimes comme tu le dis, tu ne feras pas de mal à mon père.

Jazzy se sentait sur le point de s'évanouir à nouveau. Dieu seul savait combien de sang elle avait perdu. Elle supposait que si on ne l'emmenait pas bientôt à l'hôpital, elle mourrait bien avant que cette dingue l'ait découpée en rondelles – et elle était persuadée que c'était ce que cette Margaret avait en tête. Faire une boucherie avec Cecil Willis et elle, comme elle l'avait fait avec Jamie et Stan Watson.

— S'il vous plaît, laissez mon père et Jazzy s'en aller. Et si vous le voulez vraiment, je resterai avec vous.

— Non, Laura, non ! cria Cecil.

Étonnant, remarqua Jazzy. Où était passée la pitoyable petite fille sans défense qui n'arrêtait pas de pleurnicher en appelant son papa ? On aurait dit que Laura Willis venait de grandir d'un coup.

Jazzy se sentit brusquement très faible. La tête lui tournait et la douleur n'était plus aussi forte, comme en sourdine. *C'était mauvais signe...*

Ce fut la dernière pensée cohérente qui lui traversa l'esprit avant qu'elle ne s'évanouisse à nouveau.

Jacob et Dallas avaient pris toutes les précautions pour que les recherches restent sous leur contrôle, et avaient dû emmener avec eux Jim Upton et Andrea Willis : Mme Willis avait menacé d'alerter la presse, les télés et même le gouverneur. Jacob avait dit à Jim que c'était son boulot de calmer Mme Willis, et celui-ci avait réussi à le faire – jusqu'à présent. Mais le véritable problème n'était pas Andrea Willis ; la carte absolument incontrôlable du jeu était Caleb McCord.

Outre la tasse cassée et la pantoufle de Laura, on n'avait trouvé aucun indice significatif chez les Upton. Seulement un objet insolite, une télécommande servant à manipuler le portail des Upton. Jim l'avait identifiée comme appartenant à Jamie.

— Chacun de nous a une télécommande de couleur différente, avait-il expliqué plus tard à Jacob, alors qu'ils essayaient de reconstituer le puzzle des trois disparitions. Celle de Jamie était bleue.

Il ne fallait pas être un génie de la déduction pour comprendre que la femme qui avait tué Jamie Upton avait également kidnappé Cecil et Laura. Et probablement Jazzy, si le sixième sens de Genny ne la trompait pas.

Pendant que Dallas dirigeait les recherches chez les Upton, Jacob en faisait de même à l'intérieur et autour du *Jazzy's Joint* – le dernier endroit où Jazzy avait été vue. Il avait trouvé Lacy en larmes, et pendant qu'il l'interrogeait, Sally et Ludie avaient déboulé.

— Je vais chercher mes chiens, lui avait dit Sally. Je veux retrouver cette garce et lui faire regretter le jour de sa naissance.

Jacob avait réussi à la brider en lui expliquant calmement la situation et en lui promettant que, si cela s'avérait nécessaire, elle participerait aux recherches avec ses chiens.

— Je me fiche de ce Willis et de sa fille ! avait-elle lancé.

Il lui demanda d'aller chercher ses chiens et de l'attendre chez les Upton. Entre-temps, ses adjoints avaient inspecté le passage qui longeait l'arrière du *Jazzy's Joint*, et ce qu'ils y avaient trouvé lui avait fait l'effet d'une douche glacée : du sang, probablement celui de Jazzy. Ce qui signifiait qu'on lui avait tiré dessus, comme Genny l'avait vu.

Moody Ryan avait également découvert un trousseau de clés par terre, lui aussi maculé de sang. Sur le porte-clés ovale était gravé le logo de l'agence de location de chalets.

Jacob comprit que ce trousseau ne se trouvait pas là par hasard, que Jazzy avait voulu laisser un indice. Était-il possible que la tueuse l'ait emmenée dans un des chalets de location ?

Tous à bord de la Dodge de Jacob – lui, Genny et Dallas devant, Caleb et Sally à l'arrière –, ils empruntèrent la route isolée menant au secteur où l'on avait retrouvé les deux véhicules carbonisés. Jim et Andrea les suivaient, dans la Cadillac de Jim. Après concertation, Jacob et Dallas étaient tombés d'accord : la femme qu'ils traquaient se trouvait sûrement dans un des chalets proches de ce site. Probablement avec ses trois captifs.

— Attendez ! s'écria soudain Genny.

Jacob freina. Chacun retint son souffle. Cela faisait plus d'une heure que Genny tentait sans succès de se connecter mentalement à Jazzy.

— Vous avez réussi ? s'exclama Caleb en plongeant en avant et en la saisissant par l'épaule. Vous êtes en contact avec Jazzy ? Où est-elle ?

Dallas balaya la main de Caleb avec un grognement.

— Tout près, répondit Genny. Elle est entre la vie et la mort, il faut faire vite !

30

Caleb écoutait Jacob et Dallas donner des ordres pour les recherches tandis que Jim et Andrea se tenaient à l'écart, se soutenant l'un l'autre Les policiers fouilleraient chaque chalet du voisinage par équipe de deux et feraient leur rapport par radio. Comme le nombre d'hommes disponibles ce soir-là était limité, ils ne pourraient inspecter que la moitié des chalets.

Jacob déclina les noms des occupants actuels des chalets. Un seul était vide, mais on le fouillerait aussi. Quand Jacob énonça le nom de Margo Kenley, Mme Willis poussa un cri étouffé que seuls entendirent Caleb et Jim.

Caleb s'approcha de son grand-père.

— Mme Willis connaît ce nom ? murmura-t-il.

Jim posa la main sur l'épaule d'Andrea.

— Ce nom vous dit-il quelque chose ?

— Non, mais… peu importe. C'est impossible.

— Je vous en prie, madame Willis, dites-nous à quoi vous avez pensé. Ça peut être important.

— C'était une pensée stupide, lâcha-t-elle avec un soupir. Mais si vous croyez que ça peut être utile…

Caleb prit sa main dans la sienne pour l'encourager à parler. Il ne savait que trop ce qu'elle était en train de traverser. Le même enfer que lui, l'horrible crainte de perdre la personne qu'on aime le plus au monde.

— Mon mari a eu une première épouse avant moi, expliqua-t-elle. Elle s'appelait Margaret Bentley. J'ai trouvé que les deux noms sonnaient un peu pareil. Margo Kenley, Margaret Bentley. C'est tout.

— Cette Margaret Bentley aurait-elle une quelconque raison de faire du mal à votre mari et à votre fille ? demanda Caleb, se raccrochant au moindre espoir de trouver une piste.

— Oui. Si elle était vivante.

— Elle est morte ?

Andrea hocha la tête.

— Dans un incendie, il y a deux ans.

— Il n'y a aucun doute sur sa mort ? insista-t-il, retrouvant ses réflexes d'inspecteur de police. Le corps a été retrouvé et identifié ?

— Oui, je... je suppose. Nous n'avons jamais posé la question. Ça ne nous a pas semblé nécessaire.

— Il est donc possible qu'elle ne soit pas morte dans cet incendie, qu'elle en ait réchappé d'une façon ou d'une autre. Cette femme pouvait-elle avoir une raison quelconque de vouloir passer pour morte ?

— Je... je...

Andrea regarda Caleb, les yeux empreints de peur et d'incertitude.

— À vrai dire... oui. Elle a passé des années dans un hôpital psychiatrique, c'est là qu'elle est morte. Vous pensez que...

— Dans quel chalet Jacob a-t-il dit que cette Margo se trouvait ? Le Nid d'Aigle, c'est ça ?

— Oui, répondit Jim.

Andrea agrippa le bras de Caleb.

— Ça ne peut pas être Margaret. C'est impossible !

— Vous n'avez pas la preuve de sa mort, n'est-ce pas ? Elle devait avoir de graves problèmes mentaux, pour passer plusieurs années internée. Et vous avez dit vous-même qu'elle avait des raisons de faire du mal à votre mari et à votre fille.

Andrea porta sa main à sa gorge.

— Oh, mon Dieu. Si c'est Margaret qui a enlevé Cecil… elle… elle a essayé de tuer le père de Cecil, jadis… Elle l'a torturé.

Caleb sentit son sang se glacer dans ses veines.

— Excusez-nous une minute, madame Willis, dit-il en entraînant son grand-père à l'écart. Jim, vous n'auriez pas une arme, par hasard ?

Jim le regarda d'un air incertain.

— Ne faites pas de bêtise, mon garçon. Laissez la police faire son boulot.

— Jazzy Talbot est ma femme. Vous comprenez ?

— Oui, mais…

— Je ne suis pas un inconscient sans expérience. J'ai fait partie de la police.

Jim hocha la tête. Il avait bien une arme dans la boîte à gants de sa Cadillac.

— Restez ici avec Mme Willis et Genny. Quand Jacob et Dallas reviendront, dites-leur où je suis allé. Si cette Margo Kenley s'avère être Margaret Bentley, je pourrais bien avoir besoin de renfort.

Jazzy oscillait sans cesse entre la conscience et l'inconscience. Chaque fois que cette sale dingue décidait que c'était à son tour de trinquer, elle la giflait et lui jetait de l'eau sur la figure pour la réveiller. Heureusement, ses blessures, hormis celle au ventre, ne menaçaient pas sa vie – juste des petites entailles aux bras et aux jambes destinées à la faire souffrir. Mais Cecil Willis semblait être beaucoup plus mal loti. C'étaient ses hurlements de douleur qui avaient réveillé Jazzy, cette fois. Elle tourna la tête et le regarda : couvert de balafres, le pauvre homme n'était plus qu'une masse sanguinolente.

Margaret se tenait au-dessus de lui, un tison ardent à la main, une lueur diaboliquement démente dans le regard. Elle promena le tison le long de sa jambe, sur son bas-ventre, puis sur son autre jambe. Cecil hurlait de douleur.

Où était Laura, nom de Dieu, et pourquoi ne tentait-elle rien pour aider son père ?

Utilisant le peu de forces qu'il lui restait, Jazzy se tourna juste assez pour pouvoir englober la pièce du regard. Laura était ligotée à une chaise, un bâillon sur la bouche.

Leurs regards se croisèrent, et Jazzy se demanda si ses yeux reflétaient la même terreur que ceux de Laura. Probablement. Elle était indubitablement terrifiée. Si personne ne leur venait en aide – et vite –, ils allaient mourir, tous les trois. Laura aussi, sans doute, même si elle était la fille de cette dingue.

L'attention de Jazzy se reporta sur Margaret. Elle reposait le tison dans les flammes de la cheminée avant de disparaître dans la chambre attenante à la pièce où se trouvaient ses victimes. Si seulement Jazzy pouvait se détacher… Il y avait un téléphone, dans un angle, à cinq bons mètres d'elle. Si elle arrivait à l'atteindre, elle pourrait faire tomber le combiné et essayer de composer le 911, peut-être avec son nez. *Vas-y. C'est maintenant ou jamais.*

Jazzy se laissa rouler hors de la banquette. Quand elle heurta le sol, la douleur fut si vive qu'elle faillit s'évanouir encore. Elle serra les dents pour tenir, déterminée à lutter pour sauver sa vie. Dans un suprême effort, elle réussit à rouler plusieurs fois sur elle-même, éprouvant chaque fois une véritable torture. Mais elle se rapprochait. Elle n'était plus qu'à un mètre du téléphone.

Allez, tu peux y arriver. Elle roula encore. La douleur devenait intolérable. Elle serra son ventre à deux mains, sentant la chaleur de son sang qui se remettait à couler. *N'abandonne pas maintenant, tu y es presque, presque…* En tendant la main, elle pouvait presque toucher le cordon du téléphone. Presque. Il fallait qu'elle roule un peu sur le côté…

Soudain elle se figea : Margaret était en train de chanter – elle fredonnait, plutôt. Jazzy jeta un regard vers la porte ouverte de la chambre et pria pour que quelques minutes supplémentaires lui soient accordées. Lorsqu'elle tendit la main, le bout de ses doigts effleura le cordon. Alors elle se rapprocha un peu, agrippa le cordon et tira dessus : le combiné tomba de sa base et vint percuter le sol avec un bruit qui lui parut assourdissant. Elle retint son souffle et attendit. Mais la folle continuait à fredonner comme si elle n'avait rien entendu.

Jazzy positionna son visage près des touches digitales, puis essaya de composer un numéro du bout du nez. En vain. *Bon, essaie autre chose.* Elle utilisa sa langue, sans plus de succès. Quoi alors ? Les dents ! Elle voulut viser les bons numéros, mais sa vision se brouillait. *Tape n'importe quel numéro.*

À l'instant où elle composait avec ses dents ce qu'elle espérait être le 911, Margaret sortit de la chambre. Jazzy regarda par-dessus son épaule, redoutant le pire, mais la tueuse ne semblait pas plus consciente de la présence de Jazzy que de celle de Laura. Elle se dirigeait d'un pas déterminé vers Cecil, qui la fixait avec terreur.

Que tenait-elle dans ses bras ? Une poupée ? Oui, elle portait un poupon enveloppé dans une couverture rose.

Margaret s'agenouilla par terre près de Cecil et lui montra le poupon.

— Elle est jolie, hein ? Regarde-la, Cecil, notre petite Laura.

Pétrifié de douleur, Cecil ne réagit pas.

Elle regarda le poupon et sourit.

— Papa a été très, très méchant et nous l'avons puni. Il a essayé de te donner à cette affreuse femme, mais il ne faut pas t'inquiéter : tu es avec ta vraie maman, maintenant. Et personne ne te séparera plus jamais de moi.

— Margaret, souffla Cecil d'une voix rauque.

— Oui, Cecil, qu'y a-t-il ?

— Ce... ce n'est pas Laura, c'est une poupée. Regarde-la. Tu ne vois pas que ce n'est pas un vrai bébé ? Laura – notre Laura – est une femme, maintenant. Elle est là.

Il inclina la tête dans la direction de la chaise où Laura était attachée.

Margaret baissa un regard attendri sur le poupon.

— C'est une vraie poupée, n'est-ce pas ? Si jolie... Elle me ressemble, tu ne trouves pas ?

— Margaret, s'il te plaît... écoute-moi. Laura est une adulte, aujourd'hui, elle a vingt-quatre ans. Regarde-la, c'est notre fille. Regarde-la bien, tu verras qu'elle a tes cheveux blonds et...

— Tais-toi ! Ne m'adresse pas la parole. Je te hais !

Elle fit volte-face, regarda Laura puis Jazzy, puis de nouveau Laura.

— Qui êtes-vous ? lui demanda-t-elle.

Incapable de parler, Laura secoua la tête. Margaret reporta rapidement son attention sur Jazzy.

— Et vous, qui êtes-vous ?

— Jazzy Talbot.

— Je vous connais ?

— Non, pas vraiment.

— Qu'est-ce que vous faites là ? Vous êtes venue avec Cecil ?

Son regard devint mauvais.

— Vous êtes sa maîtresse, c'est ça ? Vous voulez m'enlever mon bébé ?

— Non ! cria Jazzy. Je ne suis pas la maîtresse de Cecil, je ne le connais même pas. Et je ne veux pas votre bébé. Je le jure !

Margaret se mit à bercer le poupon. Une fois de plus, elle sembla totalement oublier Jazzy et Laura, et elle retourna dans la chambre.

Le téléphone ! Jazzy se tendit pour placer son oreille sur l'écouteur. Mais seul un message enregistré répétitif lui répondit, qui lui demandait de recomposer le numéro demandé. *Recommence*, se dit-elle, mais avant qu'elle ait pu positionner sa tête, Margaret avait surgi de la chambre, brandissant deux grands couteaux étincelants.

Laura gigota et gémit, les yeux écarquillés de terreur. Cecil marmonnait doucement quelque chose, et Jazzy comprit qu'il priait.

Bonne idée. Dieu, s'il te plaît, aide-moi à réussir, cette fois. Juste une fois.

Genny. Tu m'entends ? Si tu m'entends, réponds-moi. J'ai besoin d'aide, Genny.

Caleb approcha le chalet avec précaution. Un ancien modèle Ford Taurus était garé dans l'allée, que Caleb contourna avant d'essayer d'ouvrir la portière arrière. Elle n'était pas verrouillée! Il jeta un œil à l'intérieur. Son regard tomba immédiatement sur les traces rouges qui constellaient le siège beige. Il y passa le doigt et le porta à ses narines : du sang. Pas tout à fait sec.

Il se dirigea vers le chalet, silencieux et vigilant. Après avoir sorti le revolver de sa ceinture, il se pencha juste assez pour regarder par la fenêtre. La pièce, seulement éclairée par le feu qui palpitait dans la cheminée et par une faible lampe cachée dans un coin, était plongée dans la pénombre. Il parcourut rapidement l'espace du regard. Un homme, sans doute Cecil Willis, gisait au sol, nu et ligoté, baignant dans son sang. À sa droite, Laura Willis était bâillonnée, attachée à une chaise. Le cœur de Caleb s'accéléra. Et Jazzy ? Où était Jazzy ?

Ses yeux balayèrent la pièce de droite à gauche, de haut en bas – le sol ! Jazzy était allongée par terre, les mains ligotées derrière le dos, les pieds entravés. Elle avait l'air inconsciente. *Mon Dieu, faites qu'elle soit vivante.* L'idée qu'il pourrait l'avoir perdue le pétrifia momentanément. *Bouge ! Réagis !*

Tandis qu'il étudiait la situation et élaborait un plan d'action, une petite femme blonde apparut, qui alla se pencher devant la cheminée avant de se redresser, un tison ardent à la main. Caleb la regarda avec horreur se diriger vers Cecil Willis et planter le tison dans son ventre. L'homme hurla. Un flot de bile monta à la gorge de Caleb. Il essuya son visage trempé de sueur, puis pointa le revolver sur la femme. Mais avant qu'il ait pu tirer sur sa cible, elle s'était avancée vers Jazzy, le tison encore rougeoyant à la main. Margaret frappa Jazzy du pied, puis la poussa pour la retourner et pointer le tison sur son visage. Caleb se repositionna et visa de nouveau. Le tison descendait… descendait… Caleb tira. La balle transperça la vitre, traversa le salon et pénétra par la tempe dans le crâne de Margaret. Du sang gicla de sa tête, et elle s'effondra par terre comme une poupée de chiffon.

Caleb se précipita vers la porte et l'ouvrit pour trouver la tueuse gisant sur le sol. Il la poussa du pied. Elle était morte ! Elle n'irait plus nulle part, désormais, elle ne ferait plus de mal à personne. Il s'agenouilla et chercha le pouls de Jazzy. Il était faible, mais elle était en vie. Il l'examina des pieds à la tête et trouva sa blessure au ventre. Déchirant son chemisier, il chercha le point de sortie de la balle. En vain : elle était encore à l'intérieur du corps de Jazzy.

La lumière lui faisait mal aux yeux. *Éteignez, je voudrais dormir.* Mais personne ne répondait. Les paupières de Jazzy battirent.

— Réveille-toi, la belle. Tu dors depuis trop longtemps.

Elle reconnaissait cette voix.

— Caleb ?

Il pressa sa main.

— Oui, ma chérie, c'est moi.

Quand elle ouvrit les yeux, elle le reconnut à peine.

— Tu as une mine épouvantable.

Il sourit.

— Pas rasé ni lavé depuis deux jours.

— Pourquoi…

Elle regarda autour d'elle : les murs vert pâle, les draps blancs, et la forte odeur de détergent qui flottait dans l'atmosphère étaient des signes indubitables – elle se trouvait à l'hôpital.

— Je suis en soins intensifs ?

— Post-opératoires, oui.

Il se pencha et l'embrassa sur le front.

— Tu te rappelles ce qui s'est passé ?

Se rappelait-elle ? Des images d'une femme tenant une poupée. Quelqu'un qui lui tirait dessus… Puis tout revint d'un coup.

— Cette dingue a essayé de me tuer. Et aussi Cecil, et Laura Willis !

— Calme-toi, elle est morte. Margaret Bentley est morte, elle ne fera plus de mal à personne.

— Comment… qui ?

— Laura Willis va bien, physiquement en tout cas. Elle est dans l'unité psychiatrique.

— Et M. Willis ?

Caleb observa un temps de silence avant de répondre :

— Il n'a pas survécu. Les médecins disent qu'il a succombé à une crise cardiaque.

— C'est horrible…

Caleb hocha la tête.

— Margaret était sa première femme, et la mère biologique de Laura. Elle était folle, bien sûr. Elle a passé la majeure partie de sa vie en asile psychiatrique.

— Pauvre Laura. Mais… Jamie…

— Oui, elle l'a probablement tué, lui aussi, pensant protéger son bébé.

Quelqu'un se racla la gorge.

— Elle est réveillée ? demanda Genny depuis le seuil de la chambre.

— Oui, répondit Caleb. Entrez.

— Dallas, Jacob, Sally et Ludie sont venus avec moi.

— Entrez tous ! lança Jazzy en essayant de lever la tête – mais elle n'en avait pas la force.

Une minute plus tard, son lit était littéralement envahi et l'une des infirmières vint leur rappeler le règlement : deux visiteurs à la fois, pas plus. Jacob raccompagna la dame jusqu'à son bureau, en lui expliquant qu'il était le shérif du comté. Jazzy entendit l'infirmière lui rétorquer que son autorité ne s'étendait pas à son domaine.

— Tu as une sacrée chance que Caleb t'ait trouvée à temps ! s'exclama Sally. Il a buté cette dingue droit dans la tête.

— Sally ! la réprimanda Genny.

— Hé, notre Jazzy n'est pas une poule mouillée ! Elle est capable d'entendre la vérité... et elle a le droit de savoir qui l'a sauvée.

Jazzy leva la main avec peine. Caleb se pencha vers elle. Elle caressa son visage fatigué.

— C'est vrai ? C'est toi, mon chevalier blanc ?

— Et comment ! lança Ludie.

— Nous sommes si contents que tu ailles bien, soupira Genny.

Jazzy regarda Caleb et vit des larmes briller dans ses yeux dorés.

— Je suppose que j'ai de la chance d'être en vie.

— Tu peux le dire, acquiesça Sally.

Jazzy continuait à regarder Caleb, profondément émue par ses larmes, consciente que pleurer ne devait être ni facile ni courant pour lui.

— Merci de m'avoir sauvée, murmura-t-elle. Je suis tellement heureuse que tu sois entré dans ma vie.

Caleb s'éclaircit la gorge.

— Il y a quelque chose que je veux que tu saches, Jazzy. Quelque chose que je veux que ta famille et tes amis entendent. Je me suis promis de te le dire si tu… si tu survivais. À vrai dire, j'ai juré à Dieu que, s'il t'épargnait, je te révélerais enfin mes sentiments.

— Ça a l'air fichtrement sérieux, glissa Sally en souriant.

— Jazzy, je t'aime, lâcha Caleb. Et si tu m'accordes une seconde chance, je te prouverai à quel point.

Le silence tomba sur la pièce, comme si tout le monde retenait son souffle. Jazzy regarda ses visiteurs les uns après les autres ; tous lui souriaient – ils savaient, comme elle, que Caleb McCord était un don du ciel.

Ravalant des larmes de bonheur, elle sourit à son amant.

— Je crois que nous avons tous les deux besoin d'une seconde chance.

Il l'embrassa. Tendrement, avec juste une pointe de passion.

— Merci, souffla-t-il contre ses lèvres.

Épilogue

La journée était évidemment parfaite. Genny et Dallas ne méritaient rien de moins que la perfection pour le plus beau jour de leur vie : du soleil à foison, un ciel bleu qui s'étendait à l'infini, de l'herbe tendre sous leurs pieds. Et des chants ancestraux. Celtes et cherokee. Parfois subtilement mêlés, comme l'était la mariée, subtil mélange de ces deux nobles peuples.

Genny n'avait jamais été aussi belle qu'en cet après-midi de juin où elle venait de dire oui pour la vie à l'homme qu'elle aimait. Naturellement, le marié était superbe, lui aussi. Dans son sobre costume noir orné d'une cravate à fines rayures grises, il mettait en valeur la robe de sa femme, toute d'organdi blanc. La grand-mère de Genny avait épousé son véritable amour, Jacob Butler – le grand-père du shérif actuel – dans cette même robe. Les longs cheveux noirs de Genny flottaient librement jusqu'à sa taille. Pour unique bijou, un diamant étincelait à son doigt, maintenant couplé à un simple anneau d'or.

Jazzy rejoignit le groupe des femmes célibataires alors que Genny s'apprêtait à lancer son bouquet de roses sauvages rose pâle. La vie de Jazzy avait incroyablement changé, en six semaines, depuis qu'elle avait failli mourir assassinée par une démente. Elle était plus forte, plus sage, beaucoup plus investie aussi dans sa relation avec Caleb McCord. Elle ne lui avait pas encore avoué son amour, pas encore –

après ce qu'elle avait traversé avec Jamie, elle n'était pas prête à livrer totalement son cœur. Pas avant d'être sûre, non seulement de son partenaire, mais aussi d'elle-même.

Elle avait confiance en Caleb et savait qu'il l'aimait, mais elle ne pouvait oublier qu'il était à présent l'héritier unique des Upton, et que Reba la désapprouvait toujours. Caleb n'avait pas encore emménagé chez ses grands-parents ; il occupait toujours son chalet de location et travaillait toujours comme videur au *Jazzy's Joint*. Mais il réfléchissait à l'offre de Jim, qui l'avait invité à s'occuper avec lui de l'empire familial.

Jazzy n'était pas persuadée que Caleb lui donnerait la priorité, si sa grand-mère menaçait de le bannir. Or la question ne tarderait pas à se poser. Ils n'avaient pas encore parlé de mariage, mais ils le feraient tôt ou tard. C'était elle qui n'avait pas voulu précipiter les choses, et se laisser le temps d'être vraiment sûre de ses sentiments. À contrecœur, Caleb s'était rangé à sa position.

Peut-être que ça marcherait entre eux… C'était ce qu'elle voulait, ce qu'il prétendait vouloir, lui aussi. Mais elle avait besoin de temps. Elle était à peine remise de ses blessures, et comptait éclaircir avant tout ses liens avec Reve Sorrell.

Reve l'avait appelée pendant son séjour à l'hôpital. Et elles s'étaient téléphoné plusieurs fois par la suite. Quand Jazzy avait interrogé Sally sur les circonstances de sa naissance, sa tante lui avait rabâché la même vieille rengaine, sans faillir : pas de jumelles, pas de deuxième enfant ; Corrine Talbot n'avait donné naissance qu'à un seul bébé et Jazzy n'avait pas de sœur.

Mais Jazzy avait un doute. Son instinct lui disait que Reve Sorrell était sa sœur – sa jumelle. Et, avant de s'engager avec Caleb, elle devait découvrir la vérité sur sa naissance. Reve lui avait laissé entendre qu'elle ressentait le même besoin. Si tante Sally ne l'aidait pas, elle devrait trouver par elle-même. Caleb avait promis de faire tout ce qu'il pourrait pour l'épauler dans cette quête. Pour la première fois de sa vie, elle avait à ses côtés un homme solide et fiable sur qui compter.

Dans un joyeux désordre, les demoiselles d'honneur tendirent les bras vers le bouquet qui volait dans leur direction. Était-ce parce qu'elle était un peu plus grande que les autres ou parce que Genny l'avait lancé droit sur elle ? Jazzy n'en savait rien, mais le bouquet atterrit entre ses mains levées. Elle le serra contre son cœur en riant. Serait-elle la prochaine mariée de Cherokee Pointe ? Caleb et elle vivraient-ils vraiment l'amour qui rime avec toujours ?

Elle le chercha des yeux dans la foule. Il se tenait à l'écart, seul. Leurs regards se croisèrent.

Pieds nus, tout comme les mariés et les autres invités, Jazzy traversa le champ attenant à la maison de Genny pour se jeter dans les bras grands ouverts de Caleb. La vie était belle. Et l'avenir brillait de mille promesses.

Découvrez les prochaines nouveautés
de la collection

Amour et Destin

Des histoires d'amour riches en émotions déclinées en trois genres :

Intrigue ***Romance d'aujourd'hui*** ***Comédie***

Le 4 mai ***Romance d'aujourd'hui***

L'homme d'Aspen

de Beverly Brandt (n° 7611)

Claire est une business-woman. Analyste financier, elle ne sait pas décrocher. Mais lorsqu'elle se rend compte que son fiancé, Brian, est un peu distant, elle décide de prendre une semaine de vacances à la montagne. Malheureusement, elle manque l'avion de peu et découvre, à son arrivée, que Brian occupe la chambre avec une autre femme ! Claire décide pourtant de rester.
Le patron de l'hôtel, John McBride, ancien agent du FBI, intervient. Ce séduisant brun reconverti en guide de montagne ne supporte pas les femmes d'affaires dans son genre. À moins que…

Le 17 mai ***Intrigue***

Les fantômes du passé

de Patricia Potter (n° 7612)

Holly Matthews, épouse d'un sénateur, se réveille juste à temps pour échapper à une tentative de meurtre. Comprenant que son mari en est l'instigateur, elle fuit avec son jeune fils.
De son côté, Meredith Rawson, procureur, apprend qu'elle a une demi-sœur. Déterminée à la retrouver, elle engage Gage Gaynor, un détective privé.
À partir de cet instant, leurs vies sont en danger. Les secrets du passé seront-ils découverts à temps pour les sauver ?

Le 25 mai ***Comédie***

La revanche de Maggie

de Sabine Durrant (n° 7655)

Toutes les écoles ont leur star, la fille la plus populaire. Et la nôtre, c'était Claire Masterton : blonde, chic, bohème… Vingt ans après, Claire est toujours tellement parfaite qu'on se demande pourquoi elle est revenue à Morton après avoir connu la vie trépidante de New York !
Et en la revoyant, moi, Maggie Owen, mère au foyer, je me suis sentie complètement tarte, oui, voilà, c'est le mot ! Soudain, ma vie m'est apparue sous un jour différent. Je ne savais pas encore dans quelles péripéties cela allait m'entraîner…

Ce mois-ci, retrouvez également les titres de la collection

Aventures et Passions

Le 1er avril

L'espion de la couronne

de Celeste Bradley (n° 7583)

Avec pour seul indice une lettre signée « le Griffon », Agatha Cunningham part à Londres à la recherche de son frère, James. Pour pouvoir voyager sans choquer la bonne société, elle s'invente un mari, mais elle comprend avec angoisse qu'elle va bientôt devoir présenter aux ladies londoniennes un homme en chair et en os. Elle engage à cet effet un ramoneur peu conventionnel, et pour cause ! Simon Montague Raine appartient à un « club » d'espions, au même titre que James...

Le 8 avril

Un voyou sous surveillance

de Pamela Britton (n° 7603)

Le contrebandier Thomas Brown attend depuis des années de pouvoir se venger de celui qui a ruiné son trafic, Alexander Drumming, marquis de Warrick. Et ce moment arrive enfin lorsque le marquis fait savoir qu'il cherche une gouvernante pour sa fille, Gabriella. Thomas envoie alors Mary, sa propre fille, postuler pour le poste ! Malgré ses réticences, Mary est engagée. Elle le trouve trop figé, il la trouve trop libre et pourtant, bientôt, la passion les consume...

Le 15 avril

L'homme qui ne savait plus aimer

de Robin Lee Hatcher (n° 5232)

Homestead, 1898. Sarah McLeod rêve de quitter cette petite ville qui, elle en est persuadée, ne lui permettra jamais de concrétiser ses rêves. Mais son grand-père a besoin d'elle et elle doit attendre. C'est alors que revient au pays Jeremy Wesley, le seul homme qu'elle ait aimé. Toutefois les choses ont changé : Sarah est à présent fiancée à Warren, le frère de Jeremy. Et Jeremy n'est plus le même : la mort de sa femme l'a laissé désemparé et terrifié à l'idée d'aimer...

Le 25 avril

Les trésors de Daphné

de Laura Lee Guhrke (n° 7604)

Anthony Courtland, duc de Tremore, fasciné par les antiquités, décide de construire un musée pour exposer ses découvertes. Mais lorsque le spécialiste qu'il avait engagé meurt, c'est sa fille, miss Daphné Wade, qui prend sa place. La brillante jeune femme, dissimulée sous d'amples vêtements, ne retient pas l'attention du fascinant duc... jusqu'à ce que la sœur d'Anthony décide d'aider la jeune fille à faire son entrée dans la haute société et à révéler sa beauté...

ainsi que les titres des collections

Amour et Mystère

Sous le charme d'un amour envoûtant

Le 15 avril

La communauté du Sud – Quand le danger rôde

de Charlaine Harris (n° 7684)

Sookie est jolie, mais célibataire. C'est le problème lorsque l'on est télépathe. Lorsque Bill, un séduisant vampire, se présente, les choses changent : Bill est la seule personne au monde dont Sookie ne peut lire les pensées. Tout aurait pu être parfait, si quelqu'un n'assassinait pas systématiquement les filles qui sortent avec les vampires. Bill saura-t-il la protéger ?

et

Passion intense

Quand l'amour vous plonge dans un monde de sensualité

Le 15 avril

Séduction en ligne

d'Erin Mc Carthy (n° 7657)

Kindra Hill comble son vide affectif en échangeant des e-mails très chauds avec des correspondants anonymes. Jusqu'au jour où le beau Mack la surprend...

Jared et Candy travaillent ensemble, mais se détestent cordialement. Leur patron leur fait suivre une séance de thérapie de couple par Internet...

Halley Connors est terrifiée : elle découvre sur le site web de sa société une image d'elle entièrement nue. Evan Barrett, qui s'occupait de son site, lui promet de retrouver les coupables !

7582

Composition Chesteroc Ltd
Achevé d'imprimer en France (La Flèche)
par Brodard et Taupin
le 8 mars 2005 - 28537
Dépôt légal mars 2005. ISBN 2-290-34340-4

Éditions J'ai lu
84, rue de Grenelle, 75007 Paris
Diffusion France et étranger : Flammarion